KÖLN KRIMI 33

Brigitte Glaser, Jahrgang 1955, stammt wie ihre Heldin aus dem Badischen, lebt und arbeitet seit siebenundzwanzig Jahren in Köln. Sie ist die Autorin der Stadtteilkrimis »Tatort Veedel« im Kölner Stadt-Anzeiger. Die bisherigen 33 Kurzkrimis erschienen beim Emons Verlag in einem Sammelband. Bei Emons erschienen ebenfalls die drei erfolgreichen Katharina-Schweitzer-Romane »Leichenschmaus«, »Kirschtote« und »Mordstafel«.

Dieses Buch ist ein Roman. Handlungen und Personen sind frei erfunden. Ähnlichkeiten mit lebenden oder toten Personen sind rein zufällig.

BRIGITTE GLASER

EISBOMBE

KÖLN KRIMI

Emons Verlag

© Hermann-Josef Emons Verlag
Alle Rechte vorbehalten
Umschlagzeichnung: Heribert Stragholz
Druck und Bindung: Clausen & Bosse GmbH, Leck
Printed in Germany 2008
Erstausgabe 2007
ISBN 978-3-89705-514-8

Unser Newsletter informiert Sie
regelmäßig über Neues von emons:
Kostenlos bestellen unter
www.emons-verlag.de

Im Anhang (Seite 243) finden sich Eisrezepte.

Für die großartige Lynn
und die wunderbare Nora

EINS

Es ist nicht das Chaos in der Welt, es sind die kleinen Irritationen des Alltags, die uns aus dem Gleichgewicht bringen. Das nächtliche Telefonklingeln, der verlegte Bleistift, die Taubenkacke auf dem Jackenärmel, die unpünktliche Bahn, die angebrannten Zwiebeln. Mich warf an diesem Frühlingsmorgen ein türkisches Kopftuch aus der Bahn.

Nicht dass ein türkisches Kopftuch in dieser Gegend eine Seltenheit wäre! Kopftuchtragende Frauen prägen die Keupstraße seit Jahren genauso wie Orient-Pop und der Duft von Döner und Lahmacun. Teresa an meiner Seite, die diese Straße zum ersten Mal sah, zählte auf, dass es hier fünf Bäckereien, drei Elektrogeschäfte, fünf Juweliere, drei Reisebüros, zwei Patisserien, zwei große Restaurants, fünf Döner-Buden und sechs kleine Cafés, aber kein einziges Blumengeschäft gab.

»Merkwürdig, findest du nicht?«, fragte sie. »Ob die keine Osterglocken auf den Wohnzimmertisch stellen? Oder mögen die Leut im heißen Orient Blumen aus Plastik eher als frische?«

Während Teresa laut über die Beziehung zwischen Türken und Schnittblumen nachdachte, versuchte ich, so gemächlich wie bisher weiterzuschlendern. Auf der anderen Straßenseite verabschiedete sich das Mädchen mit dem Kopftuch von Cengiz Özal, indem sie seine Hand nahm und diese kurz an Mund und Stirn führte, so wie es Türken tun, die ihrem Gegenüber Ehre erweisen. Dann lief sie schnell in Richtung Holweider Straße. Sie hatte mich nicht gesehen. Auch Cengiz Özal, der noch vor seinem Schlüsseldienst stehen blieb, bemerkte mich nicht. Er grüßte zwei ältere, Gebetsketten schaukelnde Männer mit einem freundlichen »*Merherba*« und winkte lachend Helmut Haller zu, dem Leiter des Altenheims, der mit seinem Rennrad durch die Keupstraße zur Arbeit sauste.

Am Clevischen Ring bremste quietschend die Linie vier. Ein Schwarm Schüler flog aus der Bahn, verteilte sich schubsend und lärmend in alle Richtungen. Die Nachhut bildeten zwei völlig verschleierte Frauen, die in der Gegend häufiger zu sehen sind als anderswo in Köln. Umgeben von hupenden Autofahrern überquerten Teresa und ich die verstopfte Kreuzung.

»Ich hab in meinem Blumenladen keinen einzigen türkischen Kunden«, fuhr Teresa fort. »Gut, 's gibt halt bei uns im Schwarzwald nicht so viele Türken wie hier, eher Russen und Albaner. Aber im Supermarkt oder im Elektrogeschäft trifft man schon welche, nur Blumen kauft halt keiner …«

Die Äste der Lindenbäume auf dem Spielplatz waren prall gefüllt mit zartgrünen Blatttrieben, noch eine Woche mildes Frühlingswetter, und sie würden im frischen Blätterkleid dastehen. Drei kleine Fußballer, die gern auf dem Platz vor dem Altenheim kickten, überholten uns lachend und fingen schon an, nach dem Ball zu treten, obwohl auf diesem Stück Straße noch reger Verkehr herrschte.

Woher kannte das Mädchen mit dem Kopftuch Cengiz Özal? Musste sie ihrer Familie einen Gefallen tun? Die Kalays waren Kurden, im türkisch-syrischen Grenzgebiet beheimatet, und wenn ich die Andeutungen des Mädchens richtig verstanden hatte, waren mehrere Familienangehörige Mitglieder der PKK und etliche von ihnen immer wieder in Auseinandersetzungen mit türkischen Militärs und in Schmuggelgeschäfte verstrickt.

»Hier ist es also!«, unterbrach Teresa meine Gedanken und betrachtete wohlwollend die frisch geweißte Fassade der Weißen Lilie. »Du solltest eine Klematis an der Seite hochziehen und sie an dem schmiedeeisernen Balkon herunterranken lassen. Auf den Fensterbänken Rosmarinbüsche in Zinkkästen, und im Sommer könntest du Kapuzinerkresse pflanzen! – Oh, und das Haus nebenan ist bestimmt noch mal hundert Jahre älter! Hier müssen wohlhabende Leute wohnen!«

Ich nickte. Arbeitsame Protestanten hatten Mülheim einst groß und reich gemacht, Protestanten, die man im erzkatholischen Köln auf der linken Rheinseite nicht haben wollte, erzählte mir mein Nachbar, Herr Maus, immer wieder, wenn ich ihn zufällig auf der Straße traf. Jedes Mal musste ich mir eine neue Ausrede einfallen lassen, um nicht einem stundenlangen Vortrag über die Mülheimer Geschichte zuhören zu müssen.

»Was hältst du von einem Kaffee?«, fragte ich.

Teresa nickte, und ich schloss die Tür auf. Kalter Tabakgestank lag in der Luft, und ich öffnete die Fenster, während Teresa mit ihren schrundigen Gärtnerinnen-Händen über meinen alten lackierten Eichentisch fuhr. Wieder fing sie an zu zählen, diesmal die Stühle. Genau sechsunddreißig passten um die Tafel, bei mir mussten alle Gäste an einem einzigen Tisch miteinander essen. Anfangs schien mein Konzept mit dem gemeinsamen Mahl nicht aufzugehen, und mich plagten große finanzielle Probleme. Aber eine unverhoffte Geldspritze und eine positive Kritik im Gault Millau pushten mich aus der Talsohle.

Meine Freundin aus Kindertagen lugte durch die breite Glasfront in die Küche, und ich warf die Kaffeemaschine hinter dem kleinen Tresen rechts davon an. Während Teresas Blick über die blank gewienerten Töpfe und die Batterie von Schöpfkellen, Schneebesen und Sieben glitt, sah ich auf die Uhr. In dreißig Minuten würde Arîn kommen, nicht mehr viel Zeit, um mit Teresa zu reden.

»Kaffee ist fertig«, sagte ich und balancierte zwei große Tassen Milchkaffee zu einer Ecke des Tisches.

Teresa kühlte durch ruhiges, kreisendes Rühren die heiße Flüssigkeit. Sie trug immer noch diesen kessen Kurzhaarschnitt, der die Mädchenhaftigkeit ihres Gesichts unterstrich, aber der Tod ihres Mannes hatte zwei tiefe Falten in ihre Wangen gemeißelt. Drei Jahre war das jetzt her ...

»Zum Vierzigsten wünsch ich mir ein großes Fest«, sagte sie. »Lange hab ich überhaupt keine Leut ertragen können, aber jetzt ist es so weit. Ich hoff natürlich, dass du kommen kannst!«

»Ist noch ein bisschen Zeit, oder?«

Wir wurden tatsächlich schon vierzig! Teresa im August und ich in zwei Wochen, am 23. April. Bisher hatte ich alle Gedanken an diesen runden Geburtstag weggewischt. Am liebsten wäre mir, ich könnte am 24. April aufwachen und feststellen, dass ich meinen Geburtstag vergessen hatte. Vierzig! Die Hälfte des Lebens. Rückblick und Ausblick. Das pure Grauen. Keinen Mann an meiner Seite, dafür mit alltäglichen Sorgen verheiratet.

Teresa rührte weiter in ihrem Kaffee und fragte plötzlich, ohne den Kopf zu heben: »Warum hast du mir damals nicht erzählt, dass Konrad eine Affäre hatte?«

Deshalb also war sie nach Köln gekommen! Sie wollte weiter in der Vergangenheit wühlen. – Ich zog scharf die Luft ein und spulte in meinem Kopf die Möglichkeiten durch, wie sie es erfahren hatte. »Konrad war tot«, sagte ich.

Als sie den Kopf hob, sah ich ein zorniges Blitzen in ihren Augen.

»Wer hat es dir erzählt?«, fragte ich.

Ihre Augen wanderten zu der antiken Anrichte, auf der die Aperitifs und Digestifs standen. Die bunten Schnapsflaschen von Anna Galli wirkten zwischen den anderen schlichten eleganten Flaschen wie bunte Paradiesvögel. Anna selbst also, dachte ich. Anna hatte Teresa von ihrer Affäre mit Konrad erzählt! Warum? Plagte sie im Nachhinein das schlechte Gewissen?

»Was hätte es dir gebracht, wenn du es gewusst hättest?«, fragte ich.

»Ja, was wohl?«, Teresas Stimme war immer noch voller Zorn. »Ich habe dir doch erzählt, wie fremd er mir im letzten Jahr geworden ist. Glaubst du nicht, es hätte mir geholfen, wenn ich's gewusst hätte? – Bestimmt wär ich schneller über seinen Tod hinweggekommen!«

Ich sah sie vor mir, wie sie sich in ihrem Schmerz verbarrikadiert hatte, wie sie nicht aus dem Haus ging, keinen mehr an sich heranließ. »Du warst völlig fertig«, sagte ich.

»Als meine Freundin hättest du mir die Wahrheit sagen müssen!«

Ich verfluchte Anna Galli und ihr schlechtes Gewissen! Die Wahrheit über Konrads Gefühle würde Teresa niemals mehr herausfinden! Ob es für ihn das Strohfeuer einer erotischen Leidenschaft oder der Beginn einer neuen Liebe gewesen war, machte schließlich einen gewaltigen Unterschied in der Beurteilung einer solchen Affäre aus. Die Antwort auf diese Frage hatte er mit ins Grab genommen.

»Es gibt Dinge, die bleiben besser ungesagt«, sagte ich. »Weil sie gesagt mehr Unheil anrichten, als wenn sie verschwiegen werden.«

»Es ist Verrat, Katharina! Du hast unsere Freundschaft verraten!«

Der furchtbare Satz stand im Raum, als Arîn die Tür aufriss und in den Gastraum stürmte. Ihre schwarzen Koboldaugen unter dem glatten Pony blinkten nervös.

Die kleine Kurdin ging seit zwei Jahren bei mir in die Lehre und musste heute ihre praktische Kochprüfung ablegen. Ich hatte versprochen, sie zu begleiten. Wieder musste ich an das Mädchen mit dem Kopftuch denken.

»Hast du alles?«, fragte ich mit einem Blick auf die frisch gebügelten Kochklamotten, die sie über dem Arm trug. »Messer, Probierlöffel, ›Maria-hilf‹?«

»Bisschen gekörnte Brühe noch«, sagte sie und stürzte in die Küche.

»Sie ist noch sehr jung«, stellte Teresa fest.

»Sie wird siebzehn nächsten Monat.«

Der Vorwurf des Verrats, der stumm zwischen uns hing, ließ sich durch das Reden über Banales nicht wegwischen. Hätte ich ihr wirklich von Konrads Affäre erzählen sollen? Damals hatte ich es nicht mal in Erwägung gezogen, so fragil war Teresa nach seinem Tod gewesen. Was dachte sich Anna eigentlich, jetzt nach drei Jahren damit herauszurücken?

»Und? Bist du zufrieden mit ihr?«, fragte Teresa weiter.

»Ein echter Glücksfall!«, bestätigte ich und berichtete ihr, dass ich überhaupt keinen Lehrling hatte ausbilden wollen. Aber Arîn hatte mir so überzeugend erzählt, dass sie schon immer Köchin werden wollte, dass ich ihr ein Praktikum anbot. An ihrem ersten Arbeitstag ließ ich sie die Bäckchen von vierzig Forellen auspulen, an ihrem zweiten Tag musste sie die Knochen für einen Rinderfond hacken und drei Dutzend eiskalte Austern öffnen. Sie erledigte diese Scheißarbeiten ohne Murren, und so gab ich ihr einen Ausbildungsvertrag. Das war vor zwei Jahren, und seither stand sie mit Holger und mir in der Küche und bereicherte unseren Arbeitsalltag mit ihrem markanten kehligen Lachen und gelegentlichen Wutanfällen.

»Ich stell mir euch zwei grad nebeneinander vor«, sagte Teresa und lächelte.

Ich wusste genau, was sie meinte. Gegensätzlicher als Arîn und ich konnten zwei Köchinnen nicht sein. Arîn war klein und zierlich, ich groß und kräftig. Ihr glattes pechschwarzes Samthaar umrahmte ihr Gesicht in einem modischen Ponyschnitt, meine roten Locken ließen sich nur durch ein Haargummi bändigen. Ihre Haut schimmerte wie teures Olivenöl, meine wie die Perlmuttschuppen am Bauch der Forelle und war zudem mit tausenden von Sommersprossen übersät. Sie war eine quirlige, unbefangene Siebzehnjährige, ich mehr als doppelt so alt und weniger als halb so unbefangen.

»Können wir?«, drängelte Arîn, kaum dass sie aus der Küche zurück war.

»Mein Zug geht in einer Stunde«, sagte Teresa und stellte die Kaffeetassen zusammen.

Ich nickte, wusste nicht, was ich sagen sollte. Ich merkte, wie sehr der Vorwurf des Verrats mich verletzte.

»So einen Lehrling wie die Kleine würde ich auch einstellen«, sagte sie und griff nach ihrer Handtasche. »Zu meinem Geburtstag kommst du doch, nicht wahr?«

Mit ihren schrundigen Fingern fuhr sie mir leicht über den Unterarm. Sie sah mir nicht ins Gesicht.

»Du bist unfair, Teresa!«, flüsterte ich.

Sie zuckte vage mit den Schultern, bevor sie ging.

Während Teresa, ohne sich noch einmal umzudrehen, in Richtung Clevischer Ring marschierte, schloss ich meinen frisch erworbenen Corolla-Kombi auf. Arîn nestelte am Sicherheitsgurt, brauchte drei Versuche, bis er endlich einschnappte.

»Ich weiß nichts mehr!«, stöhnte sie. »Ich habe alles vergessen!«

»Worauf musst du bei einer Warenlieferung achten?«, fragte ich.

»Haltbarkeitsdatum, Mengenangaben, Warenbezeichnung«, kam es wie aus der Pistole geschossen.

»Was machst du beim Mise en place?«

»Zuerst lege ich mir Messer und Arbeitsgeräte zurecht, dann stelle ich die Lebensmittel, die ich immer wieder brauche, auf.«

»Die da heute sind?«

»Klein geschnittene Zwiebeln, frische Kräuter, Fischfond, Butter, Öle.«

»Okay. Und dann?«

»Lege ich mir die Lebensmittel in der Reihenfolge, in der ich sie brauchen werde, zurecht.«

»Und was darfst du, bevor du mit dem Mise en place anfängst, auf keinen Fall vergessen?«

»Hände waschen. Haare unter die Kochmütze stecken.«

»Na also!«, sagte ich und lächelte sie aufmunternd an.

»Frag weiter!«, bettelte sie.

Während der Corolla über die Mülheimer Brücke glitt, sich dann in Richtung Rheinufer einfädelte und dort durch den montäglichen Verkehr in Richtung Süden kämpfte, setzten wir unser Frage-Antwort-Spielchen fort. Als ich den Wagen im Schatten des Melatenfriedhofs auf der Weinsbergstraße parkte, wirkte Arîn schon weniger nervös. Ich griff nach meiner Handtasche und überreichte ihr ein längliches Päckchen. Hastig entfernte sie das Geschenkpapier.

»Das Ausbeinmesser!« Sie strahlte über das ganze Gesicht und befühlte vorsichtig die schmale, scharf geschliffene Klinge. »Das Einzige, was noch gefehlt hat! Jetzt sind meine Messer komplett!«

»Na, dann kann's ja losgehen!«

Arîn lachte ihr kehliges Lachen und sah mich vertrauensvoll an. Für ihre Loyalität mir gegenüber hätte ich bis heute Morgen beide Hände ins Feuer gelegt. Bis zu dem Augenblick, als ich sie, trotz der Verkleidung mit dem Kopftuch, an genau diesem Lachen erkannt hatte. Das Mädchen mit dem Kopftuch, das sich so ehrerbietend von Cengiz Özal verabschiedet hatte, war Arîn Kalay gewesen.

Im trostlosen Foyer des Berufkollegs verscheuchte der Geruch von Bohnerwachs und Kreidestaub die Gedanken an Arîn und katapultierte mich um fünfundzwanzig Jahre zurück. Für einen Augenblick war ich wieder siebzehn und auf dem Weg zu meiner Prüfung: Ich rekapitulierte die Beilagen aus dem »Jungkoch«, prüfte, ob mein »Maria-hilf-Päckchen« aus gekörnter Brühe und Glutamat gut verborgen in meiner Kochjacke steckte, und ich merkte, wie plötzlich die längst verrauchte Wut auf Karsten Heinemann in mir aufstieg.

Aber diese Wut versank sofort in den Schubladen meiner Erinnerung, als ich den Jungen sah, der uns auf dem stickigen Schulflur entgegenkam. Groß, schlank, mit federndem Schritt näherte er sich, die blonden Locken glänzten, die blauen Augen strahlten, das ebenmäßige Gesicht schimmerte trotz der verschmierten, seit Ewigkeiten ungeputzten Flurfenster. Er erinnerte an Jung-Siegfried, an Achill, an Legolas, an Old Shatterhand und Han Solo, an alle Helden meiner Mädchenzeit! So sah einer aus, der die Welt eroberte, ein Hans-im-Glück, einer, der alles, was er anpackte, vergoldete. Ich merkte, wie ich ihn anstarrte, den Mund vor Staunen nicht zumachen konnte.

»Wir kochen zusammen, Kümmeltürke«, spuckte der junge Gott Arîn entgegen, als er an uns vorbeiging. »Und ich mach dich fertig!«

Er schritt mit diesem federnden Gang weiter den Flur hinunter und zeigte uns, ohne sich noch mal umzudrehen, den Stinkefinger. Arîn presste die Lippen zusammen und krampfte Kochklamotten und Messer gegen den Bauch.

»War das etwa Justus?«, fragte ich, als ich den Mund wieder zumachen konnte. »Der Justus, der dich die ganze Zeit gepiesackt hat?«

Anstatt einer Antwort warf Arîn mit einer energischen Bewegung ihre Kochklamotten über die Schulter, klemmte die Messertasche unter den Arm und spuckte dreimal kräftig auf den Schulflur.

»Scheiße, Scheiße, Scheiße!«, fluchte sie dann. »Mit dem koch ich nicht! Lass uns umdrehen, ich mach die Prüfung im nächsten Halbjahr!«

»Jetzt mal halblang«, sagte ich. »Oder willst du dich von dem unterkriegen lassen?«

»Das Arschloch ist ein Blender, aber bisher ist er damit bei allen Lehrern durchgekommen. Das wird ihm auch bei der Prüfung gelingen!«

»Kochprüfungen kannst du als Blender nicht bestehen«, sagte ich. »Dafür musst du das Handwerk beherrschen, und das kannst du, Arîn. Los, zeig's ihm! Mach ihn fertig! – Du willst doch nicht kneifen, oder?«

Arîns Koboldaugen funkelten mich wütend an, dann spuckte sie wieder dreimal auf den Boden.

»Koch, wie du es immer tust!«, machte ich ihr weiter Mut und fügte in Erinnerung an Karsten Heinemann hinzu: »Du musst nur aufpassen, dass er nicht in die Nähe von deinen Töpfen kommt!«

»Hey, Arîn, für dich ist es toll, dass ein Hecht in unserem Warenkorb ist«, sagte ein dickes Mädchen, das plötzlich neben uns stand. Ich kannte sie vom Sehen. Sie arbeitete in der Küche des Altenheims gegenüber der Weißen Lilie.

»Keiner ist so flink beim Fischzerlegen wie du!«, fuhr das Mädchen fort. »Mir ist das noch nie richtig gelungen …«

»Bei Fisch bist du einsame Spitze!«, bestätigte ich.

Arîn schaute immer noch wütend, ließ sich aber von dem dicken Mädchen in Richtung Schulküche ziehen.

Es waren noch zwanzig Minuten bis zu Arîns Prüfungstermin. Ich schlenderte gemächlich von Schaukasten zu Schaukasten, besah mir nacheinander verblassende, handgemalte Speisekarten, ein Geschenkkorbarrangement mit Plastikwürsten sowie Gummibärchen und Lakritzschnecken, die zum Thema »Süßigkeiten unter der Lupe« im Fach Lebensmittelchemie erstellt worden waren. Langsam bewegte ich mich in Richtung Schulküche. Wieder tauchte Karsten Heinemann vor mir auf. Seine braunen Locken, sein teigiges Gesicht, der formlose Körper, dem man damals schon ansah, dass er wie ein Hefekloß auseinandergehen würde. Eine Zeit lang waren wir mit demselben Zug nach Bühl in die Berufsschule gefahren, hatten dabei über dies und das gesprochen. Er war langweilig, aber eigentlich ganz nett, niemals hätte ich gedacht, dass ausgerechnet Karsten …

»Katharina die Große!«

Die Stimme klang vertraut, aber es dauerte, bis ich wusste, wer der Mann in Jeans, Shirt und Sakko war, der mich da ansprach.

»Was treibt dich hierher?«

Ich hatte ihn so gut wie nie in Zivil gesehen, immer nur in seiner schwarzen Kellnerkluft, aber wie er mit einer Hand etwas Staub von einem der Schaukästen wedelte, war mir klar, wen ich vor mir hatte.

»Das Gleiche könnte ich dich fragen, Krüger.«

»Ich habe umgesattelt. Nach der Sache mit Spielmann dachte ich: Ist 'ne gute Gelegenheit, was Neues auszuprobieren. So bin ich Berufsschullehrer geworden.«

Krüger und ich hatten vor ein paar Jahren gemeinsam in Hugo Spielmanns Goldenem Ochsen, einem der feinsten Lokale der Stadt, gearbeitet. Krüger als Chef de Service und ich auf dem Garde-manger-Posten. Krüger, der im Goldenen Ochsen über Damastdecken, Kristallgläser, Tafelsilber und feinstes Porzellan herrschte, Krüger, der ausflippte, wenn jemand seine Servietten auseinanderrupfte, Krüger, der jedes Staubflöckchen ausfindig machte und vernichtete, passte in diese Berufsschule wie eine Jakobsmuschel in eine Linsensuppe.

15

»Die Arbeitszeit wiegt vieles auf«, seufzte er, als er meinen skeptischen Blick bemerkte. »Und die Ferien! – Die Schüler dagegen ... Nun ja, da hat man selten Lichtblicke!«

Wie um diese Aussage zu bestätigen, drang aus Richtung Schulküche zorniges Geschrei den Flur herunter. Schrille, hüpfende Obertöne und stahlharte, tiefere Kontrapunkte. Die schrillen Obertöne kannte ich nur zu gut. Ich wusste genau, in welchen unangenehmen Höhen sich Arîns Stimme verlor, wenn sie wütend war.

Krüger eilte in Richtung Unruheherd, und ich folgte ihm. Er schlängelte sich durch eine Schülertraube, platzierte sich zwischen Arîn und ihren Gegenspieler Justus. Über Arîns Olivenhaut rannen Schweißtropfen, und Justus leckte sich wie eine Raubkatze die Hand. Offensichtlich hatte Arîn ihn gebissen.

»Ihr zwei schon wieder!«, schimpfte Krüger. »Reicht es nicht, wenn ihr euch gleich bei der Kochprüfung duelliert?«

»Er hat angefangen!«, quietschte Arîn, deren Stimme ihr noch nicht gehorchte.

»Da, wo die herkommt, kann man nur zubeißen«, konterte Justus und lächelte Krüger bedauernd an. Ich sah, wie der alte Service-Chef unter diesem Lächeln zerfloss. Sich wieder sammelnd klatschte er kurz in die Hände.

»Haken wir das Ganze unter Prüfungsnervosität ab!« Mit diesen Worten begnadigte er die beiden. »Ab mit euch! Ich wünsche euch viel Glück!«

Arîn sah mich herausfordernd an. Jetzt, nach diesem Streit, war sie aufgeregt, würde Fehler machen, Hecht hin oder her. Ich wusste genau, wenn ich ihr signalisieren würde, sie solle das Ganze bleiben lassen, würde sie sofort mit mir nach Hause gehen. Aber ich wollte nicht, dass sie kniff, wollte nicht, dass sie sich von diesem Junggott, der es offensichtlich vermochte, sie blitzschnell auf die Palme zu bringen, unterkriegen ließ. Ich schickte ihr einen aufmunternden Blick. In diesem Augenblick öffnete sich die Tür zur Schulküche, und ein schlaksiger, älterer Mann mit einem zitronengelben Pullover bekleidet und einem kantigen, legosteinähnlichen Gesicht trat heraus.

»Justus, Arîn«, rief er. »Ihr seid die Nächsten!«

»Das ist Tieden«, flüsterte mir Krüger zu. »Unser Schulleiter.«

Weitere zehn Minuten lang betrachtete ich Schaukästen, sah Schüler den Flur hinauf- und hinunterlaufen. Aus der Schulküche strömte der Duft von Spargelbrühe und gebratenem Speck nach draußen. An der Tür klebte der Kochplan für Arîn und Justus. Spargelsuppe, Hechtklößchen, Erdbeeren in Weinteig mit Marsalaschaumsoße. Die zwei Schüler, die ihre Prüfung gerade hinter sich hatten, schrubbten die Arbeitsfläche für ihre Nachfolger sauber. Insgesamt sechs Küchenzeilen zählte ich. Jeweils drei hintereinander, bestehend aus Herd, Arbeitsfläche, Waschbecken und Kühlschrank, beschienen von hässlichen Neonröhren, dazwischen ein schmaler Gang. Rechts hinter der letzten Küchenzeile hörte ich durch eine offene Tür Arîns Stimme. Dort musste der Umkleideraum sein. Vor den Küchenzeilen stand ein langer Tisch, an dem die Prüfer saßen, dahinter ein paar Stühle für Zuschauer. Krüger winkte mich zu sich. Kurze Zeit später kämpften sich das dicke Mädchen von vorhin und ein pickeliger Junge an uns vorbei in die hinterste Stuhlreihe. Ihnen folgte ein zartes Blondchen mit dem Zeug zu »Everybody's Darling«.

Arîn huschte in ihren frischen Kochklamotten nach vorn, nickte den Prüfern kurz zu und legte sich auf der linken, vorderen Küchenzeile ihre Messer zurecht. Der zitronengelbe Schulleiter setzte sich hinter die Prüfer, die Frau, die mit ihm den Raum betreten hatte, ließ sich mit einem Seufzer auf den Stuhl neben Krüger plumpsen.

»Wie immer auf den letzten Drücker, Frau Kollegin«, begrüßte er sie.

Ein weiteres Mal öffnete sich die Tür, ein klapperdürrer Mann trat durch den Türrahmen, bevor er sich auf einen Stuhl direkt vor uns setzte. Während Krüger ihn bat, ein paar Stühle weiterzurücken, tauchte Justus in der Küche auf. Mit einer ungeduldigen Bewegung kratzte er sich kurz den Rücken, so als würde ihn ein frischer Mückenstich plagen, dann lächelte er die Prüfer gewinnend an, bevor er seinen teuren Messerkoffer öffnete und Arîn einen verächtlichen Blick schickte.

»Fangen Sie an!«, sagte der mittlere Prüfer, ohne von seinem Blatt aufzusehen.

Justus versuchte noch einmal, sie durch ein strahlendes Lächeln bereits im Vorfeld für sich zu gewinnen. Als dies nicht gelang, bück-

17

te er sich, genau wie Arîn, um die Lebensmittel aus dem Kühlschrank zu holen. Als er sich wieder aufrichtete, wirkte er wie in eine Mehltüte getaucht. Kreidebleich und ohne klaren Blick, wie unter massivem Drogeneinfluss stehend, schaute er zu den Prüfern hinüber, suchte in deren Reaktion eine Erklärung für das, was mit ihm geschah. Aber sie reagierten nicht, keiner in dieser Küche reagierte. Leicht schwankend legte Justus den Hecht auf die Arbeitsfläche und rang nach Luft. Er griff sich in die Seite und taumelte. Das Gesicht verzerrte sich vor Schmerz. Haltsuchend patschte er mit der Hand auf die Arbeitsfläche, der Hecht glitschte zu Boden, und mit einem leidvollen Stöhnen folgte Justus dem Fisch.

Arîns Hecht baumelte an ihrer Hand, in der anderen Hand krampfte sie ein paar Spargelstangen zusammen. Wie fest gefroren stand sie da, ihre dunklen Augen starrten auf Justus' zuckende Bewegungen.

Die Frau neben Krüger sprang auf und stürzte zu dem Verunglückten. Der Schulleiter flatterte hinter ihr her. Das Blondchen, das unentwegt »Justus, Justus!« kreischte, stolperte ebenfalls mit unsicheren Schritten nach vorn.

Arîn hatte sich nicht von der Stelle gerührt. Über ihren Unterarm schlierte ein zartes Rinnsal von Spargelsaft, so sehr presste sie die Stangen zusammen. Die Frau kniete sich neben Justus, der Schulleiter beugte sich über die beiden.

»Ich fühle keinen Puls«, hörte ich die Frau sagen. »Los, schnell den Notarzt anrufen!«, befahl sie ihrem Chef.

»Stabile Seitenlage, Sie müssen ihn in die stabile Seitenlage bringen«, nuschelte der, während er sein Handy bediente.

»Kann mir jemand helfen?«, schrie die Frau.

Ganz automatisch machte ich mich auf den Weg zu ihr. Das kreischende Blondchen schob ich zur Seite, der Schulleiter machte mir Platz. Die Frau, immer noch neben Justus kniend, schickte mir einen panischen Blick. Justus lag auf dem Rücken. Sein rechter Arm hielt den Bauch umschlungen, der linke lag schlaff daneben. Seine Augen fixierten die Decke, würden weiter die Decke fixieren, weil die hässlichen Neonleuchten das Letzte sein würden, das diese Augen lebend sahen.

»Wir warten auf den Notarzt«, flüsterte die Frau.

Ich verstand, dass sie nicht die Überbringerin der Hiobsbotschaft sein wollte. Außerdem musste der Arzt den Tod feststellen, wir waren keine Mediziner. Darüber hinaus klammerte sie sich bestimmt genauso wie ich an die winzige Chance, dass wir uns irrten.

»Bringen wir ihn in die stabile Seitenlage«, schlug ich vor.

Die Frau nickte. Nachdem wir die Arme in die richtige Position gelegt hatten, drehten wir den Körper vorsichtig zur Seite. Dabei flutschte der Hecht, den der Junge unter sich begraben hatte, in den Gang zwischen den Kochblöcken, wo der Schulleiter jetzt stand und wohl versuchte, den Überblick über die Situation zu bewahren. Der Fisch rutschte ihm vor die Füße, und er hüpfte erschreckt zurück. Ich wendete den Blick wieder Justus zu und entdeckte den Blutfleck auf der linken Seite des Brustkorbs, der sich in sattem Rot von dem strahlenden Weiß des Kochkittels abhob. Er war klein, hatte in etwa die Größe eines Zweieurostücks, und das blutige Stoffstück war leicht eingerissen.

»Wir sollten ihn zudecken. Lassen Sie eine Decke holen«, schlug ich vor und merkte, wie fremd meine eigene Stimme klang.

Der Notarzt kam schnell, und dieses flotte Erscheinen blieb das Beste seines Auftritts. Kaum hatte er Justus untersucht, telefonierte er so laut, dass es auch im hintersten Winkel der großen Küche zu verstehen war, mit der Polizei, um mitzuteilen, dass im Berufskolleg Weinsbergstraße eine Leiche mit Stichverletzungen lag.

Arîn war die Erste, die auf diesen Schock reagierte. Sie ließ die Spargelstangen fallen, schleuderte den Hecht mit Wucht in den hinteren Teil der Küche und raste in den Umkleideraum. Das Blondchen schluchzte noch lauter, das dicke Mädchen und der pickelige Junge saßen genau wie Krüger und der Klapperdürre wie fest geschweißt auf ihren Stühlen, die Prüfer wussten nicht, wohin mit ihren Händen und Papieren, der Schulleiter bat wie eine Automatenpuppe mit immer dem gleichen Satz um Ruhe und Besonnenheit. Im Umkleideraum knallten die Türen. Ich machte mich auf den Weg dorthin.

Arîn trat abwechselnd mit Händen und Füßen gegen die metallenen Spindtüren, bearbeitete diese mit der Wucht und Wut eines verzweifelten Boxers.

Nach meiner Prüfung hatte ich mit einem Messer so heftig auf ein Küchenbrett eingestochen, dass ich es danach wegschmeißen

19

konnte. Eine versalzene Markklößchensuppe. Noch nie hatte ich eine Markklößchensuppe versalzen! So versalzen, dass einer der Prüfer sie ausspuckte ...

»Wir hätten wieder gehen sollen«, brüllte Arîn. »Ohne dich hätte ich die Biege gemacht, du wolltest, dass ich es dem Typen zeige!«

Sie trat weiter gegen die Spindtüren, bis ich sie an den Schultern packte und festhielt. Nasse Haarsträhnen klebten an ihrer Stirn, und ihre Augen blitzten zornig in dem hochroten Gesicht. Zumindest sah sie mich jetzt an.

»Gleich kommt die Polizei«, sagte ich. »Die will wissen, was du gesehen hast. Also, beruhige dich und denk nach! Was ist in diesem Raum passiert, bevor Justus in die Küche ging?«

»Woher soll ich das wissen?«, blaffte sie mich an. »Ich habe mich im Mädchenklo umgezogen und dann hier meine Sachen in den Spind geschlossen. Justus rauchte da hinten in der Ecke eine Zigarette. Ich habe meine Messer genommen und bin raus in die Küche.«

»Habt ihr miteinander geredet?«

»Kein Wort!«

»Aber ich habe deine Stimme gehört.«

»Tina war noch kurz hier, um mir Glück zu wünschen.«

»Tina?«

»Das dicke Mädchen. Du hast sie eben gesehen. Sie arbeitet auch in Mülheim, genau bei uns ...«

»Ich weiß, ich weiß«, unterbrach ich sie ungeduldig. »War außer ihr und Justus noch jemand hier?«

»Ich habe niemanden gesehen.«

Der schlauchähnliche Raum hatte auf einer Seite eine Tür zum Flur und auf der anderen eine zur Küche. Rechts und links waren, ähnlich wie in Turnhallen, Metallspinde an die Wände montiert, davor standen zwei Bänke. Rechts neben der Flurtür hatte der Raum eine kleine Einbuchtung, der Ort für Besen und Putzeimer. An einer der Wände hing ein Waschbecken, in dem ein Marmeladenglas mit ausgedrückten Zigarettenkippen stand. Justus war nicht der Einzige gewesen, der in dieser Raucherecke eine Zigarette gepafft hatte.

»Versuch dir die Situation noch mal vorzustellen«, bat ich Arîn. »Die kleinste Einzelheit kann wichtig sein.«

»Ich habe an die Prüfung gedacht.« Aus Arîns Stimme wich langsam die Wut. »Hab mir im Stillen aufgezählt, welche Zutaten ich brauche, hab überlegt, wie ich den Hecht am besten filetiere. Ich war auf mich konzentriert …«

Natürlich. Genau das hätte ich auch getan. Ein völlig normales Verhalten in einer solchen Situation. Da achtet man nicht auf das, was rechts und links passiert.

»Aber wenn noch jemand anderer da gewesen wäre, hättest du es bemerkt, oder?«

»Da war keiner!«

»Okay«, sagte ich. »Dann erzählst du das genau so. – Und jetzt sollten wir zurück in die Küche gehen!«

Arîn nickte. »Ist er wirklich tot?«, flüsterte sie, und statt Wut entdeckte ich jetzt Panik in ihrem Blick.

»Ja«, sagte ich und hätte ihr gern etwas Tröstendes gesagt. Aber da gab es nichts.

Arîns Hecht war auf der Arbeitsfläche der hintersten Kochzeile gelandet und stierte mit toten Augen, geöffnetem Maul und spitzen Raubfischzähnen auf das Geschehen in der Küche. Dort wartete der Arzt auf die Polizei. Prüfer, Lehrer und Gäste saßen oder standen möglichst weit weg von der Bannmeile, die der Tod um Justus gelegt hatte. Die Augen des Blondchens waren rot geheult, und als es Arîn erblickte, bleckte es seine Zähne, die nicht ganz so spitz waren wie die des Hechts. Hass ließ ihr nettes Gesicht billig wirken, und bestimmt hätte sie etwas Böses gesagt, wenn nicht in diesem Augenblick die Polizei eingetroffen wäre.

In Windeseile füllte sich der Raum mit sieben weiteren Personen: drei mit weißen Schutzoveralls bekleidete Männer der Spurensicherung, zwei Streifenpolizisten in Uniform und zwei Männer in Zivil.

Eine Stunde später saß ich auf der Polizeiwache Venloer Straße in einem trübseligen Wartezimmer. Dreizehn Züge hatten den Bahnhof Ehrenfeld, auf den man von hier aus gucken konnte, verlassen, bis mich einer der Zivilfahnder in ein nicht minder trübseliges Büro bat. Er stellte sich höflich mit »Kunze« vor, bevor er meine Personalien aufnahm und mich nach den Vorgängen in der Küche bis zu Justus' Zusammenbruch befragte. Die gleichen Fragen hatte ich einem der Streifenpolizisten bereits in der Weinsbergstraße beantwortet, aber es gehörte wohl zum Prozedere der Wahrheitsfindung, diese Fragen wiederholen zu müssen.

Ich machte mir Sorgen um Arîn. Mindestens die Hälfte der bei der Kochprüfung Anwesenden wusste von ihrem Streit mit Justus und hatte dies bestimmt in der ersten Befragung erwähnt. Ich vermutete, dass Arîn deshalb im Polizeiwagen hatte mitfahren müssen. Sie gehörte zur ersten Riege der Verdächtigen. Ihre Befragung dauerte schon lange, und ich hoffte sehr, dass sie ihre Aussagen machen konnte, ohne dabei in einen ihrer Wutanfälle zu geraten.

»Ist es üblich, dass Lehrherren bei der Prüfung ihres Auszubildenden anwesend sind?«, wollte der semmelblonde Herr Kunze wissen.

»Üblich nicht, aber möglich«, sagte ich. »Manche Lehrlinge wollen es nicht, aus Angst, dass sie noch nervöser sind, wenn der Chef zuguckt. Für viele Lehrherren ist es eine Zeitfrage. Ich bin nur da, weil Montag Ruhetag in meinem Restaurant ist.«

Ich beobachtete, wie seine mit Sommersprossen übersäte Hand mit einem schmalen Kugelschreiber in spitzen, gut lesbaren Buchstaben gewissenhaft meine Aussage auf weißem Papier notierte.

»Nur deshalb?«, wollte er wissen.

»Arîn hat sich gewünscht, dass ich mitkomme, als Mutmacherin sozusagen. Sehen Sie, sie hat vor ein paar Jahren ihre Mutter bei einem Autounfall verloren, wir haben ein gutes Verhältnis …«

»Wie gut?«

»So gut halt, dass sie mich bei ihrer Prüfung dabeihaben will.«

»Sind Sie so was wie eine Ersatzmutter für sie?«

»Vielleicht.«

»Würden Sie für sie lügen?«

»Warum sollte ich?«

»Arîn Kalay ist Ihre Schutzbefohlene. Sie scheinen ein enges emotionales Verhältnis zu dem Mädchen zu haben, wenn dieses Sie als seine Ersatzmutter betrachtet. Von daher könnte man durchaus in die Situation kommen, zwischen Schutz und einer möglicherweise belastenden Aussage abwägen zu müssen. Deshalb möchte ich noch einmal in aller Deutlichkeit darauf hinweisen, dass Sie verpflichtet sind, die Wahrheit zu sagen, nichts zu verschweigen und auch nichts Neues zu erfinden.«

Klugscheißer, dachte ich. Dir sage ich das, was ich sagen will, und keinen Satz mehr. Arîn hat Justus nicht umgebracht, und ich werde alles tun, um sie zu beschützen, da hast du schon recht. Kunze war höflich, er war korrekt, bestimmt sehr professionell, aber er zeigte nichts von sich. Mit Jeans und graublau kariertem Freizeithemd gepanzert, blieb er genau wie sein Hemd bis oben zugeknöpft. Er wollte mich aussaugen, ohne das Geringste von sich preiszugeben. – Da hatte er bei mir keine Chance.

»Also«, wiederholte er seine Frage. »Würden Sie für Arîn Kalay lügen?«

»Dafür gibt es keinen Grund!«

Bestimmt machte er Sport, dachte ich, als ich mir sein sommersprossiges Gesicht, die millimeterkurzen Haare und den straffen Körper betrachtete, Ausdauersport. Marathon! Das könnte ihm etwas bedeuten, 42,195 Kilometer in einer bestimmten Zeit zu laufen, darauf könnte er seinen Ehrgeiz verwenden. Zudem ein guter Ausgleich zu solchen Verhören.

»Nach dem Streit zwischen Arîn und Justus gibt es ein Zeitfenster von circa zehn Minuten bis zum Beginn der Kochprüfung«, fuhr Kunze mit seinen Fragen fort. »Wissen Sie, was Arîn in dieser Zeit gemacht hat?«

»Sie hat ihre Prüfung in Warenwirtschaft und im Service abgelegt.«

»Können Sie mir das genauer erklären?«

Sollte er doch die Prüfungsordnung der Industrie- und Handelskammer studieren, dachte ich. Es ärgerte mich, wie kalt und unpersönlich er dieses Gespräch führte.

»Die praktische Prüfung hat drei Teile«, erklärte ich dann doch. »Warenwirtschaft, Service, Kochen. Jeder Koch muss wissen, wie Waren gelagert werden, welche fertigen Speisen noch aufgehoben werden können, welche weggeworfen werden müssen, er muss die hieroglyphischen Abkürzungen der Zutaten auf Lebensmittelpackungen lesen können und und und.«

»Und wie sah das in der Prüfung genau aus?«

»Arîn bekam einen Warenkorb und einen Lieferschein. Im Lieferschein waren Fehler eingebaut, die Arîn finden musste, des Weiteren musste sie aufschreiben, wie und wo die gelieferten Lebensmittel gelagert werden.«

»War sie nervös oder aufgewühlt bei dieser Prüfung?«

23

»Sie hat sich nach dem Streit sehr schnell beruhigt, wenn Sie darauf hinauswollen …«

Er sah ganz kurz von seinem Schreibblatt auf und sagte: »Das beantwortet meine Frage nicht.«

»Wer ist vor einer Prüfung nicht aufgeregt?«

»Könnten wir uns darauf verständigen, dass Sie meine Fragen beantworten?«

Ja nicht vom Thema abweichen, keine Abzweigung zulassen, so versuchte er, seine Arbeit zu tun. Er war noch jung, Ende zwanzig, Anfang dreißig. Vielleicht war dies sein erster Mordfall, und er wollte alles richtig machen. Daher die Anspannung und Gefühlskälte. Dann musste er noch lernen, dass man nicht alles richtig machen kann und dass es immer mehr als einen Weg gibt, um ans Ziel zu kommen.

»Sie hat ihre Prüfung ohne Fehler bestanden. Gelöst und unaufgeregt ist sie dann zur Service-Prüfung.«

»Service-Prüfung?«

»Der Lehrplan für Köche sieht vor, dass Köche für kurze Zeit im Service arbeiten, weil sich Küche und Service in der Praxis zuarbeiten müssen.«

»Was war Arîns Aufgabe?«

»Sie musste eine Reihe von Getränken den entsprechenden Gläsern zuordnen.«

»Und? Wieder fehlerfrei?«

»Nein. Das Sherry-Glas hat sie verbockt.«

Ich sah, wie er »Sherry-Glas verbockt« schrieb, dann schob er mir einen handgemalten Plan zu, der Schulflur und Küche zeigte. Ich markierte ihm die Lage der beiden Prüfungsräume und beantwortete seine nächste Frage, indem ich ihm sagte, dass Arîn danach ins Mädchenklo gegangen war, um sich ihre Kochkleidung anzuziehen, und in dieser Zeit Justus nicht gesehen hatte.

Ganz kurz gab ich mich der Illusion hin, dass damit das Verhör zu Ende war. Stattdessen fing Kunze wieder von vorn an, drehte mich noch zweimal durch die Mühle meiner Aussagen, die er immer mit seinen Notizen verglich.

Als ich endlich gehen konnte, rauchte mir der Schädel. Arîn saß nicht im Wartezimmer, dort starrte ich eine weitere halbe Stunde auf den Ehrenfelder Bahnhof, bis sie endlich kam.

Auf der Rückfahrt redeten wir fast gar nicht. An der Berliner Straße stieg Arîn aus dem Auto, kramte ihren Hausschlüssel aus der Hosentasche und schleppte sich so langsam, als trüge sie Blei unter den Füßen, zu dem Haus, in dem sie mit Vater und Schwester wohnte. Sie wirkte klein, einsam und verloren.

Ich fuhr die Berliner Straße weiter stadtauswärts, parkte am Schießstand, der zwischen Höhenhaus und dem Dünnwalder Wald lag, und marschierte los. Der Boden roch nach feuchter Erde, in den jungen Buchenspitzen hing der Frühling. Gierig sog ich die frische Luft ein.

Arîn! Sie war impulsiv, zornig, konnte wie wild um sich schlagen, ging aber ihren Gegner immer direkt an. Justus war von hinten erstochen worden. Nein, sie hatte nichts mit Justus' Tod zu tun, aber … Da war sie wieder, die Frage, die mich seit meinem Spaziergang mit Teresa durch die Keupstraße beschäftigte, die vom Prüfungsstress und Justus' Tod weggedrängt worden war, jetzt aber wieder anklopfte. Was hatte Arîn mit Cengiz Özal zu schaffen? Warum hatte sie, die ich immer nur westlich gekleidet gesehen hatte, bei diesem Treffen wie ihre gläubige Schwester Jindar das Kopftuch getragen?

Cengiz Özal. Der freundliche, dickbauchige Schlüsseldienstbetreiber auf der Keupstraße. Seit an Karneval vor zwei Jahren ein als Kannibale verkleideter Toter vor der Weißen Lilie gelegen und ich danach Ärger mit Schutzgelderpressern hatte, glaubte ich, dass der Schlüsseldienst nur die Fassade für die kriminellen Geschäfte seines Besitzers war. Nachdem ich ihn in der Weidengasse zufällig mit Mehmet, einem Gangster, dessen Bild mir ein Polizist kurz zuvor gezeigt hatte, gesehen hatte, vermutete ich, dass er hinter den Schutzgelderpressungen steckte. Ich hatte der Polizei nie von diesem Verdacht erzählt. Es war nur ein Blick, eine flüchtige Begegnung auf der Weidenstraße gewesen. Außerdem war da noch die Sache mit dem Geld …

In den letzten zwei Jahren hatte mich Özal in Ruhe gelassen. Keine Schutzgelderpressungen, keine Einbrüche, keine zerbrochenen Fensterscheiben. Ich wiegte mich schon in Sicherheit, zweifelte an meinem Verdacht. Und ausgerechnet jetzt musste ich feststellen, dass Arîn Kalay Cengiz Özal kannte. Was hatten die zwei miteinander zu schaffen? So sehr ich auch hin und her überlegte, ich fand keine Antwort auf diese Frage. Vielleicht hatte ihr Kontakt zu Özal überhaupt nichts mit mir und der Weißen Lilie zu tun, aber die Sache irritierte mich.

Es war schon dunkel geworden, als ich am Schießstand wieder in mein Auto stieg. Eine heiße Badewanne und ein bisschen Chet Baker würden vielleicht helfen, die Schrecken des Tages zu verscheuchen.

Chet Baker stimmte mich im Auto mit »Let's Get Lost« etwas ruhiger, und als ich die Tür zur Kasemattenstraße aufschloss, sah ich die dampfende, nach Jasminschaum duftende Badewanne schon vor mir. Stattdessen strandete ich in einem Meer von Babyfotos, die Adela auf dem Wohnzimmerboden ausgebreitet hatte, und wenn ich zurzeit etwas überhaupt nicht ausstehen konnte, dann waren dies Babyfotos.

Sie starrten mich aus blauen, roten und rosa Stramplern an. Winzig klein, viele kahl, einige mit kräftigem dunklen Haarwuchs, andere mit einem hellen Flaum. Runde Köpfchen, schmale Köpfchen, eckige Köpfchen. Die Gesichtshaut von mokkafarben bis champagnerweiß. Manche mit Dellen oder kleinen roten Hämatomen, Verletzungen, entstanden im engen Gebärmutterhals, einer der letzten Etappen auf dem Weg in die Welt. Zwischen all den Babyfotos viele Bilder von Schwangeren. Gewaltige Bäuche mit knopfartigen Nabeln in die Kameras gereckt, Arme, die sich schützend um oder zärtlich auf die wachsenden kleinen Lebewesen legten. Auffällig das riesige Foto, das nur zwei große, mit einer weißen Masse eingestrichene Brüste zeigte. Darauf stand mit dickem roten Filzstift geschrieben: »Der lieben Adela als Dank für die schmerzlindernde Quarkmaske!«

Von fast allen Kindern – es waren an die sechstausend –, die Adela im Laufe ihres Hebammenlebens entbunden hatte, besaß sie ein Erinnerungsstück. Sie hatte nach ihrer Pensionierung nicht eines dieser Souvenirs weggeworfen, und nachts, wenn sie nicht schlafen konnte, breitete sie die Fotos vor sich auf dem Boden aus, griff sich blind eines davon heraus und versuchte, sich genau an dieses Baby und seine Geburt zu erinnern. Meist gelang ihr das. Seit sie mit Kuno liiert war, hatten ihre Schlafstörungen nachgelassen, und ich hatte sie in den letzten drei Jahren unseres Zusammenlebens beim

Nachhausekommen sehr selten inmitten »ihrer Kinder« angetroffen. Ausgerechnet heute saß sie in ihrem alten, ausgeleierten roten Trainingsanzug in diesem Fotomeer. In der Hand hielt sie das Bild eines blassen Säuglings mit rotem Haarflaum. Sie weinte.

»Was ist los?«, fragte ich.

»Dominik«, schniefte sie. »Seine Mutter hat mir heute eine Karte geschickt. Er ist letzte Woche an Aids gestorben. Mit gerade mal achtundzwanzig Jahren.«

»Oh!«

»Du hilfst ihnen auf die Welt. Aber ob sie ein glückliches oder unglückliches Leben führen, ob sie hundert Jahre alt werden oder früh sterben, darauf hast du keinen Einfluss. Natürlich wünschst du ihnen immer ein schönes und langes Leben. Und wenn es dann so schnell zu Ende ist …«

Auf dem Foto in ihrer Hand nuckelte ein blasses Baby mit geschlossenen Augen an seiner winzigen Faust. Es lag auf einem mit bunten Kühen bedruckten Kissen. Adela legte es zu den anderen und wischte sich mit einem Taschentuch die Tränen aus den Augen.

»Ist bestimmt nicht leicht für dich mit den Bildern«, sagte sie entschuldigend und lächelte wieder ihr vertrautes Adela-Lächeln. »Wie war dein Tag? Hat Teresa die Weiße Lilie gefallen? Habt ihr noch ein paar schöne Stunden miteinander gehabt?«

Die rot geränderten Augen und die fünf zusammengeknüllten Papiertaschentücher, die ich zwischen den Fotos entdeckte, straften ihr Lächeln Lügen. Adela war keinesfalls nah am Wasser gebaut. Seit ich mit ihr zusammenwohnte, hatte ich sie nicht einmal weinen gesehen. Und jetzt trieb ihr der Tod eines vor achtundzwanzig Jahren entbundenen Babys die Tränen in die Augen.

»Hast du sie noch zum Bahnhof gebracht?«

Lag das wirklich erst ein paar Stunden zurück, dass ich mit Teresa über die Keupstraße geschlendert war und sie mir vorgeworfen hatte, ich hätte unsere Freundschaft verraten? Ich merkte mit einem Mal, wie sehr mich der Tag geschlaucht hatte.

»Ich muss in die Badewanne.«

»Im Kühlschrank steht eine kalte Flasche Kölsch. Falls du noch einen Schlummertrunk brauchst«, sagte Adela, die sofort merkte, dass ich nicht mehr reden wollte.

Ich legte Chet Bakers »Over the rainbow« in meine Bang-&-Olufsen-Anlage und ließ Wasser in die Wanne laufen. Im Wohnzimmer hörte ich Adela rumoren. Nach Teresa, Arîn und Justus war sie mit ihrem Weinen die letzte Irritation dieses aufwühlenden Tages gewesen.

✳✳✳

Adela legte das letzte Kinderfoto in den großen Karton zurück und verstaute diesen im untersten Regal des Wohnzimmerschranks. Beim Aufrichten meldete sich mit schmerzhafter Deutlichkeit ihr kaputtes Knie. Dabei tat es dies nur noch selten, seit sie vor einem Jahr mit Nordic Walking angefangen hatte und regelmäßig zweimal die Woche mit ihren Stöcken durch den Rheinpark marschierte. Aber heute tat irgendwie alles weh. Da war die Todesanzeige des kleinen Dominik nur noch das Tüpfelchen auf dem i gewesen. Geweint hatte sie deswegen nicht, warum also hatte sie bei Katharina diesen Eindruck erwecken wollen?

Leise drangen die melancholischen Trompetenklänge aus deren Zimmer zu ihr herüber, und schon wieder liefen ihr die Tränen. »Somewhere over the rainbow …« Wie schön wäre es, über dem Regenbogen zu schweben, befreit von allem, was drückt und zwickt! Als Chet Bakers Trompete verstummte, merkte Adela, wie lange sie den Tisch angestiert hatte, und entschied, endlich ins Bett zu gehen. Im Badezimmer schwebte noch der Jasminduft von Katharinas Bad in der Luft. Adela putzte sich im Dunkeln die Zähne. Sie wollte nicht in ihr verheultes Gesicht blicken müssen. Auch im Schlafzimmer machte sie kein Licht an und glitt, so leise es das kaputte Knie zuließ, neben Kuno unter die Bettdecke. Der reagierte nur mit einem kurzen, schlaftrunkenen Stöhnen auf die Veränderung neben sich und wickelte sich tief in das Oberbett.

Adela fuhr sacht mit der Hand über das zerfurchte Männergesicht. Sie hatte Kuno Eberle kurz vor seiner Pensionierung im Schwarzwald kennengelernt. Damals ermittelte er im Mordfall am Sprecher der Bürgerinitiative »Indoor-Skihalle«. Es sollte sein letzter Fall sein. Der zerknitterte Mann mit den ungebügelten Hemden, der schlecht sitzenden Brille und den wachen Augen hatte schon beim ersten Zusammentreffen ihr Herz höher schlagen lassen. Auch er hatte sich wunderbarerweise sofort in sie verliebt und war nach seiner Pensionierung zu ihr nach Köln gezogen. Zart küsste sie den schlafenden Kuno auf den Mund, bevor sie sich an ihn kuschelte und wider Erwarten schnell einschlief.

Ein kräftiger Tritt gegen ihren Hintern weckte sie. Der schweißgebadete Kuno strampelte sich aus seinem Oberbett.

»Du verrennst dich!«, brüllte er. »Sie ist keine Mörderin, hör auf, sie für eine Mörderin zu halten, du sturer Bulle!«

Im Gegensatz zu Kuno war Adela wach. Das war jetzt die dritte Nacht in Folge, in der Kuno von Albträumen geplagt wurde.

»Elly!«, stöhnte er. »Nein, nicht Elly. Sie ist noch so jung ... Nicht Elly! Nicht Elly!«

»Kuno!« Adela rüttelte energisch an seinen Schultern.

»Hau ab, lass mich in Ruhe! Dir kann ich nicht trauen! Du verrätst mich!«, brüllte er, ohne wach zu werden.

So wie sie es oft bei vor Erschöpfung halb ohnmächtigen Frauen während der Geburt gemacht hatte, klopfte Adela Kuno durch ein paar kräftige Ohrfeigen wach. Der blickte sie erstaunt an, rieb sich die schmerzenden Wangen und fragte:

»Isch schon Morge? Müsset mer aufstehe?«

»Du hast geträumt, Kuno! Wieder von dieser Elly!«

»Koi Ahnung!«, nuschelte er schlaftrunken.

»Jemand, der dich verraten will, dem du nicht mehr trauen kannst«, insistierte Adela.

»Träume sind Schäume«, murmelte er und schlief wieder ein.

Adela dagegen blieb wach. Seit mehr als drei Jahren lebte Kuno mit ihr in der Kasemattenstraße, und nie hatten ihn Albträume geplagt. Erst seit ein paar Wochen schreckte er nachts des Öfteren auf, und die letzten drei Nächte hatte er im Schlaf geredet. Sie hatte ihn beim Frühstück auf die Albträume angesprochen, ihm wiederholt, was er geschrien hatte. Kuno konnte oder wollte sich an nichts erinnern, und sosehr sie auch nachbohrte, er kannte keine Elly und wusste auch sonst nichts. Adela machte diese Haltung wahnsinnig, denn für sie war sie nur die Fortsetzung eines anderen Verhaltens, das sie massiv an Kuno störte: Er redete nicht über sich selbst. Mit dem Umzug nach Köln habe er ein neues Kapitel seines Lebens aufgeschlagen, sagte er immer wieder, aber das bedeutete in ihren Augen nicht, dass alles, was davor war, nicht mehr existierte.

Man konnte doch seine Vergangenheit nicht abstreifen wie ein verschwitztes Hemd! Kuno konnte das. Alles, aber auch wirklich alles, musste sie ihm aus der Nase ziehen. Die Antworten, die sie auf ihre Bohrerei bekam, waren selten mehr als einsilbig. Und ein Thema durfte sie überhaupt nicht anschneiden: seine Strafversetzung von Stuttgart nach Offenburg. Davon hatte sie damals im Schwarzwald von einem Freund von Katharina erfahren. Darauf angesprochen reagierte Kuno wütend wie ein verletztes Tier ... Hatten diese Albträume etwas damit zu tun? Brach in seinen Träumen all das auf, was er in seinem wachen Leben wunderbar verdrängen konnte?

Was blieb ihr anderes übrig, als sich mit so halbgarer Hobby-Psychologie Kunos Verhalten zu erklären? Seit diesen Träumen empfand sie den Boden, auf dem ihre Beziehung stand, als dünnes Eis, das jederzeit einbrechen konnte.

Und noch eine andere Vorstellung beunruhigte Adela weit mehr als die, die Albträume könnten etwas mit Kunos Strafversetzung oder einem alten, ungelösten Fall zu tun haben. Etwas, das sie sich schwer eingestehen konnte. Sie war eifersüchtig. Sie malte sich aus, diese Elly wäre eine große Liebe in Kunos Leben gewesen, die sich nie erfüllt hatte, und Kuno trauerte der unerwiderten Liebe in seinen Träumen nach. Diesen Gedanken wurde sie nicht mehr los, sie fühlte sich im wahrsten Sinne des Wortes von einer Traum-Frau bedroht. Gleichzeitig kam sie sich albern und kindisch vor, denn Kuno bot ihr, jenseits seiner Träume, keinerlei Anlass, an seiner Liebe zu ihr zu zweifeln.

Sie war so unerfahren in Liebesdingen! In einem Alter, in dem andere Frauen bereits unzählige Affären und mehrere Ehen hinter sich hatten, bewegte sie sich auf dem Mann-Frau-Parkett wie eine Debütantin. Sie hatte halt vierzig Jahre lang Kindern auf die Welt geholfen. Da war kein Platz für einen Mann gewesen! Wenn sie sich vorhin getraut hätte, Katharina zu sagen, dass sie wegen Kuno weinte, hätte diese bestimmt nachgebohrt, und dann hätte sie wahrscheinlich von diesen Elly-Träumen erzählt. Aber Katharina hatte so müde ausgesehen! –

Vielleicht würde sich morgen eine Gelegenheit zum Reden ergeben. Schließlich hatte Katharina, die vom Alter her ihre Tochter sein könnte, mehr Erfahrung mit Männern als sie. Es wäre ihr schon gedient mit der Einsicht, dass man als Frau mit einem festen Partner von grundloser Eifersucht überfallen werden konnte. Auch würde es sie beruhigen zu hören, dass es verständlich war, dass ihr solcherlei Gedanken in den Sinn kamen. Selbst ein mitleidiges Grinsen von Katharina ob ihrer »lächerlichen« Eifersucht würde sie wegstecken können.

Allerdings hegte sie leichte Zweifel, ob Katharina in Liebesangelegenheiten eine kluge Ratgeberin war. Keine von Katharinas Männerbeziehungen hatte unter einem guten Stern gestanden. Wenn sie nur an diese furchtbare Affäre mit Hugo Spielmann dachte! Und vor ein paar Monaten hatte Katharina ziemlich überraschend ihre Beziehung zu Taifun beendet. Dann zwei Wochen danach ... Katharina hatte ihr erst im Nachhinein davon erzählt. Ganz kühl und kopflastig hatte sie davon gesprochen, das Ganze wie einen unangenehmen Zahnarztbesuch behandelt, aber Adela konnte man in diesem Punkt nichts vormachen. Keine Frau steckte das so leicht weg, egal wie viele vernünftige Gründe dafürsprachen!

Wie schade, dass aus der Sache mit Ecki nichts geworden war! Schon bei seinem ersten Besuch hatte Adela den Wiener in ihr Herz geschlossen. Aber Ecki hatte Hummeln im Hintern, der mochte sich nicht festlegen. Der könnte vielleicht ein, zwei Jahre in der Küche der Weißen Lilie stehen, dann würde er wieder in Honolulu oder Kapstadt kochen wollen. Kein Mann, auf den man sich verlassen kann. Aber charmant, charmant und witzig. Ein Wiener halt ...

Adelas Blick streifte die Leuchtziffern des Digitalweckers, die 2:01 Uhr anzeigten. Sie seufzte. Kuno drehte sich zu ihr um, legte schlaftrunken den Arm um sie und zog sie zu sich. Undeutlich nuschelte er »Komm her zu mir, Spätzle!« Adela spürte seine regelmäßigen Atemzüge in ihrem Nacken. Vielleicht war diese Traum-Elly nur ein dummes Hirngespinst. Vielleicht.

ZWEI

In der Luft hängt der Geruch von Metallspänen, an der Wand ruhen die Schleifmaschinen. Hinter dem Tresen das große Foto von Atatürk. Davor das sanfte Vollmondgesicht von Cengiz Özal. »Was führt Sie zu mir?«, fragt er freundlich. »Klemmt ein Schloss in der Weißen Lilie?« – »Nein«, sage ich kalt und beuge mich drohend zu dem kleinen Mann hinunter. »Was wollen Sie von meinem Lehrling?« – »Ihrem Lehrling?«, fragt er bestürzt, tut so, als ob er nicht wüsste, wovon ich rede. »Die kleine Kurdin, die gestern bei Ihnen war«, helfe ich ihm auf die Sprünge. »Ach, Arîn Kalay«, nickt er. »Genau«, bestätige ich. »Also: Was wollen Sie von ihr?« Er lächelt wieder, diesmal sehr mehrdeutig. »Wir haben noch eine Rechnung offen, Frau Schweitzer«, sagt er dann. »Glauben Sie bloß nicht, dass ich das vergessen habe.«

Ich schreckte hoch. Schon wieder Cengiz Özal. Würde er meinen Kopf erneut mit Beschlag belegen wie damals vor zwei Jahren? Würde ich die Angst vor ihm nie verlieren? Der Blick auf den Wecker holte mich in die Realität zurück. Viertel vor zehn. Ich hatte verschlafen, und heute war Dienstag.

Also Katzenwäsche, rein in die Klamotten, in der Küche einen Kaffee im Stehen. Kuno und Adela, die noch beim Frühstück saßen, wirkten beide schlecht gelaunt, Kuno grummelte hinter dem Stadtanzeiger, und Adela goss nur sich und mir Kaffee nach, obwohl auch Kunos Tasse leer war. Was immer die Ursache der miesen Laune und der Tränen des gestrigen Abends war, jetzt war nicht der Zeitpunkt, danach zu fragen. Ich vervollständigte hastig meine Einkaufsliste, stellte meine halb leer getrunkene Kaffeetasse in die Spüle und machte mich auf den Weg zum Handelshof. Wie jeden Dienstag schnappte ich mir einen der großen Einkaufswagen, packte ihn im Nonfood-Bereich mit Klopapier, Kerzen, Putzmitteln, Papierhandtüchern und all dem anderen Kram, den man in einem Restaurant brauchte, voll, holte mir einen zweiten Wagen, lud alle haltbaren Lebensmittel von Reis bis Linsen auf, wartete eine Viertelstunde an der Fischtheke, stellte beim Gemüse fest, dass der Bärlauch alle war, und hatte zum Schluss das Pech, dass an der

Kasse eine Frau vor mir in der Reihe stand, die nicht nur zwei, sondern vier volle Wagen zum Bezahlen schob.

Viel zu spät parkte ich den Corolla im totalen Halteverbot vor der Hintertür der Weißen Lilie und hielt vergebens nach Arîn oder Holger Ausschau, deren Job es war, mir beim Ausladen zu helfen. Also schleppte ich allein Kiste für Kiste in die Küche, und Holger, der auftauchte, als nur noch zwei Kartons im Wagen standen, bekam meinen Ärger ab. Nachdem alles verräumt war, stellte Holger mir einen frischen Milchkaffee an eine Ecke des großen Eichentisches.

»Ist irgendwas passiert?«, fragte er vorsichtig.

Holger Schädele spürte meine Unruhe immer sofort. Er war von Anfang an bei mir in der Weißen Lilie und kannte mich ziemlich gut. Vor zwei Jahren war er nicht sehr erfreut gewesen, als Arîn in unser eingespieltes Zweierteam kam. Für den bedächtig und exakt arbeitenden Koch stellte die schwungvolle, leicht reizbare Arîn eine Herausforderung dar, die ihn oft zum Stöhnen brachte. Dennoch hatte er in vielem mehr Geduld bewiesen als ich, wenn es galt, Arîn diese oder jene Technik beizubringen. Der empfindsame, dunkellockige Kerl, der ein bisschen wie ein bleicher Barockengel aussah und früher mal sehr gestottert hatte, könnte von seinen Fähigkeiten her in wesentlich höher bewerteten Häusern kochen als bei mir, aber noch schätzte er die Vertrautheit unserer kleinen Kochfamilie mehr als die Aussicht, sich in einer großen Brigade durchbeißen zu müssen.

»Ein Junge ist gestern bei der Kochprüfung getötet worden«, sagte ich. »Eine halbe Stunde nachdem Arîn sich heftig mit ihm gestritten hat.«

»Doch nicht der Kerl, der sie das ganze Schuljahr über gemobbt hat?«

»Doch. Genau der!«

»Aber sie hat das nicht getan, oder?«, fragte er ungläubig. »Ich meine, wir wissen beide, wie wütend sie werden kann, wenn ihr etwas gegen den Strich geht.«

Jeder, der eins und eins zusammenzählen konnte, wusste, dass Arîn zum Kreis der Verdächtigen gehörte. Sie hatte ein Motiv und die Gelegenheit.

»Glaubst du, dass sie's war, Katharina?«

»Nein, tu ich nicht!«, sagte ich.

Dabei wusste ich, dass Glaube in einem solchen Fall nicht das Entscheidende war. Und ich wusste noch eine Reihe ganz pragmatischer Dinge. Ich wusste, dass ich ganz schnell mein Auto aus dem Halteverbot vor der Weißen Lilie fahren musste, ich wusste, dass wir sofort anfangen mussten zu kochen, wenn die dreißig Gäste, die für heute in unserem Buchungsbuch standen, rechtzeitig etwas zu essen bekommen sollten.

»Leg mir die Zutaten für die Rhabarbergrütze zurecht, bevor du dich um die Vorspeisen kümmerst«, sagte ich zu Holger. »Ich muss noch einen Parkplatz suchen.«

Erst an dem kleinen Platz an der Ratsstraße entdeckte ich eine Parklücke. Auf dem Weg zurück rief ich Arîn an. Sie ging zu Hause nicht ans Telefon und hatte ihr Handy ausgeschaltet. Ich fragte mich, ob dies ein gutes oder ein schlechtes Zeichen war und ob ich sie gestern Abend nicht hätte begleiten und mit ihrem Vater reden sollen. Hatte sie ihrer Familie überhaupt etwas erzählt? – Ich hatte nicht die leiseste Ahnung, wie Vater und Schwester auf die Vorkommnisse reagiert haben könnten. Wieder merkte ich, wie wenig ich von dem wusste, was Arîn außerhalb der Arbeit tat.

Warum nur hatte ich für heute ausgerechnet die arbeitsaufwendigen marinierten Wachtelbrüstchen und nicht einen großen Braten auf die Speisekarte gesetzt? Warum eine Rhabarbersülze zum Nachtisch, die schon seit einer Stunde dringend in den Kühlschrank gemusst hätte? Alle anderen Gedanken verdrängend schlüpfte ich in meine Kochkleidung und machte mich an die Arbeit.

Kunze kam gegen halb drei.

»Ich muss noch einmal mit Arîn sprechen.«

Er sah sich meine Küche an, prägte sich die Anordnung der Arbeitsflächen, Herde und Spülen ein, weiß der Henker, was diese für eine Rolle bei seinen Ermittlungen spielen sollten.

»Sie ist heute nicht zur Arbeit erschienen. Sie muss vielleicht allein sein, nach dem Schock«, sagte ich und begann Rhabarberstangen zu fädeln. Nur weil Kunze mich aufhielt, kamen meine Gäste nicht später.

»Kann ich mich umsehen?«, fragte er.

Ich ließ ihn den Vorratsraum inspizieren und in den Keller steigen und fragte ihn dann, warum er Arîn unbedingt sprechen wollte.

»Das kann ich Ihnen aus ermittlungstechnischen Gründen nicht sagen.«

»Das Mädchen ist Kurdin«, sagte ich zum Schluss. »Wenn ich mitkriege, dass dies bei Ihren Ermittlungen eine negative Rolle spielt, setze ich Himmel und Hölle in Bewegung, dass das rauskommt.«

»Ich trage Fakten zusammen, keine Vorurteile«, antwortete er ungerührt.

Dann verschwand er so leise, wie er gekommen war. Ich tippte erneut Arîns Telefonnummern ein, sprach aber wieder nur mit der Mailbox. Meine Gefühle schwankten zwischen Wut und Sorge. Wut, weil sie sich nicht meldete, Sorge, weil ich nicht wusste, wieso. Vielleicht musste sie einen Tag mit ihrer Cousine Cihan durch die Stadt ziehen, um den gestrigen Tag zu verdauen, so versuchte ich, meine Sorgen zu zerstreuen, und zerkleinerte dabei weiter Rhabarberstangen, denn meine Gäste wurden nicht von meinen Sorgen satt. Ich kochte sie in gesüßtem Kirschsaft bissfest, band mit Gelatine, füllte die Menge in dreißig kleine Förmchen, die ich zum Auskühlen auf die Fensterbank stellte, damit sie ganz schnell in den Kühlschrank konnten. Die Zabaione aus Amarettolikör, die der strengen Säure des Rhabarbers die Schärfe nahm, würde ich erst unmittelbar vor dem Servieren aufschlagen.

Sicher war Arîn mit Cihan unterwegs. Cihan war eine Meisterin in Sachen Ablenkung. Mit ihren Geschichten über diverse Bewerbungen bei »Deutschland sucht den Superstar« oder »Germany's Next Topmodel« unterhielt sie manchmal spätabends die ganze Küche. Laut Arîn konnte man mit niemandem so gut shoppen, so gut tanzen, so gut ausgehen wie mit Cihan. Und Cihan war Arîns älteste und beste Freundin, sagte ich mir, als ich begann, verschiedene Schokoladensorten im Wasserbad zu schmelzen, um mich weiter zu beruhigen. Kaum waren die Mousses zum Stocken im Kühlschrank verstaut, machte ich mich an das Auslösen der Wachtelbrüstchen. Anderthalb Minuten benötigte ich pro Brust, fünfundvierzig stupide Minuten lang immer das Gleiche tun, eine typische Lehrlingsarbeit, eigentlich Arîns Job …

Fünfzehn hatte ich ausgelöst, als Eva, meine Service-Chefin, den Kopf in die Küche steckte und Hallo sagte. Eva kam immer gegen sechs, zwei Stunden vor den ersten Gästen, jetzt war Eile angesagt.

»Ist Arîn krank?«, fragte sie.

»Bei der Kochprüfung gestern …«, begann Holger.

»Das hat Zeit bis später«, fuhr ich ihm über den Mund. »Falls du nichts zu tun hast, hilf mir bei den Wachtelbrüstchen! – Eva! Der Bäcker hat die Baguettes noch nicht geliefert. Mach ihm Feuer unterm Arsch!«

»Holla! Hier brennt der Baum!«, sagte Eva und zog sich schnell ins Restaurant zurück.

Für die nächsten zwei Stunden putschte ich meinen Adrenalinspiegel derart in die Höhe, dass ich wie in Trance Pfannen schüttelte, Töpfe schwenkte, Couscous häufelte, Pinienkerne und Rosinen über die Wachtelbrüstchen streute, fertige Teller über den Pass schob. Irgendwie schafften Holger und ich es, mit nur minimaler Verspätung unsere Gerichte auf den Tisch zu bringen. Als der letzte Hauptgang draußen war, trank ich eine Flasche Wasser und besah mir das Treiben im Restaurant.

Eine große Glasfront verband Küche und Gaststube, weil ich immer davon geträumt hatte, meinen Gästen beim Essen zuzusehen, und meine Gäste die Möglichkeit haben sollten, mich beim Kochen zu beobachten. An Tagen wie diesem wünschte ich, ich hätte mir diesen Traum nie verwirklicht, denn unter so hektischen Bedingungen wie heute sahen die Gäste keine freundlich werkelnden Köche, sondern sie hörten mein Gebrülle, bemerkten das Schubsen und Rempeln zwischen Holger und mir beim Anrichten der Teller, und jeder Topf, der scheppernd zu Boden ging, klingelte ihnen in den Ohren. – Zum Glück war jetzt das Gröbste überstanden!

Ein Gemeinderat aus dem Vorgebirge und eine kleine Geburtstagsgesellschaft aus Klettenberg bildeten die heutige Tafelrunde. Wie meist hatte es Eva geschafft, eine herzliche Atmosphäre unter den Gästen zu schaffen. Mit ihrer freundlichen, dezenten Art trug sie bestimmt ebenso sehr zum Erfolg der Weißen Lilie bei wie ich mit meiner Küche. Immer wieder bekam sie gute Angebote von anderen Häusern, aber sie blieb in der Weißen Lilie, obwohl ich ihr

Gehalt erst ein Mal hatte erhöhen können. Auf eine gewisse Weise war mein Restaurant, in dem sie von Anfang an den Service machte, auch das ihrige.

Einen Stapel leer gegessener Teller auf dem ausgestreckten Arm beantwortete sie mit Engelsgeduld die Fragen eines Gastes. Die blonden Haare trug sie hochgesteckt, eine weiße Bluse mit zarten Pünktchen in Pastelltönen betonte ihren wohlgeformten Busen, die langen Beine versteckten sich hinter der weißen Kellnerschürze. Kaum hatte sie die Frage beantwortet, lud sie weitere Teller auf, eilte in die Küche und stellte sie stöhnend auf die Spülmaschine.

»Ihr könnt mit dem Nachtisch anfangen!«, schnaufte sie. »Dickes Kompliment für den Zimt-Couscous und deinen Garnelensalat, Holger!«

Auch das ganz typisch für Eva: Nie vergaß sie, ein Lob der Gäste an uns weiterzugeben. Kritik handhabe sie übrigens genauso. Während sie weiter abräumte, schlug ich die Amaretto-Zabaione schaumig. Holger stürzte die Rhabarbersülze auf Dessertteller und richtete dann die Mousse-Variationen für die Schokoladenfans.

Eine Stunde später rumpelte die vorletzte Spülmaschine, und Holger und ich wischten unsere Arbeitsplätze sauber. Nachdem Eva draußen die letzten Gäste verabschiedet hatte, stapelte sie die Espressotassen und Digestif-Gläser auf ein Tablett. Ich sammelte alle Tourchons, Spültücher, Servietten und Schürzen ein und stopfte diese im Vorratsraum hinter der Küche in die Waschmaschine. Das Waschpulver rieselte in die dafür vorgesehene Kammer, als im Restaurant Tassen und Gläser klirrten.

»Katharina!«, brüllte Holger. »Komm schnell!«

Auf dem Terrakotta-Boden neben der großen Tafel lag Eva auf dem Bauch in einem Meer von Glasscherben und rührte sich nicht. Mein Blick sauste durchs Restaurant, aber da war niemand, nur wir drei füllten den Raum. Ich starrte auf Evas gepunktete Bluse, vor mir tauchte der tote Justus in der Schulküche auf, und durch meinen Kopf geisterte der Gedanke, die Scherben wären der gläserne Sarg meiner schönen Service-Chefin. Dann stöhnte Eva. Ohne den erlösenden Kuss des Märchenprinzen rappelte sie sich aus den Scherben auf, die sie seltsamerweise nirgendwo verletzt hatten, und hockte sich auf einen Stuhl.

»Erst war mir ein bisschen schwindelig, dann wurde mir schwarz vor Augen, und mehr weiß ich nicht«, erzählte Eva und besah sich das Scherbenfeld. »Acht Obstbrandgläser, zwei Cognacschwenker, fünf Espressotassen«, zählte sie.

»Hast du etwa nichts gegessen?«, fragte Holger besorgt.

»Red doch keinen Stuss, du weißt am besten, wie viel ich esse. Noch vor zehn Minuten hast du mir einen übrig gebliebenen Garnelensalat hingeschoben, den ich ratzfatz aufgefuttert habe.«

»Mannomann, war das ein Schreck«, sagte ich. »Was ist mit dem Notarzt?«

»Auf keinen Fall!«, wehrte sich Eva. »Der schickt mich in die Notaufnahme, und ich muss drei Stunden warten, bis ich ein Blutbild oder sonst was gemacht bekomme. – Ich ruf Ben an, der soll mich abholen. Mir geht's wieder gut!«

»Dann geh morgen früh zu deinem Hausarzt!«, befahl ich. »Der soll dich durchchecken. Ich brauch dich hier gesund und munter.«

Kalte Böen peitschten mir entgegen, als ich zehn Minuten später die Tür der Weißen Lilie zusperrte. Die Linden und Kastanien auf dem Spielplatz zerrte der Wind kräftig hin und her. Zwei weggeworfene Plastiktüten wirbelten durch die Luft, und an der Ecke zum Altenheim scheppterte eine leere Coladose gegen einen Stromkasten. Nochmals wählte ich Arîns Nummern, blieb wieder ohne Antwort.

Die Schatten hinter dem erleuchteten Fenster der Vielharmonie, meiner Stammkneipe, zeigten mir, dass bei Curt noch ein paar Leute auf ein spätes Bier saßen, aber mir war nicht nach Gesellschaft, ich wollte nicht mal mehr Chet Baker hören.

Die Coladose kullerte zurück auf die Straße, mit der nächsten Böe ließ der Wind sie wieder gegen den Stromkasten rattern. Im Altenheim war alles dunkel. Auch bei Taifun brannte kein Licht. Wie fast jeden Abend sah ich zu seiner Dachwohnung hoch. Wer weiß, in welchem Bett er sich heute vergnügte? Obwohl es schon fast ein halbes Jahr her war, seit ich mich von ihm getrennt hatte, tat alles, was an ihn erinnerte, noch weh, und die Tatsache, dass er genau vis-à-vis der Weißen Lilie wohnte, machte die Sache nicht leichter. Mit dem nächsten blechernen Rumpeln der Coladose setzte ich mich in Bewegung, lief in Richtung des kleinen Plätzchens, auf dem ich heute Mittag geparkt hatte. Jetzt legte der Wind eine Pause ein, das Scheppern der Coladose erstarb, und nur meine Schuhe klackerten in der menschenleeren Regentenstraße. Ganz leise hörte ich in der Ferne Schritte, aber als ich mich umdrehte, war niemand auf der Straße. Ich bin ein gebranntes Kind, in dieser Gegend hatte ich schon einiges erlebt, also packte ich meinen Schlüsselbund in die rechte Faust, beschleunigte zehn Meter vor der Stürmerstraße meine Schritte, bog rechts um die Ecke, hastete zum nächsten Hauseingang und klemmte mich dort in den Schatten.

Die Person, die wenig später vorsichtig um die Ecke lugte, kannte ich gut. Ich steckte meinen Schlüsselbund wieder ein und trat aus dem Schatten.

»Kannst du mir mal erklären, warum du mir nachläufst?«

Wieder hallte ein Scheppern über die Straße. Am Stromkasten setzte der Wind sein Spiel mit der Coladose fort. Diese Nacht würde den Senioren des Altenheims einen noch unruhigeren Schlaf bescheren als den, von dem sie eh schon geplagt wurden.

»Wo hast du den ganzen Tag gesteckt?«

Arîn zuckte mit den Schultern.

»Lass uns zu meinem Auto gehen. Ich fahr dich nach Hause.«

Arîn trottete stumm neben mir her. Schweigend erreichten wir den Wagen. Als ich fünf Minuten später um den Wiener Platz zurück auf den Clevischen Ring fuhr, machte sie zum ersten Mal den Mund auf.

»Ich habe ihn nicht umgebracht!«, sagte sie trotzig und verstummte wieder.

»Ich muss dir etwas von mir erzählen«, begann ich, als wir schon die Berliner Straße entlangfuhren und sie noch nichts weiter gesagt hatte. »Es betrifft meine Abschlussprüfung. Die Geschichte mit Karsten Heinemann.«

Aber Arîn hörte überhaupt nicht zu. »Willst du hören, dass ich Justus umgebracht habe, oder was?«, schnaubte sie nach meinen ersten Sätzen. Der Spott in ihrer Stimme war nicht zu überhören.

»Ich versuche dir deutlich zu machen, dass du selbst dann meine Unterstützung nicht verlieren würdest!«

Arîn zuckte mit den Schultern und ließ einen Kaugummi platzen.

»Ich war's nicht«, sagte sie trotzig.

»Die Polizei war da. Die haben noch ein paar Fragen an dich.«

»Mein Typ scheint heute sehr begehrt zu sein.«

Jetzt riss mein Geduldsfaden. »Verdammt, Arîn«, schimpfte ich. »Merkst du nicht, in was für einer beschissenen Situation du steckst? Du bist die Tatverdächtige Numero eins in diesem Fall, du hattest ein Motiv und die Gelegenheit. – Es wirkt nicht gerade wie ein Unschuldsbeweis, wenn du am Tag nach der Tat weder zur Arbeit kommst noch erreichbar bist!«

»Halt sofort an und lass mich raus!«, brüllte sie wütend. »Du glaubst doch auch, dass ich es war, alle glauben, dass ich es war. – Der Typ war ein großes Arschloch, aber deshalb bringe ich ihn doch nicht um!«

Sie fing hemmungslos an zu weinen.

»Ich glaube, dass du ihn nicht umgebracht hast«, sagte ich, jetzt wieder ruhiger. »Ich glaube dir, weil ich dich kenne, weil ich weiß, dass du niemals jemanden von hinten erstechen würdest. – Aber die Polizisten kennen dich nicht. Für die zählen nur die Fakten. Dass sie dich noch einmal sprechen wollen, heißt nicht, dass sie dich für die Täterin halten. Es kann alles Mögliche bedeuten. Vielleicht musst du eine andere Zeugenaussage bestätigen, vielleicht haben sie vergessen, dich etwas zu fragen …«

Vor dem Haus, in dem Arîn wohnte, stoppte ich den Wagen.

»Meinst du, die Polizei war bei mir zu Hause?«, fragte sie und wischte sich die verheulten Augen.

»Anzunehmen. Da du nicht bei der Arbeit warst, ist Kunze bestimmt hierher gefahren.«

Wieder fing Arîn an zu schluchzen, konnte sich überhaupt nicht mehr beruhigen. Ich startete den Wagen erneut und fuhr mit ihr bis nach Odenthal. Auf dem Rückweg versiegten die Tränen langsam. Als wir wieder in der Berliner Straße ankamen, fragte ich:

»Hast du deinen Leuten gestern Abend erzählt, was passiert ist?«

Sie schüttelte heftig den gesenkten Kopf.

»Soll ich mit reinkommen?«, fragte ich.

»Kann ich heute Nacht bei dir schlafen?«, fragte sie leise. »Mein Vater … weißt du, ich habe den ganzen Tag in den Rhein gestarrt und mir überlegt, wie ich es ihm sagen soll. Du kennst seine Geschichte nicht, du weißt nicht, was er für Erfahrungen mit der türkischen Polizei gemacht hat! – Und wenn jetzt die Polizei schon da war, ist alles noch viel schlimmer. – Lass mir noch eine Nacht, bevor ich ihm gegenübertrete, bitte, Katharina, bitte!«

Ihr Flehen war so mitleiderregend, dass ich ein Herz aus Stein hätte haben müssen, um ihm nicht nachzugeben.

»Bestimmt macht er sich Sorgen um dich!«

»Ich schicke ihm eine SMS«, schlug Arîn vor und tippte blitzschnell ein paar Worte in ihre Handytastatur.

Ich startete den Wagen und fuhr die Berliner Straße zurück auf den Clevischen Ring. Der Wind rüttelte immer noch an den Bäumen, und als ich in der Kasemattenstraße parkte, wehten die Werbezettel eines neu eröffneten Restaurants im frisch fertiggestellten Bürokomplex an der Opladener Straße über den Bürgersteig.

Mit einem Handtuch und einem T-Shirt für die Nacht schickte ich Arîn ins Bad, während ich ihr auf dem Wohnzimmersofa ein Gästebett baute. Im Nebenzimmer hörte ich Adela und Kuno im Duett schnarchen. Es war zwei Uhr morgens.

»Gute Nacht«, murmelte Arîn, als sie in meinem ihr viel zu großen T-Shirt unter die Decke schlüpfte.

»Arîn«, fragte ich noch. »Was hast du gestern bei Cengiz Özal gewollt?«

Sie hörte mich nicht mehr, war schon ins Schlafreich hinübergeglitten, wie ihre gleichmäßigen Atemzüge verrieten.

Auf dem Küchentisch lag ein Zettel in Adelas schwungvoller Handschrift. »Taufe am 15. April. Sofort Bescheid geben, ob du kommst.« – »Sofort« hatte Adela dreifach unterstrichen und damit den Kommandoton meiner Mutter deutlich gemacht. Ich zerknüllte das Blatt, warf es in den Papierkorb, holte mir ein kaltes Kölsch aus dem Kühlschrank und öffnete die Tür unseres kleinen Küchenbalkons. Auch durch die Linden im Hinterhof strich der Wind, viel sanfter als vorhin auf der Straße, die Häuserwände bremsten seine Kraft. Über den Nachthimmel zogen eilige Wolken, hinter ihnen blinkten glasklar ein paar Sterne und die scharfe Sichel eines Neumondes. – Es passte zu diesem aufreibenden Tag, dass die letzte Botschaft von meiner Mutter kam, mich dieser blöde Zettel zwang, über etwas nachzudenken, was ich zumindest in den letzten zwei Tagen erfolgreich verdrängt hatte.

Auf gar keinen Fall würde ich zu der Taufe ins Badische fahren. Die Vorstellung, in die glücklichen Gesichter von Bruder und

Schwägerin zu blicken, meine Mutter als stolze Großmutter des ersten Enkels zu erleben, meinen wohlgestimmten Vater flüstern zu hören: »Und wann isch's bei dir so weit?«, all das wollte ich mir nicht antun. Und am allerwenigsten wollte ich das Baby selbst sehen. Empfand ich Adelas Babyfotos schon als Tortur, so würde mich ein lebendiges Baby, das die Ärmchen auf und nieder reckte, die kleinen Fäustchen ballte, diesen süßlichen, unverwechselbaren Babygeruch verströmte, noch mehr quälen. Jedes zarte Gähnen, jedes ungelenke Patschen würde ich als Strafe empfinden, weil ich einem solchen Wesen nicht die Chance gegeben hatte, in mir zu wachsen und durch mich auf die Welt zu kommen.

Wenn ich Taifuns Baby behalten hätte, wäre ich jetzt hochschwanger, könnte meinen kleinen Neffen bei seiner Taufe im Arm wiegen und ihm von der baldigen Ankunft einer Cousine oder eines Cousins erzählen. Ob meine Mutter dann endlich mal rücksichtsvoll mit mir umgegangen wäre? Ob sie wenigstens diesen Schritt von mir hätte gutheißen können?

Ab und zu sah ich dieses Leben, das ich abgelehnt hatte, mit großer Deutlichkeit vor mir. Ich sah mich mit dickem Bauch, spürte das Baby in meinem Inneren treten, ich sah Taifun, der in Buchhandlungen nach deutschen und türkischen Kinderbüchern stöberte. Ich sah mich, einen Kinderwagen über die Deutzer Freiheit schieben, sah, wie das winzige Wesen mit seinen kleinen Händchen in meinem Gesicht herumpatschte …

Abziehbilder von einem Familienglück, das es nie gegeben hätte. Taifun und ich hätten das Kind zwischen uns hin und her geschoben, darüber gestritten, ob seine oder meine Arbeit die wichtigere war. – Es wäre nicht gut gegangen mit uns.

Wieder strich der Wind durch die noch kahlen Linden, ließ ein paar abgestorbene Äste auf den Hinterhofboden fallen. Das Kölsch war leer, meine Hände eisig. Ich ging zurück in die Wohnung.

Im Wohnzimmer schnarchte Arîn leise. Das Kopfkissen hatte sie mit beiden Armen zusammengeknüllt, die schwarzen Haare bedeckten ihr Gesicht, ihr Atem ging ruhig und gleichmäßig. Bestimmt war sie ein wunderhübsches Baby gewesen …

DREI

Die Fahnen vor dem Polizeipräsidium hingen schlaff an ihren Masten. Die großen grauen Betonkugeln vor dem Haupteingang hatte der Regen geschwärzt. Aus dem Nieselregen kommend ließ das warme Licht in der Eingangshalle das riesige Gebäude fast heimelig erscheinen.

»Bringen wir's hinter uns«, sagte ich, schüttelte den Schirm aus und stapfte langsam die zweieinhalb Eingangsstufen hoch.

Arîn folgte mir unwillig.

»Zu Herrn Kunze«, sagte ich am Empfang.

»Wen darf ich melden?«

Der Herr in dem blauen Anzug lächelte höflich, während er zum Telefon griff. Seine Jacke saß akkurat, und seine Finger waren fein maniküert. Ob er eine Qualifikation in Kundenbetreuung absolviert hatte? Sagten Polizisten überhaupt Kunden? Oder Klienten? Oder doch eher Gesocks? Kam wahrscheinlich drauf an, wie sie drauf waren ... War mir eigentlich egal, zumindest heute Morgen, nach einer Nacht mit viel zu wenig Schlaf und einer bockigen Arîn am Frühstückstisch, die weder zur Polizei noch nach Hause wollte.

»Sie werden abgeholt«, teilte der Herr am Empfang mit und wies uns mit seinem Kugelschreiber in Richtung Aufzug. Zwei vor Kraft strotzende Türken, die in Handschellen abgeführt wurden, kreuzten unseren Weg. Kunze trat aus dem Aufzug und nickte uns zu. Arîn blieb stehen und murmelte: »Ich geh da nicht hin, ich will das nicht.« Aber als ein randalierender Besoffener den Boden neben dem Eingang zum Casino vollkotzte, folgte sie mir schnell in Richtung Aufzug, bevor sich der säuerliche Gestank von Erbrochenem in der Eingangshalle ausbreiten konnte.

»Lass mich nicht allein mit den Bullen«, flüsterte sie, bevor wir in den Aufzug stiegen. »Bitte!«

»Es ist gut, dass Sie gekommen sind«, begrüßte Kunze Arîn. Sein Büro hatte einen Blick über die Bahngleise in Richtung Deutz, den heute Morgen einzig das ochsenblutrote Vordach der Kölnarena davor bewahrte, ganz grau in grau zu sein. Während er Arîn die Hand gab, sagte er, dass ich jetzt gehen könnte.

»Sie soll bleiben«, antwortete Arîn.

Kunze sah mich an, dann Arîn und dann wieder mich. »Einen Moment«, sagte er nach einer Weile, legte den Bleistift ab und verschwand aus dem Zimmer.

Arîn blieb im Türrahmen stehen, und ich warf einen Blick hinter Kunzes Schreibtisch. Köln-Marathon 2003, 2004, 2005, 2006, die Urkunden in Gold gerahmt. Meine Einschätzung war richtig gewesen. Ein Ausdauersportler!

Kunze war schnell zurück.

»Sind Sie wirklich sicher, dass Sie Ihre Chefin bei dem Gespräch dabeihaben wollen?«, fragte er Arîn. »Vielleicht frage ich Sie Sachen, von denen Sie nicht möchten, dass Ihre Chefin sie weiß?«

»Sie soll bleiben«, wiederholte Arîn bestimmt.

Kunze seufzte hörbar und bat mich, in der hinteren Ecke des Zimmers direkt neben dem Fenster Platz zu nehmen und mich auf gar keinen Fall in das Gespräch einzumischen. Arîn stellte er einen Stuhl direkt vor seinen Schreibtisch, erst dann setzte er sich und griff nach seinem spitzen Bleistift.

»Wissen Sie, ob Justus ein Handy hatte?«

»Klar hatte er eines. Weiß aber nicht, welches Modell.«

»Haben Sie gesehen, ob er es vor der Kochprüfung benutzt hat?«

»Er hat eine Zigarette geraucht, nicht telefoniert.«

»Haben Sie gesehen, ob er es irgendwo abgelegt hatte? In einem Spind oder sonst wo?«

»Er hat geraucht, sonst gar nichts.«

Sie haben Justus' Handy nicht gefunden, dachte ich, und zum ersten Mal fiel mir auf, wie viel so ein Handy über einen Menschen aussagte, was darin alles über seine Persönlichkeit gespeichert war. In Justus' Fall konnte es bei der Suche nach seinem Mörder wertvolle Hinweise liefern.

»Arîn, wie würden Sie Ihr Verhältnis zu Justus beschreiben?«, machte Kunze dann weiter, und ich merkte, dass die Handy-Fragen nur ein Vorspiel waren.

»Beschissen! – Aber das habe ich doch gestern schon gesagt«, sagte sie mürrisch.

»Und warum war Ihr Verhältnis schlecht?«

»Der Kerl hatte mich vom ersten Tag an auf dem Kieker.«

»Können Sie das ein bisschen besser beschreiben? Was ist am ersten Tag passiert?«

»Er hat mich gefragt, aus welchem Land ich komme. Ich habe gesagt, dass ich Kurdin bin. ›Kümmeltürke‹, hat er gemeint, ›Nein, Kurdin‹, habe ich gesagt. ›Ob Türke, ob Pole, ob Araber, ist doch alles das gleiche Geschmeiß‹, hat er dann gesagt.«

»Geschmeiß?«

»Ja. Das Wort hat er benutzt. Hab's zu Hause im Duden nachgeschlagen. Geschmeiß heißt ekelerregendes Ungeziefer, Gesindel und in der Jägersprache Raubvogelkot.«

Kunzes Bleistift füllte die weißen Blätter mit Worten. Wieder zeigte er keinerlei Regung oder Mitgefühl.

»Wie haben Sie auf diese Beleidigungen reagiert?«, wollte er wissen.

»Ich habe ihn angespuckt und gesagt, wenn er das noch mal sagt, schicke ich ihm meinen Cousin auf den Hals, damit er ihn windelweich prügelt.«

»Und? Haben Sie das getan?«

»Was?«

»Ihrem Cousin Bescheid gesagt!«

»Ich habe keinen Cousin.«

Zum ersten Mal glitt ein hauchdünnes Lächeln über Kunzes Gesicht.

»Waren Sie die Einzige, die er so beleidigt hat?«

»Er hat es auch bei den Polen und Schlesiern und bei den Pizzabäckern versucht. Aber Piotr ist Boxer und Lorenz ein Schläger, und die Pizzabäcker haben sowieso ihre eigenen Connections.«

»Er hat also nur die Schwachen beleidigt?«

»Ich bin nicht schwach!«

»Wen außer Ihnen hatte Justus noch auf dem Kieker?«, fragte Kunze stattdessen.

»Marcel. Früher mal Tina.«

Kunze suchte in seinen Papieren. »Tina Engel, die ihre Ausbildung im Altenheim in der Keupstraße macht, und Marcel Henckel, der genau wie Justus Lehrling bei Henckel in Bergheim ist?«

Arîn nickte.

45

»Warum die beiden?«, wollte Kunze wissen.

Arîn zuckte mit den Schultern. »Tina ist ziemlich dick, und Marcel hat Pickel und ist sehr schüchtern.«

Doch die Schwachen, dachte ich. Wieso hatte dieser strahlende junge Held das nötig gehabt? Er war doch durch sein fantastisches Aussehen so reich beschenkt, dass er eigentlich anderen gegenüber großzügig hätte sein können.

»Ihr hattet in diesem Schuljahr zweimal vier Wochen Blockunterricht. Wie oft sind denn solche Situationen vorgekommen?«

»Fast jeden Tag. Mal mehr, mal weniger schlimm.«

»Haben Sie darüber mal mit Ihrer Klassenlehrerin geredet?«

»Die Pothoff? Die fand den Justus toll, so wie alle Lehrer. Die hätte mir doch kein Wort geglaubt! Den Lehrern gegenüber war Justus ein Charmebolzen. Im Unterricht immer Finger hoch, Klassensprecher, na klar. Dass er in neunzig Prozent der Klassenarbeiten bei Marcel abgeschrieben hat, das hat keiner von denen gemerkt.«

»Justus hat Sie also sehr oft mit Worten wie Kümmeltürke …«

»… Dönerfresser, Kanakensau, ostanatolischer Bauerntrampel, Untermenschlein …«, ergänzte Arîn.

»… beleidigt. Gab es auch tätliche Angriffe?«

»Er hat mir gern ein Bein gestellt oder mir am BH gezogen …«

»Mehr nicht?« Zum ersten Mal schob Kunze seinen Oberkörper über den Schreibtisch und sah Arîn direkt an.

»Keine Ahnung. Mich im Schulhof mal in eine dunkle Ecke gedrängt oder so«, antwortete Arîn verunsichert.

»Sind Sie ganz sicher?«

»Reicht das nicht, oder was?«, fragte Arîn jetzt patzig.

Kunze blätterte in seinen Unterlagen und holte sich ein Blatt heraus.

»Warum erzählen Sie nicht, dass Justus Hartmann und Oliver Kuschenke Ihnen nach dem Sportunterricht während des Duschens die Kleider versteckt und erst wieder herausgerückt haben, nachdem Sie ihnen Ihren nackten Busen gezeigt haben? Warum erzählen Sie nicht, dass die zwei das Handyfoto, das sie von Ihnen gemacht haben, überall herumgezeigt haben?« Kunzes Stimme nahm jetzt an Schärfe und Lautstärke zu. »Sie haben geschworen, dass Sie sich bitter an ihnen rächen werden, und zwei Wochen später hatte Oliver einen schlimmen Moped-Unfall und liegt seither im Krankenhaus. Sie haben Justus gedroht, dass Sie es ihm ebenfalls heimzahlen werden. – Haben Sie das bei der Kochprüfung gemacht, Arîn?«

Während des Redens war Kunze aufgestanden und hatte seinen Oberkörper immer weiter auf Arîn zubewegt. Bei seinem letzten Satz war sein Gesicht keinen Zentimeter von dem ihrigen entfernt. Arîn umklammerte mit beiden Händen die Sitzfläche des Stuhles und versuchte vergebens, den Kopf wegzudrehen. Als sie Kunzes zudringlichen Blick nicht länger aushielt, sprang sie auf.

»Ich war es nicht«, brüllte sie verzweifelt. »Ich war's nicht, ich habe den Scheißkerl nicht umgebracht, obwohl ich es mir oft gewünscht habe. – Und das mit dem Mofa war ich auch nicht, es war wie mit meinem Cousin, es hat gut gepasst, und Justus hatte ein paar Tage so viel Schiss, dass er nicht in meine Nähe gekommen ist.«

Arîn tigerte im Raum auf und ab und warf mir verzweifelte Blicke zu.

»Bitte setzen Sie sich wieder«, sagte Kunze, jetzt mit ganz ruhiger Stimme. »Ich will Ihnen noch was zeigen!«

Er holte hinter seinem Schreibtisch Justus' Messerkoffer hervor und klappte ihn auf. Der Größe nach geordnet glänzte der auf blauem Samt gebettete Stahl. Daneben legte Kunze Arîns Messer, die er einzeln aus der handgenähten Stoffrolle zog, in der Arîn sie aufbewahrte, nebeneinander auf seinen Schreibtisch.

»Schauen Sie sich die Messer genau an!«, forderte Kunze sie auf. »Was fällt Ihnen auf?«

»Justus' Messer sind dreimal so teuer wie meine, und er hat dreimal so viel davon«, nuschelte sie leise, noch von ihrer Schreierei erschöpft.

»Und Ihre Messer?«

Er hatte sie exakt in der gleichen Reihenfolge auf den Tisch gelegt, wie Arîn dies vorgestern in der Schulküche getan hatte. Ich zählte sie durch, und als ich merkte, welches fehlte, stockte mir der Atem.

»Ich kaufe sie mir einzeln, muss immer warten, bis ich genügend Geld für ein neues zusammen habe«, erklärte Arîn. »Zur Zwischenprüfung hat mir meine Chefin das Ausbeinmesser ge…«

Sie sprach den Satz nicht zu Ende, weil ihr jetzt auch auffiel, was ich schon bemerkt hatte.

»Es fehlt ein Messer, nicht wahr?«, fragte Kunze so sanft, wie man nur fragt, wenn man sich der Antwort ganz sicher ist, und zog mit einer geschmeidigen Bewegung das Ausbeinmesser aus Justus' Koffer. »Ist es vielleicht dieses?«

Arîn sah sich das Messer nur einen winzigen Augenblick an, dann fegte sie mit einer raschen Bewegung ihre Messer vom Schreibtisch. Dass sie sich dabei in die Handkante schnitt, hinderte sie nicht daran, mit der blutenden Hand nach Justus' Koffer zu greifen, diesen auf den Boden zu schmettern. Dann trampelte sie darauf herum. Ich war schneller als Kunze bei ihr und nahm sie in den Arm, wo sie sofort laut zu schluchzen begann. Blut tropfte auf das zerbeulte Metall des Koffers, sammelte sich in den kleinen Einbuchtungen zu winzigen Seen und vermischte sich dort mit den Tränen, die über Arîns Backen kullerten.

Kunze besorgte von irgendwoher ein Pflaster, aber ich schickte ihn nach einem Druckverband, um zunächst das Blut zu stillen. In der Behandlung von Schnittwunden sind Köche große Experten.

»Macht es Ihnen Spaß, das Mädchen so zu quälen?«, zischte ich ihn an, als er mir den Verband in die Hand drückte.

»Hier geht es um die Wahrheitsfindung in einem Kapitalverbrechen«, gab er zurück. »Psychische Befindlichkeiten spielen dabei eine untergeordnete Rolle.«

Ich verband Arîns Wunde und drückte ihr ein Taschentuch in die andere Hand, damit sie sich die Nase schnäuzen konnte. Der Blick, den sie mir dabei schickte, war voll Verzweiflung.

»Arîn«, sprach Kunze sie an und forderte erneut ihre Aufmerksamkeit. »Wir wissen inzwischen, wie Justus gestorben ist. Jemand hat ihm einen schmalen, scharfen Gegenstand zwischen die Rippen gestoßen, dieser Gegenstand hat die Leber durchdrungen und massive innere Blutungen ausgelöst, die letztlich tödlich waren. Es dauert bei dieser Art von Verwundung einige Zeit, bis der Verletzte merkt, was geschehen ist. Das erklärt, weshalb Justus noch scheinbar gesund zu seiner Prüfung erschienen ist. – Dieser schmale, scharfe Gegenstand, mit dem er getötet wurde, könnte sehr wohl ein Ausbeinmesser sein. Also, Arîn, wo ist Ihr fehlendes Messer?«

»Es lag auf dem Tisch mit meinen anderen Messern«, wisperte sie. Arîn war am Ende ihrer Kräfte.

»Das stimmt!«, mischte ich mich ein. »Mir ist sofort aufgefallen, dass es fehlt, nachdem Sie Arîns Messer auf Ihren Schreibtisch gelegt hatten. Was nur heißen kann, dass ich es bei der Prüfung auf dem Tisch gesehen haben musste. Auch die Prüfer müssten das Messer gesehen haben! In dem Tumult nach Justus' Tod hätte es jeder im Raum an sich nehmen können.«

»Sie halten entweder den Mund oder warten vor der Tür!«, befahl Kunze in eisigem Ton.

»Erzählen Sie mir noch einmal genau, was zwischen Ihnen und Justus vorgefallen ist, als Sie vor der Prüfung gemeinsam im Umkleideraum waren!«, traktierte er Arîn weiter.

»Gar nichts«, antwortete sie schwach. »Er hat in der Raucherecke gepafft, und ich habe überlegt, wie ich am besten den Hecht filetiere. Wir haben kein Wort miteinander gesprochen, es war niemand außer uns beiden im Raum!«

Wieder schrieb seine spitze Schrift die Antworten auf Papier. Dann legte er den Kugelschreiber zur Seite und ordnete seine Notizen.

»Wie ist Ihre Handynummer?«, war seine nächste Frage.

»Sie können jetzt gehen«, sagte er, nachdem er sich die Nummer notiert und einmal ausprobiert hatte. »Unter der Bedingung, dass Ihr Handy immer an ist, ich Sie jederzeit erreichen kann. Falls Sie es ausmachen, lasse ich nach Ihnen fahnden und sperre Sie wegen Fluchtgefahr in Untersuchungshaft. – Haben wir uns verstanden?«

Arîn reagierte erst, als er die Frage laut wiederholt hatte. Dann erhob sie sich wie in Trance und taumelte in Richtung Eingang.

»Toller Job, den Sie da machen«, sagte ich zu Kunze, bevor ich Arîn unter die Arme griff und mit ihr dieses triste Büro verließ.

Arîn schaffte es bis zu den Betonkugeln vor der Eingangshalle, bevor sie sich erbrach. Es war nicht viel, was sie herauswürgte, eigentlich nur bittere Galle. Der Regen, der jetzt in kräftigen Tropfen vom Himmel platschte, schwemmte das giftige Grün bis zu einem Gully, wo es mit ein paar welken Blättern im Abwasser verschwand.

Zehn Minuten später kochte ich ihr in der Weißen Lilie einen Kamillentee und brühte mir einen Milchkaffee auf. Seit wir Kunzes Büro verlassen hatten, war kein Wort über ihre Lippen gekommen.

Wenn sie nach dem Blockunterricht wieder in die Weiße Lilie gekommen war, hatte Arîn über Justus und seine Beleidigungen geschimpft, so wie man halt Dampf abließ. Holger hatte dann immer erzählt, wie sehr ihn seine Schulkameraden wegen des Stotterns verspottet hatten, mich hatten sie in der Schule fette Kuh oder Trampel genannt, weil ich schon damals so groß und schwer gewesen war. – Niemand war so gut im Aufspüren persönlicher Schwächen wie Mitschüler. Deshalb trug fast jeder so eine Geschichte von Schul-Hänselei im Gepäck seiner Erinnerung, aber selten waren sie so schwerwiegend wie die Geschichte in der Dusche.

Darüber hatte Arîn nie gesprochen. Diese Situation wäre für jede Frau demütigend, aber für Arîn musste sie besonders schrecklich gewesen sein.

In der Weißen Lilie hatten wir im Vorratsraum für die Trockenlebensmittel in einer Ecke für jeden von uns einen Spind aufgebaut, ich schlüpfte in der Regel dort auch in meine Kochkleidung. Arîn tat das nie, sie verzog sich zum Umziehen immer in die Toilette. Als sie mal im Vorratsraum etwas holen wollte, ich just in diesem Moment meine Kochjacke über dem BH zuknöpfte, wurde sie rot und zog unverrichteter Dinge wieder ab. So wenig, wie sie selbst in Unterwäsche gesehen werden wollte, mochte sie jemand anderen darin sehen. Zudem hatte sie, soweit ich das wusste, noch keine Erfahrung mit Sexualität, und manchmal, vor allem im Zusammenhang mit ihrer Cousine Cihan, die sehr viel freizügiger als Arîn wirkte, erzählte sie, dass ein kurdisches Mädchen natürlich auf seine Ehre zu achten hätte.

Ich als erfahrene Frau wäre möglicherweise nur mit dem Handtuch bekleidet ins Lehrerzimmer marschiert, vorausgesetzt, die Peiniger hätten mich durch die Tür gelassen, oder ich hätte die Sache ins Lächerliche gezogen, indem ich behauptete, dass ich immer schon gern mal ein Handyfoto von meinem schönen Busen gehabt hätte. – Ob mir in der Situation tatsächlich eine dieser Möglichkeiten eingefallen wäre, wusste ich nicht, aber Arîn hatten diese Reaktionen nicht mal theoretisch zur Verfügung gestanden.

Immer noch hielt sie mit zittrigen Fingern den Kamillentee umklammert und schaukelte damit auf dem Stuhl leicht hin und her.

»Hättest du nur etwas gesagt …«, begann ich. »Ich hätte dafür gesorgt, dass die zwei eine Anzeige wegen sexueller Belästigung bekommen und sofort von der Schule fliegen. – Es ist furchtbar, was sie dir angetan haben!«

Arîn knallte den Kamillentee auf den Tisch und sprang auf. Sie funkelte mich mit ihren dunklen Augen an, in denen ich die tiefen Verletzungen zu sehen glaubte. Dann hetzte sie in die Küche und kam kurze Zeit später mit ihren Arbeitsklamotten unter dem Arm zurück. »Schau mal auf die Uhr«, sagte sie. »Müssen wir nicht anfangen zu arbeiten?«

In der Leidenschaft fürs Kochen waren wir Blutsschwestern. Obwohl erst seit zwei Jahren im Geschäft, wusste Arîn schon, dass, egal wie aufgewühlt du bist, egal welche Probleme drücken, egal welche Sorgen zwicken, egal an welchen Verletzungen du leckst, mit dem Kochen all dies in weite Ferne rückt. So wie der letzte Knopf der Kochjacke geschlossen, die Hände gewaschen, die Messer geschärft sind, betrittst du ein Reich, das nur betreten werden kann, wenn du alles zurücklässt, da es pure Konzentration erfordert. Beim Kleinschneiden der Zwiebeln reibst du dir mit den Tränen den heftigsten Schmerz aus der Seele, beim Zertrümmern der Rinderknochen verraucht deine schlimmste Wut, mit dem Schneebesen vertreibst du deine innere Unruhe. Und wenn deine Nase jeden einzelnen Geruch im Raum in seiner ganzen Fülle wahrnimmt, wenn das Blubbern der Fonds deinem Messer den Rhythmus vorgibt, wenn deine Finger flink und wie von selbst in den Salztopf greifen, während dein linkes Bein den Kühlschrank hinter dir zuschlägt, wenn du Fleischstücke zurechtklopfst, Fische filetierst, deine Augen fünf Pfannen gleichzeitig im Blick haben, du diese rüttelst und schüttelst und instinktiv weißt, wann welches Fleischstück durch, welcher Fisch gar, welche Eiercreme gestockt ist, dann hast du die Welt außerhalb dieser Küche weit hinter dir gelassen.

So schlüpfte auch ich in meine Kochkleidung, und Holger staunte nicht schlecht, als er uns bei seiner Ankunft schon einträchtig werkeln sah. Er beeilte sich mit dem Umziehen, und bevor er mit der Arbeit anfing, flüsterte er Arîn etwas ins Ohr. Die stellte daraufhin sofort die Eismaschine ab.

»Sag das noch mal!«, forderte sie ihn auf.

»Ich habe eine Stelle im Lucas Carton!«, sagte er laut und voller Stolz.

»Auf was für einem Posten?«, fragte Arîn.

»Patissier«, antwortete Holger.

»Gratuliere!«, sagte ich.

Das Lucas Carton war eines der besten Lokale in Paris, und die Reihe der Köche, die vor Senderens Restaurant am Place de la Madeleine mit den Hufen scharrten, um bei ihm arbeiten zu dürfen, war lang. Und ausgerechnet mein wohliger Barockengel hatte es geschafft, dort einen Posten zu ergattern. Gut, er würde als Patissier anfangen, der in der Postenhierarchie ganz unten stand, aber zum einen liebte Holger die Patissierarbeiten mehr als die des Sauciers, und zum anderen werden die Arbeitsstellen der Patissiers in den großen Küchen meist in die finsterste, hinterste Ecke der Küche verbannt, etwas, das Holger eher schätzen als verfluchen würde, denn dort konnte er mit ein oder zwei Kollegen still vor sich hin arbeiten, musste sich nicht dem lauten, schnellen, harten Rhythmus aussetzen, dem der Saucier-, der Poissonier- und der Entremetier-Posten gehorchen mussten.

»Und wann?«, fragte ich nach.

»Zum 1. September!«

Nur noch vier Monate! Wer würde meine Karamellfäden spinnen, wer meine Profiteroles füllen, wer meine Fruchtsoßen würzen? Mehr als drei Jahre arbeiteten wir jetzt Seite an Seite, immer hatte ich mich auf Holger verlassen können, wegen keiner Überstunde hatte er gemeckert, und da er sehr gutmütig war, hatten wir uns kaum gestritten. Holger war jetzt vierundzwanzig. In diesem Alter waren in unserem Beruf drei Jahre an der gleichen Arbeitsstelle verdammt lang. Es wurde höchste Zeit, dass er seine Gesellenjahre in einer anderen Küche fortsetzte, sagte ich mir ganz vernünftig, um den Schmerz wegen des baldigen Verlustes überhaupt nicht zuzulassen. Mit dem Lucas Carton hatte er gut gewählt, ein Zeugnis von Senderens würde ihm bei seiner Rückkehr nach Deutschland viele Türen öffnen. Ich wünschte ihm sehr, dass sich das Betriebsklima in Senderens Küche gebessert hatte. Vor ein paar

Jahren erzählte mir mal eine Kollegin, dass sie in dieser Küche fast ihren Verstand verloren hatte, weil ihr Neidhammel unter den Kollegen die Suppe versalzen, den Fisch verdorben oder die Fonds verwässert hatten. Dort wurde mit anderen Bandagen gekämpft als hier in der Weißen Lilie.

»Den Champagner habe ich schon kalt gelegt«, sagte Holger. »Wir warten noch auf Eva, damit wir anstoßen können.«

Aber Eva kam nicht. Sie habe die Anordnung ihres Arztes ignorieren wollen, erzählte sie am Telefon, der ihr ein paar Tage strikte Bettruhe verordnet hatte. Aber nachdem sie in ihrem Badezimmer ein weiteres Mal umgekippt sei, wolle sie es für heute nicht riskieren zu arbeiten. Morgen werde sie bestimmt wieder auf dem Damm sein, sagte sie optimistisch, ob ich denn jemanden wisse, der sie vertreten könne?

Keinem der Mädchen, die in der Weißen Lilie schon gelegentlich beim Servieren ausgeholfen hatten, traute ich zu, den Service eines Abends allein zu managen. So rief ich Krüger an, in der Hoffnung, dass der alte Service-Chef des Goldenen Ochsen als Berufsschullehrer nicht all seine Kontakte zu Serviceleuten hatte einrosten lassen.

»Marillenknödel mit Erdbeerschaum«, sagte Krüger. »Du weißt schon, die du manchmal bei Spielmann gemacht hast. Die will ich mal wieder essen.«

»Lässt sich machen«, antwortete ich.

»Du erwischst mich im richtigen Moment, musst du wissen. Nach den letzten Tagen an dieser Schule geht mir mein neuer Job derart auf den Keks, dass ich mich geradezu nach meinem alten Job sehne. – Reicht es, wenn ich gegen siebzehn Uhr dreißig bei dir auflaufe?«

Erleichtert legte ich das Telefon zur Seite. Die Marillenknödel würde er heute nicht bekommen, aber die Eisbombe, an der Arîn arbeitete, würde ihn auch begeistern. Nach welcher Eissorte hatte er sich damals bei Spielmann immer die Finger geleckt?

»Mach anstelle von Himbeere Haselnuss«, sagte ich zu Arîn, die mit einem Spachtel frisches Pistazieneis aus der Eismaschine in die runde Timbalform strich.

»Wieso? Bei diesem Rezept machen wir doch immer …«

»Heute nicht«, unterbrach ich sie. »Püriere die Himbeeren, mach daraus eine Soße und gieß diese, wenn du mit dem Haselnusseis fertig bist, als feinen roten Streifen zwischen die beiden Eissorten.«

Arîn nickte. Wie jeder Koch hatte sie schnell gelernt, dass man mit dem Küchenchef niemals diskutierte, sondern immer dessen Anweisungen, und seien sie noch so unverständlich, befolgte.

»Das lag noch im Briefkasten«, sagte Holger und reichte mir einen grauen Umschlag. »Hab ich beim Reinkommen in der Aufregung ganz vergessen.«

Ich betrachtete den Absender und zögerte einen Augenblick, bevor ich den Umschlag öffnete. Aber ob mir sein Inhalt jetzt oder später die Laune verhagelte, war eigentlich egal. So riss ich den Brief auf und überflog die Antwort, las sie beim zweiten Mal genauer. Na endlich mal eine gute Nachricht! Nach dem ganzen Hickhack hatte ich schon fast die Hoffnung verloren.

»Am nächsten schönen Tag können wir die Gartentische nach draußen stellen«, sagte ich. »Die Genehmigung für die Außengastronomie ist da!«

»Das wurde aber auch Zeit«, sagte Holger. »Du hast dich lang genug deswegen mit denen herumgestritten.«

Oh ja. Ein halbes Jahr zähe Korrespondenz, jede Menge Papierkram, zwei Besuche von Ordnungsamtsleuten, die die Bürgersteige vor der Weißen Lilie ausgemessen hatten, unzählige Telefonate. Kaum zu glauben, was für ein Aufstand nötig war, um ein paar Tische nach draußen stellen zu dürfen.

»Wir müssen in der Vorbereitung ein bisschen Tempo machen«, sagte ich. »Ich brauche sicher 'ne Stunde, um Krüger einzuweisen, in der Zeit müsst ihr in der Küche ohne mich zurechtkommen.«

»Bin gespannt, ob er immer noch seinen Mann des Abends präsentiert, der schöne Kurt!«, sagte Holger.

Im Goldenen Ochsen hatte sich der schwule Krüger einen Spaß daraus gemacht, uns jeden Tag seinen Mann des Abends vorzustellen. Er hatte ihn uns mit so übertriebenen, schwülstigen Gesten beschrieben, dass wir in der Küche immer etwas zu lachen hatten.

In den nächsten zwei Stunden kochten wir Krebse, dämpften Klöße, brieten Kalbslendchen, stiftelten Gemüse, rührten Soßen, wässerten Salate, köpften Spargelspitzen. Arîn, die normalerweise zwischendurch immer eine Pause brauchte, war völlig in die Arbeit versunken, Holger fand schnell seine gewohnte Form, und ich beeilte mich mit dem Fleisch, um rechtzeitig vor Krügers Ankunft damit fertig zu sein.

Natürlich hörten wir das Gehupe der Rettungswagen, sahen im Vorbeisausen das Blinken des Polizei-Blaulichts. Holger murmelte, dass bestimmt mal wieder eine der Alten aus dem Fenster springen wolle, arbeitete dann aber wie wir alle ganz ruhig weiter. Unter normalen Umständen wäre die neugierige Arîn nachsehen gegangen, was sich gegenüber im Altenheim tat, aber an diesem Tag eben nicht, es interessierte keinen von uns, was das geballte Auflaufen von Rettungs- und Sicherheitskräften bedeuten mochte.

So war es Krüger, der mit seinem Einstand in der Weißen Lilie seiner alten Rolle als Klatschmaul gerecht wurde.

»Fußballspielen ist echt gefährlich, sag ich euch! Die Betonsäule, die das Vordach zum Eingang des Altenheims stützt, ist eingebrochen, und damit natürlich auch ein Teil des Vordachs. Müssen wohl ein paar kleine Jungs gewesen sein, die die Katastrophe ausgelöst haben. Die haben ihren Fußball so oft gegen diese Säule gehämmert, dass die nachgab. Einer der kleinen Kerle hat irgendwas an den Kopf bekommen, zumindest trägt er einen dicken Verband. Die anderen beiden sitzen heulend im Rettungswagen und halten ihren Ball fest umklammert, damit er keinen Unsinn mehr anstellen kann.«

»Beton bricht doch nicht, nur weil ein paar Jungs einen Ball draufschießen«, sagte ich. »Der bricht doch eigentlich gar nicht.«

»›Schade, dass Beton nicht brennt‹ war einer der Sprüche meiner Jugend«, antwortete Krüger. »Vielleicht ist Beton auch nicht mehr das, was er mal war? Man hört doch allerorten von Baupfusch.«

Draußen kämpfte sich ein dicker Laster, der eine schwere Stahlstange geladen hatte, durch die enge Keupstraße.

»Bestimmt der Ersatzpfeiler«, sagte Holger.

»Wenn es bei der Kopfwunde des kleinen Fußballers bleibt, ist die Sache ja noch glimpflich ausgegangen«, schloss ich das Thema ab.

In der nächsten Stunde ging ich mit Krüger die Gästeliste durch, zeigte ihm, wo die Gläser, wo welche Getränke standen, erläuterte ihm den Speiseplan, ließ ihn alle Gerichte, die fertig waren, testen, erklärte ihm die Kaffeemaschine, reichte ihm eine Preisliste, zählte mit ihm das Wechselgeld.

»Nur Bargeld, keine Kreditkarten?«, fragte er.

»Nur Bargeld, keine Kreditkarten.«

Heute setzte sich die Tafelrunde aus einer Gruppe von Lehrern des Hansa-Gymnasiums und dem Tangokurs einer Mülheimer Tanzschule zusammen. Deren Leiter hatte sich die Eisbombe zum Nachtisch gewünscht. Krüger machte seine Sache, von ein paar Anfangsschwierigkeiten abgesehen, gut. Als er den Hauptgang abgeräumt hatte, sich zu einer Verschnaufpause bei uns in der Küche einfand, dabei zusah, wie Arîn und ich die Eisbomben stürzten, sagte er:

»Wieso gibt's bei dir in Mülheim keine schönen Männer? Der blondsträhnige Junglehrer neben der drallen Rothaarigen ist doch wirklich nur zweite Wahl.«

»Wir haben gedacht, du wählst den mit der Jeansjacke aus«, sagte Holger.

»Ach Holger, mein Süßer, du konntest von der Küche aus natürlich seine Speckröllchen und seine Birkenstocksandalen nicht sehen!« Er griff sich eine der leeren Timbalformen und leckte mit dem Finger die Eisreste aus. »Apropos süß«, sagte er und wendete sich mir zu. »Was machen meine Marillenknödel?«

»Kriegst du beim nächsten Mal, genau wie die schönen Männer«, vertröstete ich ihn.

»Versprechungen, nichts als Versprechungen«, maulte er und griff sich die zweite leere Eisschüssel. »Das Eis ist aber auch nicht von schlechten Eltern«, sagte er dann.

»Es steht eines für Sie im Gefrierer«, sagte Arîn von dem Lob geschmeichelt. »Nur Haselnuss.«

Krüger küsste sie theatralisch auf die Stirn, bevor er zurück ins Restaurant eilte.

»Hier ist der ganz anders als in der Schule«, sagte sie.

»Das glaube ich gern«, antwortete ich und füllte steif geschlagenes Eiweiß in den Spritzbeutel, das ich dann kreisförmig um die Eisbomben spritzte. »Los, hol den Bunsenbrenner und die Wunderkerzen«, befahl ich Arîn.

»Warum heißt die Eisbombe eigentlich Eisbombe?«, fragte sie, während sie die Wunderkerzen in das Eis steckte.

»Zuerst wegen ihrer halbrunden Form«, sagte ich und flammte mit dem Bunsenbrenner den Eischnee. »Dann hier bei der Eisbombe Surprise wegen der Gegensätze kalt und heiß, der kalte Eiskern, die gratinierte, heiße Baisermasse, die im Mund eine kleine Geschmacksexplosion bewirken. Bei einer wirklichen Bombe ist es umgekehrt, die hat einen kühlen Stahlmantel und einen hochexplosiven Kern, genau wie manche Menschen, denen man nicht anmerkt, welche alten Wunden oder verborgenen Leidenschaften im Innern brodeln, während sie nach außen ganz kühl und gefasst wirken ...«

Krüger war in der Zwischenzeit zurückgekehrt und drückte jeder von uns eine Streichholzschachtel in die Hand. Die Wunderkerzen mussten möglichst gleichzeitig angezündet werden, damit sie gemeinsam Sterne versprühten, wenn Krüger sie zur Tafel trug.

Eine halbe Stunde später brachte er die leer gefutterten Nachtischteller in die Küche, und kurze Zeit danach steckte der Tanzschulleiter den Kopf durch die Tür, um sich für diesen exquisiten Nachtisch zu bedanken. Er hob zu einer längeren Ausführung über all die Eisbomben an, die er in seinem Leben schon gegessen hatte, bis er von Cihan gestoppt wurde, die sich an ihm vorbei in die Küche schlängelte, mir kurz zunickte, um dann Arîn zu helfen, die die Spülmaschine ausräumte.

»Bist du bekloppt, dich so lange nicht zu melden!«, fuhr sie ihre Cousine an. »Die Polizei hat nach dir gesucht, dein Vater ...«

Arîn sagte irgendwas auf Kurdisch zu ihr, Cihan redete ebenfalls auf Kurdisch weiter, nur gelegentlich drangen deutsche Wortsprengsel wie »ne«, »weißte« oder »bekloppt« an mein Ohr. Zuerst wurde das Gespräch sehr heftig geführt, aber je länger es dauerte, desto ruhiger wurde es.

Cihan war einen Kopf größer als Arîn und nicht so schlank. Die Röhrenjeans, die in hochhackigen Stiefeln steckten, betonten ihre breiten Hüften, unter dem engen Top schob ein schwarzer Pushup Cihans kräftigen Busen enger zusammen. Die dunklen Locken dufteten nach irgendeinem Fruchtshampoo, perfekt gesetzter Eyeliner und Wimperntusche rückten ihre Augen ins rechte Licht. Cihan wusste, was »in« war und was man trug. Ein knappes Jahr älter als Arîn beendete sie gerade eine Lehre zur Einzelhandelskauffrau in einem Schuhgeschäft in den Kalker Köln-Arcaden.

Am Anfang von Arîns Lehre hatte Cihan sie Abend für Abend abgeholt und ihr ganz selbstverständlich bei den Säuberungsarbeiten geholfen, damit Arîn schneller fertig war. Gelegentlich, wenn sie besonders große Spülberge beseitigte, hatte ich ihr schon mal einen Zehner oder Zwanziger zugesteckt, was sie freute, sie aber nicht erwartete. Seit sie sich in den Kopf gesetzt hatte, eine Karriere bei »Deutschland sucht den Superstar«, »Popstars« oder »Dancestars« zu starten, und deswegen von Casting zu Casting reiste, hatte sie nicht mehr so viel Zeit und kam nur gelegentlich vorbei.

Während Cihan nach dem letzten Durchlauf die Spülmaschine sauber spritzte, zog Arîn sich um, und kurze Zeit später verabschiedeten sich die beiden so verschieden zurechtgemachten Mädchen. Die kleine Arîn in Jeans, Turnschuhen und Kapuzenjacke, die dralle Cihan in einem kurzen pelzbesetzten Jäckchen, unter dem ein breiter Gürtel mit einer großen Krone als Verschluss blinkte, und mit einem winzigen Handtäschchen mit kurzen Henkeln an der Hand. – Was auch immer Arîn zu Hause erwartete, sie musste es nicht allein durchstehen, Cihan würde an ihrer Seite sein.

Zehn Minuten später schloss ich die Weiße Lilie zu. Der Regen hatte aufgehört, und so schlenderte ich langsam in Richtung Mülheimer Freiheit und betrachtete die eingestürzte Betonsäule vor dem Altenheim. Das Terrain war großzügig abgesperrt, die Einzelteile der zertrümmerten Säule zu einem kleinen Berg aufgetürmt, das Vordach durch die lange Eisenstange notdürftig gestützt. Die Eisenstange steckte in einem großen, frisch in den Straßenbelag gebohrten Loch. Man hatte also den eingestürzten Beton bis auf seine Grundfesten entfernt.

Das hell erleuchtete Fenster der Vielharmonie versprach ein frisches Kölsch, ich wählte schnell Curts Nummer, der mir sagte, dass die Luft rein war. Auch Taifun trank in der Vielharmonie gern ein Bier, und da ich ihm ungern begegnen wollte, hatte Curt mir vorgeschlagen, ihn doch einfach anzurufen, bevor ich in seine Kneipe kam.

»Häste ald gehoot, wat passeet es?«, begrüßte er mich und schob mir ein frisch gezapftes Kölsch über den Tresen.

»War weder zu überhören heute Nachmittag noch zu übersehen«, sagte ich. »Aber es will mir nicht in den Kopf, dass die kleinen Fußballjungs die Säule mit ihrer Schießerei zum Einbruch bringen konnten.«

»Wer verzällt su nen Driss?« Curt schüttelte ungläubig den Kopf, beugte sich zu mir vor und erzählte, dass man in der Säule eine eingemauerte Tote gefunden habe, die Säule deshalb zusammengebrochen sei. »Dat weiß ich us eetser Hand. Dä Helmut hät dringend ne Schnaps jebruch, nohdem hä dat jehoot hät, und dä hät hä natörlich bei mir jedrunke!« Schnell zapfte er ein paar weitere Kölsch für seine spärlichen Nachtgäste, bevor er fortfuhr: »Kann mich noch jot erinnere, wann dat Aldersheim jebaut woode es. Do hat ich nämlich jrad minge Lade opjemaaht, und dat es jetz fuffzehn Johr her. Wor en Riesebaustell, e halv Johr han die bestemmp an dem Deil jebaut, un sick der Zick muss die Leich in d'r Süül jesteck han …«

Curt redete dann über die Mafia, in deren Kreisen es eine beliebte Methode war, Leichen in Beton einzumauern, »zumindest in den Filmen«, wie er hinzufügte, und über die Keupstraße, die sich durch den Leichenfund mal wieder als heißes Pflaster erwies. »Ich övverleje de janze Zick, wat vor fuffzehn Johr hee los wor«, ärgerte er sich. »Et hät en d'r Jäjend immer ens widder Bandekreech jejovve, nit ze verjesse dä iwije Knaatsch zwesche Kurde un Türke, ävver wann dat jetz jenau wor …«

Die Säule vor dem Altenheim war recht schlank gewesen, dachte ich. Einen schweren Mann hatte man nicht da hineinzwängen können, höchstens einen langen, dürren. Oder eine Frau? Oder ein Kind? Hatte eine unglückliche junge Mutter ihr Neugeborenes in die Verschalung geworfen, weil sie das Kind nicht haben wollte?

»Ävver wie se de Süül jebaut han, doran kann ich mich noch jot erinnere. De Verschalung wor jo jot sechs Meter huh. Öm die ze baue, hatte se e Jerös opjestallt, un övver dat Jerös muss d'r Täter de Leich noh bovve jeschlepp han. Also ihrlich, schwer darf die net jewäse sin, bei der Trepp, die hä noh bovve mooht.«

Wie verzweifelt musste man sein, um für einen Toten ein solches Grab zu wählen?, fragte ich mich. Oder war der- oder diejenige gar nicht tot gewesen, wurde bei lebendigem Leibe …? Furchtbare Vorstellung! Ich hörte wieder Curt zu, der in der Zwischenzeit das Thema gewechselt hatte und bei seinem Lieblingsverein, dem 1. FC Köln, angelangt war.

»Wor 'ne Fehler, dat se d'r Daum noch ens jehollt han«, beendete er irgendwann seinen Monolog. »Jetz ald wedder dreimol verloore. Die Junge kumme eifach nit us de Söck.«

»Soll ich dir mal was Erfreuliches mitteilen?«, fragte ich, bevor ich mir weitere Leidensgeschichten seines Lieblingsvereins anhören musste.

»Her domet, joode Neuigkeite sin Jold wäät!«

»Ich habe die Genehmigung für die Außengastronomie.«

»Is nit wohr!«, sagte er. »Häste denne e paar Scheinche zojesteck, oder wat?«

Curt hatte mein Antragsverfahren mit großer Aufmerksamkeit verfolgt, mir dabei den einen oder anderen Tipp gegeben. Er hatte sich im letzten Jahr durch dasselbe Prozedere gequält mit dem Ziel, auf der anderen Straßenseite bei dem Steinbrunnen mit dem großen Anker ein paar Tische aufstellen zu dürfen, war aber mit seinem Antrag gescheitert. Wir lästerten noch ein wenig über die Tücken der Kölner Bürokratie, bevor ich bettschwer zu meinem Auto schlurfte.

VIER

In ihrem Metier war Sabine Pothoff ein Star!

Als ich durch den Haupteingang an der Weinsbergstraße trat, sah ich sie ins Gespräch mit einem Mädchen vertieft, dem sie aufmunternd auf die Schulter klopfte, bevor sie mir entgegeneilte. Auf dem Weg zu ihrem Büro, der durch endlose Flure und mehrere Innenhöfe führte, grüßten sie viele Schüler, einige erzählten ihr, dass sie diese oder jene Prüfung oder Klausur geschafft hatten, anderen warf Frau Pothoff kurze Fragen zu, die ihr Interesse und ihre Kenntnisse über sie deutlich machten. Zwei Kollegen waren froh, sie zu treffen, um ihr noch ganz schnell ein paar wichtige Informationen für die nächste Konferenz an die Hand zu geben, der Hausmeister reichte ihr im Vorbeigehen einen Lieferschein. Als wir in ihrem Büro ankamen, war sie von mindestens fünfzehn Leuten angesprochen worden und dies freundlich oder ihre Wichtigkeit betonend. Zudem hatte sie mich auf dem langen Weg über die baulichen Besonderheiten des Schulgebäudes, die aktuellen Baumaßnahmen und ihre Vorfreude auf die neue Küche, die mit Beginn des neuen Schuljahres in Betrieb genommen werden sollte, informiert.

Bei dem schnellen Eingreifen nach Justus' Zusammenbruch hatte sie sich als zupackende Person erwiesen, der gemeinsame Gang zu ihrem Büro zeigte, dass sie als Lehrerin beliebt war und als Kollegin geschätzt wurde. Vom Typ her erinnerte sie mich an meine alte Deutschlehrerin Frau Altaner, die mit ihrer Begeisterung für ihr Lehrfach und ihrer Liebe zu den Schülern Leute ans Lesen gebracht hatte, die zuvor ein Buch nicht mal mit einer Kneifzange angerührt hätten. Im Aussehen ähnelte die Pothoff der knochigen Altaner mit den unbezähmbaren Naturlocken überhaupt nicht. Ihr braunes Haar war glatt und zu einem fransigen Kurzhaarschnitt geschnitten, wache, hellgraue Augen bestimmten ihr schmales Gesicht, mit Jeans und grasgrüner Strickjacke war ihre Kleidung vor allem praktisch, eine Kette aus bunten Filzkugeln peppte diese als fröhlicher Farbtupfer auf.

»Ich freue mich, dass Sie so schnell Zeit für einen Besuch gefunden haben«, eröffnete sie das Gespräch, nachdem sie mir einen kleinen Stuhl an einem kleinen Tisch in ihrem winzigen, nach kaltem Rauch stinkenden Büro als Platz angewiesen und schnell einige Unterrichtsmaterialien zur Seite geräumt hatte. Mit einem schon recht vollen Aschenbecher setzte sie sich auf die schmale Fensterbank, öffnete das Fenster und zündete sich eine Zigarette an. »In den letzten zwei Tagen habe ich mehrfach versucht, Arîn zu erreichen, ihre Schwester sagte mir, dass sie nicht nach Hause gekommen sei, da macht man sich Sorgen und Gedanken nach diesen tragischen Vorkommnissen.«

Sabine Pothoff hatte mich heute Morgen angerufen, mit der Bitte um ein Gespräch über Arîn, da sie deren Vater nicht erreicht hatte.

»So brutal das nach Justus' Tod klingen mag«, fuhr sie heftig an ihrer Zigarette ziehend fort, »die Zeit steht auch nach einem so entsetzlichen Verbrechen nicht still. Wir sind mit unseren Prüfungen zwei Tage in Verzug. Nachdem die Spurensicherung gestern die Küche freigegeben hat, müssen wir die Prüfungen jetzt mit erhöhter Geschwindigkeit zu Ende bringen, weil wir sonst durch andere Termine und Belegungspläne in Teufels Küche kommen. Deshalb die Frage an Sie: Wie schätzen Sie Arîns Verfassung ein? Ist sie einer weiteren Prüfung in den nächsten Tagen gewachsen, oder sollen wir ihre Prüfung um ein halbes Jahr verschieben? Letzterem müssten Sie auf alle Fälle zustimmen, da es bedeuten würde, dass sich Arîns Ausbildungszeit verlängert. Aber nicht nur deswegen. Ich weiß von Arîn, dass Sie beide ein gutes Verhältnis zueinander haben, deshalb lege ich großen Wert auf Ihre Einschätzung.«

Mein erster Gedanke war, doch mit der Prüfung zu warten, bis Justus' Mörder gefasst war. – Kunze hatte mir bei dem ersten Verhör am Montag erzählt, dass die Aufklärungsquote in den ersten achtundvierzig Stunden am höchsten sei, da es sich bei den meisten Mordfällen um Affekttaten handele, die Täter danach verwirrt seien und Fehler machten. Deshalb sei die Möglichkeit, ihnen die Tat nachzuweisen, in diesem Zeitraum am besten. Seit Justus' tödlichem Zusammenbruch waren zweimal vierundzwanzig Stunden ins Land gezogen, ohne dass es ein konkretes Ergebnis gegeben hatte. Aber wer weiß, vielleicht fehlten Kunze nur noch ein, zwei Puzzleteilchen, um den Fall zu lösen? Denn ich hatte zugegebenermaßen einen beschränkten Blick auf die laufenden Ermittlungen, da ich nur wusste, was die Polizei Arîn und mich gefragt hatte.

Auch wenn Arîn sehr verdächtig war, konnte die Polizei die Ermittlungen auf keinen Fall nur auf sie konzentrieren. An dem Unglückstag hatten neben den Prüfern die Lehrer Tieden, Pothoff und Krüger in der Schulküche gesessen, des Weiteren das dicke Mädchen Tina Engel, das Blondchen – Justus' Freundin Sally Schuster –, und Marcel Henckel, der pickelige Junge. Zum Schluss war noch der unbekannte klapperdürre Mann dazugekommen. Kam einer von ihnen als Täter in Frage? Oder war es jemand, der über den Flur zu Justus in den Umkleideraum gekommen und bei der Prüfung überhaupt nicht in Erscheinung getreten war? Es gab nur einen kurzen Zeitraum, in dem Justus der tödliche Stich hatte zugefügt werden können, nämlich die zwei, drei Minuten, die Arîn vor Justus in der Küche aufgetaucht war, während Justus in der Putzecke seine Zigarette zu Ende rauchte. Der Täter musste aus dem Flur in den Umkleideraum gekommen und auch so wieder verschwunden sein. Laute Stimmen aus dem Raum wären bis in die Küche gedrungen, das hätten wir alle gehört, also hatte sich Justus mit seinem Mörder nur leise oder gar nicht unterhalten, bevor dieser seine Waffe in Justus' Rücken gebohrt hatte.

Die Tat sei mit hoher Wahrscheinlichkeit im Affekt ausgeführt worden, hatte ich aus dem Telefonat herausgehört, das Kunze während meines Verhörs mit dem Pathologen geführt hatte, da es, um einen solchen Schnitt mit Absicht auszuführen, präziser anatomischer Kenntnisse und absoluter Kaltblütigkeit bedürfe, wie sie nur ein Profikiller haben könnte. Also hatte der Täter, der, aus welchem Motiv auch immer, wütend zugestochen hatte, nur durch Zufall das lebenswichtige Organ Leber verletzt. Von daher konnte ich verstehen, dass Arîn für Kunze die Hauptverdächtige blieb. Aber er kannte Arîn nicht so gut wie ich. Sie hatte bei der Prüfung konzentriert ihre Messer auf dem Arbeitsplatz ausgebreitet, das Ausbeinmesser blitzblank wie die anderen, sie hatte nicht vergessen, den Prüfern zuzunicken, zu alldem wäre sie niemals in der Lage gewesen, wenn sie ein, zwei Minuten davor einen tödlichen Streit mit Justus gehabt hätte. Zudem führte Arîn, und das hatten an dieser Berufsschule viele miterlebt, ihre Auseinandersetzungen niemals leise, sondern immer recht lautstark.

»Frau Schweitzer?«, unterbrach Frau Pothoff meine Gedanken und drückte hastig die nur halb geraucht Zigarette aus.

Die Luft in dem winzigen Raum war unerträglich.

»Jeder hat seine Schwachstellen«, sagte sie entschuldigend und stellte das Fenster auf Kipp. »Meine ist das Rauchen.«

»Ich weiß nicht, was für Arîn besser ist«, nahm ich ihre Frage auf. »Das muss sie letztendlich selbst entscheiden. – Aber nach dem, was Arîn an dieser Schule durchmachen musste, kann ich mir vorstellen, dass sie die Prüfung auch unter den aktuellen Scheißbedingungen durchzieht, einfach damit sie erledigt ist!«

Frau Pothoff verstand meine Anspielung sofort. Sie wusste von der Geschichte in der Dusche, hatte davon aber auch erst durch die Polizei erfahren.

»Ich habe mich noch nie so in einem Schüler getäuscht wie in Justus«, gestand sie, sichtlich betroffen. »Ich bin eine erfahrene Lehrerin, mir macht so schnell keiner was vor, und keiner kann mich an der Nase herumführen. Die Schüler schätzen mich, kommen mit ihren Problemen zu mir, weil sie wissen, dass ich mich für sie einsetze. Bevor ich stellvertretende Schulleiterin geworden bin, war ich jahrelang Vertrauenslehrerin. – Ich sage das nicht, um anzugeben, sondern um Ihnen zu verdeutlichen, wie geschockt ich von meiner eigenen Fehleinschätzung bin. Noch nie habe ich einen so janusköpfigen Schüler unterrichtet, der seine Schattenseiten so geschickt verbergen konnte!«

Ich hatte Justus nur einmal kurz gesehen und konnte mir vorstellen, was sie meinte.

»Er strahlte, wenn man den Klassenraum betrat, war im Unterricht konzentriert bei der Sache, er diskutierte gern und nicht immer konform, er setzte sich für seine Mitschüler ein, wenn es darum ging, den Termin für eine Klausur zu verschieben oder eine Exkursion durchzuboxen. Er konnte einem nette, kleine Komplimente machen, hielt mir die Tür auf, wenn ich, beladen mit Schulbüchern, keine Hand frei hatte. Er war ehrgeizig, hatte hochfliegende Pläne, seine nächste Station nach der Lehre sollte bei Dieter Müller sein. – Er hatte mich sogar um Nachhilfe in Chemie gebeten, weil er sich für die experimentelle Kochkunst des Katalanen Ferran Adrià begeisterte. So einen Schüler hat man nicht alle Tage!«

»Sie haben also nie mitbekommen, wie er Arîn oder andere gedemütigt hat?«, fragte ich.

»Er hat es nie während des Unterrichts getan. Ein solches Verhalten würde ich in keiner Klasse dulden«, erwiderte sie. »Ausländerfeindlichkeit ist in unseren Kochklassen übrigens selten ein Problem, Internationalität ist in diesem Beruf schon immer gang und gäbe. Da gibt es eher mal Konflikte wegen der Ausbildungsbetriebe, sagen wir, dass die Köche, die in der Graugans, im Gut Lärchenhof, im Wasserturm oder bei Moissonnier arbeiten, sich als etwas Besseres vorkommen als die, die in einer Kantine oder in einem kleinen Gasthof ihre Ausbildung machen. Da kann es schon mal zu einer Rangelei zwischen den arroganten, schnöseligen Highclass-Köchen und den deftig-handfesten kommen. Zusätzlich haben wir in diesen Klassen einen extremen Bildungsunterschied. Es gibt Abiturienten, ja sogar Studienabbrecher, Quereinsteiger mit einer bereits abgeschlossenen anderen Ausbildung genauso wie blutjunge Real- und Hauptschüler. Die Kunst des Kochens reizt viele. Dass der Weg dahin steinig und lang ist, will anfangs keiner gern sehen. Sie wissen das, ich weiß das … Ja, ja, ich weiß es wirklich«, fuhr sie, mein ungläubiges Stirnrunzeln richtig interpretierend, fort. »Ich bin nicht der Typ Lehrerin, der in seinem Leben nur Schule und Uniluft geschnuppert hat. Vor dem Studium habe ich eine Ausbildung als Köchin im Dom-Hotel gemacht, bin danach noch ein Jahr als Commis geblieben, habe auf dem Entremetier-Posten gearbeitet in einer großen Brigade, fünfzehn Köche, ein raues Klima, da flogen schon mal die Pfannen …«

»Ja, ja fliegende Pfannen«, sagte ich. »Kennt eigentlich fast jeder Koch.«

»Weiß ich. Hätte mich auch nicht davon abgehalten, weiter in dem Job zu arbeiten«, antwortete sie. »Heute greifen viele junge Köchinnen nach den Sternen, zu unserer Zeit waren wir noch Exotinnen. Ich wette, Sie haben in vielen Brigaden als einzige Frau gekocht!«

Sie hätte die Wette gewonnen. In den meisten Brigaden war ich die einzige Frau gewesen, hatte mich nach weiblicher Unterstützung gesehnt! Ich betrachtete mir ihre Hände und versuchte sie mir als Köchin vorzustellen. Sie hätte ihren Posten gut gemanagt, die Jungs in Schach halten können.

»Nun ja. Stattdessen habe ich Chemie und Deutsch studiert und bin Lehrerin geworden«, kürzte sie ihre Biografie ab. »Heute sehen die jungen Leute Tim Mälzer oder Sarah Wiener im Fernsehen kochen und wollen genau diesen Job! Diese hochfliegenden Träume einerseits und die oft fehlende Kondition, die harte Ausbildung durchzustehen, andererseits machen das Unterrichten nicht leicht.«

»Und wenn dann einer nicht laut schreit, wenn er in Not ist, merken Sie es nicht«, kam ich auf Arîn zurück.

»Es stimmt, sie hätte etwas sagen müssen«, bestätigte Sabine Pothoff. »Ich kann meine Augen in dieser Schule nicht überall haben.«

»Arîn dachte, dass Sie ihr diese Geschichte niemals glauben würden. – Weil Sie in Justus nur den Strahlemann gesehen haben.«

»Da täuscht sie sich!« Sabine Pothoff sah mich offen und direkt an, und ihre Hände fingerten blind eine weitere Zigarette aus der Packung. »Das ist ein so schwerwiegendes Vergehen, das hätte mir schon viel früher die Augen über Justus geöffnet. Sie können sich nicht vorstellen, wie sehr ich bedauere, dass …«

Der Legostein-Kopf des Schulleiters, der durch den Türspalt lugte, unterbrach sie. Schnell schob er seinen dürren Körper in den Raum, reichte mir ungelenk die Hand, stellte sich mit »Tieden« vor und nuschelte eine kleine Entschuldigung wegen der Unterbrechung. Das Bauamt habe angerufen, erklärte er seiner Kollegin, man könne die Maler für den Flur in Gebäude C schon kommenden Montag vorbeischicken. Frau Pothoff war sein ungebetenes Erscheinen sichtlich unangenehm. Sie runzelte ärgerlich die Stirn, erinnerte ihn daran, dass sie beide einen anderen Termin mit dem Bauamt vereinbart hatten, die Herren dort nicht nach Gutdünken schalten und walten konnten. Tieden stimmte ihr eher gequält als überzeugt zu und führte währenddessen kleine Scheingefechte gegen imaginäre Fusseln auf seinem himmelblauen Pullunder.

Hatte ich mich bis zu diesem Zeitpunkt gefragt, warum Tieden dieses Problem genau zu diesem Augenblick mit Frau Pothoff besprechen musste, so war mir spätestens jetzt klar, weshalb er gekommen war. Wie ein kleiner Junge, der einen Fehler gemacht hatte, diesen noch geschickt mit ein paar halbseidenen Sachargumenten zu verschleiern suchte, wollte er eigentlich nur ihre Absolution für diese falsche Bauamtsentscheidung, aber die bekam er nicht.

»Wir reden gleich darüber«, entschied Frau Pothoff, und man merkte deutlich, dass er dann nichts zu lachen haben würde.

Tieden nuschelte, bereits auf dem Rückzug: »Aber in der nächsten halben Stunde«, bevor er brav den Raum verließ.

Sabine Pothoff führte endlich das Feuerzeug, das sie die ganze Zeit in der Hand gehalten hatte, zu ihrer Zigarette, zündete diese an und sagte mit einem bedauernden Lächeln, dass ihr die Unterbrechung leidtue. – Tieden mochte zwar der Schulleiter sein, aber die Entscheidungen fällte Sabine Pothoff. Dieses kurze Aufeinandertreffen der beiden Lehrer hatte mir die Machtverhältnisse in dieser Schule glasklar vor Augen geführt. Nicht mal über einen Bauamtstermin entschied er ohne sie.

»Ich werde mit Arîn wegen der Prüfung reden«, sagte ich.

»Nicht dass Sie jetzt den Eindruck gewinnen, wir wären nach Justus' Tod zur Tagesordnung übergangen …«, bemühte sie sich um Klarstellung. »Die Tragödie steckt uns allen tief in den Knochen. Am schlimmsten ist die Ungewissheit … Wer hat Justus erstochen? Was hat denjenigen dazu getrieben? Hat Arîn der Polizei weiterhelfen können? Sie war doch die Letzte, die Justus lebend gesehen hat.«

»Ja. Und da rauchte er noch putzmunter eine Zigarette in der Putzecke.«

»Es soll eine Verzweiflungstat gewesen sein, eine Tragödie, das gibt doch mildernde Umstände. Es wäre für den Täter doch das Beste, sich zu stellen. – Verzeihen Sie, dass ich Ihnen diese Frage jetzt stelle, aber sie beschäftigt mich, seit ich von der Geschichte mit der Dusche gehört habe. Glauben Sie, dass Arîn …?«

Hatte sie mich deshalb hergebeten? Damit ich ihren Verdacht gegen Arîn untermauerte, ihr die Schuldige für dieses Unglück lieferte, damit ihr Schulbetrieb wieder reibungslos funktionieren konnte? Von den Sympathiepunkten, die sie in der letzten Stunde bei mir gesammelt hatte, verspielte sie mit dieser Frage die meisten wieder.

»Sie war es nicht!«, sagte ich bestimmt und griff nach meiner Handtasche.

Das Läuten der Pausenglocke ließ die Schüler in die Flure strömen, die kleinen Innenhöfe bevölkerten sich mit lärmenden Grüppchen, in den Raucherzonen wurden die Kippen ausgepackt. Auf der Rundbank, die um eine prächtig blühende rote Kastanie gebaut war, entdeckte ich das dicke Mädchen aus der Kochprüfung, das neben dem pickeligen Jungen saß. Sie sah mich auch, grüßte kurz zu mir herüber, tippte daraufhin dem Jungen neben sich auf die Knie und zeigte auf mich. Der schüttelte den Kopf, und ich nahm im Weitergehen mit halbem Auge wahr, wie sie auf ihn einredete.

Vor der Schule glitten ein paar weiße Wolken über den blauen Himmel, die großen Bäume auf Melaten wiegten sich sacht, und das Palaver der dort wohnenden Spatzen und Elstern schallte über die Weinsbergstraße zu mir herüber. Erst jetzt merkte ich, was für ein wundervolles Frühlingswetter wir an diesem Tag hatten. Ein gutes Omen nach der gestrigen Genehmigung für die Außengastronomie. Heute würde ich zum ersten Mal die Tische nach draußen stellen, entschied ich, als ich die Straße überquerte und auf meinen Corolla zuging. Durch den Seitenspiegel des Autos sah ich den Jungen auf mich zukommen. Er sprach mich an, als ich die Tür aufschloss.

»Können Sie das für Arîn mitnehmen?«, fragte er und streckte mir einen Umschlag entgegen.

Zögernd nahm ich das unbeschriftete Kuvert an. Der Junge trat unruhig von einem Fuß auf den anderen und konnte mich nicht ansehen. Zwei reife Pickel sprossen auf seiner Stirn, und man merkte seiner Haut an, dass er damit öfter Ärger hatte. Nervös schob er eine lange Haarsträhne aus dem Gesicht, und für einen kurzen Moment blickte er mich direkt an, bevor er die runden, dunklen Augen wieder abwendete.

»Ich bin Marcel, Marcel Henckel, ich gehe mit Arîn in die gleiche Klasse«, erklärte er. »Ich bin schuld an dem Streit, den sie mit Justus hatte. Sagen Sie ihr, dass es mir leidtut. – Steht aber auch alles in dem Brief!«

Ohne eine Antwort abzuwarten, drehte er sich um und lief schnell zurück zur Schule. Ich sah ihm nach, bis er hinter der Glastür verschwunden war, dann drang wieder das Gezirpe der Vögel an mein Ohr.

Der Rhein glitzerte unter der strahlenden Sonne, als ich wenig später die Mülheimer Brücke überquerte. In Gedanken ließ ich das Gespräch mit der Pothoff Revue passieren, kam aber nicht dahinter, was sie eigentlich von mir gewollt hatte. Über einen neuen Prüfungstermin, den offiziellen Anlass des Treffens, hatte sie am Ende kein Wort mehr verloren. Außerdem hätte sie einen solchen auch telefonisch abmachen können. Ganz dringlich hatte sie heute Morgen um ein persönliches Treffen gebeten. Wozu? Nur, um von mir zu hören, dass ich Arîn für die Täterin hielt? Oder um mir mitzuteilen, wie sehr sie wegen ihrer Fehleinschätzung mit sich haderte? Was brachte sie auf die Idee, dass ich ihr dabei helfen könnte? Wir zwei hatten uns zuvor nur ein einziges Mal, in der Schulküche neben dem toten Justus, gesehen.

Am Wiener Platz überholte mich ein Cabrio mit übermütigen jungen Leuten, die in kurzen T-Shirts und Sonnenbrillen den frisch erwachten Frühling genossen, und ich merkte, wie die ergebnislose Nachdenkerei mir den schönen Tag zu vermiesen drohte. Immerhin blieb ich, zumindest für die nächste Stunde, von den kleinen Ärgernissen des Alltags verschont: ein großer Parkplatz am Spielplatz direkt vor der Weißen Lilie, der Duft der Lindenblüten in der Luft, meine Außentische vor Augen. So marschierte ich schnurstracks in den Keller und wuchtete zwei der fünf weißen Eisentische und ein paar der dazugehörigen Stühle nach draußen, schöne alte Gartenmöbel, die Ecki bei einem Antiquitätenhändler in Südfrankreich besorgt hatte. Die restliche Schlepperei sollten Holger und Arîn besorgen. Eine halbe Stunde blieb mir noch, bis ich mich in die Küche stellen musste, also wischte ich den Staub von den Eisenmöbeln, warf die Espressomaschine an und setzte mich mit einem großen Milchkaffee zum ersten Mal an einen meiner Außentische.

Auf der Keupstraße herrschte reger Betrieb. So viele Bewohner des Altenheims traf man selten auf der Straße an, aber heute hatten sie das schöne Wetter und die Betonleiche zuhauf nach draußen gelockt. Mit Stöcken, vierrädrigen Gehhilfen, in Rollstühlen geschoben oder bei einem gehfesten Partner untergehakt, promenierten sie das kurze Stück Straße auf und ab. Nur wenige zog es zu einer ruhigen Sonnenbank auf dem Spielplatz, die meisten beäugten neugierig die spektakuläre Unfallstelle, die weiterhin von einem rot-weißen Sperrband umzäunt war. Dicht gedrängt standen sie an der Absperrung, verfolgten mit Aufmerksamkeit, was sich im Eingangsbereich ihres Altenheims tat. Bauarbeiter mit nackten, muskulösen Oberkörpern verschalten die provisorische Eisensäule mit

Holz, und manch einer der alten Damen sah man die Freude an, so knackige, junge Männer noch einmal hautnah und nicht nur im Fernsehen erleben zu dürfen. Zur Untermalung ihrer Arbeit ließen die Bauarbeiter ein Radio laufen, Adriano Celentanos rauchige Stimme schallte mit »*Una festa sui prati ...*« über die Straße, und ich sah, wie das eine oder andere alte Bein im Rhythmus der Musik hin und her zuckte, »*... siamo tutti buoni amici*«. Der Besitzer der kleinen Garagen-Eisdiele schräg gegenüber dem Altenheimeingang nahm Bestellungen entgegen und verteilte danach Eishörnchen. Für den einen oder anderen alten Herrn wurde auch eine Flasche Kölsch geliefert.

Jetzt betrat Helmut Haller, der Leiter des Altenheims, die Bühne, in seinem Gefolge Cengiz Özal, der sich von Haller an Ort und Stelle über alles informieren ließ. Die beiden Herren umkreisten die Unfallstelle, sahen besorgt zu dem mit zwei weiteren Metallstangen gestützten Vordach hoch, warfen einen Blick in die bauchhohe Holzverschalung auf die Stelle, an der die Leiche einbetoniert gewesen sein musste. Die Arbeiter drängten die beiden Männer zur Seite, nagelten weitere Bretter fest, ein fahrbares Gerüst wurde herangeschoben, auf das zwei der Bauarbeiter kletterten, da die nächsten Bretter nicht mehr vom Boden aus zu befestigen waren. Die Alten leckten an ihrem Eis oder nippten an ihrem Bier, kommentierten und debattierten über jedes einzelne Brett, als handelte es sich dabei um eine Fünfhunderttausend-Euro-Frage bei Günther Jauch und nicht um ein simples Stück Holz. Plötzlich kam Bewegung in die Zuschauer, sie rückten auseinander, machten unwillig Platz für die kleinen Fußballer, die den gestrigen Schock überwunden hatten und jetzt genau wissen wollten, was mit ihrem allerliebsten Spielplatz geschah. Geschickt zwängten sie sich zwischen den Alten hindurch, schufen sich vor der Absperrung etwas Platz und fingen wieder an, sich mit kurzen Dribblings den Ball hin und her zu schieben. Ein kleiner Segelohriger konnte die Wucht seines Schießbeins nicht bezähmen, unter dem erschreckten Aufruf der Zuschauer schoss er den Ball unter der Absperrung hindurch, auf das fahrbare Gerüst zu, der Ball unterquerte dieses, ohne dass irgendein Kontakt entstand, ließ die holzverschalte Säule rechts liegen und landete direkt vor den Füßen von Cengiz Özal. Ein erleichtertes Raunen ging durch die Zuschauerreihen, und alle

Augen richteten sich auf Özal. Der packte sich den Ball, klemmte ihn fest unter den Arm und stapfte mit wütendem Blick auf den kleinen Tunichtgut zu. Ein Schwall Türkisch ergoss sich in die Segelohren, und der kleine Kopf daran sank tiefer und tiefer. Nach einem finalen Forte reichte Özal dem Kleinen den Ball zurück, drehte ihn mit dem Ball um und gab ihm einen Klaps auf den Hinterkopf. Die Zuschauer, die auch diesem Abschnitt des Dramas mit Interesse gefolgt waren – Gesten und Stimmlage hatten ihnen genug verraten, sie mussten die Worte nicht verstehen –, bildeten einen schmalen Korridor, und die kleinen Ballkämpen verließen mit gesenkten Köpfen das Feld. Cengiz Özal verfolgte sie mit seinem Blick, sah, wie sie noch in gemäßigtem Schritt die Keupstraße entlangschlurften, bei der Weißen Lilie wie zufällig den Ball auf die Erde rollten und schon wieder kickend um die Ecke der Regentenstraße bogen. Erst als die Fußballer völlig aus seinem Blickfeld verschwunden waren, bemerkte Özal mich. Er hob kurz den Arm, und ich erwiderte mit einem kleinen Nicken den Gruß. Dann machte er kehrt, schlenderte mit den Händen auf dem Rücken schaukelnd zu Helmut Haller zurück. – Seit dem letzten Keupstraßentreffen war sein Bauch noch fetter geworden. Er fraß einfach zu viel Süßes. Sollte es sein Verderben sein!

Ich wollte nicht noch länger in das scheinheilige Mondgesicht blicken müssen und drehte meinen Stuhl in die andere Richtung. Ich hatte jetzt den ruhigen Spielplatz im Blick. Noch eine Viertelstunde blieb mir, dann musste ich mich in die Küche stellen. Die Sonne blinkte durchs frische Grün der Linden, ich sog den sanften Duft der Blüten ein, nahm einen Schluck von dem nicht mehr heißen Kaffee, ließ meinen Blick zurück über die Keupstraße schweifen, über die einzelnen Etagen von Taifuns Haus, bis ich an seinem großen, weit geöffneten Erkerfenster landete. Tangotakte drangen von dort auf die Straße, »Sentimiento Gaucho« von Pablo Diaz, ein Stück, das er mir gern zum Frühstück vorgespielt hatte. Es überraschte wahrlich, dass wir beide uns, obwohl wir doch mehr oder weniger Tür an Tür lebten, seit unserer Trennung kein einziges Mal begegnet waren. Was hatte er sich nur dabei gedacht, mit der blöden Selma ins Bett zu steigen? Wieder sah ich das Bild vor mir, wie ich bei einem überraschenden Besuch sprachlos mit einer Flasche Wein in der Tür stand, Taifun nur mit einem Handtuch bekleidet vor mir herumhampelte, während Selma mit einer eleganten Bewegung aus dem Lotterbett glitt, nackt an mir vorbei in Richtung Bad schlenderte und mir ihren mit Herzen tätowierten Hintern präsentierte. Schnell verscheuchte ich die Bilder. Die Demütigung, Zeugin dieses Betrugs geworden zu sein, machte mir mehr zu schaffen als der Betrug selbst. Taifun hatte später immer von einem One-Night-Stand gesprochen, betont, dass es nichts von Bedeutung gewesen war. Nichts gegen einen One-Night-Stand. Bedeutung hatte es, weil ich es hatte mit ansehen müssen …

»'tschuldigung …«

Die Frau, die sich an den Nebentisch gesetzt hatte, rettete mich vor weiteren düsteren Erinnerungen.

»Wie sind Sie an den Milchkaffee gekommen? Im Lokal ist niemand, bei dem man bestellen könnte …«

Sie war zwar nicht mehr jung, gehörte aber eindeutig nicht zu den Bewohnern des Altenheims. Sie konnte in Adelas Alter sein, so um die sechzig, vielleicht auch erst Mitte fünfzig, das war schwer zu schätzen.

»Dauert ein paar Minuten«, sagte ich und erhob mich. Die alten Eisenstühle mochten zwar schön sein, hatten aber unbequeme Rückenlehnen. Lange konnte man auf ihnen nicht gut sitzen.

Ich brühte meinem ersten Außengast einen Milchkaffee und mir einen doppelten Espresso, damit mir gleich die Arbeit schneller von der Hand ging, und setzte mich noch mal in die Frühlingssonne. Ein großer Betonmischer schob sich lärmend über die Keupstraße, kam quietschend vor dem Altenheim zu stehen und verdrängte die neugierigen Pensionisten von ihren Zuschauerplätzen. Die setzten sich daraufhin mit mühseligen kleinen Schritten in Richtung Nebeneingang Regentenstraße in Bewegung. Im gemächlichen Strom der Alten wirkte Cengiz Özal, der eilig in Richtung Clevischer Ring ausschritt, wie ein trainierter Jogger. Als er an mir vorbeikam, hielt er kurz inne.

»Gratuliere!«, sagte er und deutete auf meine zwei Tische. »Wenn das Wetter so bleibt, haben Sie in den nächsten Tagen genügend Laufkundschaft. Ganz Mülheim will schließlich die Stelle sehen, wo man die Betonleiche gefunden hat. – Ist das nicht furchtbar? In Beton gegossen! Man weiß ja noch nicht, wer's war …«

Ich sagte nichts, nickte nur kurz.

Spielst mal wieder den freundlichen Nachbarn, dachte ich. Dabei erzählst du mir die Geschichte mit der Betonleiche als Warnung. Willst mir drohen, dass ich auch so ende, wenn ich das Geld nicht rausrücke …

Mein Gast, der dem kurzen Gespräch mit unverhohlener Aufmerksamkeit gefolgt war, fragte plötzlich: »Cengiz? Cengiz Özal?«

Özal strich irritiert über seinen Bauch und besah sich die Frau genauer. Aber seine Erinnerung spuckte ihm nicht aus, wer ihn erkannt hatte. Meinen Gast schien das zu amüsieren.

»Papageiensiedlung Anfang der achtziger Jahre«, half sie ihm auf die Sprünge. »Die große Schlägerei an der Groov, der Einbruch im Uhrengeschäft auf der Josefstraße, die eingetretene Glastür im Jugendzentrum Glashüttenstraße, die Messerstecherei am Gremberghovener Baggersee …«

»Da war ich überhaupt nicht dabei«, unterbrach er sie, was die Frau zum Lachen brachte. »Nelly Schmitz«, sagte er dann. »Damals hatten Sie aber noch keine roten Haare.«

»Damals war ich noch jung und schön, und ihr wart ein ziemlich wilder Haufen.«

»Jugendsünden, alles Jugendsünden«, seufzte Özal.

»Erzähl!«, forderte sie ihn auf. »Was hast du aus deinem Leben gemacht? Bist du eigentlich noch um den Jugendknast herumgekommen? Hast du einen Beruf erlernt?«

In der Küche öffnete sich ein Fenster, Holger streckte den Kopf heraus, wollte wissen, was zu tun sei. Ich signalisierte ihm, dass es noch etwas dauern würde, bis ich käme. Von diesem Gespräch wollte ich kein Wort versäumen. Cengiz Özal verwandelte sich vor meinen Augen zu einem Jungen, der brav alle Fragen beantwortete, die mein Gast ihm stellte. So klein und folgsam verlor er für den Augenblick all seine Gefährlichkeit, und ich fragte mich zum wiederholten Mal, ob er gar nicht der Mann hinter den Schutzgelderpressern war, die mir vor zwei Jahren das Leben zur Hölle gemacht hatten.

Hundertzwanzig Sozialstunden habe er ableisten müssen, erzählte Özal folgsam, Bettpfannen ausschütten im Krankenhaus, schlimmer hätte auch der Knast nicht sein können, das sei ihm eine Lehre gewesen, nie mehr wieder mit dem Gesetz in Konflikt zu kommen. Zum Glück sei die Familie damals nach Mülheim umgezogen, der Kontakt zu den alten Kumpels weggebrochen. Einen Schlüsseldienst habe er aufgebaut und betreibe zudem einen florierenden Versand von Wasserpfeifen, komme mit seinen Lieferungen fast nicht mehr nach, seit in jedem deutschen Jugendzimmer so eine Shisha stehe.

»Ein rechtschaffener Bürger, das lobe ich mir!«

Ihrer Stimme war nicht zu entnehmen, ob sie dies ernst oder ironisch meinte. Wie hatte Özal sie genannt? Nelly Schmitz. Nelly! Ein ungewöhnlicher Name. Frauen in ihrem Alter hießen Rosemarie, Waltraud oder Ingeborg, aber nicht Nelly. Ich betrachtete meinen Gast genauer: Sie war nicht groß, sie war nicht klein, sie war nicht dick, sie war nicht dünn, sie war nicht schön, sie war nicht hässlich. Sie konnte sich unsichtbar machen – ich hatte erst bemerkt, dass sie sich neben mich gesetzt hatte, als sie mich ansprach – und kurze Zeit später eine Präsenz ausstrahlen, die Cengiz Özal handzahm werden ließ.

»Nicht eine Vorstrafe, schauen Sie sich meine Akten an«, bastelte Özal weiter an seinem ehrenwerten Ruf. »Vorsitzender der Interessengemeinschaft Keupstraße bin ich, daher kenne ich Frau Schweitzer«, erklärte er mit einem Seitenblick auf mich, als ob ich seine gesellschaftliche Reputation unterstreichen könnte.

»Hast du Frau und Kinder?«, wollte Nelly Schmitz wissen.

»Zwei Jungs«, sagte er stolz. »Kemal, der Große, ist auf dem Genoveva-Gymnasium in der sechsten Klasse. Der Kleine ist ein Rabauke. Hat nur Fußball im Kopf, will wie Alpay als Abwehrspieler in die Bundesliga, kickt immer vor dem Altenheim herum.«

Der kleine Segelohrige, den Özal so ausgeschimpft hatte, war also sein Sohn. Wenn er nächstes Mal zum Kicken kam, musste ich ihn mir ein bisschen genauer angucken.

»Und deine Frau?«

»Günel. Ihre Familie kommt aus Ankara. Sie ist Erzieherin, arbeitet auf halber Stelle im Kindergarten. – Hier!« Er griff nach seinem Portemonnaie, nestelte einige Fotos heraus und reichte sie Nelly Schmitz. »Das sind meine Jungs, das ist Günel mit meinen Jungs, und das ist unsere Eigentumswohnung im Böckingpark«, erklärte er.

Nelly Schmitz betrachtete die Fotos genau und nickte, der Höf-

lichkeit halber zeigte er mir die Bilder dann auch. Dem kleinen Se-
gelohrigen saß auch auf dem Foto der Schalk im Nacken, der große Bruder wirkte dagegen sehr ernst und streng. Günel war eine
westlich gekleidete Türkin mit einem fröhlichen Lachen und langen schwarzen Locken.

Wenn ich jemals über den privaten Cengiz Özal nachgedacht
hatte, dann hatte ich ihn unter Männern in türkischen Cafés sitzen
sehen, so wie damals, als ich ihn in der Weidengasse an der Seite
von Mehmet Gürkan, der Mülheimer Kiezgröße, entdeckt hatte,
oder ich sah ihn allein in seinem winzigen Büro hinter der Theke
des Schlüsseldienstes sitzen, halbseidene Pläne ausheckend und
Süßigkeiten futternd. Ich hatte nie darüber nachgedacht, dass er
Frau und Kinder haben könnte. Das gab ihm eine menschliche, eine verwundbare Seite.

»Und dein Schlüsseldienst ist direkt auf der Keupstraße?«

Özal nickte, zückte erneut sein Portemonnaie und reichte Nelly Schmitz eine Visitenkarte.

»Vielleicht komm ich dich bald mal besuchen«, sagte sie, und
auch diesmal konnte ich nicht erkennen, ob dies als Drohung oder
als freundliche Geste gemeint war. »Hab in nächster Zeit öfter in
der Gegend zu tun.«

»Sie ermitteln doch nicht etwa im Fall der …« Er deutete mit
seinem Kopf in Richtung Altenheim.

»Du hast es erfasst!«, bestätigte sie. »Die alte Nelly Schmitz hat
die alte Betonleiche aufs Auge gedrückt bekommen!« Sie holte
jetzt ihrerseits den Geldbeutel aus der Handtasche und steckte
Özal eine Visitenkarte zu. »Du hörst viel und siehst viel«, sagte sie.
»Mich interessieren auch die abstrusesten Geschichten zu dieser
Leiche. – Ruf mich an.«

Özal nickte und hatte es plötzlich sehr eilig zu gehen, aber vorher schickte er mir noch einen vielsagenden Blick.

»Sie haben sich eine Verbündete gesucht«, lese ich in seinem
Blick. »Ein Bulle. Wenn Sie damit mal nicht in Teufels Küche kommen!« – »Ihr Kleiner kickt doch ganz gern vor dem Altenheim«,
erwidere ich. »Wenn Sie den nur einmal anrühren, sind Sie tot!«,
droht Özal. »Sie können die ganze Sache doch einfach vergessen«,
schlage ich vor. »Ich habe einen Ruf zu verlieren«, sagt er. »Mir
bleibt keiner was schuldig.«

Nach einem kurzen Nicken wandte er sich schnell ab und hetzte über die Keupstraße in Richtung Clevischer Ring, und bald sah ich seine grau glänzende Jacke nur noch als kleinen Tupfer.

»Ich lass Ihnen auch eine da«, sagte Nelly Schmitz zu mir und reichte mir ebenfalls eine Visitenkarte. »Was schulde ich Ihnen für den Kaffee?«

»Der geht aufs Haus«, sagte ich. »Sie waren heute mein erster Gast. Ein halbes Jahr habe ich darum gekämpft, hier Tische nach draußen stellen zu dürfen.«

»Bürokratenhengste, davon kann ich auch ein Lied singen«, sagte sie und erhob sich von ihrem Platz. Schon fast im Gehen griff sie in der Handtasche nach ihrem bimmelnden Handy. »Wie heißt die Baufirma, die die Verschalung gemacht hat? Bensmann?«, fragte sie. »Nein, nein«, sagte sie zu ihrem Telefonpartner. »Nur den Namen habe ich schon mal gehört, irgendein alter Fall, liegt schon Jahre zurück …«

Langsam schlenderte sie telefonierend zurück zum Altenheim, und ich stellte die Kaffeetassen zusammen und machte mich endlich an die Arbeit.

***

Zwei Stunden lang hatte sich Adela die Finger nach einem Restaurant wund telefoniert, in dem Kunos Lieblingsspeise angeboten wurde, und war ausgerechnet in einem österreichischen Lokal im Belgischen Viertel fündig geworden. Da gab es einen Schweinsbraten im Angebot, den man mit von Hand geschabten Spätzle und Kartoffelsalat servierte, und der Kartoffelsalat war selbstverständlich nicht mit Mayonnaise, sondern mit Brühe angemacht. Wenn sie sich mal die Mühe gemacht hatte und Kuno die wenigen Speisen, die sie kochen konnte, serviert hatte, seien es die Dampfnudeln oder das ungarische Gulasch gewesen, hatte Kuno jedes Mal nach dem Essen von Schweinebraten mit Spätzle und Kartoffelsalat geschwärmt, der sonntäglichen Mahlzeit seiner Kindheit, die selbstverständlich niemand so gut zubereiten konnte wie seine Mutter, Gott hab sie selig. Adela hatte sich nie an dieses Mahl herangewagt, zum einen, weil auch die beste Köchin niemals an die Qualität der mütterlichen Gerichte herankommt, und zum anderen, weil Kochen nicht ihr Ding war. Nie hatte sie viel Zeit darauf verwendet, während ihrer Berufstätigkeit schon gar nicht, und seit sie mit Katharina zusammenlebte, enthob die Tatsache, dass diese oft leckere Reste aus der Weißen Lilie mit nach Hause brachte, sie dieser unangenehmen Hausfrauenarbeit.

Mir ist auch jeder Strohhalm recht, dachte Adela, denn sie hoffte, dass der Schweinsbraten Kuno nicht nur kulinarisch in seine Kindheit zurückführen, sondern bei ihm Herz und Zunge lösen würde. Sie stellte sich vor, dass die schwäbische Hausmannskost seine blockierten Erinnerungen freisetzte und er ihr endlich Auskunft über seine Albträume und diese mysteriöse Elly geben konnte. So wie in diesem alten Film mit Ingrid Bergman und Gregory Peck, wo Ingrid mit der Gabel die Linien auf das weiße Tischtuch malte und Gregory sich dadurch an einen Skiabhang erinnerte. Diese blöden Albträume, ich sollte alles nicht so bierernst nehmen, schalt sie sich. Am Abend zuvor hatten sie sich deswegen wie die Kesselflicker gestritten, das heißt eigentlich nur sie wie ein Kesselflicker, Kuno eher wie ein sturer, wortkarger Bauer der Schwäbischen Alb. Rücken an Rücken, ohne einen Gute-Nacht-Kuss, hatten sie sich schlafen gelegt, und während Kuno bald wie ein Sägewerk neben ihr schnarchte, hatte sie wach gelegen und sich den Kopf über diese Albträume zerbrochen, bis er wieder schweißgebadet hochschreckte. So konnte es einfach nicht weitergehen.

Eine Überraschung plane sie, hatte sie ihm vorhin angekündigt und seinen misstrauischen Blick mit einem geheimnisvollen Lächeln erwidert. Nun stand sie vor ihrem Kleiderschrank und vor der schweren Entscheidung, welche Garderobe dem Abend angemessen war. Sie bewegte die Bügel hin und her, griff sich das eine oder andere Teil und hielt es vor dem Spiegel vor sich, entschied sich nach etlichem Hin und Her für einen himmelblauen Hosenanzug, der zwar schon ein paar Jahre auf dem Buckel hatte, aber mit dem frech gepunkteten Seidenschal exakt zu dem frühlingshaften Wetter passte. Während sie ihr kräftiges schwarzes Haar mit Haarspray in Fasson brachte, überlegte sie, wie sie das Gespräch am erfolgversprechendsten beginnen könnte. Konfrontation, direkte Fragen, hartnäckiges Nachbohren, alles Fehlanzeige, da ließ Kuno sofort die Rollladen herunter. Sie musste ihn mit harmlosen Themen in Erzähllaune bringen, ihn durch Interesse und Anteilnahme dazu bewegen, ihr nicht nur schöne, sondern auch unangenehme Dinge aus seinem Leben anzuvertrauen. Mit den Fingerspitzen zupfte sie sich noch die eine oder andere Haarsträhne zurecht, dann griff sie zur Puderdose.

Zu gern hätte sie in den letzten zwei Tagen mit Katharina über ihre Eifersucht auf diese Traum-Elly gesprochen, aber sie hatte ihre Mitbewohnerin diese Woche eigentlich nur Dienstagmorgen beim Frühstück gesehen, da hatte sie verschlafen in der Küche gestanden, hektisch einen Kaffee in sich hineingeschüttet, in Gedanken mit ihren wöchentlichen Einkaufslisten beschäftigt. Die anderen beiden Tage war Katharina abends so spät zurückgekommen, dass sie immer schon im Bett gelegen hatte. Sie hatte sie gehört, beide Male, aber deswegen aufzustehen, Katharina direkt um Hilfe zu bitten, hätte dieser Traum-Elly eine Bedeutung verliehen, die sie ihr so nicht geben wollte. Wir wollen es ja nicht übertreiben, dachte sie. Aber ein gemütlicher Schnack beim Frühstück, während Kuno seinen morgendlichen Kaffee in der Kantine des Polizeipräsidiums trank, oder eines ihrer nächtlichen Gespräche, wenn Katharina nach der Arbeit noch aufgedreht war und sie nicht schlafen konnte, hätten ihr gutgetan. Nun ja, es hat nicht sollen sein! – Noch etwas rosa Lippenstift, und fertig war die Laube!

»Kuno!«, rief sie durch die Küche zu dem kleinen Balkon hinaus, auf dem der Schwabe in ein Buch vertieft saß. »Wir können!«

»Von mir aus scho lang«, grummelte der, klappte das Buch zu, schlurfte in die Küche und legte es auf dem Tisch ab.

»Schuld und Sühne«. Schon seit Wochen las er nichts anderes als Dostojewski. Sie selbst hatte noch nie etwas von Fjodor M. gelesen, aber sie kannte genügend Russen, um zu wissen, dass es sich dabei nur um verdammt schwermütige Kost handeln konnte.

Kuno rückte sich die wackelige Hornbrille zurecht und sah sie erwartungsvoll an.

»Wir nehmen die Räder«, sagte Adela, und Kuno grinste leicht. Vor einem halben Jahr hatte er für sie beide Räder gekauft, aus Überzeugung. Für ihn gab es keine bessere Möglichkeit, sich durch Köln zu bewegen. Die ärgerliche Warterei auf Bus und Bahn falle damit genauso weg wie die lästige Parkplatzsuche, hatte er argumentiert. Zudem bewege man sich, bringe den Kreislauf angenehm auf Touren, Dinge, die in ihrem Alter nicht zu unterschätzen seien.

Adela hatte sich anfangs mit dieser Art der Fortbewegung schwergetan; seit sie den Führerschein gemacht hatte, war sie eine leidenschaftliche Autofahrerin, ihre Fahrten im offenen Cabrio mit Hochschwangeren zum Entbindungstermin waren eines ihrer Markenzeichen als Hebamme gewesen. Nur zögerlich hatte sie sich mit dem neuen Verkehrsmittel angefreundet, aber mittlerweile benutzte sie es bei schönem Wetter ganz gern.

So schoben die beiden wenig später die Räder aus dem Hinterhof auf die Straße, und Adela lotste Kuno an der neuen Jugendherberge und dem LVR-Turm vorbei auf die Hohenzollernbrücke. Die Abendsonne verlieh dem Fluss eine silberne Farbe, und das Rumpeln der Züge ließ die Brücke erzittern. Auf dem Roncalliplatz war zwischen Skatern, Touristen und Bummelanten kein Durchkommen, so schoben sie die Räder am Dom vorbei, durch das schmale Gässchen am Domforum hindurch, um dann bei McDonald's wieder aufzusteigen und sich weiter in Richtung Ringe vorzukämpfen. Adela tropften Schweißperlen von der Stirn, als sie die Räder in der Limburger Straße anketteten, und fast bedauerte sie, bei dem schönen Wetter keinen Biergarten ausgesucht zu haben.

An den blanken, kargen Tischen saß bei ihrer Ankunft nur eine einzige Familie mit zwei kleinen Kindern. Zu dem Bedauern gesellte sich bei Adela leichte Panik, denn nirgendwo ließ sich so schlecht ein gutes Gespräch führen wie in einem fast leeren Lokal. Die Panik legte sich bei dem seligen Lächeln, das über Kunos Gesicht glitt, nachdem er die handgeschriebene Speisekarte studiert hatte, und als sich das Lokal wenig später angenehm füllte und sie ihren Wein, einen grünen Veltliner, serviert bekommen hatten, war nichts mehr davon zu spüren.

»Hoffentlich habet se koi Gurke im Kartoffelsalat«, sagte er. »Die Österreicher mischet nämlich gern Gurke drunter.«

Der Kartoffelsalat war gurkenlos, der Schweinebraten saftig, die Spätzle frisch und fest, und Kuno ließ sich gern noch den Rest von Adelas Braten herüberreichen. Satt und zufrieden wischte er sich danach mit der Serviette die Fettreste vom Mund und öffnete mit einem wohligen »Ah« den obersten Hosenknopf.

Solange seine Mutter lebte, sei er jeden Sonntag zu ihr zum Essen gekommen, und jeden Sonntag habe sie dieses Gericht serviert, schwelgte er in Erinnerungen. Natürlich habe es Zeiten gegeben, wo ihm dieses Essen zum Hals herausgehangen habe, auch wegen dieser ewig verplanten Sonntage, »aber ich war halt der einzig' Sohn, und der Vater ischd im Krieg gebliebe«, sodass ihm auch in den wilden Jugendjahren nie der Gedanke gekommen sei, ernsthaft gegen dieses Ritual zu revoltieren. Interessant sei es gewesen, wenn Steimle bei diesen Essen ihr Gast war. »Dr. Steimle, du erinnersch dich doch, Adela? Mei alter Deutschlehrer. Der hat nach däm Abitur lang mit der Mutter g'redet wegem Studiere. Das hätt ich gern gemacht, aber 's war halt koi Geld da, und 's gab noch koi Bafög, also isch nur die höhere Beamtenlaufbahn g'bliebe …«

»Du wolltest also gar nicht Polizist werden?«, ermunterte ihn Adela zum Weitererzählen. Dabei hatte er ihr diese Geschichte schon dreimal erzählt, aber das war egal. Von den Essen mit Steimle wusste sie allerdings nichts, also, aufpassen wie ein Luchs, vielleicht trug ihn sein Erzählfluss bis zu seinen Albträumen.

»Am liebschte wär ich Lehrer worde«, fuhr Kuno fort. »Aber Polizischt war auch net schlecht. Der Umgang mit Menschen halt! Rausz'finde, warum einer was g'macht hat und wie. Der Blick in die menschlichen Abgründe. Darüber hab ich viel mit d'm Steimle g'schwätzt am Sonntagstisch von der Mutter. Der hat als Junggeselle gern die Einladung zu einem ordentlichen Mittagessen ang'nomme.«

»Und mit deiner Frau bist du auch immer sonntags zu deiner Mutter gegangen?«, fragte Adela, der sich bei der Vorstellung, dieses Gericht jeden Sonntag bei Kunos Mutter essen zu müssen, die Nackenhaare sträubten. Dass Kuno mal verheiratet gewesen war, hatte sie, wie so vieles aus Kunos früherem Leben, eher zufällig herausgefunden. Am Roncalliplatz waren sie mal seiner Ex begegnet, die gerade den Dom besichtigte.

»I woiß nimmer, was für die schlimmer gewese isch: der Schweinsbrate oder d' Schwiegermutter. D' Ursel isch höchstens einmal im Vierteljahr mitgange, und I bin au nimmer jeden Sonntag hin. Nach d'r Scheidung isch dann alles wie früher g'wese. Jeden Sonntag Schweinsbraten, oft mit d'm Steimle, manchmal isch d'r Lothar Menke mit'komme!«

»Lothar Menke?« Das war ein neuer Name. Adela spitzte die Ohren, bemühte sich aber, ihre Frage ganz beiläufig klingen zu lassen.

»Ein Kolleg' aus meiner Zeit in Bad Cannstatt. Mit dem hab ich lang in der Mordkommission g'schafft. Mir drei, d'r Steimle, d'r Lothar und ich, habet gern hoch philosophische G'spräche g'führt: über das Gute und das Böse, über die freie Entscheidung des Menschen, über die Licht- und Schattenseiten des Lebens …«

Verflixt, dachte Adela. Das habe ich nun von dem Schweinebraten. Da schwelgt Kuno in Erinnerung an hoch philosophische Gespräche, die er an Mutters Küchentisch geführt hatte, und seine Albträume rücken in noch weitere Ferne, als sie es tagsüber eh schon tun.

»Ach Spätzle«, seufzte er und streichelte ihre Hand. »Es isch wunderbar, mal widder friedlich mit d'r am Tisch zu sitze!«

Glaub bloß nicht, dass ich dich mit deinen hoch philosophischen Gesprächen davonkommen lasse, dachte Adela und hakte bei dem einzigen Punkt seiner Erzählungen nach, der ihr bisher neu gewesen war: »Und mit Lothar Menke hast du also in der Mordkommission gearbeitet?«

»Fascht zwanzig Jahre, mir waret Partner.«

Nur zu deutlich merkte Adela, dass Kuno wieder wortkarg wurde, nicht mehr so gelöst weitererzählte, wie er dies bei den sonntäglichen Mahlzeiten offenbar getan hatte. Erwartungsvoll, ja geradezu aufmunternd blickte sie ihn an.

»Er hat mir beim Tod von d'r Mutter g'holfe. Die isch 1988 ganz plötzlich g'storbe. Am Sonntag habet mir noch zusammen Schweinsbraten gegesse, und am Dienstag isch sie nimmer aufg'stande. Plötzlicher Herzstillstand, ein Tod, bei dem sie nicht hat leiden müsse, hat d'r Doktor g'sagt. Aber mir hat's den Boden unter den Füßen wegzoge. D'r Lothar hat sich ums Beerdigungsinstitut, die Trauerfeier und um des ganze Papierzeug kümmert, später hat er mit mir die Wohnung von d'r Mutter aufgelöst …«

»So was macht nur ein richtiger Freund«, sagte Adela. »Warum ist der Kontakt zwischen euch abgebrochen?«

Kuno blickte an ihr vorbei. Nur scheinbar beobachtete er, wie der Koch in der kleinen offenen Küche Wiener Schnitzel in der Pfanne schwenkte und draußen auf der Limburger Straße lautstark ein Trupp frühlingstrunkener Jugendlicher vorbeizog. Er war nicht hier, er war irgendwo in Stuttgart.

Adela hielt den Atem an, biss sich förmlich auf die Zunge, damit sie die Frage nicht wiederholte, nicht schon wieder ungeduldig drängelte. Kuno blieb stumm. Es war diese Stummheit, die Adela seit Wochen so viel Kraft kostete, aber sie würde diese nicht überwinden, indem sie fragend bohrte. Nicht sie, Kuno musste reden. So schwer es ihr fiel, vielleicht half es zu warten. Sie nahm einen Schluck Wasser und orderte einen Kaffee. Sie musste wach bleiben, ihre Konzentration behalten. – Eine elektronische Variante des Radetzky-Marschs drang in ihr Schweigen, und Adela erinnerte sich an das Gespräch mit Kuno, als dieser nach dem Kauf eines Handys einen geeigneten Klingelton suchte und sich schnell für den Radetzky-Marsch hatte entscheiden können, weil seine Mutter dieses Stück gern bei den sonntäglichen Essen aufgelegt hatte. Nie hatte Adela dieses Musikstück so gehasst wie in diesem Augenblick.

Kuno, selbst erstaunt über den Klingelton, griff in seine Jacketttasche, drückte die On-Taste und drehte sich auf seinem Stuhl zur Seite.

»Das isch aber eine Überraschung«, hörte Adela ihn sagen und sah ihn vorsichtig lächeln und ganz schnell sehr ernst werden. »Ja. Noi. Ja. Okay«, mehr Worte sprach Kuno nicht, bevor er das Telefon wieder ausschaltete.

»Was Unangenehmes?«, fragte Adela.

»Jetzt hör endlich mit dere Bohrerei auf!«, antwortete er schroff. »Meinscht du, ich merk net, wodrauf du nauswillscht?«

Damit war der Abend gelaufen. Stumm radelten sie zurück auf die andere Rheinseite. In der Kasemattenstraße platzte Adela dann der Kragen.

***

Das frische Frühlingswetter hatte die Tafel der Weißen Lilie bis auf den letzten Platz gefüllt, die Leute gingen bei schönem Wetter viel lieber essen als bei schlechtem. Krüger war beim Servieren richtig ins Schwitzen geraten, aber der alte Routinier hatte mangelndes Serviertempo mit ein paar guten Witzen ausgeglichen, so nahmen es ihm die Gäste nicht übel, ein paar Minuten länger auf ihre Teller zu warten.

Nach der Arbeit nahm ich ihn mit dem Auto bis zum Deutzer

Bahnhof mit und erzählte ihm von meinem morgendlichen Gespräch mit Sabine Pothoff.

»Wenn ihr das mal nicht das Genick bricht«, sagte er. »Für Sabine kommt Justus' Tod im allerungünstigsten Augenblick!«

Tieden gehe mit Schuljahresende in den vorzeitigen Ruhestand, berichtete er, und Sabine Pothoff wolle seine Nachfolge antreten. Ich konnte mir nicht verkneifen zu fragen, ob Frau Pothoff denn etwas mit dem »vorzeitig« beim Ruhestand zu schaffen habe, und Krüger nickte schmunzelnd. Er erklärte mir, dass das Berufskolleg Weinsbergstraße ein künstliches Gebilde aus drei ehemals eigenständigen Berufsschulen war und das Oberschulamt mit Tieden, einem vielleicht früher mal ganz brauchbaren Pädagogen, einen mit der Leitung eines solchen Schulkomplexes völlig überforderten Mann an die Spitze dieser Schule gesetzt hatte. »Er war damals zur rechten Zeit am rechten Ort und in der richtigen Partei«, sagte Krüger. »So ist er an den Posten gekommen!« Sabine Pothoff habe als seine Stellvertreterin viel von seinen Aufgaben übernommen und stets dafür gesorgt, dass das Oberschulamt davon Kenntnis hatte. Vor allem bei den aktuellen Baumaßnahmen sei Tiedens Überforderung überdeutlich geworden, und Sabine Pothoff habe durch direkte Gespräche mit ihm und dem Oberschulamt erreicht, dass er endlich seiner frühzeitigen Pensionierung zustimmte und damit den Weg für ihre Nachfolge frei machte. Nächste Woche würde die Kommission zusammentreten, um darüber zu entscheiden. Natürlich gebe es für einen solchen Leitungsposten auch immer Bewerbungen von außerhalb, und da könne der Todesfall mit all den offenen Fragen und einer möglichen Aufsichtspflichtverletzung – siehe Arîns Duschgeschichte – schon zu einem Stolperstein werden, der die Kommission dazu bewegen könnte, einen Kandidaten von außerhalb zu favorisieren. Zudem habe Sabine Pothoff in der Weinsbergstraße nicht nur Freunde, und wer immer mit ihr noch ein Hühnchen zu rupfen habe, könne dies bei dieser Gelegenheit am besten tun, schloss er seine Ausführungen.

So kurz vor dem Ziel von einem Unglück aus der Bahn gedrängt zu werden, nachdem man jahrelang auf den Sieg hingearbeitet hatte, war nicht schön. Von den Pluspunkten, die ich ihr am Ende unseres Gesprächs abgezogen hatte, schrieb ich ihr gedanklich wieder einige gut.

Es war halb zwei, als ich die Wohnungstür in der Kasemattenstraße aufsperrte. Ein Lichtstrahl aus der Küche erhellte den Flur, aber außer dem Buch von Dostojewski und dem nicht gelöschten Licht deutete nichts darauf hin, dass sich in diesem Raum in den letzten Stunden jemand aufgehalten hatte. Ich nahm mir ein Kölsch aus dem Kühlschrank und ging in mein Zimmer. Ganz automatisch wanderte »Mano a mano« von Carlos Gardel in meinen CD-Player. Bei dem Tango holten mich die nachmittäglichen Erinnerungen an Taifun wieder ein. Ein heftiges Türenschlagen vertrieb sie sofort. Ich hörte Adela mit energischen Schritten zum Bad stampfen und auf dem Rückweg die Tür zum Schlafzimmer mit der gleichen Wucht zuschlagen. Falls Kuno geschlafen haben sollte, würde er jetzt senkrecht im Bett sitzen.

»Jetzt isch aber endgültig Schluss!«, hörte ich ihn brüllen, und es war das erste Mal, dass ich Kuno so laut werden hörte. »Du kannscht mir den Buckel runterrutsche!«

»Du bist ein so verstockter, sturer Bulle!«, brüllte Adela zurück. Wieder wurden Türen geknallt, und dann hörte ich, wie Kuno sich im Wohnzimmer umständlich das Schlafsofa richtete.

Unschlüssig stand ich mit meiner Bierflasche am Fenster, lauschte der nun folgenden Stille in der Wohnung. In den drei Jahren, in denen Kuno mit Adela und mir zusammenwohnte, hatte es die eine oder andere Unstimmigkeit zwischen den beiden gegeben, aber noch nie einen sich über Tage hinziehenden Streit. Mensch, dachte ich. Wenigsten die zwei könnten mal mit gutem Beispiel vorangehen und zeigen, dass ein Paar auch über Jahre hinweg glücklich und friedlich zusammenleben kann. Aber Zoff gehörte wohl überall dazu …

Ich legte Chet Baker in meine Anlage. Seine Trompetenklänge drangen in jede Ritze des Raums, so wie sie es vorgestern getan hatten und morgen oder übermorgen tun könnten, sie gerieten nicht miteinander in Streit, sie unterlagen keinen Schwankungen oder Kränkungen, sie waren von reiner Schönheit und ein beständiger Trost.

FÜNF

Osterglocken, Tulpen, Vergissmeinnicht bildeten kräftige Farbtupfer im frischen Rasengrün. Vor zwei Tagen bei Adelas letztem
Marsch war davon noch nicht viel zu sehen gewesen, und jetzt tru-
gen sogar die Linden und Pappeln schon ein neues Blätterkleid.
Adela nahm diese Veränderung der Natur zur Kenntnis, aber sie
erfreute sich nicht daran. Noch ein bisschen schneller marschierte
sie mit ihren Stöcken, legte die Wut des gestrigen Abends in ihre
Schritte.

Nach Kunos Auszug aus dem Schlafzimmer hatte sie geglaubt,
niemals einschlafen zu können, aber der Schlaf kam schnell und
schickte ihr einen Traum, so lebhaft wie schon lange nicht mehr. Sie
watete mit Kuno durch einen wilden Fluss, aber der wollte ihr
nicht folgen, obwohl sie ihm zeigte, dass das Wasser nicht tief war,
zum Ertrinken nicht reichte. Erst als er am anderen Ufer eine Frau
mit kurzen roten Haaren erblickte, die ihn zu sich winkte, durchquerte er den Fluss, ohne ihre Hilfe in Anspruch zu nehmen.

Als sie an der Claudius-Therme den kleinen Hügel emporstapf-
te, erinnerte sie sich deutlich an die Predigten, die sie hier, im spru-
delnden Wasser liegend, Katharina früher zum Thema Männer gehalten hatte. Geh mit ihnen ins Bett, mach mit ihnen schöne Dinge,
aber lass sie nicht von deinem Leben Besitz ergreifen, hatte sie damals mit Überzeugung vertreten. Dann hatte sie sich in Kuno verliebt und gemerkt, dass alles gar nicht so einfach war. Mit offenen
Armen hatte sie ihn in ihr Leben geholt, das Glück vom gemeinsamen Einschlafen und Aufwachen genauso wie die Leidenschaft
beim Sex genossen, sich an Kunos Badezimmerüberschwemmun-
gen und sein Zeitungsrascheln beim Frühstücken gewöhnt und an
so vieles mehr, das jetzt selbstverständlich zu ihrem Alltag gehörte.
Sie hatte ihn von ihrem Leben Besitz ergreifen lassen, sich getraut,
ihm ihr Herz auszuschütten, und musste jetzt feststellen, dass er
beides nicht genauso tat. Kräftiger stemmte sie die Stöcke auf den
betonierten Weg, die dabei nicht im üblichen lässigen Klickklack,
sondern wie ein heftiges, hartes Hämmern tönten. Vor dem mit
Graffiti verschmierten Rolltor der alten Süßmostbar verschnaufte

sie kurz, erinnerte sich, wie sie hier als Kind bei der Bundesgarten-
schau 1957 ihre erste Limonade getrunken hatte. Mit ihrer Familie
hatte sie die aus Kriegsschutt geformten, sanften Hügel des neuen
Parks und die erst halb gebaute Zoobrücke bestaunt.

Kaum ging ihr Atem wieder regelmäßig, setzte sie ihren Marsch
fort. Vielleicht sollte sie Kuno in nächster Zeit einfach ein bisschen
in Ruhe lassen. In Geduld, der schwersten aller Tugenden, galt es
sich zu üben. Und ganz davon abgesehen, dachte sie trotzig, sollte
ich mich einfach mal wieder um mich selbst kümmern.

Dieser Entschluss beruhigte sie etwas, und jetzt hörte sie das
Gezirpe der Vögel und das Glucksen der Kinder, das vom großen
Spielplatz zu ihr herüberschallte. Sie machte sich beherzt auf den
Weg zu Eva II, um nachzusehen welche Blumen die Statue diesmal
in den Armen hielt. Eine rose Hyazinthe war's, und wie jedes Mal
hoffte sie, den heimlichen Verehrer, der der eisernen Eva die Blumen schenkte, mal auf frischer Tat zu ertappen, wie immer vergebens. Mit frischer Kraft marschierte sie zurück zur Claudius-Therme, unterquerte die Zoobrücke, drehte erst beim Mülheimer
Hafen wieder um, lief direkt am Rhein zurück. Der führte nach
dem Regen der letzten Wochen ordentlich Wasser, und wenn sich
einer der gewaltigen Lastkähne flussaufwärts schob, schwappten
große Wellen über die nah am Ufer stehenden Pappeln.

Wohlig erschöpft stieg sie gemächlich die Treppe zur Hohenzollernbrücke hoch und ging von dort in gemäßigtem Tempo zum
Ottoplatz. Der Mexikaner hatte bereits die Außengastronomie er-
öffnet, frühlingshungrige Gäste bevölkerten die Tische, und Adela
staunte nicht schlecht, als sie an einem dieser Tische Kuno entdeckte. Der saß dort mit einer Frau ihres Alters zusammen, deren
kurze Haare in einem kräftigen Rot gefärbt waren. Adela presste
ihre Stöcke fest auf den Boden, hielt die Griffe mit den Händen
krampfhaft umschlungen. Zum ersten Mal war sie dankbar für die
Dinger, wo sie sich ansonsten immer etwas albern vorkam, wenn
sie damit durch belebte Straßen stapfte. Aber jetzt, nach diesem
Schock, boten sie ihr einen sicheren Halt. Für einen kurzen Augenblick glaubte sie hellseherische Kräfte zu haben, aber dann
setzte sich ihre praktische Vernunft durch, die ihr einbläute, dass
die rothaarige Frau in ihrem Traum und die bei Kuno am Tisch nur
zufällig die gleiche Haarfarbe hatten. Unfähig zu entscheiden, was

sie machen sollte, stand sie mit ihren Stöcken neben einem Verkehrszeichen an der Constantinstraße und starrte auf Kuno und die Frau, die sie nicht bemerkten. Angriff ist die beste Verteidigung, sagte sie sich nach ein paar Minuten, ich gehe hin, sage Hallo, Kuno wird sich erklären müssen, aus und vorbei mit den Versteckspielchen. Sie rückte sich aufbruchsbereit ihre Stöcke zurecht, als die fremde Frau mit dem Arm über den Tisch griff und kurz Kunos Hand streichelte. Augenblicklich verließ sie aller Mut. Bevor sie einen neuen Anlauf nehmen konnte, fegte ein kräftiger Windstoß über die Straße, wehte beim Mexikaner Bierdeckel und Speisekarten von Tischen, schwere Regentropfen platschten plötzlich vom Himmel, die Gäste, auch Kuno und die Rothaarige, flüchteten ins Innere der Kneipe. Das Aprilwetter schlug Kapriolen genau wie Adelas Gefühle. Nein, nach drinnen würde sie den beiden nicht nachgehen, beschloss sie. Sie würde doch in der Öffentlichkeit nicht die eifersüchtige Ehefrau spielen. Sie klemmte ihre Stöcke unter den Arm und lief durch den Regen nach Hause. Zehn Minuten später saß sie platschnass an ihrem Küchentisch und ärgerte sich darüber, dass ihr die Tränen von den Backen liefen.

Der elektronische Radetzky-Marsch brauchte drei Anläufe, bis er zu ihr durchdrang. Kuno hatte sein Handy auf dem Küchentisch liegen lassen. Unter normalen Umständen hätte sie nie einen Anruf auf Kunos Handy entgegengenommen, aber nichts war mehr normal, so auch nicht ihr Griff nach dem Mobilteil.

»Ja?«, meldete sie sich schnell.

»Kuno?«, fragte verunsichert eine fremde Männerstimme.

»Der ist im Moment nicht zu Hause. Kann ich ihm etwas ausrichten?«

»Saget Se ihm, d'r Lothar Menke hat angerufen.«

»Mehr nicht?«

»Er soll zurückrufen.«

Sie drückte auf die Off-Taste. Als sie aufblickte, merkte sie, dass Kuno vor ihr stand. Wortlos griff er nach seinem Handy und steckte es in die Tasche. Stumm und voller unausgesprochener Vorwürfe stierten sie sich an. Adela merkte, wie ihr die nassen Kleider bleischwer am Leib klebten. Ohne ein Wort stemmte sie sich aus dem Stuhl hoch und schleppte sich ins Schlafzimmer. Sie war froh, dass Kuno ihr nicht folgte, während sie sich in Zeitlupe aus den nassen

Sportklamotten schälte, blind nach trockenen Socken, Hemd und Hose griff. Als sie in die Küche zurückkam, stand Kuno noch auf dem gleichen Fleck.

»Wer war die Frau, mit der du dich beim Mexikaner getroffen hast?«

»So weit isch's also mit uns scho gekomme«, bellte er in einem Adela völlig fremden Ton. »Du spionierscht mir nach, du gehscht an mein Handy. Hascht du auch scho mei Socke durchwühlt und mei E-Mails?«

Adela traute ihren Ohren nicht. Er gab ihr die Schuld an dieser katastrophalen Situation, er stellte sie als besitzergreifend und kontrollierend dar. Und er? Was war mit ihm?

»Weißt du was?«, sagte sie, und ihre Stimme war so eisig wie der Hagel, der draußen auf den Balkonboden ratterte. »Du kannst mich mal!«

Dann griff sie nach Handtasche und Schlüssel und stürmte aus der Wohnung.

✳✳✳

Mit einem geübten Griff brach ich eine Spargelstange auseinander, besah und befühlte die Bruchstelle. Seit letztem Jahr ließ ich mir Spargel und Erdbeeren von einem Gemüsebauern aus dem Vorgebirge liefern, auch diesmal brachte er mir Spargel von bester Qualität. Gleich mit drei Gerichten hatte ich das Saisongemüse im heutigen Speiseplan platziert. Zur Vorspeise würde es eine weiße Spargelmousse mit karamellisiertem grünen Spargel und einer Espresso-Vinaigrette sowie einen Salat aus gebratenen Spargelspitzen mit Orangen, Rauke, Walnüssen und gratiniertem, mit Orangenöl beträufeltem Ziegenkäse geben, und zu den Kalbsrouladen des Hauptgangs würde ich kleine, mit einem Gitter aus grünem und weißem Spargel belegte Blätterteigschiffchen servieren. Was die Erdbeeren machten, wollte ich noch wissen, als er sich verabschiedete, und mit einem Blick auf die Hagelkörner, die draußen auf der Keupstraße aufprallten, meinte mein Lieferant, dass er froh sei, dass sie noch klein, grün und fest waren, denn solch ein Hagel drei Wochen später würde einen Großteil der empfindlichen Früchtchen zerstören.

Ich sah ihm nach, wie er unter den Hagelkörnern zu seinem am Spielplatz geparkten Kombi rannte, und auf der Höhe der Affenschaukel kreuzte Arîn seinen Weg, die, ihre Jeansjacke als Schutz über den Kopf gezogen, in gleichem Tempo auf die Weiße Lilie zusteuerte. Schnell schloss ich hinter ihr die Tür, durchquerte den gewitterdunklen Gastraum und stellte die Spargelkörbe in der Küche ab. Fünf Minuten später gesellte sich Arîn zu mir. Sie war in trockene, frische Kochklamotten geschlüpft, aber ihr festes schwarzes Haar klebte noch regennass am Kopf. Gestern hatte sie auf meine Nachfrage hin beteuert, dass zu Hause alles okay sei, und als ich ihr den Brief von Marcel Henckel reichte, diesen kommentarlos in ihrer Kochjacke verschwinden lassen. Sie arbeitete eifrig und ordentlich, aber ihr Lachen, das sonst so oft durch diese Küche schallte, fehlte in den letzten Tagen.

»Dieser Marcel, arbeitet der nicht im selben Betrieb wie Justus?«, begann ich, die Gunst der Stunde nutzend, denn Holger würde heute später zur Arbeit kommen. »Stimmt das?«

»Mhm. In so einem gutbürgerlichen Laden in der Nähe vom Stadion. Und weißt du was? Der Küchenchef ist sein Vater!«

Hatten die dunklen Augen und die Post für Arîn dem pickligen Jungen meine Sympathie geschenkt, so verlor er sie in diesem Augenblick. Sich von seinem Vater ausbilden zu lassen war das Allerletzte. Theoretisch und praktisch war dies möglich, aber wer wollte das schon? Sich von seinem Alten nicht nur sagen zu lassen, wann man abends zu Hause sein musste, sondern auch noch, wie man ein Hühnchen rupfte, war doch furchtbar. Sofort schrumpfte dieser Marcel für mich zu einem armseligen, papahörigen Würstchen.

»Lehre bei seinem Alten ist doch totale Scheiße«, sagte Arîn. »Hab ich gedacht, als Justus das in der Klasse herumposaunt hat. Dann habe ich Marcel gefragt, ›Hey, warum machst du so was Bescheuertes?‹, da hat er mir's erzählt. Weißt du, es war wie bei mir. Ich wollte auch nur bei dir in die Lehre gehen, nur war bei Marcel alles viel komplizierter.« Und sie erzählte, dass Marcel seine Lehre unbedingt in Italien, in einem ganz bestimmten Lokal in der Reggio Romana machen wollte, er dafür viele Briefe geschrieben, viele Telefonate geführt hatte. »Marcel kann zwar kochen wie ein Weltmeister, aber fremde Sprachen sind nicht sein Ding«, fuhr Arîn fort. »Sein Kumpel Sergio hat ihm die Briefe übersetzt, und Marcel hat echt zu spät gemerkt, dass Sergios Italienisch alles andere als erste Sahne ist. Da war er schon in Italien und musste wieder zurück.« Weil nämlich Sergio aus dem entscheidenden Brief nur herausgelesen hatte, dass Marcel eine Lehrstelle hatte, aber nicht, dass diese Stelle erst im nächsten Jahr frei wurde. »In der Zeit wollte er seinen Alten nicht auf der Tasche liegen, hatte aber auch keinen Bock auf irgendeinen Job. Und als sein Alter gemeint hat: ›Dann komm doch so lange zu mir, da lernste schon den einen oder anderen Kniff‹, da hat Marcel okay gesagt. Aber im Herbst geht's ab nach Italien!«

»Dann muss er Justus doch ziemlich gut gekannt haben, oder?«

»Hat ein bisschen gebraucht, bis er gemerkt hat, was für ein Wolf im Schafspelz Justus ist«, sagte sie. »Ist so ein kleines Träumerchen, der Marcel.«

Ich schickte ihr einen fragenden Blick.

»Ist 'ne lange Geschichte, die soll dir Marcel selbst erzählen, wenn er will«, wiegelte Arîn ab.

»Und warum hast du dich seinetwegen mit Justus in die Haare bekommen?«

»Wer sagt das?« In ihren Augen war das wütende Funkeln, das gern aufblinkte, wenn sie sich angegriffen fühlte.

»Marcel. Als er mir den Brief für dich gegeben hat.«

»Fêris!«, fluchte sie auf Kurdisch und schüttete die neuen Kartoffeln mit Karacho in die Spüle.

»Um was ging es bei dem Streit?«

»Das würdest du eh nicht kapieren!« Sie schrubbte die zarten Kartoffeln mit derartiger Kraft, dass deren Schale nur noch in Fetzen hing.

»Lass die Schale dran«, sagte ich.

Arîn verdrehte die Augen und nahm schnaubend die Kraft aus dem Schrubben raus. Ich sah, dass sie wütend war, verstand aber überhaupt nicht, warum.

»Fang jetzt nicht mit so einem Gepupse an!«, sagte ich. »Bevor du behauptest, dass ich etwas nicht verstehe, solltest du zumindest versuchen, es mir zu erklären. Also, worum ging's bei dem Streit?«

Arîn schrubbte die Kartoffeln mit hingebungsvoller Inbrunst, als gäbe es nichts Wichtigeres auf der Welt, als hätte ich keine Frage gestellt. Verdammt, das Mädchen war siebzehn. So allmählich musste sie doch aus diesem pubertären Gehabe heraus sein! Sie bürstete weiter und weiter, bis zehn Kilo Kartoffeln geschrubbt und in Töpfe verteilt waren. Dann sagte sie: »Ist mir peinlich.«

Ich zog die Luft ein und hielt den Mund.

Arîn schob die Kartoffeln zur Seite und griff nach dem Spargelschäler. Eine Stange nach der anderen verlor die äußerste Haut. Der Haufen aus gekringelten Spargelschalen wuchs und wuchs.

»Arîn!«

»JustushatbehauptetichhättwasmitMarcel«, ratterte sie in atemberaubenden Tempo. »DasstimmtnichtaberMarcelhättegernwasmitmir ...« Schnell, ganz schnell verloren weitere Spargel ihre Schalen. Ihr Kopf war puterrot geworden.

Liebeswirrwarr! Davon wurde nicht nur sie geplagt, sondern alle Mädchen in ihrem Alter litten darunter. Was heißt hier in ihrem Alter?, korrigierte ich mich und dachte dabei an mich selbst.

»Aber du bist nicht in ihn verliebt?«, fragte ich vorsichtig.

»Hör mal!«, sagte sie empört. »Ich verlieb mich doch nicht in einen, der bald nach Italien geht.«

»Und wenn er nicht nach Italien ginge?«, hakte ich nach.

»Wenn, wenn, wenn. Alles Quatsch!«, wischte Arîn die Frage vom Tisch und wechselte mit der Frage, welchen Senf sie gleich für die Vinaigrette nehmen solle, das Thema.

»Düsseldorfer!«, entschied ich.

»Wieso den und keinen Dijon-Senf?«, wollte Arîn wissen.

»Zu dem Salat passt ein scharfer Senf am besten. Da ist der Düsseldorfer eins a, denn bei ihm werden die Senfkörner nicht entölt.« Das kleine Biest wusste genau, wie sie mich ablenken konnte! Warenkunde war eines meiner Lieblingsthemen. Und so schwadronierte ich von heller und dunkler Senfsaat, von Colman's englischem Senfpulver, von Senfen, die mit Essig oder Weinmost hergestellt werden, von Spezialitäten wie dem Rôtisseur- oder Estragonsenf, dem rosafarbenen Moutarde au Cassis, dem süßen Senf der Bayern, und als ich beim violetten Senf angelangt war, der auch der Senf der Päpste genannt wird, weil Clemens VI. eine besondere Vorliebe für diesen aus rotem Traubenmost hergestellten Senf hatte, stieß Holger zu uns und schlug vor, doch mal einen Nachtisch mit Senf zu versuchen, da er in »Essen und Trinken« ein Rezept für ein Cassis-Senf-Sorbet und ein Schokoladen-Senf-Soufflé gelesen habe.

Die Idee verschoben wir auf später, denn mit süßen Rhabarber-Ravioli, einem Limoncello-Mascarpone-Parfait und den üblichen Schokoladenmousse-Variationen standen die Nachtische für den heutigen Tag fest, und wie immer machten sie sich nicht von selbst. Eva rief an und berichtete zerknirscht, dass ihre Schwindelanfälle immer noch nicht aufhört hatten. Ich erzählte ihr, dass Krüger sich im Service ganz ordentlich aufführe, was sie einerseits freute, andererseits misstrauisch machte. Auf keinen Fall sollte sich Krüger auf eine Dauerstelle in der Weißen Lilie einrichten! »Eva«, sagte ich beruhigend, »du weißt genau, dass du meine unangefochtene Nummer eins bist!« Kaum hatte ich den Hörer aufgelegt, stand auch schon Krüger geschniegelt und gestriegelt auf der Matte. Er studierte aufmerksam die Speisekarte, fragte süffisant nach, ob ich die ihm versprochenen Marillenknödel in den nächsten Wochen noch ins Programm zu nehmen gedächte, und ich knurrte zurück, dass er sie zuhauf vorgesetzt bekäme, sowie es auf dem Markt reife Aprikosen gäbe, aber keinen Tag früher.

Bald hatten wir keine Zeit mehr für Geplänkel, Krüger deckte den Tisch ein, wir in der Küche steigerten unser Arbeitstempo. Die Weiße Lilie war ausgebucht, und wenn das so weiterging, konnte ich dieses Jahr der Stadtsparkasse pünktlich meinen Kredit zurückbezahlen. Eine halbe Stunde später trudelten die ersten Gäste ein, Krüger reichte die Bestellungen durch, ich schmeckte die Espresso-Vinaigrette ab, stellte mir die Pfannen für die Kalbfleischröllchen zurecht.

Sie tauchten zwischen Vorspeise und Hauptgang, in der absoluten Rushhour, auf. Zwei Herren in schlichten Freizeitjacken mit Hartschalenaktenkoffern in den Händen. Wie in einem schlechten Polizeifilm hielten sie mir ihre Ausweise vors Gesicht, unbeeindruckt davon, dass ich vierzig Kalbsröllchen zu wenden, vierzig Spargelschiffchen zu verteilen hatte. Arîn starrte sie an, und Holger starrte sie an, und ich fragte: »Gibt es einen konkreten Anlass?«

»Ein anonymer Anruf. Sie sollen illegale Mitarbeiter beschäftigen. Wir müssen Ihre Personalbuchhaltung überprüfen!«

Ich dirigierte Holger zu den Kalbsvögelchen, Arîn zu den Nachtischen, lächelte mit einer kleinen Winkbewegung beruhigend meinen Gästen zu, die teilweise schon neugierig in die Küche starrten, offensichtlich wissen wollten, was die beiden Freizeitjacken da suchten.

Die beiden Ordnungsamtler führte ich nach hinten in den Vorratsraum, wo in einem Extraregal, neben Nudeln, Linsen und Handtüchern, meine Buchhaltung stand. Der eine blickte auf das Regal, und der andere fragte, ob ich ihnen einen Tisch besorgen könne. Scheiß der Hund drauf, dachte ich. Das gehört zum Job, sie kommen zu jedem. Kein Gastronomiebetrieb, den sie nicht unter die Lupe nehmen. Also benimm dich wie ein Profi, zeig nicht, wie sehr dich dieser Besuch nervt! Dass ich nur den einen großen habe, sagte ich so freundlich wie möglich, an dem auch ich immer meine Verwaltungsarbeit erledige, da die Räumlichkeiten – ich sagte tatsächlich Räumlichkeiten, so schnell lässt man sich auf Beamtendeutsch ein – leider über keinen extra Büroraum verfügten, die Herren müssten also entweder warten, bis die Gäste gegangen wären, oder sich mit zwei Stühlen begnügen. Sie wollten zwei Stühle. Also schleppte ich die nach hinten, fragte, ob sie etwas essen oder trinken wollten, was selbstverständlich nicht der Fall war. Einer der beiden unterstrich dies mit einer mitgebrachten Plastikwasserflasche, die er neben seinen ausgepackten Laptop stellte. Dann ging's los, Ordner für Ordner nahmen sie sich, prüften die Seiten in einer Langsamkeit, als hätten sie alle Zeit der Welt und ich keine Gäste am Tisch sitzen, verglichen diese mit den Daten ihres Laptops, und durch mich ratterten all die Fragen, die einem nur in einer solchen Situation kommen. Hatte ich alle Arbeitsverträge richtig abgeheftet? Waren meine Gehaltsabrechnungen, die zum Glück mein Steuerberater machte, komplett? Was war mit dem Arbeitsvertrag für Krüger? Was konnten sie an Unregelmäßigkeiten finden? War der Vertrag für meine Lebensversicherung bei den Unterlagen? Und und und. Jeder, der mal eine Steuerprüfung durchlaufen hat, weiß, wovon ich rede. Aktenordner für Aktenordner schleppte ich herbei, überlegte fieberhaft, wo ich dieses oder jenes Formular, das sie sehen wollten, abgelegt haben konnte, sauste zwischendurch in die Küche, um nachzusehen, ob die beiden klarkamen, machte fünf Kreuze, als ich sah, dass der Hauptgang sicher nach draußen gelangt war, rannte wieder zurück, setzte einen neuen Punkt auf die Liste dessen, was ich den Herren noch an Unterlagen besorgen musste. So ging das hin und her, und die beiden saßen immer noch über den Papieren, als Arîn und Holger schon die Nachtische ins Restaurant geschickt hatten.

»Es gibt nirgendwo Unterlagen über Spüler«, sagte irgendwann der eine. »Sie wollen uns doch nicht ernsthaft erzählen, dass Ihre Köche diesen Job machen?«

Daher wehte der Wind. Dass ich keinen Spüler beschäftigte, war wirklich etwas ungewöhnlich. Bevor Arîn in der Weißen Lilie anfing, hatte Scarlett an ausgebuchten Tagen diesen Job übernommen, aber Arîn übernahm von Anfang an mit solcher Selbstverständlichkeit den Spül, dass ich Scarlett nur noch während ihres Blockunterrichts dafür einsetzte. Tja, und ab und an half Cihan ihr dabei, was ich selbstverständlich den Herren nicht erzählte.

»Jetzt müssen wir noch mit Ihren Angestellten reden«, meinten sie, nachdem ich ihnen meine Spüler-Version erzählte hatte.

Während Arîn im Vorratsraum einem der beiden Rede und Antwort stand, wartete der andere bei uns in der Küche. Holger nickte mir beruhigend zu, und Krüger war als ausgebuffter Profi durch so viele Gespräche mit Ordnungsamtsleuten gegangen, dass er ihnen heute nur mitteilen würde, erst zwei Tage bei mir zu arbeiten und von Tuten und Blasen keine Ahnung zu haben.

Eine halbe Stunde später war der Spuk vorüber. Die Herren zippten die Reißverschlüsse ihrer Freizeitjacken nach oben, ermahnten mich, bis zu ihrem Wiederkommen die fehlenden Unterlagen zusammenzustellen, und verabschiedeten sich mit dem lapidaren Satz: »Wir tun nur unsere Pflicht!«

In Windeseile schrubbten danach Arîn und Holger die Küche sauber, während ich mich auf zwei Stühlen im Restaurant breitmachte und versuchte, meinen Puls auf Normalgeschwindigkeit herunterzufahren. Krüger, der die letzten Gläser polierte, stellte mir einen Cognac hin, den ich aber mit dem Hinweis, dass mir ein Kölsch lieber wäre, stehen ließ. Also trank Krüger ihn aus und sagte dann: »Na komm, zieh deine Jacke an, ich spendier dir ein Kölsch, auch zwei oder drei.«

So saßen wir fünf Minuten später in der Vielharmonie an Curts Tresen. Curt zapfte zwei Kölsch, stellte sie vor uns hin und betrachtete Krüger mit neugierigem Blick. Ich hörte schon die Geschichten über mich und meinen neuen Typen, die er bald allen anderen Gästen erzählen würde.

»Nein«, sagte ich. »Er ist schwul!«

Krüger grinste ihn leicht anzüglich an, und Curt machte sich beleidigt an seinen fünf Frikadellen zu schaffen.

»Jetzt erzähl schon«, sagte Krüger. »Wer hat dich auf dem Kieker?«

Man brauchte nicht viel Ahnung von Gastronomie zu haben, um so einen Verdacht in die Welt zu setzen. Die Beschäftigung von Schwarzarbeitern im Gastgewerbe ging regelmäßig durch die Presse. Vielleicht fühlte sich auch ein ruheliebender Nachbar durch meine neuen Außentische gestört. Das war schließlich das Gemeine an solch anonymen Anrufen, sie öffneten Spekulationen Tür und Tor, förderten jede Art von Paranoia. Mir fiel nur ein einziger Name ein: Cengiz Özal.

»Sie haben mir die Ordnungsamtsleute auf den Hals gehetzt«, schleudere ich ihm entgegen. »Anonyme Anrufe sind etwas Großartiges«, antwortet Özal. »Man setzt Dinge in Bewegung, ohne sich zeigen zu müssen.« – »Die Herren haben nichts gefunden«, sage ich. »Das kann sich schnell ändern. Ich muss beim nächsten Anruf nur von der drallen Schuhverkäuferin erzählen«, antwortet er. »Kinkerlitzchen«, sage ich verächtlich. »Damit können Sie mich nicht erschrecken!« – »Passen Sie auf sich auf«, antwortet er. »Es kann auch ein Feuer ausbrechen oder der Strom ausfallen«, droht er, und dann erscheint auf seinem Vollmondgesicht dieses mehrdeutige Özal-Lächeln.

Ich drängte die Gedanken an Özal zurück und sagte zu Krüger: »Lenk mich ab. Erzähl mir was über dein Liebesleben.«

»Gesittet und gediegen«, antwortete er und berichtete, dass er seit fast zwei Jahren mit einem Lehrer aus der Erzieherfachschule liiert sei. »Seither sehe ich nicht mehr nach rechts und links«, versicherte er, »und das ist auch gut so, denn an der Schule könnte einem sonst schon der eine oder andere Jungenarsch gefährlich werden. Du weißt ja selbst, wie aufreizend sich mittlerweile auch die Knaben kleiden …«

Curt verdrehte die Augen, und Krüger fragte nach meinem Liebesleben.

»Da gibt's nichts zu erzählen.«

»Ach Süße, das ist ja grauenvoll!«, empfing ich das geballte Mitleid eines glücklich Liierten, und er schwärmte mir von dem riesigen Heiratsmarkt vor, den eine so große Schule wie das Berufskolleg an der Weinsbergstraße in sich barg. »Komm doch mal beim nächsten Schulfest vorbei, dann kann ich dich mit ein paar interessanten Kandidaten bekannt machen!«

»Lass gut sein, Krüger!«, stöhnte ich.

»Nein, nein, nein«, setzte er seinen missionarischen Feldzug fort, »Lehrer ist nicht gleich Lehrer, bei uns findest du alles. Wir haben Sportler und Feingeister, Esoteriker und Heimwerker, Naturfreunde und Kulturbeflissene. Kannst sicher sein, dass für dich einer dabei ist.« Krüger beschrieb seine Kollegen in leuchtenden Farben und vermittelte mir den Eindruck, dass sie nur darauf warteten, mich kennenzulernen. Wenn ich ihm nur das kleinste Zeichen gäbe, würde er mit Wonne ein erstes Date für mich arrangieren. Er gefiel sich als Glücksfee, als hobbymäßiger Paarvermittler, und ich musste diesem Irrsinn schnell einen Riegel vorschieben.

»Krüger«, sagte ich, »so funktioniert das nicht!«

»Der erste Schritt ist schwierig, da kommt man sich dämlich vor«, versuchte er es weiter. »Aber dann, glaub mir, Katharina …«

»Krüger!«, polterte ich jetzt energisch. »In der Liebe bin ich altmodisch. Entweder sie trifft einen, oder sie trifft einen nicht. Ein Arrangement ist Schwindel. Man kann dem Glück nicht auf die Sprünge helfen.«

»Ist ja gut«, lenkte er leicht beleidigt ein, zahlte den Deckel, und wieder nahm ich ihn bis zum Deutzer Bahnhof mit. Auf dem Weg dorthin konnte er sich nicht verkneifen, mir von Sabine Pothoff und ihrem Freund Jost zu erzählen, die sich bei einem Essen, das er gegeben hatte, kennengelernt hatten, und zwar nur, weil er Jost gezielt neben Sabine gesetzt hatte, im Glauben, dass die zwei ein gutes Paar abgeben würden. »Sie sind seit über einem Jahr glücklich zusammen. So viel zu deiner These, ein Arrangement ist Schwindel.«

»Manchmal dauert es lange, bis ein Schwindel auffliegt«, konterte ich, als er am Ottoplatz ausstieg. Wehe, er würde in den nächsten Tagen noch mal auf das Thema zurückkommen!

Den Corolla parkte ich wenig später genau hinter Adelas drecksverschmiertem Cabrio, das aussah, als hätte sie damit an einem Querfeldeinrennen über Eifeler Feldwege teilgenommen.

***

Es war schon spät, als Adela sich mühsam die Treppen in der Kasemattenstraße hochschleppte. Stundenlang war sie durch das Bergische Land gekurvt, ohne sagen zu können, wo sie gewesen war und was sie gesehen hatte. Müde steckte sie den Wohnungsschlüssel ins Schloss. Ein dunkler Flur empfing sie, und als sie auf den Lichtschalter drückte, kam ihr die eigene Wohnung fremd vor. Die Babybilder an der Wand, das orangefarbene, altmodische Telefon, Kunos Bücher auf den schmalen Regalbrettern, teilweise in Türmen auf dem Boden gestapelt, alles war fremd. Sie machte Licht in der Küche, im Wohnzimmer, im Schlafzimmer, im Bad, aber die Fremdheit blieb. Sie öffnete die Balkontür und setzte sich mit einer Flasche Wasser an den Küchentisch. Im Hinterhof wehte ein kräftiger Wind durch die frischen Lindenblättchen, zwischen den Windstößen maunzte die Katze von Friedmanns, über ihr kläffte der Dackel von Frau Kaszewski, ab und an schüttelte den alten Kühlschrank ein holpriges Brummen. Sonst war es still. Irgendwann hievte sie sich schwerfällig vom Küchenstuhl hoch, schlurfte ins Badezimmer, öffnete den kleinen Glasschrank. Kunos Rasierzeug und seine Zahnbürste waren weg. Ihr nächster Weg führte ins Schlafzimmer. Ein Blick auf den Kleiderschrank genügte, um festzustellen, dass Kunos braune Reisetasche fehlte. Nicht nur diese, auch das blau-schwarz karierte und das gelb gestreifte Hemd fehlten sowie ein Schlafanzug und Kunos braunes Cordjackett.

Kein Zweifel, Kuno war gegangen. Er hatte sie verlassen.

Sie suchte im Schlafzimmer und auf dem Wohnzimmertisch vergebens nach einer Nachricht, einem Hinweis und kehrte, nachdem der Wind die Balkontür scheppernd zugeworfen hatte, wieder in die Küche zurück. Auch dort nirgendwo eine Nachricht. Weder unter dem Magneten des Kühlschranks noch auf dem Tisch, wo Kuno sonst gern mal einen Zettel liegen ließ. Kuno war weg, ohne ein Wort des Abschieds, ohne eine Erklärung. Der Wind öffnete jetzt erneut die Balkontür, automatisch verschloss sie Adela. Dann setzte sie sich wieder an den Tisch. Dort saß sie noch, als sich gegen halb zwei ein Schlüssel im Schloss drehte. Einen winzigen Augenblick lang konnte sie sich nicht entscheiden, ob sie sich eher fürchtete oder eher hoffte, Kuno wäre zurück, aber bei dieser Uhrzeit wusste sie eigentlich, dass es nur Katharina sein konnte, die von der Arbeit nach Hause kam.

»Du bist noch auf?«, fragte diese, als sie wenig später zu ihr in die Küche kam.

»Wie war dein Tag?«, fragte Adela zurück, weil sie sich plötzlich fürchtete, mit Katharina über Kuno zu reden, weil sie, bevor sie aussprach, dass Kuno sie verlassen hatte, sich immer noch einreden konnte, dass dies nicht der Fall war, sein Verschwinden sozusagen erst im Augenblick des Lautsagens, des Katharina-Informierens zur Tatsache wurde.

»Grauenvoll«, sagte Katharina. »Erst hat mir das Ordnungsamt die Bude auf den Kopf gestellt, dann wollte Krüger mich mit einem seiner Lehrer-Kollegen verkuppeln. Verkuppeln, mich! Seh ich etwa schon aus wie eine alte Jungfer? Hab ich ein unsichtbares Schild um den Hals ›Brauche dringend einen Mann‹?«

»Man sollte von Männern grundsätzlich die Finger lassen!« Adela sagte den Satz in diesem Augenblick aus tiefster Überzeugung.

»Was ist los mit dir?«, fragte Katharina alarmiert. »Wo steckt Kuno?«

»Ich weiß es nicht!«

Eine Zeit lang stand dieser Satz ganz allein im Raum. Katharina holte sich ein Kölsch aus dem Kühlschrank, und Adela beobachtete die Lindenzweige, die der Wind immer wieder gegen das Balkongitter drückte.

»Ich hab mitbekommen, dass ihr euch in letzter Zeit öfter gestritten habt«, begann Katharina zögernd. »Ich hab aber nicht gewusst, ob du willst, dass ich dich drauf anspreche.«

»Findest du, dass ich eine besitzergreifende Frau bin, die ihrem Mann keine Luft zum Atmen lässt?«, unterbrach sie Adela.

»Du bist großzügig, hilfsbereit, zupackend und kannst sehr bestimmend sein, aber von mir hast du nie Besitz ergriffen«, antwortete Katharina. »Allerdings verhält man sich in einer Beziehung oft anders als gegenüber Freundinnen. Du müsstest also einen deiner Ehemaligen …«

»Du weißt genau, dass es die nicht gibt«, unterbrach Adela sie patzig. Die Sache mit Anton lag vierzig Jahre zurück, ihre Beziehung war zerbrochen, weil Anton mit ihrem Beruf nicht klargekommen, auf keinen Fall, weil sie besitzergreifend gewesen war. Und danach war sie dreißig Jahre lang nur Hebamme gewesen und hatte in der Zeit einen Mann auch nicht sonderlich vermisst. Jetzt rächte sich diese Unerfahrenheit.

»Hab ich vergessen«, entschuldigte sich Katharina. »Was war denn los? Worüber habt ihr euch denn gestritten?«

Nach und nach erzählte Adela alles, was sie Katharina schon seit Tagen erzählen wollte. Von Kunos Schweigsamkeit im Grundsätzlichen bis zu diesen Albträumen im Speziellen. Von Traum-Elly berichtete sie auch, ließ allerdings noch weg, wie eifersüchtig diese sie machte.

»Und früher gab's diese Albträume nicht?«, wollte Katharina wissen.

Adela schüttelte den Kopf.

»Die Strafversetzung. War das nicht FK Feger, der mir damals in Achern davon erzählt hatte?«, fragte Katharina.

Natürlich. Adela erinnerte sie wieder genau.

»Eine Baugeschichte, irgendein Bauskandal war der Hintergrund für die Versetzung«, rief sich Katharina ins Gedächtnis zurück.

Dass ihr diese Möglichkeit noch nicht eingefallen war! Schon viel früher hätte sie darauf kommen können. Anstatt bei Kuno dauernd auf Granit zu beißen, hätte sie, zumindest was die Strafversetzung betraf, bei FK Feger nachhören können.

»Soll ich FK mal anrufen? Nachfragen, mit wem er damals gesprochen hat?«, schlug Katharina vor. »Warum weißt du nicht, wo Kuno jetzt steckt?«, fragte sie weiter. »Hat er keinen Zettel dagelassen? Das macht er doch sonst immer.«

»Er hat mich verlassen«, wisperte sie und erzählte, während sich ihre Augen mit Tränen füllten, von der Rothaarigen, dem Handy, dem Rasierzeug und der Reisetasche.

»Viele Männer packen kleine Reisetaschen und stehen zwei Tage später wieder auf der Matte«, sagte Katharina.

»Ist dir das auch schon mal passiert?«, fragte sie zwischen zwei kleinen Schluchzern.

»Nein«, antwortete Katharina nach kurzem Nachdenken, »aber ich hab ja nie mit einem Mann zusammengelebt, sieht man mal von dem halben Jahr Brüssel mit Ecki ab.«

»Und da habt ihr euch endgültig getrennt«, sagte Adela düster.

»*Ich* habe mich von Ecki getrennt. Weil ich nicht wollte, dass er sich weiter in der Welt herumtreibt, anstatt mit mir gemeinsam ein Lokal aufzumachen. Wir sind an unseren unterschiedlichen Vorstellungen vom Leben gescheitert. Darum geht es bei euch doch gar nicht. Euer Zusammenleben klappt doch eigentlich gut. – Außerdem«, fügte Katharina mit einem kleinen Lächeln hinzu. »Ecki ist nicht mit einer kleinen Reisetasche, sondern mit dem großen Überseekoffer gegangen.«

»Du glaubst, er hat mich gar nicht verlassen?«

»Er fühlt sich bedrängt, unter Druck gesetzt, das kann schon sein«, sagte Katharina. »Aber ich sehe doch, wie er dich anschaut, wie liebevoll er mit dir umgeht. – Die Sache mit der anderen Frau entspringt nur deiner Eifersucht. Kuno gibt doch nicht sein ganzes bisheriges Leben auf und zieht zu dir, nur um dann einer anderen Frau hinterherzurennen. Ich denke, der braucht ein paar Tage Alleinsein, um sich zu beruhigen. Und, Adela«, Katharina sah sie aufmunternd an, »auch wenn ich es nicht erlebt habe, die Sache mit der kleinen Reisetasche und den zwei Tagen stimmt wirklich.«

Adela hätte ihr zu gern geglaubt. »Aber er hat keinen Zettel dagelassen«, warf sie zweifelnd ein.

»Dann meldet er sich bald«, sagte Katharina bestimmt.

Adela hatte immer noch Zweifel.

»Was für Bücher hat er mitgenommen?«, fragte Katharina.

»Nur diesen Dostojewski …«

»Na also«, sagte Katharina befriedigt. »Schau in den Flur, schau ins Wohnzimmer. Kuno kommt auf alle Fälle zurück. Der geht nirgendwohin ohne seine Bücher.«

Mit den Büchern hatte Katharina recht, dachte Adela, als sie sich eine halbe Stunde später zum zweiten Mal allein in ihr großes Bett legte, allerdings konnte man sich Bücher auch nachsenden lassen. Da klang die Sache mit der kleinen Reisetasche und den zwei Tagen doch hoffnungsfroher. Wie auch immer, die Sache mit FK Feger hatte sie auf eine Idee gebracht. Morgen würde sie darüber nachdenken. Jetzt hoffte sie auf ein paar Stunden Schlaf, als gnädige Erholung für ihr wundes Herz, zweifelte aber sehr daran, ob ihr das Einschlafen je gelingen würde. Denn schon jetzt sehnte sie sich nach Kunos warmem Atem, ja sogar seine ewige Schnarcherei vermisste sie.

SECHS

Immer weckte mich Martha zu früh. Sie wusste, dass ich, wenn es sich eben einrichten ließ, gern bis neun, halb zehn schlafe, deshalb rief sie bevorzugt morgens um acht an. Mit dieser gemeinen Überrumpelungstaktik wollte meine Mutter meinen Dämmerzustand ausnutzen, um mir Zugeständnisse zu entlocken, die ich mit wachem Kopf niemals machen würde. An diesem Morgen hatte sie Pech. Eine innere Unruhe hatte mich schon um sieben aus dem Bett getrieben und bereits Brötchen holen lassen, als das Telefon klingelte.

»Guten Morgen, Mama«, sagte ich mit klarer Stimme, und die kurze Sprachlosigkeit am anderen Ende der Leitung erfüllte mich mit Genugtuung. Auf so einen perlenden, frischen Ton war Martha nicht eingestellt.

»Wieso bist du schon auf?«, fragte sie genauso vorwurfsvoll, wie sie sonst fragte: »Liegst du noch im Bett?«

»Ich habe furchtbar viel Arbeit, da muss man schon mal zeitig aus den Federn«, sagte ich munter. »Weißt du, Mama, deshalb kann ich leider nicht …«

»Sag's nicht!«, unterbrach sie mich sofort. »Es ist immer dasselbe!« Dann zählte sie auf, dass sie mich schon zur Hochzeit meines Bruder herprügeln musste, genau wie zu Papas Sechzigstem und zu ihrer Silberhochzeit. Und überhaupt, dass ich mich benehmen würde, als hätte die ganze Familie die Pest. »Oder haben wir wegen der Linde schon ein Familienfest ausfallen lassen? Und unsere Wirtschaft ist größer als dein kleines Restaurant.« – »Restaurant« sprach sie aus, als wäre es etwas sehr Affiges.

Seit ich angefangen hatte, Dinge zu wollen, die nicht mit Marthas Plänen übereinstimmten, musste ich mir solche Sätze anhören. Es begann mit der Lehrstellenwahl und ging nahtlos weiter. Sie wollte nicht, dass ich in Paris, Wien oder Brüssel kochte, weil sie sich eine Berufslaufbahn in ihrer Reichweite vorstellte. Ich sollte mir keinen Franzosen oder Wiener, sondern einen tüchtigen badischen Wirtssohn angeln, um in ihrer Nähe sesshaft zu werden. Ich sollte keine gehobene, sondern bodenständige Küche kochen. Keiner meiner Männer genügte ihren Anforderungen, die ersten waren zu grün hinter den Ohren, Ecki ein Hallodri, Spielmann, na ja, und Taifun hatte ich gar nicht erst mit nach Hause gebracht. Sie schämte sich, dass ich mit vierzig immer noch nicht verheiratet war, und sie wusste genau, weshalb ich keinen Mann abbekam: zu egoistisch, zu karrieresüchtig, zu verbohrt.

Jahrelang hatte ich geglaubt, dass Abstand und Älterwerden unsere Beziehung verbessern würde, aber dem war nicht so. Unsere Gespräche blieben von Vorwürfen geprägte Wortgefechte. Am Ende fragte ich mich immer, warum es mir nicht gelang, wenigstens einmal einen winzigen Brocken meiner Lebenserfahrung auf die Beantwortung der Frage zu verwenden, warum in dieser Beziehung keine Entwicklung möglich war, sondern seit dreißig Jahren Krieg herrschte.

»Das erste Enkelkind!«, setzte Martha ihren Angriff fort, und in der Betonung auf »das erste« schwang der Vorwurf mit, dass »das erste« eigentlich meine Aufgabe gewesen wäre. »Und der Bernhard will doch, dass du die Patin wirst, bist doch seine einzige Schwester, sollt' dir eine Ehre sein …«

»Mama«, unterbrach ich sie. »Ich hab deswegen schon mit Bernhard gesprochen.« Bernhard hatte ein paar Mal schlucken müssen, als ich ihm erzählte, warum ich nicht die Patentante seines Sohnes werden wollte. Ich hatte ihm eine gemeinsame Freundin als Patin vorgeschlagen. Der Vorschlag gefiel ihm.

»Cornelia wird die Patin von dem Kleinen«, erklärte ich meiner Mutter.

Das zweite Mal an diesem Morgen erlebte ich meine Mutter sprachlos. Dass ich von einer Entscheidung meines Bruders vor ihr Kenntnis hatte, kam nicht oft vor.

»Ich komm euch im Sommer mal besuchen und schau mir den Nachwuchs an«, sagte ich, bevor sie ihre Sprache wiederfand. »Da mach ich die Weiße Lilie ein paar Tage zu. Bis dahin, Mama.«

Schon während des Gesprächs hatte ich Adela durch den Flur tapsen gehört. Das Telefonklingeln musste sie geweckt haben, bestimmt hatte sie gehofft, Kuno wäre an der anderen Leitung.

Während ich darüber nachdachte, wohin ich an Kunos Stelle geflüchtet wäre, legte ich Sets und Servietten auf den Tisch, deckte

Tassen und Teller, schnitt eine Kiwi klein und suchte eine Saftpresse für die Orangen. Ich konnte mich nicht erinnern, jemals in diesem Haushalt Frühstück gemacht zu haben. Seit Kuno bei uns wohnte, war dies sein Job, aber mit Irgendetwas musste ich Adela aus ihrem depressiven Loch locken. Eine Tasse frisch gebrühten Kaffee in der Hand klopfte ich vorsichtig an ihre Tür. Da stand sie schon geduscht und angezogen in der Mitte des Raums und starrte auf das bereits gemachte Doppelbett. Zwei Kissen, zwei Oberbetten, gleiche Bezüge, der Inbegriff ehelicher Zweisamkeit.

»Es gibt frische Brötchen, und meine Mutter hat angerufen«, sagte ich und reichte ihr den Kaffee.

»Die Taufe, ich erinnere mich«, murmelte Adela und folgte mir in die Küche.

»Ich habe Martha zweimal sprachlos gemacht«, antwortete ich. »Das kommt nicht oft vor.«

»Du fährst nicht hin, nehme ich an«, sagte Adela.

»Nein.«

»Wie weit wärst du jetzt? Im achten? Da hättest du schon einen richtig dicken Bauch! – Kannst deswegen keine Babys sehen, oder?«

»Es war die richtige Entscheidung.«

»Und wenn nicht, du kannst sie nicht mehr rückgängig machen, kannst nur noch damit leben lernen.«

»Willst du Orangensaft?«, fragte ich und goss ihr welchen ein. Die Abtreibung war ein heikles Thema zwischen Adela und mir. Abgesehen davon, dass sie mich als Hebamme gern durch die Schwangerschaft begleitet und entbunden hätte, war sie davon überzeugt, dass es für mich einen Weg gegeben hätte, das Kind großzuziehen. Weil ich ihre Einstellung kannte, hatte ich ihr erst nach dem Abbruch davon erzählt. »Was meinst du?«, führte ich sie noch ein Stück weiter von dem schwierigen Thema fort. »Soll ich mit FK Feger wegen Kunos Strafversetzung telefonieren oder nicht?«

»Kann nicht schaden«, sagte sie und kaute lustlos auf einer Brötchenhälfte herum.

Als ich später den Frühstückstisch aufräumte, war diese angenagte Brötchenhälfte halb aufgegessen auf ihrem Teller liegen geblieben. Von Adelas gesundem Appetit war heute nichts zu bemerken. Schwarze Ringe unter ihren Augen und verlangsamte Bewegungen unterstrichen ihren desolaten Zustand.

»Hast du schon herumtelefoniert?«, fragte ich.

»Ich bin übermüdet und verletzt, aber nicht auf den Kopf gefallen«, brummte Adela. Selbstverständlich hatte sie bei all seinen Freunden angerufen, aber Kuno war bei keinem aufgetaucht.

So überlegte ich, wo ich FK am Samstagmorgen am besten erreichen konnte, und wählte zuerst seine Privatnummer. Seine Frau meinte schnippisch, dass er nicht zu Hause sei und dass ich mich unterstehen solle, ihn wieder zu gefährlichen Recherchen zu überreden. Sie konnte mich nicht leiden, was auf Gegenseitigkeit beruhte. Ich erwischte ihn dann in der Redaktion, wo FK gerade den Nachruf auf den Vorsitzenden der Winzergenossenschaft Waldulm zusammenbastelte.

»Servus, Katharina, bist du im Lande?«

FK hieß eigentlich Friedrich Karl und war mit mir zur Schule gegangen. Schon damals hatte er diesen Vornamen so sehr gehasst, dass er sich immer nur mit FK vorstellte, sogar die Lehrer nannten ihn so. Seit Jahren arbeitete er beim »Acher- und Bühler Boten« in der Acherner Lokalredaktion, und nach dem Tod von Teresas Mann Konrad hatte ich ihn überredet, ein bisschen in dessen Umfeld herumzustochern. Das hatte seine Frau mit »gefährlicher Recherche« gemeint, aber eigentlich nahm sie mir übel, dass FK und ich vor Jahren mal eine nette kleine Affäre miteinander gehabt hatten.

»Nein, nein«, sagte ich. »Ich brauch nur eine Auskunft von dir. Du erinnerst dich doch noch an den kleinen schwäbischen Kommissar, der den Tod von Konrad untersucht hat.«

»Eberle oder Erbertle hat der geheißen«, kam es wie aus der Pistole geschossen. »Ich hoffe, das war's, was du wissen willst. Ich hab nämlich überhaupt keine Zeit.«

»Du hast damals von einem Stuttgarter Kollegen erfahren, dass Eberle nicht freiwillig nach Offenburg gewechselt ist. Weißt du noch den Grund?«

»Mensch, die Sache liegt mehr als drei Jahre zurück«, grummelte er ungeduldig.

»War das nicht ein Bauskandal?«, versuchte ich sein Gedächtnis anzukurbeln.

»Bauskandal? Welcher? Hauptbahnhof? Stadtautobahn? Da gibt's jedes Jahr so viele«, sagte FK. »Hat er nicht ein Alkoholproblem gehabt? – Sorry, Katharina, ich weiß es nicht mehr, und außerdem hab ich überhaupt keine …«

»Weißt du wenigstens noch den Namen von deinem Stuttgarter Kollegen?«

»Heiner Pfeifer. Aber der ist seit letztem Jahr pensioniert. – Warum willst du das eigentlich wissen? Was ist mit dem schwäbischen Kommissar?«, meldete sich plötzlich seine neugierige Reporternase.

»Erzähl ich dir, wenn du mal Zeit hast«, sagte ich. »Im Sommer komme ich in den Schwarzwald, dann treffen wir uns mal!«

»Besser nicht«, seufzte er. »Sich mit dir zu treffen, bringt nur Ärger. – Ach, übrigens: Was ist mit deinem Geburtstag? Wirst du nicht vierzig in den nächsten Tagen?«

Keine fünf Minuten später rief Eva an, die heute wieder arbeiten kommen wollte.

»Ich bringe einen Sekt mit, denn es gibt was zu feiern«, kündigte sie geheimnisvoll an. »Sagst du Krüger Bescheid?«

»Und was ist mit meinen Marillenknödeln?«, maulte der.

»Versprochen ist versprochen«, sagte ich und erzählte ihm, dass ich schon die ersten schönen Aprikosen gesehen hatte und mich nächste Woche bestimmt an die Knödel machen würde.

»Hast du Montagabend schon was vor?«, fragte er dann sehr interessiert.

Ich dachte an unser gestriges Gespräch und wurde sofort misstrauisch.

»Ein kleines Essen, ein paar Freunde, nicht mehr als sechs, bei mir zu Hause. Du kommst als *special guest* hinzu und bringst die Marillenknödel als Dessert mit«, schlug er vor.

»Krüger, ich bin froh, wenn ich an einem Abend in der Woche nicht kochen muss.«

»Süße, stand ich nicht sofort bei dir auf der Matte, als du jemanden für den Service gebraucht hast?«, seufzte Krüger vorwurfsvoll. »Jetzt bitte ich dich um einen klitzekleinen Gefallen, biete dir zudem eine Chance, endlich mal unter Leute zu gehen, und du …«

»Was für Gäste?«, unterbrach ich ihn.

»Neben Tim, meinem Herzbuben, nur ein paar Kollegen. Sabine und Jost, Carlo, Jupp, Fred. – Zumindest Sabine kennst du.«

»Irgendwelche Kandidaten aus deinem Heiratssortiment dabei?«, wollte ich wissen.

Krüger gluckste glockenhell. »Der eine oder andere ist Single, falls du darauf anspielst. Wenn es dich beruhigt, schwöre ich, dass ich keine Pfeile abschicke und nicht Amor spiele. – Jetzt sag schon ja, Katharina«, flehte er mit übertriebenem Tremolo in der Stimme, »oder muss ich vor dir auf die Knie fallen?«

»Marillenknödel«, sagte ich und gab mich geschlagen. »Für sechs Personen. Mit Schlagobers oder Vanillesoße?«

Nachdem dies geklärt war, drückte ich die Off-Taste und bemerkte, dass Adela immer noch auf ihrem Küchenstuhl hockte und auf den Balkon hinausstarrte. Ihren Kaffee hatte sie genauso wenig ausgetrunken, wie sie ihr Brötchen gegessen hatte.

»FK kann sich an nichts mehr erinnern, stimmt's?«, fragte sie, und ihre Stimme klang so schwach, als würde sie gleich keinen weiteren Ton mehr herauskriegen.

Es brauchte mehr als ein gutes Frühstück, bis sich meine eigentlich bodenständige und lebenspraktische Freundin wieder berappeln konnte. »Der Name seines Stuttgarter Kollegen ist ihm eingefallen«, sagte ich. »Heiner Pfeifer. Ist schon pensioniert.« Ich schrieb den Namen auf einen Zettel und legte ihn vor ihr auf den Tisch. »Guck doch mal das Stuttgarter Telefonbuch durch!«

Adela zuckte lahm mit den Schultern.

»Was willst du heute machen?«, fragte ich dann.

»Keine Ahnung«, flüsterte sie und sah mich immer noch nicht an, sondern redete weiter zum Balkon hin. »Vielleicht sitze ich noch da, wenn du zurückkommst.«

Nach der depressiven Stimmung in der Kasemattenstraße empfing mich auf der Straße eine freundliche Frühlingssonne. Vor dem Messegelände flatterten bunte Fahnen, auf dem Mittelstreifen der Deutz-Mülheimer Straße strahlten Narzissen in leuchtendem Gelb, die grauen Häuser der Stegerwaldsiedlung wirkten durch das frische Grün der Bäume nur noch halb so trist, und ich trimmte meine Gedanken auf die Weiße Lilie. Trotz Narzissen und Sonnenschein sank meine Laune, als mir der gestrige Besuch der Ordnungsamtler wieder einfiel. Unbedingt Willi anrufen, notierte ich in meinem Hinterstübchen, der wusste am ehesten, wie ich an die fehlenden Unterlagen rankam. Was für eine Scheiße, dass ich mich jetzt auch noch damit herumschlagen musste! Wer immer mir diese Korinthenkacker auf den Hals gehetzt hatte, ich würde ihm liebend gern vier Wochen Fritteusereinigen als Strafarbeit aufdrücken, dachte ich, als ich den Wagen in der Regentenstraße parkte. Meine Stimmung hob sich nicht, als ich die Tür der Weißen Lilie einen Spalt aufstehen sah.

Hatte Özal mit seinen flinken Fingern das Schloss geknackt und wartete in meinem Restaurant mit seinen Schlägern auf mich?

»Was haben Sie in meinem Restaurant zu suchen?«, fahre ich ihn wütend an. »Anstatt sich aufzuregen, sollten Sie lieber Ihre Schulden begleichen«, antwortet er. »Sie wissen doch, dass ich Mittel und Wege habe, Sie dazu zu zwingen.«

Dann zwang ich mich zur Vernunft. Die Tür war völlig intakt, nicht die winzigste Kratzspur, auch als ich das Schloss genauer untersuchte. Ich wusste, worauf ich zu achten hatte, denn vor zwei Jahren war tatsächlich mal versucht worden, die Tür aufzubrechen. Hatte ich etwa gestern vergessen, die Tür abzuschließen? Ich ließ den gestrigen Abend Revue passieren. Als ich mit Krüger in Richtung Vielharmonie aufgebrochen war, wienerten Arîn und Holger noch die Küche. Holger musste abgeschlossen haben, weil er als Einziger einen Zweitschlüssel besaß.

Mit Schlüsseln ist das so eine Sache, ganze Betriebshierarchien werden über Schlüssel definiert, je mehr Türen du öffnen kannst, desto wichtiger bist du. Wer kriegt einen Generalschlüssel, wer nur einen für sein Büro? Speisekammern, Wäschekammern, Waffenkammern, alle zugesperrt, die Inhaber der Schlüssel sind mächtige Leute. – Holgers Weiße-Lilie-Schlüssel hatte nichts mit Macht, nur etwas mit Vertrauen und Zuverlässigkeit zu tun. Wenn er mal abschließen musste, hatte er dies, wie alles, was er tat, gewissenhaft erledigt.

Vorsichtig betrat ich mein Restaurant. Lichtstreifen, die durch die hellen Vorhänge fielen, formierten sich auf dem großen Tisch zu einem bizarren Muster. Die Metallarbeitsflächen in der Küche glänzten, in den Rundungen der Suppenkellen brachen sich die Sonnenstrahlen wie in einem Kristall. Hier war niemand. Schnell durchquerte ich die Küche und öffnete mit einem kräftigen Ruck die Tür zur Speisekammer. Dort saß Arîn in voller Arbeitsmontur auf einem Sack Kartoffeln und sprang erschrocken auf.

»Was machst du schon hier?«, wollte ich wissen.

»Ich wollt dich überraschen«, stotterte sie. »Noch mal in Ruhe eine Eisbombe probieren, weil mir die letzte nicht richtig gelungen ist.«

Ich glaubte ihr kein Wort. Arîn zuckte trotzig mit den Schultern.

»Gibt es Ärger bei dir zu Hause? War Kunze bei euch? Hat er dich noch mal verhört? Was ist los?«

»Ich dacht, ich probier mal Krokant und Himbeere«, ignorierte Arîn meine Fragen.

Wollte mich die Kleine für dumm verkaufen? Ich zog tief die Luft ein, wartete darauf, dass sie endlich mit der Wahrheit herausrückte.

»Oder eher Erdbeere? Was meinst du?«

Da platzte mir der Kragen. »Jetzt hör mir mal gut zu, Fräuleinchen«, donnerte ich. »Entweder du sagt mir jetzt, was du hier machst, oder du kannst deine Sachen packen und gehen. Als ob dir im Moment der Sinn nach Eisbombe steht! Wenn du nicht die Wahrheit sagst, explodieren hier bald ganz andere Bomben! Du bewegst dich auf einem Tretminen-Gelände, und anstatt um Hilfe zu rufen, erzählst du mir was von Himbeeren und Krokant.«

»Ich will eine Eisbombe machen«, brüllte Arîn zurück und trat mit ihren schweren Arbeitsschuhen gegen den Kartoffelsack.

»Du bist ein schwieriges Mädchen, immer diese Wutanfälle, jetzt hör schon auf, gegen die Kartoffeln zu treten, die können nichts dafür. Du musst lernen, dich zu kontrollieren, wenn du das könntest, wäre der ganze Schlamassel mit Justus nicht passiert, zumindest würdest du nicht so verdächtigt werden. Stattdessen reitest du dich immer mehr in die Scheiße hinein, du verschweigst Dinge, sagst nicht die Wahrheit, und wenn es schwierig wird, dann haust du drauf, jetzt lass verdammt noch mal die blöden Kartoffeln in Ruhe. Und überhaupt, was sollte eigentlich die Nummer mit dem Kopftuch bei Cengiz Özal? Was hast du mit dem Özal zu schaffen? So mach doch endlich den Mund auf, verdammt! Du bist so was von verstockt! Solang du so bist, kann dir keiner helfen, da wirst du von einem Drecksloch ins nächste fallen …«

Immer mehr solcher »Du musst«- »Du kannst nicht«- und »Da wirst du«-Sätze brachen aus mir heraus, und ich hasste mich dafür, weil es Martha-Sätze waren, ich Arîn beschimpfte und niedermachte, wie meine Mutter es mit mir immer getan hatte. Sogar mein Tonfall war der ihre. Arîn trat derweil weiter auf den Kartoffelsack ein, hatte schon einige Erdäpfel zu Brei geschlagen, die zähen Fäden des Plastiknetzsacks mürbe getreten, sodass nach einem weiteren heftigen Tritt die dreckigen Knollen aus dem Sack kullerten, durch den Vorratsraum rollten, während ich weitere schlechte Eigenschaften von ihr aufzählte.

»Was is'n hier los?«

Mit diesem Satz stoppte Holger den Wahnsinn. Ich holte Luft, und Arîn hörte auf zu treten. Schweißnass klebte der schwarze Pony an ihrer Stirn.

»Mach die Sauerei weg«, sagte ich schon wieder in normalem Ton, »und dann gehst du zu Ahmed am Wiener Platz und kaufst neue Kartoffeln.«

Wortlos griff sie zum Besen, und wortlos verschwand sie wenig später in Richtung Wiener Platz.

»Hast du ihr deinen Schlüssel gegeben?«, wollte ich von Holger wissen.

Wie kannst du mir eine solche Frage stellen? Habe ich jemals eine deine Anordnungen missachtet? Habe ich jemals dein Vertrauen missbraucht?, sagte sein vorwurfsvoller Blick, und am liebsten hätte ich mit weiteren »Du musst«-und »Du kannst nicht«-Sätzen auf ihn eingedroschen, aber im Gegensatz zu Arîn redete Holger. Arîn wollte eine Eisbombe ausprobieren, als Überraschung für mich, das hatte sie ihm gestern Abend erzählt, berichtete er. Und da er heute Morgen mit einem Kumpel im Café Vreiheit verabredet war, hatte er ihr vor einer Stunde die Tür aufgeschlossen.

»Ich bin gar nicht auf die Idee gekommen, dich anzurufen«, meinte er bekümmert. »So 'ne Überraschung ist doch sonst keine Überraschung mehr. Und ich dachte, du freust dich ...«

»Die Tür stand einen Spalt auf«, sagte ich. »Du weißt, was hier schon alles passiert ist. Denk an die Kerle, die vor zwei Jahren hier waren. Stell dir vor, sie wäre allein gewesen ...«

Schuldbewusst nickte Holger, und ich fühlte mich noch mieser. Hatte ich Arîn Unrecht getan? Warum glaubte ich immer noch, dass sie nicht wegen der Eisbombe in der Weißen Lilie gewesen war? Was hatte sie auf dem Kartoffelsack zu suchen?

»Ruf mich nächstes Mal besser an«, sagte ich, und zum ersten Mal registrierte ich, dass es nicht mehr viele nächste Male geben würde, wenn Holger im Sommer nach Paris ging. »Und jetzt Schwamm drüber! Koch einen Kaffee, und dann gehen wir an die Arbeit!«

»Nicht so schnell«, unterbrach mich eine strahlende Eva, die mit einer Flasche eisgekühltem Sekt in die Weiße Lilie wehte. »Ihr müsst noch mit mir anstoßen.« Mit souveränen Bewegungen entkorkte sie die Flasche, goss den Sekt in drei Gläser, wobei sie in ihres nur einen winzigen Schluck füllte.

»Jetzt aber, Eva, was ist deine Überraschung?«, wollte Holger wissen.

»Ich bin schwanger«, sagte sie, und das Strahlen in ihrem Gesicht zeigte mir, dass sie nicht einen Moment daran gezweifelt hatte, ob sie ihr Kind bekommen würde oder nicht.

»Na prima«, murmelte ich und konnte meine Stimme nicht halb so freudig klingen lassen wie Eva. Holger ging nach Paris, Eva war schwanger, mit Arîn kam ich nicht klar. Bald würde ich allein in der Weißen Lilie stehen. Mir reichten die Überraschungen des heutigen Tages.

Doch sollte es nicht die letzte sein.

Arîn kam nicht vom Kartoffelkauf zurück und verweigerte sich trotzig an ihrem Handy. Adela ging in der Kasemattenstraße nicht ans Telefon und ließ sich auch mobil nicht erreichen. Als wäre das Beziehungschaos zwischen Adela und Kuno nicht genug, saßen an diesem Abend nur frustrierte Paare in der Weißen Lilie, die ihre Enttäuschung über das Leben und die Liebe über meinem Essen austrugen. Eva rollte jedes Mal mit den Augen, wenn sie in der Küche Teller abholte oder ablud. Viermal tauschte sie Teller, zweimal Gläser aus, weil einer der Gäste daran eine Schliere, einen Kratzer oder kleinen Sprung entdeckte hatte, vier Vorspeisen kamen zurück, weil die Hühnerleber zu sehr, zu wenig, nicht ordentlich angebraten war, beim Hauptgang setzte sich das Spielchen mit zwei Lammkarrees, das eine zu sehr, das andere zu wenig gesalzen, fort. Ein Burgunder hatte Korken, das Lamm einen Haut Goût, der Krokant war zu bitter, das Eis zu cremig, die Mousse au Chocolat

111

zu schokoladig. Als ich kurz nach dem Nachtisch meine Runde um den Tisch machte – Eva, die ansonsten die Souveränität in Person war, hatte um Schützenhilfe gebeten –, nutzten ein paar der Herren die letzte Chance für einen öffentlichen Auftritt. Dem einem war zu wenig Chianti auf der Weinkarte, der andere vermisste einen bestimmten Cognac, dem dritten fehlte ein Wasser aus dem Massiv Central. Zu gern hätte ich jedem dieser Streithähne den Mund mit Salpeter ausgepinselt oder ihre feisten Hintern in siedendem Fett frittiert, stattdessen galt die Devise: Immer nur lächeln, immer nur lächeln. So zwang ich meinen Mund zu der entsprechenden Bewegung, sah dabei in diese Paar-Gesichter, die der Frust hässlich, die Furcht alt, die Angst vor dem Alleinsein grau gemacht hatte. Ich atmete den sauren Geruch von enttäuschten Erwartungen und verratenen Träumen ein und war froh, als ich in der Küche die Mundwinkel nach unten fallen lassen konnte.

Arîns Wutanfälle, ihre zornige Sprachlosigkeit kamen mir so viel ehrlicher vor als die versteckten Enttäuschungen meiner Gäste, die sie nur in den arrogant formulierten Beschwerden über mein Essen zum Ausdruck bringen konnten. Ein weiteres Mal wählte ich vergeblich Arîns Nummer, fragte mich, auf welchem Kartoffelsack sie in dieser Nacht Zuflucht finden würde. Ich schämte mich für die Vorwürfe, die ich ihr gemacht hatte, und ärgerte mich, weil ich die Frage nach Cengiz Özal in dieses Vorwurfspaket gepackt hatte. Ich hatte damit die Chance vertan, eine ehrliche Antwort zu erhalten.

Bei Nieselregen schlurfte ich eine halbe Stunde später zu meinem Auto und bemerkte Taifun erst, als ich die Tür aufschloss. Haare und Lederjacke glänzten schwarz und regennass, die Jeans schlackerte an seinen schmalen Hüften.

»Hallo, Katharina«, sagte er, strich wie so oft kurz über seine schmale Römernase, eine Geste, die mich jedes Mal an Wickie erinnert hatte, und blieb auf dem Bürgersteig stehen.

Ich stieg wortlos in den Corolla und fuhr davon, im Rückspiegel sah ich ihn mir nachblicken. Ich hatte immer gewusst, dass wir uns irgendwann begegnen würden, aber ich hätte gern vermieden, dass er mir ausgerechnet nach einem Tag wie dem heutigen über den Weg lief. Meine Energie und Lebensfreude tourten nur noch

im Minusbereich, und ich glich eher einer Schabracke als einer be-
gehrenswerten Vierzigjährigen.

Zu Hause ließ ich Wasser in die Wanne laufen und freute mich
auf Chet Baker. In zwei Wochen würde ich vierzig. Mein Gott,
dachte ich, es muss doch mehr Dinge geben, auf die man sich mit
vierzig freut, als eine heiße Badewanne und eine Trompete.

SIEBEN

Zwei Namen waren die wichtigsten Teile ihres Gepäcks: Lothar Menke und Heiner Pfeifer. Der eine hatte lange mit Kuno gearbeitet, der andere wusste etwas über seine Strafversetzung. Adela befand sich auf dem Weg nach Stuttgart. Ihr schwarzes VW-Cabrio schnurrte durch die sanfte Hügellandschaft des Westerwaldes, sah den ICE auf seiner neuen Trasse mit dreihundert Stundenkilometern an der Autobahn vorbeisausen, blickte auf blühende Rapsfelder, diese knatschgelben Eyecatcher auf den frisch ergrünten Äckern.

Nachdem Kuno ihr am gestrigen Tag kein Lebenszeichen geschickt hatte, hatte Adela beschlossen, nach ihm beziehungsweise seiner Vergangenheit zu suchen. Sie konnte nicht dahocken und warten. Still sitzen machte sie verrückt, sie war ein Mensch, der Bewegung brauchte, um zur Ruhe zu kommen. Und noch einen weiteren Grund für diese Reise gab es. In ihrem Berufsleben hatte sie viele Entscheidungen in Extremsituationen treffen müssen: Geburt einleiten oder nicht, Kaiserschnitt ja oder nein, noch ins Krankenhaus rasen oder das Kind auf dem Standstreifen zur Welt bringen. Immer hatte sie sich in solchen Situationen auf ihren Bauch verlassen, selbst wenn vernünftige Gründe dagegen sprachen, und sie war gut damit gefahren. Sie traute ihrem Gefühl, und dies sagte ihr, dass in Kunos Vergangenheit etwas Ungelöstes oder Ungesühntes rumorte, etwas, das ihm nachts Albträume schickte und es ihm unmöglich machte, mit ihr darüber zu reden. Dieses Gefühl konnte sie nicht ignorieren. Sie hatte sich schon die schrecklichsten Dinge vorgestellt: Kuno hatte eine Frau vergewaltigt, Kuno hatte einen unschuldigen Menschen getötet, Kuno war in dreckige Schmiergeldgeschäfte verwickelt, alles Dinge, die überhaupt nicht zu ihrem Bild von Kuno, zu dem freundlichen, geduldigen, zuvorkommenden, zärtlichen Mann passten. Aber sie wusste, dass auch Kuno seine dunklen Seiten hatte. Und zur Liebe gehörte es, diese dunklen, unangenehmen, ärgerlichen Seiten des anderen zu kennen. Kannte man etwas, fand man einen Weg, damit umzugehen. Bei allen Ängsten und Befürchtungen war Adela doch eine sehr lebenspraktische Frau. Und so tröstete sie sich damit, dass die Fantasien, die man sich von etwas Bedrohlichem machte, meist grausamer waren als die Realität.

Stuttgart, seine Heimatstadt, die Stadt, in der er die meisten Jahre seines Lebens verbrachte, hatte Kuno ihr nie gezeigt. Es verband ihn nichts mehr mit der Schwabenmetropole, keine Kinder, keine Geschwister, die Mutter tot, der Vater im Krieg geblieben, Steimle, sein väterlicher Mentor, dämmerte für jedes Gespräch unerreichbar in einem Altenheim in Schorndorf dahin. Freundschaftliche Kontakte zu Kollegen hatten sich nicht gehalten, was also sollte er da? Vielleicht zeigst du mir mal, wo du aufgewachsen, wo du zur Schule gegangen bist, hatte Adela vorgeschlagen. Zeig mir doch den kleinen Kuno, den jungen Kuno, den Frischverheirateten, zeig mir all die Kunos, die ich nie kennenlernen konnte, weil wir uns erst mit sechzig getroffen haben! Kuno hatte geschmunzelt bei diesem Vorschlag, etwas wie »romantisches Zeugs« gemurmelt und gemeint, es gebe nur den Kuno, der vor ihr sitze, und der müsse ihr auch genügen.

Das Cabrio glitt jetzt ins Lahntal hinab, rechts war in der Ferne der Limburger Dom zu sehen. Adela schaltete das Autoradio ein, ein Klassiksender spielte eine Bachkantate.

Katharina war von ihrem Plan nicht begeistert gewesen. Sie hatte gemeint, dass sie Kunos Träume und sein Verschwinden überbewerte und Kuno bestimmt bald wieder in der Kasemattenstraße auflaufen würde. Wenn es ihr ein bisschen besser gegangen wäre, hätte Adela bei diesen Sätzen bestimmt gelacht. Die gleichen Argumente hatte sie Katharina vor ein paar Jahren eingehämmert, zu einer Zeit, in der es für sie unvorstellbar schien, sich zu verlieben. So änderten sich die Zeiten. Das Argument, sie könne nicht still sitzen und abwarten, hatte Katharina allerdings bestens verstanden. Die konnte nämlich auch erst still sitzen, wenn ihre Beine vor Müdigkeit wegzuknicken drohten.

Zwei Stunden später fuhr sie durch das Neckartal, und bald erreichte sie Kunos Heimatstadt. Sie nahm die Ausfahrt Stuttgart-Zuffenhausen, dort führte ihr Weg steil bergab, an Industriegebäuden und an Weinbergen entlang, immer weiter ins Neckartal hinunter, und nach einer Rechtskurve sah sie links den Neckar und rechts den maurisch angehauchten Eingangsbereich der Wilhelma. Gablenberg erreichte sie, indem sie in Stuttgart-Ost wieder den Berg hinauffuhr.

Gablenberg hatte sie sich ausgesucht, weil Kuno in diesem Stadtteil aufgewachsen war. Sie parkte den Wagen in den Parkbuchten einer Kindertagesstätte, erkundigte sich bei einem Passanten nach einer Übernachtungsmöglichkeit und quartierte sich wenig später im Hotel Bellevue ein.

An der Rezeption ließ sie sich ein Stuttgarter Telefonbuch geben. Lothar Menke fand sie nicht darin, dafür zwei Heiner Pfeifer, deren Nummern sie gewissenhaft in ihr Handy einspeicherte. Dann spazierte sie ein wenig durch die Gablenberger Straßen. Ein bisschen wie Nippes oder Ehrenfeld, dachte Adela, allerdings war Gablenberg kleiner und sauberer, vor allem bergiger als die beiden alten Kölner Stadtteile, aber die Mischung aus alteingesessenen Gasthöfen und Dönerbuden, aus traditionellen Besenwirtschaften und Pizzerien, aus Gebetsketten schwingenden Türken und jungen deutschen Familien erinnerte sie an die beiden kölschen Veedel. Kuno hatte ihr nie erzählt, in welcher Straße er mit seiner Mutter gelebt hatte, so suchte sie sich einfach eines der zweieinhalbstöckigen Häuser mit kleinem Vorgarten aus und stellte sich vor, dass Kuno genau hier aufgewachsen war. In einer Weinstube auf der Gablenberger Hauptstraße aß sie ein paar Maultaschen, trank dazu einen Achtelliter Trollinger und stapfte dann weiter den Berg hinauf. Je höher sie kam, desto schicker wurden die Häuser, desto größer die Gärten. Der Weg führte steil bergan, sie kam ordentlich aus der Puste. Als sie die Geroksruhe erreicht hatte, ließ sie sich erleichtert auf eine Bank fallen. Sie blickte auf die sehr grüne Stuttgarter Innenstadt, aus der der Bahnhofsturm herausragte, und genoss den weiten Blick ins Neckar- und ins Remstal. Wieder zu Atem gekommen griff sie endlich zu ihrem Handy und wählte die Nummer des ersten Heiner Pfeifer.

»Entschuldigen Sie bitte die Störung«, sagte sie. »Nur eine Frage: Haben Sie mal bei den Stuttgarter Nachrichten gearbeitet?«

Dieser Heiner Pfeifer hatte weder bei den Stuttgarter Nachrichten noch bei sonst einer Zeitung gearbeitet. Adela wählte also die zweite Nummer. Dort sprang nur ein Anrufbeantworter an. Adela drückte die Off-Taste, überlegte ein Weilchen, wählte die Nummer noch mal.

»Werter Kollege«, sagte sie. »Ich recherchiere eine alte Geschichte, bei der ein ehemaliger Stuttgarter Polizist, Kuno Eberle, eine Rolle spielt. Durch unseren Kollegen FK Feger vom Acher und Bühler Boten habe ich erfahren, dass Sie über dessen Strafversetzung nach Offenburg Bescheid wissen. Ich wäre Ihnen für einen Rückruf in der Sache sehr verbunden.« Sie nannte Namen und Handynummer und atmete dann erleichtert auf, weil es ihr gelungen war, ihre Stimme sachlich klingen zu lassen. Sicherlich würde dieser Heiner Pfeifer, wenn es zu einem Treffen kommen sollte, schnell merken, dass sie keine Journalistin war, aber wenn sie ihm erst mal gegenübersäße, würde ihr schon einfallen, wie sie ihn zum Reden brächte.

Blieb Lothar Menke. Da fiel ihr nur noch eine Möglichkeit ein. Sie stemmte sich von ihrer Bank hoch, spazierte zurück zum Hotel, ließ sich ein weiteres Mal das Telefonbuch geben, erkundigte sich, wie sie am schnellsten zum Polizeipräsidium kommen konnte. Sie nahm die U9 bis zum Hauptbahnhof, fuhr weiter bis zum Pragsattel, wo sie schon wieder bergan steigen musste, und stand fünfzehn Minuten später an der Information des Stuttgarter Polizeipräsidiums.

Am späten Sonntagnachmittag schienen in Stuttgart potenzielle Straftäter Siesta zu halten, so zumindest interpretierte Adela das stille Telefon, die aufgeschlagene Stuttgarter Zeitung und den Becher dampfenden Kaffees vor dem jungen Beamten. Mit ihrem charmantesten Lächeln beugte sie sich zu ihm vor.

»Ich möchte zu Lothar Menke«, sagte sie.

»Wo hot där heut Dienscht?«, fragte der Junge in breitestem Schwäbisch.

»Das weiß ich nicht. Ich weiß nicht, ob er überhaupt noch Dienst hat oder ob er schon pensioniert ist«, antwortete Adela.

Der junge Polizist sah sie mit einer Mischung aus Ungläubigkeit und Misstrauen an.

»Lothar ist der Letzte, der mir noch fehlt«, sagte Adela und beugte sich noch weiter zu dem jungen Mann vor. »Grund- und Hauptschule Gablenberg, Jahrgang 1944. Ich organisiere das Klassentreffen. Stellen Sie sich vor, ich habe alle gefunden! Bis auf Lothar. Von Lothar weiß ich nur, dass er zumindest bis 1996 hier bei der Kriminalpolizei gearbeitet hat, und da dachte ich, Sie könnten mir vielleicht helfen, seine Adresse zu finden …«

»Sie kommet aber net von hier«, meinte der Junge weiterhin misstrauisch.

»Geboren in der Frauenklinik Charlottenhaus«, antwortete Adela im Brustton der Überzeugung. »Aber das Schwäbischschwätze ist mir verloren gegangen, als meine Familie nach der Grundschulzeit ins Rheinland zog«, log Adela weiter. »Deshalb ist mir dieses Klassentreffen so wichtig. *Back to the roots*, Sie wissen, was ich meine.« Sie nickte dem jungen Schwaben verschwörerisch zu.

»Und d'r Lothar Menke isch also Polizischt?«

»Bei der Kriminalpolizei, in der Mordkommission«, bestätigte Adela.

»Ich könnt jo mol nachgucke, ob d'r hier im Haus sitzt«, bot er dann vorsichtig an.

»Das wäre ganz reizend! Sie wissen nicht, was Sie mir damit für eine Freude machen, junger Mann«, lobte ihn Adela.

Der junge Mann rollte seinen Bürostuhl zu einem Rechner, und Adela konnte nur erkennen, dass er irgendwelche Listen scrollte.

»Noi. Koi Lothar Menke«, sagte er nach einiger Zeit.

»Dann ist er schon pensioniert. Bestimmt haben Sie doch auch Listen Ihrer Pensionäre, oder?«, fragte Adela und schenkte ihm noch ein charmantes Lächeln.

»Do könnet mer nix mache, datenschutzrechtlich«, sagte er pflichtbewusst.

Adelas Lächeln verschwand, ihr Blick wurde todtraurig. »Sie waren meine letzte Hoffnung«, seufzte sie. »Jetzt weiß ich nicht mehr, wo ich noch nach Lothar suchen kann.« Sie fixierte den jungen Beamten mit einem trüben Hundeblick, was diesem sichtlich unangenehm war.

»Hän Sie den scho gegoogelt?«, erkundigte er sich.

»Gegoogelt?«, echote Adela und stellte fest, dass sie auf diese Idee tatsächlich noch nicht gekommen war.

»Sie glaubet gar net, wema da alles findet. Da muss sich nur einer aus d'r Verwandtschaft für Stammbäum interessiere, scho steht die ganz Sippschaft im Netz. Oder meinetwege Ruderclub, Kirchenchor, Schwarzwaldverein. Jeder Verein het so ä Computerkäpsele. So findet sich Namen von Leut im Netz, die nie auf die Idee kämet, dass die do drin stehn dätet.«

»Großartige Idee«, strahlte Adela. »Hier in Stuttgart ist die Polizei wirklich dein Freund und Helfer! Ob Sie das mal kurz für mich versuchen könnten?«

»Privatnutzung von Dienschtcomputern isch verboten«, sagte er
streng.

»Oh«, sagte Adela enttäuscht.

»Aber 's gibt doch überall Internetcafés. – Fahret Se zurück
zum Hauptbahnhof! Und in der Klettpassage folget Se dem Schild
Schlosspark«, erklärte er. »Am Ausgang, an der rechte Seit' isch ein
Internetcafé!«

»Danke«, sagte Adela immer noch enttäuscht.

»Augeblickle«, sagte der Junge und verließ seinen Schalter, um
mit einem älteren Kollegen zu reden, der gerade aus dem Aufzug
trat. Adela bemerkte, dass die beiden während des Gesprächs immer wieder zu ihr herüberblickten, und wartete.

»Glück g'habt«, sagte er, wieder an seinem Schalter zurück.
»D'r Lothar Menke isch tatsächlich scho in Pension gange. Der
Kollege sagt, er isch an de Bodensee zoge, nach Überlingen.«

Adela griff über den Tresen nach dem Kopf des Jungen und
drückte ihm einen fetten Kuss auf die Backe. »Gute Arbeit«, sagte
sie. »Sie sind ein vorzüglicher Polizist und werden es in Ihrem Beruf weit bringen.«

Beschwingt von ihrem ersten Erfolg fuhr Adela zum Hauptbahnhof zurück und machte tatsächlich in dem genannten Internetcafé
Station. Dort ließ sie sich von einem anderen netten jungen Schwaben erklären, wie sie das Telefonverzeichnis einzelner Städte aufru-
fen konnte. Im Überlinger Telefonbuch fand sie Lothar Menke. Sie
notierte sich Adresse und Telefonnummer und bedankte sich bei
dem jungen Mann.

Dann werde ich also morgen an den Bodensee fahren, dachte sie
und registrierte, dass sie den ganzen Tag ihr Handy nicht nach
möglichen nicht gehörten Anrufen von Kuno kontrolliert hatte.
Sie ging ein paar Schritte durch den Schlosspark, über eine Fußgängerbrücke weiter in die Parkanlagen bei den Staatstheatern, besah
sich Stuttgarts Kulturprachtbauten. Eine Schar Spatzen stritt sich
auf dem Vorplatz der prächtigen Oper. Über das neue Gebäude des
Landtags streiften wenig später fedrige Wölkchen. Zum ersten Mal
seit Tagen spürte sie wieder Boden unter den Füßen. Es war gut,
dass sie diese Reise angetreten hatte.

ACHT

Das Klingeln zerriss einen sumpfigen Traum. Gerade noch tauchte ich in einem modrigen Drecksloch nach einem ersaufenden Taifun, nachdem ich zuvor versucht hatte, eine geldscheinefressende Ratte zu killen. Mein Wecker zeigte acht Uhr zehn an, es war Montag, mein freier Tag. Martha! Sie setzte zum nächsten Angriff an, nachdem ich die gestrige Schlacht eindeutig zu meinen Gunsten entschieden hatte.

»Ja?«, brummte ich unwirsch ins Telefon.

»Jindar Kalay«, meldete sich eine fremde, aufgeregte Stimme. »Ich bin die Schwester von Arîn. Könnten Sie schnell zu uns kommen? Es ist wegen Arîn …«

Mit kaltem Wasser wusch ich den Traumdreck aus dem Gesicht und brachte meinen Kreislauf auf Touren. In der Küche stand kein Kaffee, Gott, ja, Kuno war verschwunden, Adela weg, also ohne Koffein in den Tag. Ich brauchte fast dreißig Minuten bis zur Berliner Straße, weil im Nadelöhr Wiener Platz ein qualmender Fiat eine Fahrspur blockierte. Als ich den Corolla neben einem überquellenden Glascontainer vor Arîns Haus parkte, sah ich Kunze mit einer bleichen Arîn aus der Tür treten. Kunze führte das Mädchen zu einem dunkelblauen Passat und ließ es hinten einsteigen. Schnell war ich bei dem Wagen.

»Was ist los?«

»Wir haben das Messer gefunden«, sagte er. »Ich nehme sie mit aufs Präsidium.«

»Ich komme mit!«, sagte ich bestimmt.

»Nein«, entschied Kunze. »Sie können mich in einer Stunde anrufen. Dann weiß ich mehr.«

Arîn hatte die Hände um den Kopf geschlungen und das Gesicht nach unten gesenkt. Ich klopfte an die Scheibe. Sie reagierte nicht. Ich klopfte heftiger.

»Arîn«, rief ich. »So red mit mir!«

Jetzt hob sie kurz den Kopf, und ich sah in ein Paar verheulte Augen. »Mach keinen Aufstand«, sagte sie leise. »Lass uns einfach wegfahren.«

Am Eingang ihres Hauses hatten sich schon ein paar Leute versammelt, die neugierig zu uns herüberstarrten. Kunze klemmte sich hinters Steuer und fuhr los. Ich wartete, bis sich die Gaffer zerstreut hatten, dann ging ich zu dem Haus und drückte auf die Klingel der Familie Kalay. Jindar öffnete die Tür. Sie war größer und dürrer als ihre Schwester und trug ein schlichtes, hochgeschlossenes Kleid über den Jeans. Ihre Haare blieben unter dem Kopftuch verborgen.

»Ziehen Sie bitte Ihre Schuhe aus«, sagte sie. »Wir betreten die Wohnung nie mit Straßenschuhen.«

Ich tat wie geheißen und folgte ihr durch einen schmalen Flur in ein Wohnzimmer, das von drei Dingen beherrscht wurde: einem gewaltigen Ecksofa, einem großen Fernseher und einer riesigen Fotografie, die eine karge, mit Schneeresten bedeckte Berglandschaft zeigte.

»Setzen Sie sich«, bat sie mich. »Ich hole den Tee.«

»Könnte ich einen Kaffee haben?«, fragte ich, und Jindar nickte.

Im Fernsehen lief leise Kurdistan TV, aus der Küche hörte ich neben Jindars Hantieren die wütende Stimme von Firat Kalay, die Jindar zu beruhigen suchte. Ich verstand nichts von dem Gespräch. Es wurde auf Kurdisch geführt. Jindar und Firat hatte ich nur einmal gesehen. An dem Tag, als wir Arîns Arbeitsvertrag unterzeichneten, waren die beiden mit in der Weißen Lilie gewesen. Arîn erzählte nicht viel von ihrer Familie und hatte mich nie zu sich nach Hause eingeladen. Ich wusste nur, dass der Vater bei Ford arbeitete, die Mutter bei einem Autounfall gestorben war und Jindar Islamwissenschaften studierte. Sie war nach dem Tod der Mutter zu einer gläubigen Muslimin geworden.

Das Gespräch zwischen Vater und Tochter verstummte, als die beiden zu mir ins Wohnzimmer kamen. Firat Kalay nickte mir zur Begrüßung mit finsterem Blick kurz zu, bevor er sich in den großen Sessel neben den Fernseher setzte. Jindar verteilte Tee und Kaffee und stellte eine Schale mit Benî auf den Tisch. Während der Vater das kleine Teeglas in die kräftige Hand nahm, Jindar eine Haarsträhne unter das Kopftuch schob, im Fernsehen eine Sängerin vor schneebedeckten Bergen sang und ich einen Schluck von dem heiß aufgebrühten Pulverkaffee nahm, füllte sich der Raum mit negativen Spannungen. Beherzt griff ich nach einer der Walnüsse in der Schale.

»Die sind von eurer Oma, nicht wahr?«, versuchte ich die Stimmung aufzulockern. »Arîn hat mir mal erzählt, wie sie gemacht werden: Die Walnüsse werden in einen Teig aus Traubensirup und Mehl getaucht und anschließend in der Sonne getrocknet. – Sehr lecker, diese Benî.«

Ich aß die halbe Schale leer, ohne dass einer der beiden den Mund aufmachte.

»Arîn wollte, dass ich Sie anrufe«, sagte Jindar dann.

»Haben deutsche Lehrherren keine Pflicht den Eltern ihres Lehrlings gegenüber?«, fragte Firat mit weiterhin finsterem Blick. »Haben Köche ihre eigenen Gesetze?«

»Was für eine Pflicht? Was für Gesetze?«, fragte ich.

»Ich habe meine Tochter in Ihre Hände gegeben«, fuhr er düster fort. »Nicht nur, damit Sie sie zu einer guten Köchin ausbilden, sondern auch, damit Sie sie darin unterstützen, ein ehrlicher, aufrichtiger Mensch zu sein. Wie konnten Sie zulassen, dass meine Tochter diesen Pfad verlässt? – Jetzt kommt die Polizei in mein Haus, sagt mir, dass meine Tochter in einen Mordfall verwickelt, vielleicht eine Mörderin ist. Bei Allah, niemand hat mir gesagt, in was mein Kind verstrickt ist. Ich konnte mich nicht darauf vorbereiten, sie vor der Polizei zu beschützen. Ich musste mit ansehen, wie dieser Mann sie mitnahm!«

Ich fiel aus allen Wolken. Sie hatte mir versichert, dass sie mit ihrem Vater gesprochen hatte, nach dem Abend, als sie mit Cihan nach Hause gegangen war. Nun, dem war nicht so. Ich blickte Jindar an, überlegte, ob Arîn die Schwester eingeweiht hatte, aber deren Gesicht war von solch sphinxhafter Verschlossenheit, da ließ sich nichts ablesen.

»Wegen des Messers müssen Sie sich keine Sorgen machen«, sagte ich. »Ich habe gesehen, dass Arîn es bei der Prüfung mit den anderen Messern auf den Tisch gelegt hatte …«

»Sie waren dabei, als dieser Mord geschah? Und haben uns nichts gesagt? Warum haben Sie Arîn nicht beschützt?«, setzte Firat Kalay mir weiter mit seinen Vorwürfen zu.

»Vater, bitte!«, versuchte Jindar ihn zu beschwichtigen.

»Ich beschütze sie schon die ganze Zeit, aber manchmal lässt sie sich nicht beschützen«, antwortete ich. »Sie wissen so gut wie ich, dass sie ihren eigenen Kopf hat.«

»Ein Kopf, der manchmal nicht weiß, was der richtige Weg ist«, nickte er. »Dafür braucht sie uns Erwachsene. Mich und Sie und …« Er verstummte, aber es war offensichtlich, dass er an seine verstorbene Frau dachte.

»Vater, bitte! Das hilft jetzt auch nicht weiter«, sagte Jindar.

»Meine Tochter ist keine Mörderin«, Firat Kalay funkelte mich an, als ob ich Arîn für eine solche hielt.

»Das weiß ich.«

»Und wieso weiß das dieser Polizist nicht?«

»Sie hat sich kurz vor dem Mord mit Justus gestritten. Sie wissen, wie zornig sie werden kann. Sie gehört zum Kreis der Verdächtigen«, sagte ich.

»Ph«, sagte Firat Kalay und machte eine abwertende Handbewegung.

»Er kennt sie nicht so gut wie Sie und ich«, fügte ich hinzu.

Eine Weile sagte keiner etwas. Arîns Vater schlürfte seinen Tee, ich nahm einen Schluck von dem nicht mehr ganz so heißen Kaffee.

»Was gedenken Sie jetzt zu tun?«, fragte er dann.

»Ich fahre zum Polizeipräsidium und höre, wie der Stand der Dinge ist.«

»Ich komme mit!«, sagte Jindar schnell.

Firat Kalay sagte etwas auf Kurdisch, Jindar schüttelte den Kopf und redete eine Weile ruhig auf ihn ein. Dann standen beide auf.

»Ich begleite Sie«, bekräftigte Jindar ihren Entschluss.

»Machen Sie ihr keine Vorwürfe«, sagte ich zu Firat beim Abschied. »Das alles ist schwer genug für Arîn.«

»Möge Allah den wahren Mörder bestrafen«, antwortete er ausweichend und hielt mir die Tür auf, während Jindar in einen schlichten langen Mantel schlüpfte und ihre Handtasche umhängte.

Bis zum Clevischen Ring hing jede von uns ihren Gedanken nach.

»Hat sie Ihnen etwas davon erzählt?«, fragte ich.

»Nein!«

Mehr sagte Jindar nicht, und stumm umrundeten wir in Stop-and-go den Wiener Platz.

»Es ist für euch alle nicht leicht, nach dem Tod eurer Mutter, nicht wahr?«, machte ich auf der Höhe der Zoobrücke einen neuen Anlauf, um sie ans Reden zu bringen.

»Allah bestimmt, wann wir diese Welt verlassen müssen. Unser Schicksal liegt in seiner Hand«, antwortete sie und verstummte wieder.

Noch eine, die nicht redet, dachte ich. Wenn in dieser Familie jeder seinen Kummer mit sich selbst ausmachte, war es kein Wunder, dass Arîn zu Hause nichts von ihren Problemen erzählte.

Sehr aufrecht, das Kopftuch akkurat in die Stirn gezogen und an den Seiten mit Sicherheitsnadeln befestigt, den Blick in die Ferne gerichtet, die Hände auf dem Schoß über Kreuz gelegt saß Jindar neben mir. Sie hatte mich wegen Arîn angerufen, vielleicht auch, weil sie glaubte, dass ich als walkürenhafte Deutsche Arîn besser beistehen könnte als sie als kopftuchtragende Muslima. Aber sie als Person war nicht an einem Kontakt zu mir interessiert. Etwas über sich oder ihre Familie wollte sie mir auf keinen Fall erzählen.

Eine Viertelstunde später warteten wir am Haupteingang des Polizeipräsidiums, blickten über die Gleise hinüber zur Kölnarena, deren ochsenblutrotes Dach eine Frühlingsmorgensonne leckte. Wir hatten gerade mal zehn Uhr morgens, eine Zeit, zu der ich mich an meinem freien Tag normalerweise frühestens aus dem Bett bewegte. Güterzüge rangierten auf den Gleisen, Jindar zupfte ihren Mantel zurecht, strich über die Handtasche. Wie schon auf der Herfahrt redeten wir nicht miteinander.

Der Messerfund muss Arîn entlasten, dachte ich, gleichzeitig merkte ich, wie ich einen kurzen Augenblick an meinem Lehrling zweifelte, wie ich mich fragte, ob sie Justus nicht doch … Ich schämte mich für diese Gedanken, und die verschlossene Jindar neben mir half mir nicht, freundlicher von Arîn zu denken. Sie verstärkte die Fremdheit, die ich oft bei Arîn spürte.

»Sie schon wieder«, sagte Kunze, als er Arîn mit dem Aufzug nach unten gebracht hatte. »Habe ich Ihnen nicht gesagt, Sie sollen anrufen?«

Arîn stand neben ihm, nicht weniger blass, aber ohne rot geheulte Augen. Jindar sagte etwas auf Kurdisch zu ihrer Schwester. Ich konnte nicht beurteilen, ob dies freundlich klang.

»Kann sie gehen?«, fragte ich.

Kunze nickte. Arîn drängte nach draußen, ich bat sie, auf der anderen Straßenseite auf mich zu warten.

»Ich weiß, dass Arîns Ausbeinmesser mit den anderen Messern auf dem Tisch lag, denn genau dieses Messer habe ich ihr eine halbe Stunde zuvor geschenkt, und es war blitzeblank«, sagte ich. »Sie glauben doch nicht ernsthaft, das Mädchen hat damit auf Justus eingestochen, es dann blank gewischt und mit zu ihren anderen Messern gelegt?«

»Wir haben Blutspuren von Justus darauf gefunden«, antwortete er.

»Oh«, sagte ich überrascht.

»Ein paar Schüler haben es entdeckt. Bei einer Rangelei ist einer der Spinde im Umkleideraum umgekippt, dahinter lag's.«

»Hat denn die Spurensicherung den Raum nicht …?«

»Doch«, sagte er und mehr nicht.

»Und darauf waren Blut von Justus und Arîns Fingerabdrücke?«, fragte ich weiter.

»Keine Fingerabdrücke«, sagte er.

»Aber Arîn hat das Messer doch angefasst, das habe ich selbst gesehen, also müssten doch zumindest ihre …«

»Nein«, sagte er.

»Da stimmt doch was nicht«, sagte ich energisch.

»Wenn Ihre Beobachtungen richtig sind, ist dies in der Tat so«, pflichtete er mir bei. »Leider kann sich keiner der Prüfer oder einer der anderen Anwesenden an die Anzahl von Arîns Messern erinnern. Wir haben dazu nur Ihre Aussage. – Und Sie sind in dieser Angelegenheit …«, er überlegte eine Weile, bis er den Satz vollendete, »sehr engagiert.«

»Und was passiert jetzt?«

»Der Gerichtsmediziner prüft, ob das Messer wirklich die Tatwaffe war. – Dann wissen wir mehr.«

»Was ist mit anderen Verdächtigen? Es waren fast zehn Leute bei der Prüfung. Der Umkleideraum ist vom Flur her jedem zugänglich.«

»Pardon«, sagte er und wiederholte, dass er über die laufenden Ermittlungen keine Auskunft geben könne. Dann ging er zurück. Kurz dachte ich an die Urkunden an der Wand seines Büros. Die

Ausdauer eines Marathonläufers. Ein Kurzstreckensprinter wäre besser, dachte ich. Dann wäre er jetzt schon am Ziel. Als Langstreckenläufer machte er sich jetzt gerade mal warm. Schlecht für Arîn, weil sie durch sein langsames Arbeiten weiterhin im Kreis der Verdächtigen blieb.

Die Schwestern warteten auf der anderen Straßenseite bei einem Fahrradständer, auf dem ein Rechtsanwalt bei »Verhaftungen, Durchsuchungen und Festnahmen« mit seinem Rechtsbeistand warb. Die NRW-Fahnen flatterten in einem leichten Wind, und die Morgensonne schien durch die Fensterscheiben der Polizeikantine auf ordentlich aufgereihte Tische und Stühle, an denen um diese Zeit noch niemand eine Erbsensuppe löffelte.

»Ich muss was frühstücken«, sagte ich zu den beiden. »Was haltet ihr von den Rheinterrassen? Ich lade euch ein.«

»Wir müssen nach Hause zu unserem Vater«, sagte Jindar bestimmt.

»Ruft ihn an, sagt ihm, dass Arîn frei ist. Sagt ihm, er ist auch eingeladen.«

»Wir müssen nach Hause«, wiederholte Jindar.

Ich sah Arîn an, die aber sofort meinem Blick auswich und auf den Boden blickte.

»Macht doch, was ihr wollt«, sagte ich dann und ließ sie an dem Fahrradständer stehen.

Auch die sanften Wellen des Rheins, die glitzernden Pappeln am Ufer, der schöne Blick auf St. Kunibert und die freundliche Bedienung, die mir einen Milchkaffee und zwei Croissants servierte, änderten nichts daran, dass ich sauer war. Da klingelte mich Jindar in aller Herrgottsfrühe aus dem Bett, nur damit ich mir die Vorwürfe eines kurdischen Patriarchen anhören konnte und nach einem Fahrdienst zum Polizeipräsidium abserviert wurde. Am meisten ärgerte ich mich über Arîn. Guckte einfach weg. Sagte kein Wort. Schlug eine Einladung zum Frühstück aus. – Dabei hätten wir uns endlich mal in Ruhe unterhalten können.

Danke, würde Arîn sagen und in das Croissant beißen, auf niemanden kann ich mich so verlassen wie auf dich. Um Jindar würde beipflichten: Es ist großartig, wie Sie sich um meine Schwester kümmern. Und ich sage bescheiden: Nicht der Rede wert, ist doch selbstverständlich. Nein, nein, widerspricht Arîn, ist es überhaupt nicht. Keiner setzt sich so für seinen Lehrling ein wie du. Und Jindar sagt: Bitte verzeihen Sie die Vorwürfe unseres Vaters. Er war völlig geschockt, als dieser Polizist bei uns aufgetaucht ist. Wissen Sie, wie viele Kurden hat er grauenvolle Erfahrungen mit der türkischen Polizei gemacht. Und dann sieht man sein Kind in Zellen, in denen man selbst gesessen hat, man sieht es ähnlichen Verhören ausgesetzt wie denen, die man seit Jahren zu verdrängen sucht. Sie schaut mich um Verständnis bittend an, und ich sage: Ja sicher und außerdem hat er doch seine Frau verloren. Sie müssen wissen, bestätigt Jindar, dass er bis heute unter dem Tod unserer Mutter leidet, aber seine Trauer kommt nicht nach draußen, die mauert er ein. Er war so ein fröhlicher Vater, ergänzt Arîn, er hat so gern mit uns gespielt, und seit Mamas Tod funktioniert er nur noch. Wenn er nach Hause kommt, sitzt er einfach in seinem Sessel und sagt nichts. Da kann ich all seine Lieblingsspeisen kochen, er bleibt traurig. Nicht mal die Gedichte von Cigerxwîn, die er so sehr liebt, können ihn mehr erbauen! Entschuldigung, unterbricht sie Jindar, aber wir wollen Sie nicht mit unseren Familienproblemen langweilen. Das tut ihr überhaupt nicht, erwidere ich, es interessiert mich doch, was bei euch zu Hause los ist. Es hilft mir, Arîn zu verstehen, wenn sie mal wieder ausrastet oder kein Wort mehr sagt. Arîn sitzt da und grinst verschämt, und Jindar sagt: Jeden Tag erzählt sie von Ihnen. Vater und ich stöhnen manchmal, weil wir den Namen Katharina nicht mehr hören können, Sie sind wirklich etwas Besonderes, fast eine zweite Mutter für sie ... Ich lache und sage: Für mich ist sie auch etwas Besonderes. Mein erster Lehrling, fast so etwas wie eine ...

»Darf ich Ihnen noch etwas bringen?«, unterbrach die Bedienung meine Gedanken.

»Nein danke«, sagte ich automatisch und zahlte.

Der Fluss glitzerte noch immer, und vom Geripppe der alten Messehallen drang Baulärm zum Ufer. Eine riesige Baustelle, ein labyrinthisches Wirrwarr von Geräuschen, unkoordinierte Bauerei und Hauerei, Laster, Bagger, Kräne, die nach eigenen Verkehrsregeln funktionierten.

Zwei Laster aus der Steiermark fuhren Holz auf die Großbaustelle, einer warb auf seiner Dachplane für Manner-Kekse, der andere für Marillenmarmelade aus der Wachau. Herrje, die Marillenknödel, das Essen bei Krüger! Auf die Marillenknödel freute ich mich plötzlich sehr. Denn so war ich in den nächsten zwei Stunden mit dem beschäftigt, was ich am allerliebsten tat: mit Kochen.

Das A und O guter Marillenknödel sind die Aprikosen. Die müssen reif und aromatisch, aber noch druckfest sein. Die klassische österreichische Küche kennt drei Teigarten für Marillenknödel: Brandteig, Kartoffelteig, Topfenteig, hatte Ecki mir in Wien beigebracht und auch, wie man aus dem jeweiligen Teig und den Aprikosen bildschöne runde Knödel formt. Heute gelingen mir die Knödel so gut, dass ich damit jeden österreichischen Kollegen beeindrucken kann. Für den Nachtisch bei Krüger wählte ich den leichtesten der drei Teige, den aus Quark. Dazu muss man den Quark abtropfen lassen und danach mit Mehl, Salz, Eiern und warmer Milch zu einem glatten, festen Teig verarbeiten. Gerade als ich den fertigen Teig zu einer Rolle formte, klingelte das Telefon.

»Servus, Kathi!«

»Hast du bis nach Paris gerochen, dass ich Marillenknödel mache?« Ich freute mich, seine Stimme zu hören. Seit ich ihm nicht mehr böse war, weil aus uns als Paar nichts geworden war, telefonierten wir gelegentlich.

»Hast nicht frei heut? Bleibt die Küch nicht zu?«, wollte er wissen.

»Bin heute Abend zum Essen eingeladen und soll den Nachtisch mitbringen.«

»Und? Wie heißt der Glückliche?«

»Kannst du mal an was anderes denken als an Liebesgeschichten? Nichts desgleichen, einen harmlosen Gefallen, den ich Krüger tue, weil er für Eva eingesprungen ist. Gibt's einen Grund, dass du anrufst, oder wolltest du einfach nur mal meine Stimme hören?«

»Du wirst vierzig, Kathi«, sagte er. »Große Fete, rauschendes Fest, alte und neue Freunde, Rückblick und Ausblick. Da will ich dabei sein, schließlich waren wir über zwei Jahre ein glückliches Paar …«

»Na ja«, unterbrach ich ihn.

»Jetzt fang nicht an, befriedete Fronten aufzumachen«, wiegelte Ecki ab. »Also, wann steigt die Feier? Und was wünschst du dir?«

»Willst du das wirklich wissen?«

»Ja, freilich.«

»Ich möchte am 24. April aufwachen und feststellen, dass ich meinen Geburtstag vergessen habe.«

»Willst keine Feier geben?«

»Nein.«

»Ich hab's befürchtet«, seufzte er. »Das ist schad, Kathi, wirklich schad. Glaub mir, du verpasst was.«

»Hab so viel am Hals.«

»Wo hast dich wieder hineingeritten, Kathi?«, fragte er besorgt.

»Ist eine lange Geschichte«, sagte ich.

»Weißt was? Ich komme auch ohne Feier. Mit Rosen und Champagner. Anstoßen wirst schon mit mir. Ich läut an, wenn ich eine Karte für den Thalys hab. Pfiat di!«

Stille in der Leitung. So war Ecki halt: meldete sich, kündigte sein Kommen an, kam vielleicht, vielleicht auch nicht, ließ sich nicht festhalten, war nicht verlässlich, wurde nicht sesshaft.

Krüger wohnte in einer Hinterhofwohnung im Belgischen Viertel, in einem Apartment, dessen Mittelpunkt ein eleganter, heller Birkentisch bildete. Mit seiner Tischdekoration aus perlgrauen Leinensets, schwarzem Porzellan und bauchigen, mit pastellgrünen Callas gefüllten Vasen hätte er sich bei jedem Lifestyle-Magazin bewerben können, allerdings wären seine Gäste bei einer Fotoreportage nicht abgelichtet worden. Deren Aussehen bestimmten die Farben Beige und Braun und Materialien wie Cord, Baumwolle und Strick. Sah man von Krügers jugendlichem Herzbuben ab, zählten die Herren allesamt zur Vierzig-plus-Generation. Der Schulalltag und das Alter waren mit keinem von ihnen pfleglich umgegangen. Von Halbglatze über Doppelkinn bis zum Schmerbauch war alles vertreten.

Der mit der Halbglatze rückte mir den Stuhl zurecht, stellte sich als Jupp Berger vor, und innerhalb von zwei Minuten erfuhr ich, dass er Chemie und Lebensmitteltechnologie unterrichtete und frisch geschieden war.

»Ist bestimmt ungewöhnlich für Sie, mal an einem gedeckten Tisch zu sitzen«, sagte er. »Haben Sie überhaupt Privatleben in Ihrem Job?«

»Es reicht für den einen oder anderen Liebhaber«, sagte ich laut. »Die such ich mir spätnachts in irgendwelchen rechtsrheinischen Kaschemmen aus.«

Krüger schickte mir einen strafenden Blick, und Jupp Berger wendete sich schnell Sabine Pothoff zu, die gerade davon erzählte, dass ihre Aussicht auf den Posten der Schulleiterin nach dem ersten Bewerbungsgespräch auf wackeligen Füßen stand. Mit ihrer bunten Filzperlenkette und dem grasgrünen Pullover bildete Sabine Pothoff den einzigen Farbtupfer in der Herrenrunde.

»Was ich jetzt sage, klingt ziemlich gemein«, tat sich Jupp Berger wichtig, »aber der olle Tieden kann dank dieses Verbrechens noch mal alle Register ziehen, um dich als seine Nachfolgerin zu verhindern.«

»Lass man gut sein, Jupp«, sagte Sabine, »so ist Tieden nicht! Das trau ich ihm nicht zu, dass er dieses Verbrechen zu seinen Gunsten oder meinen Ungunsten nutzen will. – Viel mehr Sorge macht mir, dass die Polizei mit ihren Ermittlungen nicht vorankommt.«

Carlo Müller, der Mann mit dem Schmerbauch, prostete mir von der anderen Tischseite her verschwörerisch zu.

»Was ist jetzt eigentlich mit dem Messer?«, mischte sich Jupp Berger in diese stumme Kontaktaufnahme. »Warst du nicht dabei, als es gefunden wurde?«

Carlo Müller schenkte Berger ungern seine Aufmerksamkeit, aber als auch ich ihn erwartungsvoll ansah, erzählte er: »Große Pause vorgestern, Piotr und Friedel aus der 2K46. Ihr kennt die zwei, die sind einer Rauferei nie abgeneigt. Diesmal vertrimmen sich im Umkleideraum. Als ich dazukomme, stehen die zwei Raufbolde neben dem umgekippten Spind. ›Der Spind stand so locker, wir können nichts dafür‹, sagen sie und starren dieses Messer an. ›Nicht anfassen‹, sag ich. ›Als ob wir das nicht wüssten.‹ Der Typ von der Spurensicherung ist derselbe, der den Raum unmittelbar nach dem Mord untersucht hat. ›Hab beim ersten Mal jeden einzelnen Spind von der Wand gerückt‹, sagt er, ›das Messer war nicht da.‹ Ihr wisst, was das heißt?«

»Zur Vorspeise gibt es eine Hasenterrine mit Sauerampferöl«, meldete sich Krüger mit zwei Tellern aus der Küche kommend, »und dazu trinken wir einen hellen Spätburgunder von Herrn Heger.«

»Jetzt lasst mal die Schule Schule sein und genießt, was Krüger gezaubert hat!«, sagte Fred, der Senior der Runde, dessen gewaltiges Doppelkinn den Eindruck vermittelte, als säße sein Kopf völlig halslos auf dem Rumpf.

»Das Messer ist erst später dort abgelegt worden. Erst nachdem die Spurensicherung den Raum wieder freigegeben hat«, machte Carlo nach den ersten zwei Bissen weiter.

»Weiß man schon mit Sicherheit, dass das gefundene Messer auch die Tatwaffe ist?«, wollte Jupp wissen.

»Warum würde es sonst jemand hinter einem Spind verstecken?«, fragte Sabine zurück.

»Vielleicht, um den Verdacht auf einen Unschuldigen zu lenken?«, warf ich ein.

»Das scheint mir aber sehr weit hergeholt«, wies Jupp mich zurecht. »Der Messerfund zeigt doch, dass der Mörder aus unserer Schule kommen muss«, fuhr er fort. »Und wir alle wissen, dass es eine Beziehung zwischen Opfer und Täter geben muss, wenn wir einen Psychopathen als Mörder ausschließen. Mit wem also hatte Justus hier Kontakt? Im Wesentlichen doch nur mit seinen Klassenkameraden.«

»Und mit seinen Lehrern«, fügte Carlo hinzu. »Und das sind hier mit Ausnahme von Jost und Tim wir alle.«

»Die Hasenterrine, Krüger, ein Gedicht!«, schwärmte Fred. »Was sagt denn die Fachfrau dazu?«, fragte er mich.

»Also wirklich, Krüger«, setzte ich an, wurde aber sofort wieder von Jupp Berger unterbrochen. Irgendwie nahm er mir den Satz mit meinen Liebhabern übel.

»Stimmt es eigentlich«, fiel er mir ins Wort, »dass Justus massive Schwierigkeiten in seinem Ausbildungsbetrieb hatte? Hast du das nicht erzählt, Sabine?«

»Ich habe für ihn einen Kontakt zum Ausbildungsbeauftragten der Industrie- und Handelskammer gemacht, nachdem er mir erzählt hat, dass sein Chef zweimal eine Pfanne nach ihm geworfen hat.«

»Kam mir gar nicht so zart besaitet vor, der Justus«, warf Carlo ein.

»Es waren ja nicht nur die Pfannen«, fuhr Sabine zögerlich fort. »Sondern eher so Sachen, die mit dem Betriebsklima und dem Erwartungsdruck zusammenhängen. Da gab's bei Justus ein paar unglückliche Verquickungen. Ich weiß nicht, was ihr von seinem familiären Hintergrund wisst: Der Vater ist Sportmediziner mit gut gehender Praxis in Bergheim, die Mutter arbeitet als Biologin bei Bayer Dormagen. Justus als einziges Kind sollte natürlich ebenfalls eine akademische Karriere einschlagen. Hat er aber von seinen schulischen Leistungen her nicht gepackt. Koch war der einzige Lehrberuf, der ihn interessierte und seine Eltern begeisterte. Natürlich war das Vitamin B der Eltern im Spiel, dass er bei Henckel in Müngersdorf eine Lehrstelle bekam.

»Henckel? Emil Henckel?«, unterbrach sie Fred. »Der war einer meiner ersten Schüler hier in der Berufsschule. Damals ein klapperdürres Kerlchen. Man konnte sich nicht vorstellen, dass aus dem mal ein handfester Koch wird!«

»Ist er aber geworden, sogar ein ziemlich guter«, sagte Carlo. »Ich habe mal bei ihm gegessen, so gehobene bürgerliche Küche, nicht schlecht, sein Laden liegt direkt am Stadtwald. Ist 'ne feine Adresse für Festivitäten im Kölner Westen.«

»Aber Henckel ist nicht die Graugans, nicht der Wasserturm, nicht Schloss Bensberg, nicht Dieter Müller«, machte Sabine Pothoff weiter. »Aber genau da sollte Justus nach dem Willen seiner Eltern hin. Wenn schon Koch, dann ein großer. Der Vater, ein unangenehmer Typ übrigens, hat schon in Bergisch Gladbach vorgefühlt, mit einem Einser-Abschluss würden sie ihn dort nehmen. Justus stand also wahnsinnig unter elterlichem Druck. Dazu kam, dass er mit der Art von Emil Henckel überhaupt nicht zurechtkam. Henckel ist so ein Wortkarger, ›Tu dies!‹, ›Mach das so!‹, Ende. Jeder Koch muss lernen, dass in der Küche nicht diskutiert wird, aber bei Henckel lernt er das in Extremform. Wenn da einer zum dritten Mal fragt, warum er die Zwiebeln mit Balsamico und nicht mit Rotwein andünsten soll, dann kommt keine Antwort mehr, sondern dann fliegt halt eine Pfanne.«

»Ihr wisst schon, dass Henckel in massiven wirtschaftlichen Schwierigkeiten steckt«, teilte Carlo den anderen mit. »Er hat sich mit seiner Außengastronomie verkalkuliert. Vor drei Jahren sehr groß in den Bereich investiert und nicht mit zwei schlechten Sommern gerechnet. Und wenn dann noch ein paar Hochzeiten und Geburtstagsfeiern abgesagt werden, dann wird's eng. Ihr wisst alle, was für ein gnadenloses Geschäft die Gastronomie ist! Und wenn einem das Wasser bis zum Halse steht, dann schmeißt man auch mal eine Pfanne nach einem aufmüpfigen oder faulen Lehrling.«

»Also, dass der Junge unter Druck stand, kann ich wirklich nicht sagen«, kam Fred auf Sabines Ausführungen zurück. »Hat in meinem Unterricht immer mitgearbeitet, gern mal einen Witz gerissen, passable Arbeiten geschrieben.«

»Passable Arbeiten, richtig«, bestätigte Jupp. »Für einen Einser-Abschluss hätte er sich noch mehr ins Zeug legen müssen.«

»Glaub nicht, dass er den geschafft hätte«, sagte Fred.

»Und er konnte sehr, sehr charmant sein«, sagte Krüger und klatschte kurz in die Hände, um aller Aufmerksamkeit zu erregen. »Zum Hauptgang gibt es ein Basilikum-Risotto mit Zanderfilets, dazu einen weißen Smith-Haut-Lafitte. Lasst es euch schmecken.«

Wieder prostete mir der dicke Carlo zu, während Fred mit seiner Nase genüsslich den Risottoduft einsog.

»Charmant, aber doch auch sehr gemein«, meldete sich zum ersten Mal Jost zum Thema.

»Gemein? Mehr als in der Altersstufe üblich? Wieso?«, fragte Carlo erstaunt.

»Mensch, Carlo«, seufzte Fred. »Manchmal bist du so versponnen in Gedichte und Grammatik, dass du einfach nicht zuhörst. Sabine hat das bei der letzten Konferenz erzählt. Justus hat doch der kleinen Türkin aus der Klasse nach dem Turnen die Klamotten weggenommen und sie ihr erst zurückgegeben, nachdem sie ihre Brüste gezeigt hat. Davon hat dann ein Handy-Foto an der Schule die Runde gemacht.«

»Etwa die, die sich vor der Prüfung so heftig mit ihm gestritten hat?«, fragte Carlo sichtlich betroffen. »Mein Gott, wieso ist sie denn damit nicht zu einem von uns gekommen? – Immer meinen die Schüler, sie kriegen die Sachen unter sich geregelt …«

»Aus zwei Gründen ist Arîn nicht zu uns gekommen«, antwortete Sabine. »Zum einen war ihr die Sache furchtbar peinlich, zum

133

anderen hatte sie Angst, wir glauben ihr nicht. Der beliebte Justus soll ein solches Drecksschwein sein? Niemals. Jetzt fragt euch mal im Stillen, ob ihr dem Mädchen geglaubt hättet! – Mir ist durch diese Sache klar geworden, wie wenig wir von unseren Schülern wissen. – Hätten wir doch nur früher davon erfahren! Dann wäre es wahrscheinlich nie zu dem Mord gekommen ...«

»Was für eine furchtbare Demütigung! Und für sie als Türkin besonders schlimm. Gilt sie damit nicht schon als geschändet?«, echauffierte sich Carlo weiter. »Hat ein Bruder oder Cousin diese Schande gerächt? Denkt doch an diese Ehrenmorde, die auch hier in Deutschland passieren.«

»Sie ist Kurdin«, mischte ich mich ein. »Und weder sie noch einer ihrer Verwandten haben Justus ermordet.«

Kurz trat ein betretenes Schweigen ein. Jupp knetete seine Finger, Fred seufzte erneut, und Carlo nahm eilig einen Schluck Wein.

»Katharina hat mir meinen Lieblingsnachtisch aus unserer gemeinsamen Zeit im Goldenen Ochsen versprochen«, beendete Krüger das Schweigen mit einem harmlosen Thema. »Marillenknödel. Deshalb entführe ich sie mal in die Küche.«

»Wir sollten aufhören, uns in Spekulationen zu verrennen«, schloss Sabine Pothoff das Thema ab. »Ein paar Indizien machen noch keinen Täter aus, und für alle unsere Schüler gilt: Solange einer nicht als Täter überführt ist, gilt er als unschuldig.«

Sie sah mich kurz an, und ich nickte ihr bestätigend zu. Mir gefiel ihre Gradlinigkeit und Klarheit. Dann stand ich auf, ging in die Küche und stellte Salzwasser auf. Vorsichtig ließ ich wenig später die Knödel ins siedende Wasser gleiten. Sabine Pothoff huschte mit ihrer Zigarettenschachtel an mir vorbei auf den winzigen Küchenbalkon und zündete sich dort eine Zigarette an.

»Tut mir leid, dass Sie den ganzen Abend so ein blödes Lehrergeschwätz ertragen müssen«, sagte sie.

»Schon in Ordnung«, antwortete ich.

»Es gibt Abende, da reden wir überhaupt nicht über Schule«, erzählte sie. »Da können wir uns über Kleinigkeiten amüsieren. Das ist dann sehr lustig.«

»Schön, wenn man so eine gemütliche Runde hat«, sagte ich neutral.

»Ja«, bestätigte sie. »Und für mich hat sie noch eine besondere

Bedeutung, weil ich Jost hier kennengelernt habe. Deshalb würde ich niemals eines von Krügers Essen versäumen.«

Sie lächelte zwischen zwei Zigarettenzügen.

»Sie sind von Arîns Unschuld überzeugt, nicht wahr?«, kam Sabine Pothoff dann auf das Thema der Tischrunde zurück.

»Ja«, sagte ich. »Wäre gut, die Polizei würde mal ein bisschen voranmachen!«

»Hab schwer den Eindruck, dass Kunze überfordert ist.«

»Vielleicht sein erster Mordfall«, sagte ich.

»Kann sein. Er ist so steif, so überkorrekt und unpersönlich. Alles Zeichen von Unsicherheit.«

»Polizisten kann man sich so wenig aussuchen wie Lehrer«, sagte ich, und Sabine Pothoff lachte.

»Wechseln wir das Thema«, schlug sie vor. »Krüger hat erzählt, Sie haben auch in Wien gearbeitet? In letzter Zeit bedaure ich manchmal, dass ich nicht Köchin geblieben bin ...«

Wir unterhielten uns blendend, arbeiteten nebenbei so selbstverständlich Hand in Hand, als würden wir dies schon lange tun. Irgendwann steckte Krüger den Kopf durch die Küchentür und schimpfte uns Schnattergänse. Während ich den halslosen, halbglatzigen, dickbäuchigen Männern den Nachtisch servierte, gingen mir zwei Gedanken durch den Kopf.

Zum einen, dass Krüger als Kuppler eine Niete war. Er konnte doch nicht ernsthaft annehmen, dass ich einen aus diesem Trio attraktiv fand. Zum anderen, dass ich mich mal etwas mehr mit Emil Henckel, dem cholerischen Lehrherrn von Justus, beschäftigen sollte. Hatte er etwas mit dem Tod des Jungen zu schaffen?

NEUN

Jindars Anruf erreichte mich vor den Regalen mit Trockenpilzen bei meinem diensttäglichen Großeinkauf.

»Arîn wird die Lehre abbrechen«, sagte sie. »Sie kommt nicht wieder.«

»Warum rufen Sie mich an? Kann Arîn nicht mehr reden?«, fragte ich ärgerlich, aber da hatte Jindar schon aufgelegt.

Eine Weile starrte ich auf zusammengeschrumpelte Steinpilze, Pfifferlinge, Champignons und Morcheln. Getrocknet und von grau-brauner Farbe lagerten sie in ihren Cellophantüten wie für die Ewigkeit haltbar gemacht. Dabei hielt nichts ewig. Alle verließen mich! Holger würde nach Paris gehen, Eva ein Baby bekommen, und Arîn wollte die Lehre abbrechen. Wieso? Stimmte es überhaupt, oder hatte die Schwester ihr das eingeredet? Der Vater Druck gemacht? Ach, nichts als Ärger hatte ich mit diesem Mädchen! Ich schob den Wagen von den Schrumpelpilzen weg, erledigte meine Einkäufe, verstaute alles im Kofferraum und fuhr in die Köln-Arcaden nach Kalk. Auf jeder Etage des riesigen Einkaufszentrums gab es Schuhgeschäfte, ich klapperte sie alle ab, bis ich Cihan im Tiefparterre fand, damit beschäftigt, einer greinenden Dreijährigen ein Paar Sandalen anzuprobieren.

»Brauchst du ein Paar Schuhe?«, fragte sie über den Schreihals hinweg.

»Arîn will die Lehre hinschmeißen, sagt Jindar. Weißt du was davon?«

»Psst«, machte Cihan zu mir und deutete mit dem Kopf auf eine miesepetrige Endvierzigerin zwei Schuhregale weiter, wahrscheinlich ihre Chefin. Dann lächelte sie die Mutter an, während sie dem Kind, das weiter plärrte, die Sandalen wieder auszog. »Also die passen exakt«, sagte sie beim Aufstehen und reichte der Mutter die kleinen mit rosa Herzchen verzierten Sommerschuhe. Sie rückte sich Jeans, Nietengürtel und BH, die beim Knien verrutscht waren, zurecht und kniff der Kleinen in die Backen. »Kasse ist am Eingang links.« Ein Seufzer der Erleichterung entwich ihrem Mund, als die Mutter mit dem Schreihals langsam von dannen trottete und sie die anprobierten Kinderschuhe in Kartons zurücksteckte.

»Warum soll Arîn die Lehre hinschmeißen?«, fragte sie dann leise. »Hat ihr Vater die Sache mit Justus erfahren? – *Xwedê!*«, fluchte sie, als ich ihr die Vorkommnisse des gestrigen Tages geschildert hatte. »Das kann nur auf Jindars Mist gewachsen sein. Die ist schon lange sauer, weil ihr Einfluss auf Arîn immer geringer wird. Arîn wird nie das Kopftuch nehmen, da kann sie sich auf den Kopf stellen! Bestimmt hat sie den Bullenbesuch genutzt, um Onkel Firat davon zu überzeugen, dass Arîn in schlechte Kreise geraten ist. Ich muss sofort meine Mutter anrufen. Die hat den meisten Einfluss auf ihn.«

Sie holte mir ein Paar Schuhe zum Probieren, tat so, als würde sie mich beraten, bückte sich dann zwischen zwei Schuhregale, damit ihre Chefin nicht sah, wie sie telefonierte, und flüsterte mit ihrer Mutter. Ich prüfte in der Zeit die Schuhauswahl und behielt die Chefin im Blick.

»Dayê redet mit Firat. Sowie ich was höre, rufe ich dich an«, flüsterte Cihan und ließ schnell ihr Handy in der Hosentasche verschwinden. »Brauchst du nicht doch ein Paar Schuhe?«

Sie verkaufte mir tatsächlich ein paar schlangengrüne Slippers, die exakt den Farbton einer meiner Leinenblusen hatten, und die misstrauische Chefin lächelte ein falsches Einkaufsparadies-Verkäuferinnen-Lächeln, als ich bezahlte.

Auf dem Weg zur Arbeit fiel mein Blick in die wieder sonnenbeschienene Cafeteria des Polizeipräsidiums. Wieder saß niemand an einem der Tische, es war wohl nie Essenszeit, wenn ich hier vorbeifuhr.

Ich schleppte nur die verderblichen Lebensmittel in die Weiße Lilie, den Rest konnte Holger später ausladen. Für die Sonne sperrte ich Fenster und Türen auf, wuchtete dann die gerade erworbenen Terrakotta-Töpfe nach draußen, schüttete sie mit Blumenerde voll, pflanzte die ebenfalls frisch gekauften Lavendel- und Rosmarinbüsche ein und stellte sie auf die Fensterbänke. Teresas Gärtnerinnentipp erwies sich als Volltreffer! Nach der erfolgreichen Begrünungsaktion entriegelte ich die Gartenmöbel, die wir abends aufeinandertürmten und mit langen Fahrradketten sicherten, holte einen Tisch und einen Stuhl vom Stapel, schäumte mir einen Milchkaffee und setzte mich in die Sonne.

Aus Taifuns Fenster drang wieder Tangomusik, ich erkannte »Mano a mano« von Gardel. Wenn der Sommer vorbei war, würde ich die Musik hören können, ohne dabei Stiche im Herz zu spüren. Wie alles war auch Liebesleid vergänglich. Die Bandoneonklänge streiften über die Wipfel der Spielplatzlinden und wurden von quietschenden Autobremsen auf dem Clevischen Ring zerrissen. Von dort stürmten die kleinen Fußballer, schon wieder eifrig den Ball vor sich her kickend, durch die Keupstraße auf ihren alten Lieblingsplatz vor dem Altenheim zu. Die Baustelle am Eingangsbereich hatte ihre Attraktivität bereits verloren. Die kleinen Kicker dribbelten nur noch an zwei alten Damen vorbei, die die inzwischen komplett verschalte Säule begutachteten, und schossen sich auf dem Vorplatz wie in alten Zeiten die Bälle zu. Einer der Bälle wurde von einem männlichen Kleiderschrank gestoppt, der mit Nelly Schmitz von der Mülheimer Freiheit auf die Keupstraße spaziert kam. Unter der frisch verschalten Säule diskutierten die beiden heftig miteinander, deuteten auf die Verschalung, auf die Eingangstür des Altenheims, bezogen die beiden Alten, später die kleinen Fußballer, in ihr Gespräch ein.

»Hallo«, hörte ich da eine vertraute Stimme hinter mir. »Was kochen wir heute?«

Ich drehte mich um und blickte Arîn an. Die Hände in den Taschen einer grauen Nickijacke verborgen, pustete sie ihren Pony zur Seite und sah mich forsch an.

»Schau dir an, was in der Kühlkammer liegt, und sag mir, was du daraus kochen würdest, dann verrate ich dir, was ich damit mache. Vorher räumst du aber noch das Auto leer. Die schweren Sachen kannst du Holger überlassen.«

Sie nickte, war schon auf dem Weg nach drinnen, als ich sie fragte: »Wolltest du wirklich die Lehre abbrechen?«

Sie zuckte mit den Schultern.

»War das Jindars Idee?«

»Hab gedacht, 's ist besser so«, druckste sie, »du hast ja auch nur noch mit mir geschimpft.«

»Und wieso hast du deine Meinung geändert?«

Wieder zuckte sie mit den Schultern. »Du weißt schon, aufrechter Gang ... Schwierigkeiten löst man nicht dadurch, dass man ihnen aus dem Weg geht, blablabla. – Außerdem«, jetzt gewann ihre Stimme wieder Kraft, »hat Cihan mich angerufen. – Zeig mir mal die Schuhe, die sie dir verkauft hat!«

»Liegen auf dem Beifahrersitz. Kannst du dir angucken, wenn du die Einkäufe auslädst.«

Schnell huschte sie nach drinnen, und ich stellte die Gartentische auf, schalt mich, dass ich beim Einkaufen nicht an Sitzkissen für die Stühle gedacht hatte, denn bequemer wurden diese altfranzösischen Stahlmöbel auch beim zweiten Draufsitzen nicht. Die Fußballer rammten, kaum dass er stand, den Ecktisch, als sie mit Gejohle in Richtung Böcking-Park davonliefen, und vom Altenheim her winkte mir Nelly Schmitz zu.

»Können wir zwei Milchkaffee kriegen?«, rief sie und machte es sich kurze Zeit später zusammen mit dem Kleiderschrank an selbigem Ecktisch bequem. »Hab die Kellerassel nur mit der Ankündigung von Melaten weglocken können, dass er bei Ihnen den besten Milchkaffee des Rechtsrheinischen serviert bekommt.«

Der Kleiderschrank brummte etwas Unverständliches und zog eine Schachtel Zigarillos aus der Hosentasche, einen davon zündete er sich an. Im Verhältnis zu dem wuchtigen Körper besaß er feingliedrige Finger. Seine Rauchware verströmte einen angenehmen Duft. Holger nahte mit seinem Fahrrad vom Spielplatz her. Schon drei! Zeit, aufs Gaspedal zu drücken. In der Küche wartete jede Menge Arbeit. Schnell servierte ich der Kommissarin und ihrem Begleiter den Kaffee und schlüpfte in meine Kochklamotten.

»Eine Kräutersuppe mit Stücken von Räucherstör, Hähnchen in Mandelpaste mit Aprikosen-Couscous, Erdbeeren in Schokolade getaucht«, zählte Arîn ihre Menüvorschläge auf, als ich zu ihr in die Küche kam.

»Nicht schlecht«, lobte ich sie. »Du hast nur die Radieschen vergessen. Was würdest du mit denen machen?«

»Aus denen kann man nicht viel machen«, murrte sie. »Außerdem hasse ich Radieschen.«

»Was für Nachtische?«, fragte Holger, der nun zu uns gestoßen war.

»Tarte Tatin mit Aprikosen, dazu ein Marzipanparfait, Arîns Erdbeeren in Schokolade sind eine schöne Deko zu den Mousse-

Variationen, kannst eine Schale dafür nehmen. Von den restlichen verarbeitest du die eine Hälfte zu einer Pavlova und die andere marinierst du mit Balsamico-Konzentrat, dazu einen mit Honig und Pinienkernen gegrillten Ziegenfrischkäse«, spulte ich meinen Menüplan herunter. »Arîn, die Kräuter sorgfältig waschen und abzupfen, daraus machen wir einen Salat zur Mousse vom Räucherstör, bestäubt mit Essgold. Aus den Radieschen gibt's eine Suppe, die Hähnchen werden mit Salbei, Knoblauch und Weißwein gegart, dazu servieren wir kleine, mit Spinat gefüllte Buchteln. – Auf geht's!«

Es war schön, am offenen Fenster zu arbeiten. Vom Spielplatz her wehte ein laues Lüftchen in die Küche, und der würzige Tabakduft, den Nelly Schmitz' Begleiter mit seinen Zigarillos verströmte, zog mir in die Nase.

»Hab ich dir zu viel versprochen?«, hörte ich Nelly Schmitz ihren Begleiter fragen.

»Fast so gut wie der Kaffee in meinem Stammcafé auf der Aachener«, brummte der Zigarilloraucher, und der Wind wehte kleine graue Tabakwolken in Richtung meines Fensters. »Keupstraße habe ich mir irgendwie anders vorgestellt«, sagte er dann.

»Geht fast allen so. Sie hat zwei Teile, einen rechts und einen links vom Clevischen Ring, aber das wissen die meisten Kölner nicht«, sagte Nelly Schmitz, bevor sie ihn aufforderte, etwas von seiner »Leichenfledderei« zu erzählen.

»Hatte noch nie eine Betonleiche. Die tauchen sonst nur in Mafiafilmen auf. Du musst dir vorstellen, dass der Beton die Leiche luftdicht umschließt und sich dabei, wie bei allen luftdicht abgeschlossenen Leichen, Adipocire bildet …«

»Kein Fachchinesisch!«, knurrte Elly.

»Leichenwachs. Leichenwachs ist ein schmieriger grauer Kitt, der sich zwischen Leiche und Beton bildet. Deshalb konnten wir sie aus dem Beton wie Sand aus einem Förmchen lösen. So 'ne Leiche ist nicht schön, aber interessant. Musst du dir wie eine von den grauen Steinfratzen am Dom vorstellen. Adipocire …«

»Ist ja gut, ist ja gut«, unterbrach ihn Nelly. »Was weißt du über das Opfer?«

»Weiblich und im gebärfähigen Alter. Wir haben bei der Obduktion einen ungefähr vier Monate alten Fötus entdeckt.«

»Sie war also schwanger«, murmelte Nelly. »Hast du eine Vorstellung davon, wie alt sie genau war?«

»Kann ich nicht definitiv sagen. Von den Zähnen her würde ich so zwischen zwanzig und dreißig schätzen. Sie war etwa eins fünfundsiebzig groß und muss schlank gewesen sein, sonst hätte sie nicht in die Verschalung gepasst.«

»Hat sie noch gelebt, als man sie …?«

»Nein. Ihr Schädel war gebrochen. Den hat man ihr vorher eingeschlagen.«

»Also keine Mafia-Hinrichtung«, dachte Nelly laut.

»Genauso wenig wie alter Aberglaube«, ergänzte der Pathologe.

»Aberglaube? Wie kommst du darauf?«

»Hast du nie den ›Schimmelreiter‹ gelesen, Nelly? Dort behaupten die alten Dorfbewohner, dass man etwas Lebendiges, am besten ein Kind, in den Deich einmauern muss, damit er hält«, dozierte er.

»Hat hier aber das Gegenteil bewirkt«, erwiderte Elly trocken. »Die Säule ist doch gebrochen, weil die Leiche drinsteckte.«

»Ich wollte doch nur mit meiner Allgemeinbildung angeben! Aber erzähl mal: Was machen denn deine Ermittlungen?«, wollte der Hüne im Gegenzug wissen.

»Zäh und mühsam«, seufzte Nelly Schmitz. »Manchmal sehne ich mich nach den Zeiten zurück, wo ich als junger Hüpfer auf Streife Kriminellen nachrennen konnte.«

»Wer nicht alt werden will, muss früh sterben, Nelly!«

»Bist mal wieder ungemein aufbauend, Friedel«, brummte Nelly. »Aber einen freundlichen Blick auf die Welt kann man von euch Gerichtsmedizinern kaum erwarten.«

»Ach, komm schon. Wenn ich meine Briefmarken sortiere, ist die Welt völlig in Ordnung! – Bist du denn mit dem Bauunternehmer weitergekommen?«

»Wie man's nimmt«, sagte sie. »Das Bauunternehmen Bensmann hat damals das Altenheim gebaut. Bertold Bensmann, der Firmenchef, ist kurze Zeit nach der Fertigstellung bei einem Autounfall tödlich verunglückt. Seine Frau hat das Unternehmen daraufhin an einen Polen aus Lodz verkauft, was es ein wenig schwierig macht, an die Namensliste der Bauarbeiter des Altenheims zu kommen …«

141

»Arme Nelly«, seufzte der Pathologe, »über die Liste von vermissten jungen Frauen aus dem Jahr 1992, die du jetzt nach meinem Bericht noch durchgehen musst, wirst du dich auch nicht freuen.«

»Nee«, bestätigte Elly, »aber, aber, aber. Es hat auch seine Vorteile, so lange im Geschäft zu sein wie ich. Bei dem Namen Bensmann hat's nämlich Klick gemacht. Hab mich an einen alten Fall erinnert, bei dem mich damals ein Stuttgarter Kollege um Amtshilfe gebeten hat.«

»Etwa *der* Stuttgarter Kollege?«, fragte der Pathologe neugierig.

»Genau der«, bestätigte Nelly.

»Und?«

»Friedel, das ist Schnee von gestern«, wehrte Nelly ab. »Ist auf alle Fälle die einzige Spur, die ich jenseits der Namenslisten habe. – Weißt du übrigens, wen ich hier das letzte Mal getroffen habe?«

»Liebe Nelly, ich kann ins Innere von Leichen sehen, aber nicht in deinen Kopf.«

»Cengiz Özal. Einer meiner Spezis aus der Zeit, als ich im Bereich Jugendkriminalität gearbeitet habe. Der gute Cengiz hatte einiges auf dem Kerbholz: Raub, Diebstahl, Körperverletzung. Ist jetzt ein ehrenwerter Mann. Schlüsseldienst, Eigentumswohnung, Frau und Kinder.«

»Schön, dass es welche gibt, die die Kurve kriegen«, sagte der Pathologe neutral. »Hast du den Schwaben eigentlich angerufen?«, fragte er dann sehr viel interessierter.

»Weißt du, was bei uns Bullen eine Berufskrankheit ist?«, fragte sie zurück. »Misstrauen. Oder kannste mir mal sagen, warum ich Cengiz Özal nicht glaube, dass er sauber ist?«

»Was sagt denn seine Akte?«

»Nichts mehr in den letzten fünfundzwanzig Jahren.«

»Klingt doch gut.«

»Er war schon damals ziemlich clever …«

»Kann es sein, liebe Nelly, dass du dich mit der Betonleiche langweilst?«, fragte er amüsiert. »Oder willst du partout nicht weiter über den Schwaben reden?«

»Nee. Will ich nicht! Und du weißt, wenn ich nicht will, kann ich so stumm wie eine deiner Leichen sein!«

»Täusch dich nicht, Nelly! Die Toten erzählen viel. Vielleicht finde ich durch die Betonleiche etwas über deinen Schwaben heraus.«

»Wieso habe ich dir die Geschichte eigentlich erzählt?«, seufzte sie.

»Damit ich an meinem kargen, kalten Arbeitsplatz etwas habe, was jenseits der Toten meine Fantasie ankurbelt …«

»Lass uns zahlen!«, schloss Nelly die Diskussion ab. »Ich muss noch ein paar Listen von vermissten Frauen scrollen.«

Zum Zahlen kam sie ins Restaurant, und ich unterbrach kurz die Küchenarbeiten.

»Zufällig habe ich ein bisschen von Ihrem Gespräch mitbekommen«, sagte ich. »Das lässt sich bei dem offenen Fenster nicht vermeiden. – Darf ich Sie dazu etwas fragen?«

»Fragen kostet nichts«, sagte die Kommissarin trocken.

»Cengiz Özal. Warum glauben Sie, dass er nicht ›sauber‹ ist?«

»Ach du liebe Güte!«, lachte sie. »Da habe ich meinen neugierigen Kollegen mit einer kleinen Gangstergeschichte ablenken wollen und Sie damit aufgeschreckt! Stimmt, Sie kennen ihn ja, über diese Arbeitsgemeinschaft Keupstraße. Sie brauchen sich keine Sorgen zu machen! Vergessen Sie, was ich gesagt habe! Geschwätz von einer alten misstrauischen Polizistin.«

Dann verabschiedete sie sich schnell. Mir blieb keine Zeit zum Nachdenken, denn in der Zwischenzeit hatten die beiden alten Damen, die vorher die Baustelle inspiziert hatten, einen weiteren Tisch besetzt und fragten nach einem Stückchen feinem Kuchen, den ich leider nicht im Angebot hatte. Enttäuscht begnügten sie sich mit einem Tässchen Kaffee. Den Wunsch nach Bionade der beiden Schülerinnen am Nachbartisch konnte ich erfüllen. Die Bio-Limonade hatte den Markt in einem wahnsinnigen Tempo erobert, es gab kaum einen Gastronomen, der die kleinen Flaschen nicht im Angebot hatte. Drinnen zuckerte Holger die Tarte-Formen, bevor er sie mit Aprikosen belegte, und Arîn zupfte flink und sorgfältig Pfefferminz-, Zitronenmelisse-, Estragon- und Kerbelblätter ab. Eva rief an, sagte, dass sie als Personalessen eine große bunte Pizza vom ihrem Italiener aus Dellbrück mitbringen würde, weil heute der erste Tag sei, an dem ihr nicht mehr schlecht wurde. Ich nickte verständnisvoll, denn diese Phase der Schwangerschaft, in der man sich mit Übel- und Müdigkeit quälte, war die einzige, die ich je kennengelernt hatte.

Unser Arbeitstempo gereichte uns an diesem Tage zur Ehre, wir machten pünktlich Pause. Bestimmt hatte uns die Aussicht auf Evas Pizza beflügelt, und die Möglichkeit, noch eine halbe Stunde in der Frühlingssonne zu sitzen, bevor der Abendbetrieb uns mit Beschlag belegte, war nicht zu verachten.

»Arîn«, papste Holger zwischen zwei Pizzabissen, »kennst du Karl May?«

»Hä?«

»Sag bloß, du liest Karl May«, spottete Eva. »Der war doch schon in unserer Jugend out!«

»Der hat ›Durchs wilde Kurdistan‹ geschrieben«, sagte Holger ernsthaft.

»Kurdistan gibt's nicht mehr«, antwortete Arîn. »Heute leben Kurden in der Türkei, in Syrien, im Irak und im Iran, und überall werden sie unterdrückt.«

»Er beschreibt in seinem Buch ein Essen bei einem kurdischen Dorfältesten«, fuhr Holger fort, »Kara Ben Nemsi bekommt dort Bärentatzen, Pistazienblätter, Fledermäuse und Heuschreckenfrikadellen serviert. Hast du so was schon mal gegessen?«

»Bist du bekloppt, oder was?«, gab Arîn zurück. »Das hat dieser Karl May bestimmt erfunden. Das ist ja so, als ob wir erzählen würden, dass ihr eure Kinder mit Schweineblut großzieht und als Hochzeitsessen Schweinefüßchen reicht.«

»Er beschreibt die Kurden als aufrechtes, stolzes Volk von tapferen Kriegern und listenreichen Stammesfürsten«, verteidigte Holger den Autor.

Arîn sah ihn mitleidig an. »Willste jetzt wissen, ob das stimmt? Wenn du von Größeren zerrieben wirst, kannst du so tapfer und stolz sein, wie du willst, es nützt dir nichts. Was glaubst du wohl, warum so viele von uns im Exil leben?«

Ich ahnte, dass Holger Arîn mit seiner Lektüre eigentlich signalisieren wollte, dass er sich für ihre Herkunft interessierte, aber Arîn konnte nur sehen, dass Karl Mays Geschichte nichts mit der kurdischen Wirklichkeit zu tun hatte. Während ich noch darüber nachdachte, ob solche Gespräche eher Nähe oder Fremdheit erzeugten, sah ich auf der anderen Straßenseite das dicke Mädchen aus der Berufsschule zu uns herübersehen.

»Tina hat schon Feierabend«, sagte Arîn, die sie auch bemerkt hatte. »Na ja. Es muss auch Vorteile haben, wenn man im Altenheim die Lehre macht.«

Das Mädchen lächelte zaghaft und kam vorsichtig näher.

»Willst du dich ein bisschen zu uns setzen?«, schlug ich vor, und das Mädchen nickte dankbar. Vorsichtig setzte sie sich auf einen der Eisenstühle.

»Hast du deine Kochprüfung schon gemacht?«, fragte ich und goss ihr Wasser ein.

»Ja«, sagte sie leise. »Am Tag nach Arîn und Justus, im Maternushaus. Lief nicht so besonders. Ich bin nicht so gut wie Arîn.« Sie griff zum Wasserglas. Jede ihre Bewegungen war langsam und vorsichtig, so als würde die Welt um sie herum aus rohen Eiern bestehen. »Weißt du schon, wann du deine nachholst, Arîn?«

»Keine Ahnung«, sagte die, und mir fiel ein, dass Frau Pothoff mich gebeten hatte, mit ihr darüber zu sprechen.

»Keinen Fuß setze ich mehr in die Schulküche! Den Horror tu ich mir nicht an!«, brach es sofort aus Arîn heraus, als ich ihr davon erzählte.

»Es gibt doch auch Prüfungen in Restaurants oder Großküchen außerhalb der Berufsschule«, warf Tina vorsichtig ein. »Zum Beispiel im Maternushaus, wo ich war. Dahin soll die Pothoff deine Prüfung legen.«

»Kannst du dir das vorstellen?«, fragte ich.

»Mir ist alles recht, solange ich nicht in der Schulküche kochen muss«, sagte sie mit etwas ruhigerer Stimme.

»Katharina, wir müssen«, sagte Holger mit einem Blick auf die Uhr. Unsere Pause neigte sich dem Ende zu.

»Danke für das Wasser«, sagte Tina artig und erhob sich umständlich. »Ich schau gern zu euch herüber aus der Altenheimküche. Es ist schön, euch bei der Arbeit zu sehen. Und ihr kocht so feine Gerichte, und bei euch läuft manchmal Musik …«

Die hat's nicht leicht im Leben, dachte ich, will gern irgendwo dazugehören und kann es nicht. Arîn beachtete sie gar nicht, stapelte Teller zusammen. Eva türmte die Gläser aufs Tablett, und Holger griff nach dem Tellerstapel.

»Dann ruf ich die Pothoff an und sag ihr das mit der Prüfung«, sagte ich und machte mich auf den Weg nach drinnen.

»Arîn?«, fragte Tina leise und deutete auf den Spielplatz.

»Bin gleich zurück«, sagte die zu mir und eilte Tina nach, die schon die Regentenstraße überquerte.

145

Ich rief Sabine Pothoff an, die sofort zusagte, Arîn für morgen in die nächste Prüfungsrunde im Maternushaus aufzunehmen, besprach mit Eva die Weinempfehlungen des Abends, prüfte die Festigkeit der Fischmousse, holte mir die Hähnchen aus der Kühlung und legte sie auf meinen Arbeitstisch. Vom Spielplatz her hörte ich Arîns Stimme und sah, wie sie plötzlich zwischen den Sträuchern, gefolgt von Marcel, auf das Trottoir trat. Tina tauchte nicht hinter den beiden auf, sie schien nur der Bote für Marcel gewesen zu sein. Marcel redete heftig auf Arîn ein, was er sagte, konnte ich nicht verstehen, der Abstand zum Spielplatz war zu groß. Arîn schüttelte ein paar Mal energisch den Kopf und kam dann schnell zur Weißen Lilie gelaufen, wusch sich die Hände, steckte die Haare unter die Kochmütze und wollte wissen, was sie tun sollte.

»Zupf die schönen Blätter von den Radieschen, die brauchen wir für die Suppe«, sagte ich, während ich mit dem Zeigefinger behutsam die Haut vom Fleisch des Hähnchen lockerte, um später Salbeiblätter darunterschieben zu können. »Das war doch Marcel, mit dem ich dich da auf dem Spielplatz gesehen habe, oder?«

Arîn nickte und begann eifrig Radieschenblätter zu zupfen.

»Es sah nicht aus wie ein Rendezvous, eher wie eine Meinungsverschiedenheit.«

Arîn zupfte noch eifriger Radieschenblätter.

»Als Marcel mir den Brief für dich gegeben hat, hat er gesagt, dass du dich seinetwegen mit Justus gestritten hast«, fuhr ich fort. »Du hast mir immer noch nicht gesagt, worum es bei eurem Streit ging.«

Arîn hörte auf zu zupfen und sah mich mit großen Augen an.

»Dass du Marcel schützen willst, ist ehrenwert, dennoch solltest du nicht den Kopf für ihn in die Schlinge legen. Geheimnisse, die dich in Teufels Küche bringen, sind schlechte Geheimnisse. – Vielleicht versuchst du es mal mit der Wahrheit!«

Sie zupfte ein weiteres Bund Radieschenblätter, bevor sie sagte: »Justus wollte Marcels Vater mit Warenunterschiebung erpressen. Er hat gedroht, Henckel anzuzeigen, weil er mal Lachsforelle als Lachs serviert hat, wenn er ihm nicht regelmäßig eine Kiste Cognac rüberwachsen lässt, die er verdealen kann.«

»Ich versteh nicht, weshalb du dich deswegen mit Justus gestritten hast«, sagte ich.

»Marcel hat Justus erst auf die Idee gebracht. Hat ihn mal Hühner- und Putenfrikassee blind testen lassen, ihm einen Artikel gezeigt, in dem beschrieben war, wie Etikettenschwindel bei Weinflaschen funktioniert. Das war am Anfang der Lehre, als Marcel noch nicht wusste, wie Justus wirklich tickte. Und als Justus dann immer mehr Schwierigkeiten mit Marcels Vater bekam, hat der sich daran erinnert ...«

»Warum streitet sich Marcel dann nicht mit Justus, sondern du?«

»Glaub mir, Marcel hat alles versucht, um Justus davon abzubringen«, versicherte sie mir.

»Aber warum springst du für ihn in die Bresche?«

Alle Radieschen wurden jetzt sehr, sehr sauber gewaschen, und allen Hähnchen wurde die Haut gelockert, meine Hände suchten viele gleich große Salbeiblätter und schoben sie dann vorsichtig zwischen Haut und Fleisch, der große Bräter wurde mit Weißwein begossen, die Hähnchen eines neben das andere in die Flüssigkeit gelegt, mein Messer teilte die jungen Knoblauchzehen mittig, und schon breitete sich der scharfe, frische Knoblauchduft in der Küche aus, als Arîn endlich den Mund aufmachte:

»Es stimmt nicht, was Kunze gesagt hat, dass das Duschfoto von mir in der Schule überall herumging. Nur Oliver und Sally hatten es auf ihrem Handy. Marcel hat es geschafft, innerhalb von einem Tag an alle drei Handys zu kommen und die Fotos zu löschen. – Es ist natürlich rumerzählt worden, aber die Fotos hat keiner mehr gesehen.«

»Alle Achtung«, sagte ich. »Ein Retter in großer Not. So wie er dir geholfen hat, wolltest du ihm helfen. Was hast du Justus denn gesagt in eurem Streit?«

»Zuerst, dass er Marcel in Ruhe lassen soll. Da hat er nur gelacht. ›Was bist du für eine hinterlistige, feige Ratte‹, hab ich dann gebrüllt, ›wirst bei der Kochprüfung auffliegen, weil du mit dem Hecht nicht klarkommst‹, und und und. Was man zu so einem halt sagt. Und dann kamen die ›Türkensau‹ und der ›Untermensch‹ zurück, und als wir uns so richtig hochgeschaukelt hatten, hab ich ihm gesagt, wenn er Marcel nicht in Ruhe lässt, würde ich ihn wegen der Duschgeschichte bei der Polizei anzeigen. ›Dann nützt dir dein ganzes Lieb-Kind bei den Lehrern nichts, dann sitzt du richtig in der Scheiße.‹ – ›Glaubste wirklich, dass du damit durch-

147

kommst? Die Fotos gibt's nicht mehr, und einer wie dir glaubt sowieso keiner‹, hat er gegeifert, dann hab ich ihm eine geknallt, dann ging Krüger dazwischen, und den Rest kennst du!«

»Wegen der Duschgeschichte hättest du sofort zur Polizei gehen sollten, dann wäre der Typ von der Schule geflogen«, rutschte mir raus.

»Na klar!«, höhnte Arîn. »Dann wäre er wahrscheinlich noch am Leben. Willste mir das sagen, oder was?«

»Wärst du wirklich zur Polizei gegangen, wenn er nicht erstochen worden wäre?«, fragte ich dann ernst und sah sie direkt an.

»Wärst du, wärst du, wärst du«, höhnte sie weiter, wurde aber ruhiger, als sie meinen Blick spürte. »Als ich's gesagt habe, hab ich's auch so gemeint. Keine Ahnung, ob ich's wirklich gemacht hätte für Marcel. 's wär mir verdammt schwergefallen, ist jetzt aber egal, die Bullen wissen es, die Lehrer wissen es. Zum Glück weiß es mein Vater nicht, und hoffentlich erfährt er es nie!«

Wie ein verletztes Raubtier fauchte Arîn mich an, es war ihre Möglichkeit, mit dieser tiefen Demütigung umzugehen. Ich vertiefte das Thema nicht, fragte stattdessen nach, weshalb Marcel heute gekommen war. Marcel habe furchtbare Angst, dass im Zuge der Ermittlungen die Warenunterschiebung seines Vaters herauskommt. Er habe wissen wollen, ob sie der Polizei dazu etwas gesagt habe – was nicht der Fall war –, und sie gebeten, auch weiterhin nichts zu sagen. »Ich stecke so tief in der Scheiße, dass ich es mir nicht erlauben kann zu lügen«, hatte Arîn ihm geantwortet, eine Einschätzung, die ich nur bestärken konnte.

»Die zwei Henckels hatten also auch eine Stinkwut auf Justus«, sagte ich. Warenunterschiebung war in der Gastronomie so ungewöhnlich nicht. Falls Justus dies öffentlich gemacht hätte – und bei dem, was ich von ihm gehört hatte, wäre er nicht davor zurückgeschreckt, in einem solchen Fall auch die Beziehungen seiner Eltern spielen zu lassen –, hätte er Henckel empfindlich schaden können. Die feinen Kölner aus Junkersdorf, Lövenich und Müngersdorf, die zu seiner Stammkundschaft zählten, würden nicht mehr bei ihm essen, wenn sie erführen, dass sie anstelle eines Lachses nur eine Forelle serviert bekommen hatten. Zudem steckte er in wirtschaftlichen Schwierigkeiten … Und Marcel? Er hatte mit ansehen müssen, wie Arîn sich für ihn ins Zeug warf und von Justus nur ausgelacht wurde. Hatte er versucht, danach noch einmal allein mit Justus zu reden? Wieder ergebnislos? Und hatte er anschließend aus Verzweiflung zugestochen?

»Nicht nur die«, antwortete Arîn. »Tina hätte im ersten Block-unterricht explodieren müssen! Immer hat Justus sie lautstark mit ›fette Kuh‹ begrüßt, sehr gern hat er ihr in der Pause ein Bein gestellt. Nie hat sie was gesagt, die hat immer noch gelächelt. – Wie kann man nur so sein? Wieso wehrt sie sich nicht?«

Ich verstand, was Arîn meinte. Das dicke Mädchen hatte so etwas Ergebenes, so eine völlige Opferhaltung. Eine, die alles runter-schluckt. Gab es bei ihr einen Punkt, wo Schluss war mit dem Run-terschlucken? Wo sich die Demütigungen in Hass verwandeln? Konnte sie dann zustechen? Von hinten?

»Im zweiten Blockunterricht hat er sie dann in Ruhe gelassen. Wahrscheinlich reichte es ihm, mir das Leben zur Hölle zu machen.«

Sechs Stunden später war die Küche bereits geputzt, Eva brachte die Geldkassette zum Nachtschalter der Stadtsparkasse, ich warf im Vorratsraum eine Waschmaschine voll Handtücher an, und Holger und Arîn türmten draußen Tische und Stühle aufeinander. Ich hörte die Tische rumpeln, die Schlösser rasseln und meine Köche fluchen. Das dumpfe Klirren von zerbrechendem Ton folgte. Verdammt, direkt am ersten Tag mussten die beiden Trampel einen meiner neuen Terrakotta-Töpfe umstoßen, dachte ich ärgerlich, aber die spitzen Schreie von Arîn und Holgers Stimme, die aufgeregt »Hahahaut a-a-ab!« stotterte, ließen mich Schlimmeres vermuten und sofort nach draußen stürzen.

Was ich sah, passierte blitzschnell und gleichzeitig. Ein Kerl mit Boxernase riss Arîn an den Haaren, ein Breitschultriger trommelte auf Holgers schmale Brust, ein Dritter schmetterte den zweiten Blumentopf zu Boden, eine kräftige Männerstimme brüllte: »Aufhören, ihr Arschlöcher«, und am Clevischen Ring heulte eine Polizeisirene. Als ob alles nur ein Spuk wäre, ließen die drei in Windeseile von Holger und Arîn ab und stoben über den Spielplatz davon.

Ich hörte Holger nach Luft ringen, sah, wie Arîn sich die Tränen von den Backen putzte, und merkte, wie meine Knie butterweich schlackerten.

»Alles in Ordnung?«, hörte ich hinter mir eine Stimme fragen, und erst jetzt registrierte ich, dass es Taifun gewesen war, der »Aufhören« gebrüllt hatte.

»Auf dem Spielplatz habe ich Sally gesehen«, presste Arîn heraus. »Sie hat mir die Typen auf den Hals gehetzt.«

ZEHN

Schnaufend stemmte Adela die Laufstöcke in den weichen Wald-
boden. Nordic Walking am Berg forderte ihrem Kreislauf mehr
Anstrengungen ab als der ebene Rheinpark. Sie pausierte nur kurz,
zwang ihre Beine zum Weitergehen. Sie hatte die Geroksruhe bereits hinter sich, zum Fernsehturm war es noch ein Stück. Eine frische Morgensonne beschien den Weg, und der Wald roch nach jun-
gem Bärlauch. Noch vor einem Jahr war es für sie unvorstellbar
gewesen, Sport zu treiben, verächtlich belächelt hatte sie die Leute
mit den Stöcken, aber in der Zwischenzeit war das Laufen ein solch
fester Bestandteil ihres Alltags geworden, dass sie am Tag zuvor,
trotz ihrer Aufgewühltheit, daran gedacht hatte, die Stöcke in den
Kofferraum zu schmeißen. Von wegen, im Alter lassen sich keine
Gewohnheiten mehr ändern! Yaghob hatte das bei ihr bewirkt. Als
vor zwei Jahren die Schmerzen in ihren Knien unerträglich geworden waren, hatte sie sich an den Physiotherapeuten erinnert. Sie
kannte den warmherzigen Perser noch von der Geburt seiner Tochter und hatte ihm von ihrem Leiden erzählt. Nach etlichen schmerz-
stillenden Wärme- und sonstigen Therapien hatte Yaghob ihr vor
allem eines empfohlen: regelmäßige Bewegung, am besten Nordic
Walking. Anfangs war sie mit den Stöcken in den Königsforst
gefahren, um dort unerkannt ihre Runden zu drehen, aber in der
Zwischenzeit machte es ihr nichts mehr aus, damit durchs belebte
Deutz zu staksen. So auch, als sie Kuno mit der Rothaarigen gesehen hatte. Die vertraute Geste, mit der diese Kuno über die Hand
gestrichen hatte, stach ihr wieder ins Herz. Wer war diese Frau?
War Kuno zu ihr verschwunden? War sie die Traum-Elly, die Kuno
und ihr nächtelang den Schlaf geraubt hatte?

Antworten auf diese Fragen hoffte sie bei Lothar Menke in
Überlingen zu erhalten. Weil sie ihn bei dem Telefonat, das sie von
Kunos Handy aus mit ihm geführt hatte, so schroff und kurz ange-
bunden erlebt hatte, wollte sie ihn nicht anrufen, sondern vor seiner Haustür überraschen. Es würde ihm dann viel schwerer fallen,
sie abzuwimmeln.

Vor ihr tauchte jetzt der Fernsehturm auf, und sie beschloss, nach oben zu fahren. Wieder bot sich ihr ein großartiger Ausblick auf die Stadt im Tal. Eine schöne Stadt, die von oben so friedlich wirkte. Was sich in den Häuserreihen von Gablenberg und Gaisburg, in den noblen Villen, die sich an Stuttgarts Hanglagen schmiegten, was sich in den Hochhäusern in Stuttgarts Süden an Schrecken und dunklen Geheimnissen verbarg, konnte man von hier oben nur erahnen. Wer oder was hatte Kuno aus dieser Stadt vertrieben? Was hinderte ihn, an seinen Heimatort zurückzukehren?

Entschlossen, nicht ohne Antworten auf diese Fragen nach Köln zurückzukehren, fuhr sie wieder vom Turm herunter, griff zu ihren Stöcken und machte sich auf den Rückweg, vorbei an Tennisplätzen, Eishalle und Vereinsgaststätten. Als schon wieder die ersten Häuser von Gablenberg vor ihr auftauchten, klingelte ihr Handy.

»Pfeifer, guten Tag, Frau Kollegin«, meldete sich eine fremde Stimme. »Sie hatten mich angerufen?«

Adela bemühte sich, ihren Atem in ruhige Bahnen zu lenken, bevor sie antwortete. Vor dem Einschlafen hatte sie gestern hin und her überlegt, wie sie das Gespräch mit Pfeifer führen könnte. »Ich recherchiere in einem alten Fall«, hatte sie ihm auf seinen Anrufbeantworter gesprochen, was ziemlich dämlich gewesen war. Wenn er sie nun zu diesem alten Fall befragen würde, müsste sie passen, Pfeifer wäre mit Sicherheit misstrauisch, und sie hätte ihre Chance, sein Wissen mitgeteilt zu bekommen, vertan.

»›Kollegin‹ muss ich etwas relativieren«, flötete sie deshalb charmant, »ich bin Psychologin und schreibe Reportagen zu psychologischen Themen für Fachzeitschriften. Zurzeit arbeite ich an einer Geschichte über ›Scheitern als Chance‹, für die ich Menschen porträtiere, die nach einer schweren persönlichen oder beruflichen Talfahrt neue Wege beschreiten. Einer davon ist Kuno Eberle. Ich will mich in meinem Artikel nicht darauf beschränken, wie dieses Scheitern von den Betroffenen selbst erlebt wurde, mich interessieren auch die ›Begleiter‹ des Scheiterns. Von FK Feger weiß ich, dass Sie ihm von Kunos Strafversetzung berichtet haben. Können Sie sich an den Fall erinnern?«

Adela merkte, wie ihr die Schweißtropfen von Stirn und Hals in die schmale Spalte zwischen ihren Brüsten tröpfelten. Dieses Gespräch strengte sie mehr an als der steile Weg zum Fernsehturm.

»Arbeitet FK immer noch bei diesem Käseblatt?«, fragte Pfeifer.

»Munter wie eh und je. Wein- und Straßenfeste, Nachrufe, Vereinsversammlungen.«

»Dabei hat der Kerl was auf dem Kasten«, sagte Pfeifer. »Zumindest bis nach Freiburg zur Badischen Zeitung hätte er es bringen können.«

»Es gibt Leute, denen ist die Familie wichtiger als der Job«, antwortete Adela. »FK hat drei kleine Kinder.«

»›Karriere als Scheitern‹, das wäre doch auch ein Thema für Sie«, sagte er lachend.

»Erst muss ich diesen Artikel zu Ende bringen. Erinnern Sie sich an die Strafversetzung? Woran ist Kuno Eberle gescheitert?«

»Das ist verdammt lang her«, kam es zögerlich zurück. »Wenn ich mich recht erinnere, ging es um den Mord auf einer Großbaustelle. Ein polnischer Vorarbeiter war von einem Gerüst zu Tode gestürzt …« Pfeifer machte eine Pause, Adela wartete. »Wissen Sie was?«, sagte er dann. »Ich muss noch ein bisschen in meinem Gedächtnis kramen, die grauen Zellen arbeiten nicht mehr so flugs wie früher. Ich ruf Sie wieder an. Sollen wir so verbleiben?«

Erschöpft drückte Adela die Off-Taste. Ein polnischer Bauarbeiter, der zu Tode gestürzt war, hatte zu Kunos Strafversetzung geführt. Das war doch ein Anfang! Wieso, weshalb, warum, würde sie entweder von Lothar Menke oder von Pfeifer erfahren, wenn der in seinem Gedächtnis gekramt hatte. Erinnerte sich Pfeifer wirklich nicht mehr? Oder wollte er als misstrauischer Journalist ihre Reputation prüfen, bevor er ihr Weiteres erzählte?

Sie suchte sich einen Baumstumpf zum Sitzen und griff erneut nach ihrem Handy. Katharina klang brummig und schlecht gelaunt.

»Kannst du FK noch mal anrufen und ihm sagen, wenn Pfeifer sich bei ihm nach mir erkundigt, dass ich Psychologin bin und an einer Geschichte über ›Scheitern als Chance‹ arbeite?«

»Hä?«, fragte Katharina.

Adela erklärte es ihr, und Katharina versprach, FK auf die Liste all der Dinge zu setzen, die sie heute erledigen musste. Dann legte sie sofort auf.

***

Die verschmierte schwarze Schrift »Türken raus« auf der geweiß-
ten Fassade der Weißen Lilie war unübersehbar. Ein ungutes Gefühl hatte mich an diesem Morgen früher als üblich zu meinem
Restaurant getrieben. Die Schläger waren zurückgekehrt, nachdem
die Polizeisirenen sie vertrieben hatten, und hatten ihre Drohung
an die Wand gepinselt.

Nur noch das Nötigste hatten wir gestern Nacht miteinander
besprochen, die kaputten Blumenkästen zusammengekehrt, die heil
gebliebenen nach drinnen gestellt, und dann hatte jeder für sich zugesehen, dass er so schnell wie möglich nach Haus kam, weg von
dem Spuk, weg von dem Schock, der uns allen in die Knochen gefahren war. In der leeren Kasemattenstraße schalt ich mich für diese Vogel-Strauß-Haltung, überlegte, ob es nicht besser gewesen
wäre, sofort die Polizei zu rufen. Andererseits, die Schläger waren
in die Nacht abgetaucht, die Wahrscheinlichkeit, dass man sie erwischt hätte, wäre mehr als gering gewesen.

Ich ging nach drinnen, rief den Hausbesitzer an, vereinbarte,
das Geschmiere heute noch weißeln zu lassen, weil ich so einen
Scheißspruch keinen Tag an meiner Hauswand stehen lassen wollte.

»Hallo«, hörte ich von draußen eine Stimme. »Ist schon auf?
Kann ich einen Milchkaffee bekommen?«

Ich öffnete das Küchenfenster und sah in die wachen Augen von
Nelly Schmitz. Kam die Polizistin jetzt jeden Tag hier vorbei?
Machte sie die Gartentische der Weißen Lilie zu ihrem Außen-
quartier? Mir sollte es recht sein.

»Hatten heute Nacht Besuch, was?«, fragte Nelly, als sie nach
drinnen gekommen war. »Dass die Schweinepriester hier in der
Keupstraße rumsauen, hab ich noch nicht erlebt! Vielleicht 'ne
Wette? Wer traut sich am weitesten in die Höhle des Löwen? – Haben Sie die Polizei schon benachrichtigt?«

Sie übernahm das für mich und hörte aufmerksam zu, als ich ihr
von dem Überfall der gestrigen Nacht erzählte.

»Am besten, Ihre Köche machen direkt ihre Aussagen, wenn
die Kollegen gleich kommen. Vielleicht können sie die Typen besser beschreiben als Sie«, schlug sie vor.

Ich erzählte ihr, dass Holger gleich käme, Arîn aber erst ihre
Kochprüfung machen müsse.

»Kochprüfung?«, fragte Nelly interessiert. »Sagen Sie bloß, Ihr Lehrling hat was mit Kunzes Kochleiche zu schaffen?«

Das hatte Arîn nun definitiv, und ich erzählte Nelly, dass ein Teil der Schüler und Lehrer sie für die Täterin hielten.

»Könnte der Überfall gestern Nacht etwas damit zu tun haben?«

»Die Schläger kannte Arîn nicht, aber versteckt auf dem Spielplatz will sie eine Mitschülerin gesehen haben …«

»Ich ruf Kunze an, der muss sich um die Sache kümmern.« Wieder griff Nelly nach ihrem Handy. »Wissen Sie, was mich ärgert?«, fragte sie mich. »Dass ich an dem Tag keinen Bereitschaftsdienst hatte. Der Fall hätte mich viel mehr interessiert als die Betonleiche …«

Sie telefonierte ausführlich mit Kunze und gab diesen dann an mich weiter. Er wollte heute Abend, nach Arîns Prüfung, in der Weißen Lilie vorbeikommen.

»Was ist mit dem Messer?«, wollte ich zum Schluss wissen.

»Es ist nicht die Tatwaffe«, sagte er. »Ein paar Fusselreste sprechen dafür, dass Justus' Blut von einem Tuch auf das Messer gerieben wurde.«

Interpretationen dieser Aussage waren von Kunze nicht zu erwarten, aber eins und eins konnte ich selbst zusammenzählen. Der Mörder hatte Arîns Messer bewusst mit Justus' Blut beschmiert, um den Verdacht gegen sie zu unterstreichen und von sich selbst abzulenken. Dann musste er unter den Leuten gewesen sein, die sich während der Prüfung im Raum aufhielten, denn nur einer von denen hatte Arîns Messer in dem Durcheinander nach Justus' Zusammenbruch verschwinden lassen können. Im Geiste ging ich sie durch: Als ich den Raum betreten hatte, winkte Krüger mich zu sich, kurz nach uns waren Tina, Marcel und Sally in den Raum gekommen, danach Tieden und Pothoff, und ganz zum Schluss hatte sich dieser klapperdürre Mann direkt vor Krüger und mich gepflanzt. Am Prüfungstag hatte ich ihn für einen der Lehrer gehalten, aber war er das wirklich? Und wenn er kein Lehrer war, was hatte er dann bei dieser Kochprüfung zu suchen gehabt?

Das Klingeln von Nellys Handy riss mich aus meinen Gedanken. Nelly meldete sich und drehte mir während des Telefonierens den Rücken zu.

»Ja«, hörte ich sie sagen. »Jetzt ist es definitiv. Die Tote ist Elena

Pawlowicz.« Dann lauschte sie dem Anrufer eine Weile, bevor sie unwirsch polterte: »Klar werde ich die Stuttgarter Kollegen hinzuziehen, die den Fall damals bearbeitet haben.«

Der weiße Marmorfußboden verlieh dem weiten Entree des Maternushauses etwas großzügig Elegantes, die massive Doppeltür zum großen Saal erinnerte an die alten Sakralbauten, die kleinen Innenhöfe mit ihren sorgfältig mit Terrakotta und Marmor gestalteten Bodenpflastern an italienische Piazze. Die Katholen hatten beim Bau nicht an teuren Baumaterialien und interessanten Architekturdetails gespart, und ich konnte verstehen, dass dieses Haus, auch fast dreißig Jahre nach seiner Errichtung, immer noch zu den attraktivsten Tagungshäusern der Innenstadt zählte.

Durch das hauseigene Restaurant wurde ich in die Küche geführt, die mindestens viermal so groß wie die meine war. Hier gingen abends auch keine vierzig Essen nach draußen, sondern bis zu vierhundert. An den Aufhängungen der Wärmesonden, die die fertigen Speisen bis zum Servieren warm hielten, klebten die Menüvorschläge der Probanden, am Pass lehnten die Prüfer, die, anders als in der Berufsschule, nicht am Tisch saßen, sondern die Prüflinge von hier aus beobachteten, auch mal durch die Kochzeilen schlenderten, den zukünftigen Köchen über die Schultern lugten und sich Notizen auf ihrem Klemmbrett machten. Sabine Pothoff, die zu dieser Prüfungskommission gehörte, winkte mich zu sich, stellte mir Lechtenfeld, den Küchenchef des Maternushauses, vor und machte mich mit den anderen Prüfern bekannt, alles Kollegen aus größeren Hotels oder Werkskantinen. Lechtenfeld fragte nach, ob ich nicht auch mal als Prüfer arbeiten wolle. »Vielleicht in ein paar Jahren«, wehrte ich ab, »wenn ich noch ein paar andere Lehrlinge ausgebildet habe.« Die hoffentlich nicht so anstrengend sein werden wie Arîn, fügte ich im Geiste hinzu.

Arîn werkelte mit Marcel in der linken Kochzeile, in der rechten sah ich zu meinem Erstaunen Sally Schuster arbeiten, des Weiteren zwei mir unbekannte Jungen. Angespannte Konzentration hing in der Luft, aber irgendetwas stimmte nicht in dieser Küche, und nachdem ich den fünfen ein bisschen zugesehen hatte, wusste ich, was es war: der Rhythmus. In einer großen Küche wie dieser musste der Rhythmus stimmen. Köche sind keine Individualisten, sondern Teamworker. Normalerweise kochte keiner ein Menü von Anfang bis Ende, sondern war immer für Teilbereiche zuständig. Der Poissonier für den Fisch, der Entremetier für die Beilagen, der Saucier fürs Fleisch, und jeder von ihnen musste seine Gerichte gleichzeitig mit den anderen fertig kriegen. Dazu gab der Küchenchef den Rhythmus vor. Er annoncierte die gewünschten Gerichte, er hatte die Tempi der einzelnen Köche im Blick, er trieb sie an oder drosselte ihre Geschwindigkeit, und wenn es gut lief, dann funktionierte so eine Brigade wie ein Orchester. Das konnte jeder erfahrene Koch aus dem Tonfall des Annonceurs, aus dem Rhythmus der Messer und Pfannen heraushören. – Aber hier, in dieser Prüfungssituation, war es anders. Da musste jeder Prüfling alle Gerichte allein kochen, und deshalb stimmte der Rhythmus nicht.

Ich kam am Pass neben Sabine Pothoff zu stehen, und gemeinsam beobachteten wir, wie Arîn mit erprobten Schnitten den Hechtkopf vom Rumpf trennte und diesen mit Gräten und Schwanzflossen in einen großen Topf warf.

»Arîns Messer war nicht die Tatwaffe«, sagte sie. »Glauben Sie mir, ich bin froh, dass sie damit entlastet ist, aber bis zu diesem Zeitpunkt hat wirklich verdammt viel dafür gesprochen, dass sie Justus erstochen hat.«

»Ja«, antwortete ich. »Der Täter hat dafür gesorgt, dass es so aussehen musste.«

Sie schnaubte kurz verächtlich, bevor sie leise sagte: »Auf die Idee bin ich auch schon gekommen … Für die Schule wird's dadurch nicht einfacher … Diese Ungewissheit ist furchtbar … Hab natürlich die Kollegen über die Messergeschichte informiert.«

»Auch Arîns Klasse?«, fragte ich und erzählte der Pothoff von den Schlägern und Sally Schuster, die vom Spielplatz aus zugesehen haben sollte.

»Sally Schuster?«, fragte sie und sah zu Sally hinüber, die umständlich Rhabarberstangen fädelte. »Die liebe, stille Sally?«

»Justus' Freundin«, bestätigte ich.

»Sie meinen, sie wollte ihren Freund rächen?«, hakte sie zweifelnd nach, den Blick immer noch auf das blonde Mädchen gerichtet. »Auf was für Ideen die kommen! Sie mögen siebzehn oder achtzehn sein, in vielem sind sie einfach wie Kinder.«

Kopfschüttelnd brach sie zu einer weiteren Inspektionsrunde

der Prüflinge auf. Just in diesem Augenblick sah ich, wie die liebe, stille Sally blitzschnell zwei Handvoll Salz in Arîns Siedewasser für die Hechtklößchen schüttete. Der gleiche Trick, mit dem Karsten Heinemann damals meine Suppe versalzen hatte. Ich sah mich nach den anderen Prüfern um. Zwei waren ins Gespräch vertieft, zwei wie Sabine Pothoff auf Inspektionsgang. Außer mir hatte niemand Sallys Sabotageakt bemerkt. So schlenderte ich langsam zu Arîn, flüsterte ihr nach einem Blick auf Sally zu, sie solle schnell und unauffällig das Siedewasser austauschen. Wütend knallte sie ihr Messer auf den Tisch. »Kein Theater!«, befahl ich leise, und Arîn nickte.

»Kollegin, ich muss doch sehr bitten«, pfiff mich Lechtenfeld an.

»Nur ein paar aufmunterte Worte«, murmelte ich entschuldigend und zog mich wieder an den Pass zurück. Von nun an ließ ich Sally nicht mehr aus den Augen.

Mit einem Blick auf die Uhr kehrte Sabine Pothoff von ihrem Rundgang zurück. »In zehn Minuten die Vorspeise!«, sagte sie laut und prüfte, ob alle fünf Köpfe nickten. Dies war der Fall, und man merkte, wie die Probanden das Tempo anzogen. Jeder von ihnen wusste, dass er, so die Vorspeise nicht pünktlich auf dem Pass stand, Punkte abgezogen bekam. Arîn lag mit dem, was sie bisher vorbereitet hatte, gut im Rennen. Wie alle anderen hatte sie die Poularde in die Vorspeise eingebaut. »In Sesam panierte Hühnerbruststreifen mit dreierlei Chutneys«. Das würde einen Punktabzug geben, weil sie von der ganzen Poularde nur die Filets verwendete, dafür hatte sie aber Mango, Rhabarber, Salatgurke, Zitronengras und Muskatblüte, alles Dinge aus ihrem Warenkorb, die im Menü verwendet werden mussten, schon in der Vorspeise untergebracht.

»Hohes Niveau, die Runde, fast alle«, flüsterte mir Sabine Pothoff zu. »Haben wir nicht bei jeder Prüfung. Bin gespannt, ob der Geschmack der Gerichte das hält, was sie hier bei den Arbeitstechniken zeigen.«

Ich nickte und beobachtete Sally weiter. Die säbelte mit dem elektrischen Schneidemesser Scheiben von gefüllter Poulardenbrust ab, die ihr dabei etwas auseinanderfielen. Kein Punktabzug bei der Poularde, weil sie das restliche Hühnerfleisch zur Füllung der Brust verwendet hatte. Dafür waren die Gurkenfäden in Zitronengras im Verhältnis zu Arîns variantenreichen Chutneys langweilig.

Sabine Pothoffs Blick neben mir glitt mit einem Seufzer von Prüfling zu Prüfling. »Ist die letzte Prüfung für mich in diesem Schuljahr«, murmelte sie, »und dieses Mal bin ich froh um alles, was erledigt ist. Die Bewerbung um die Schulleitung, der Tod von Justus, der Alltagskram, der Unterricht, alles ein bisschen viel. – Vielleicht liegt meine deprimierte Stimmung auch noch am Alter. Nächste Woche werde ich vierzig. Hab nie für möglich gehalten, dass mir das mal zusetzen würde.«

Verstohlen betrachtete ich sie von der Seite. Sie hatte sich gut gehalten. Im Gegensatz zu mir zeigten sich bei ihr keine Falten an Hals und Ausschnitt, und ihr schlanker Körper wirkte straff und durchtrainiert. Wieder spürte ich Sympathie für diese Frau, die fast gleich alt war.

»Am wievielten?«, fragte ich.

»Am 18.4.«

»Ich fünf Tage später.«

»Und, gibt es eine große Feier?«, wollte sie wissen.

»Jeder fragt das. Ist das eigentlich mit vierzig ein Muss? Machen Sie eine?«

»Nix da! Mit Jost schön essen gehen ist das höchste der Gefühle.«

»Wollen Sie nicht zu mir kommen?«, schlug ich vor. »Ich spendiere Ihnen völlig unauffällig einen Champagner auf Kosten des Hauses, und niemand am Tisch bekommt mit, was sie feiern.«

»Schöne Idee«, sagte sie, sah wieder auf die Uhr und klatschte in die Hände. »Noch zwei Minuten, Herrschaften«, rief sie in die Küche. »Dann will ich was am Pass stehen haben!«

Vor dem Begutachten und Verkosten der Vorspeisen schickte mich die Prüfungskommission aus der Küche. Auf dem Weg nach draußen schob mir Sabine Pothoff einen von Arîns Tellern zu. Damit schlenderte ich am leeren Restaurant vorbei nach draußen ins Foyer, wo durch die Fenster eine träge Nachmittagssonne den Marmorboden streifte. Vereinzelte Gäste saßen in den großzügigen Sitzgruppen aus weinroten Ledermöbeln, in einer davon erblickte ich das Klappergerüst, das ich bei Arîns erster Prüfung für einen Lehrer gehalten hatte.

»Darf ich?«, fragte ich, wartete aber seine Antwort nicht ab, bevor ich mich setzte. Erst jetzt bemerkte ich, dass auch er einen Vorspeisenteller, und zwar den von Marcel, vor sich stehen hatte. »Katharina Schweitzer«, stellte ich mich vor. »Ich bin die Lehrherrin von Arîn.«

»Emil Henckel«, antwortete er höflich und mit einem verrutschten Lächeln. »Der Vater von Marcel.«

Holla! Henckel war also bei Justus' Prüfung in der Berufsschule gewesen! Damit hatte ich nun gar nicht gerechnet.

»Gute regionale Küche«, sagte ich. »Ihr Haus wird immer wieder in den Restaurantführern gelobt.«

»Furchtbar, dass man so abhängig von diesen Schreiberlingen ist!«, murmelte er schon viel freundlicher.

Lob, wusste ich, stimmte die meisten Menschen milde.

»Sie sind halt beides«, sagte ich. »Himmel und Hölle.«

Ich pickte mich durch Arîns Vorspeise: Die Hähnchenstreifen waren auf den Punkt genau gebraten und durch die Sesamkruste sehr knusprig, das Rhabarberchutney enthielt etwas zu viel Chili, dadurch wirkte das aus Gurken etwas lasch, das samtene aus Mango war perfekt.

»Und?«, fragte Emil Henckel.

»'ne glatte Zwei würde ich geben«, sagte ich. »Und bei Ihnen?« Ich begutachtete Marcels »Pängpäng-Huhn an Gurken- und Mangomonden«. Eine angehäufelte Paste aus Hühnerfleisch, Sesamöl und Gewürzen wurde von mit einer Halbmondform ausgestochenen Gurken- und Mangoscheiben umrahmt.

»Die Deko find ich ein bisschen langweilig, aber das Huhn ist gut«, sagte er und schob mir den Teller zum Probieren hin. »Von mir auch eine Zwei!«

Im Gegenzug schob ich ihm Arîns Teller zu, und so testeten wir uns durch die Gerichte unserer Lehrlinge durch.

»Ich habe Sie schon mal gesehen«, sagte ich. »Bei der Kochprüfung von Justus.«

»Furchtbare Sache«, grummelte er.

»Sie haben ihn ausgebildet.«

»Na und?«, seine Stimme wurde vorsichtiger.

»Er hat jeden Tag in Ihrer Küche gestanden. Sie kennen wahrscheinlich seine Familie, seine Freunde, seine Feinde …«

»Wäre ja noch schöner«, sagte er. »Mir hat's gereicht, dass ich mich jeden Tag mit ihm rumschlagen musste. Dazu noch die Eltern, die glauben, ihr Söhnchen wird in Watte gewickelt, nur weil sie manchmal bei mir essen …«

»War er wirklich so faul?«, fragte ich.

»Hab schon schlimmere Lehrlinge gehabt. Aber der Flinkste war er wahrlich nicht.«

»Dafür hat er ein Talent gehabt, die Schwächen anderer Menschen auszunutzen«, sagte ich.

»Hab ich gehört. Konnte gut Ärger machen, der Junge.«

»Hat er's bei Ihnen auch versucht?«

»Bei mir? So weit kommt's noch!«, sagte er, stand auf, nickte mir zu und ging mit seinem leeren Teller in Richtung Küche.

Ich blieb noch einen Augenblick in dem roten Leder sitzen und kam mir ziemlich bescheuert vor. Hatte ich wirklich geglaubt, Emil Henckel würde mir, einer ihm wildfremden Frau, offen von seinen Problemen mit Justus erzählen? Die heikle Geschichte mit der Warenunterschiebung, möglicherweise gar den Mord gestehen? Für einen Augenblick bewunderte ich Kunze, zu dessen Job es gehörte, solche menschlichen Panzer zu knacken. Ich hatte miterlebt, wie gut ihm dies bei Arîn gelungen war. Mach mal voran, Kunze, dachte ich, als ich meinen Teller zurück in die Küche brachte, zeig, dass du deinen Job nicht nur bei Arîn beherrschst!

In der Küche standen in der Zwischenzeit die fertigen Hauptgerichte am Pass. Arîns Hechtklößchen sahen bildschön aus. Jetzt konnte ihr nicht mehr viel passieren! Ich schickte ihr noch einen Gruß und ein Toitoitoi und machte mich dann auf den Weg in die Weiße Lilie, um etwas zu tun, das ich im Gegensatz zu Verhören wirklich beherrschte: Kochen.

ELF

Adela fuhr gemächlich den Neckar flussaufwärts, niemand hetzte sie, niemand wartete auf sie, warum also hätte sie die schnellere Autobahnstrecke über Singen an den Bodensee nehmen sollen? Auf diesem Stück der Route endeten die Orte alle mit »ingen«: Esslingen, Plochingen, Nürtingen, Metzingen, Tübingen. In der alten Studentenstadt rastete sie, trank in einer Altstadtgasse einen Kaffee und vertrat sich auf der Promenade des Neckars die Beine. Ob Kuno mal hier gewesen war? Den Hölderlinturm besucht hatte?

Schon mehr als einmal hatte sie überlegt, ihn bei der Polizei als vermisst zu melden, damit diese nach ihm fahndete, hatte den Gedanken dann immer wieder verworfen, weil sie sich genau vorstellen konnte, wie das Gespräch auf der Wache verlaufen würde: Sie hatten einen Streit, bevor Ihr Lebensgefährte verschwand? Herr Eberle leidet weder an Demenz noch an einer psychischen Krankheit? Er fühlte sich durch niemanden konkret bedroht? Konkret nicht, aber ... Aber was? Ja, und wenn sie darauf antworten würde, er hat Albträume, Nacht für Nacht wird er davon geplagt, er träumt von Verrat, von Mörderinnen und von einer Elly, die beschützt werden muss, dann konnte sie sich den mitleidigen Blick des Beamten lebhaft vorstellen. Was gab der in seinem Job auf Albträume? Bestenfalls würde er sagen: Das reicht nicht, um ihn zur Fahndung auszuschreiben, und schlimmstenfalls würde er ihr raten, eine psychologische Beratungsstelle aufzusuchen. Nein, die Polizei konnte ihr bei der Suche nach Kuno nicht helfen.

Adela setzte ihre Fahrt an den Ausläufern des Schwarzwaldes entlang fort, überquerte die karge Hochebene des Heubergs und wurde weiter von »ingen«-Orten begleitet: Schwenningen, Villingen, Donaueschingen, Trossingen, Tuttlingen.

Hinter Stockach fuhr sie über eine frisch ausgebaute Straße weiter in Richtung Überlingen und wartete gespannt darauf, dass der See zum ersten Mal in ihren Blick kommen würde. Hinter dem Kirchturm des kleinen Örtchens Aufkirch tauchten in weiter Ferne die Alpen auf, und danach sah sie, als breites glitzerndes Band, den Bodensee. Sie konnte deutlich die Insel Mainau erkennen, und klein wie ein Spielzeugboot wirkte die Fähre, die zwischen Konstanz und Meersburg pendelte. Vom See her wehte ein leichter Wind zu ihr hinauf, und es konnte nur Einbildung sein, dass sie meinte, Seeluft zu schnuppern. Überlingen lag jetzt direkt unter ihr, der Turm des Münsters ragte aus der Altstadt heraus, in ein paar Minuten würde sie ihr Ziel erreicht haben.

Sie hatte beschlossen, Lothar Menke die Wahrheit zu sagen. Kuno und er hatten jahrelang zusammengearbeitet, waren befreundet gewesen, da konnte sie nicht mit einer Lügengeschichte daherkommen. Sie hoffte inständig, dass Lothar Menke ihr, selbst wenn ihn nur noch ein Hauch von Sympathie mit Kuno verband, die alten Geschichten erzählen würde, die wohl Ursache für sein Verschwinden waren.

In der Helltorstraße wohnte Menke, das hatte der nette junge Stuttgarter in dem Internet-Café für sie herausgefunden. Aber bevor sie sich auf den Weg dorthin machte, wollte sie einmal den See von Nahem sehen und folgte entsprechenden Parkhinweisen. Eine schöne Promenade hatten sie hier angelegt, stellte sie zehn Minuten später fest, Palmen und Blumenbeete gaben dieser etwas Südländisches und erinnerten Adela an den Lago Maggiore, den sie mal vor vielen Jahren besucht hatte. Es roch tatsächlich nach Meer! Wieso sie nie an den Bodensee gereist war, wo er doch viel näher lag als der Lago Maggiore, fragte sie sich beim Gekreische der Möwen zum ersten Mal. Vielleicht gerade, weil er näher lag. Auf einem Stadtplan am Landungsplatz suchte sie die Helltorstraße. Die lag nicht weit von der Innenstadt entfernt, sie konnte zu Fuß gehen, über die Hafenstraße am Mantelhafen vorbei. Sie stieg die vielen Treppen des Mantelsteigs bergan und erreichte schnaufend die Helltorstraße. Dieses ungewohnte Bergansteigen, stellte sie nun schon zum zweiten Mal fest, machte ihr schwer zu schaffen. Wieder zu Atem gekommen besah sie sich das ruhige kleine Sträßchen mit seinen bescheidenen Fünfziger-Jahre-Häusern. Vor dem Haus der Menkes blühten zwei große Büsche Tränender Herzen. Sie wertete dies als gutes Zeichen und klingelte.

Dem Mann, der ihr öffnete, war das Misstrauen auf die Stirn geschrieben.

»Lothar Menke?«, fragte Adela und ging mit einem strahlenden

Lächeln in die Offensive. »Ich bin die Lebensgefährtin von Kuno Eberle. Wir haben neulich kurz miteinander telefoniert. Erinnern Sie sich?«

»Ja«, sagte er, ohne sie hereinzubitten, ohne dass ihr Lächeln in seiner Miene eine Wirkung zeigte. »Was wollen Sie?«

Worst case, schoss es Adela durch den Kopf, und sie musste nicht mal spielen, dass sie im Türrahmen Halt suchte, so wackelig empfand sie plötzlich ihre Beine, so grenzenlos erschöpft war ihr zumute. »Ob Sie wohl ein Glas Wasser für mich hätten?«

Lothar Menke verschwand ins Hausinnere, ließ sie in der Tür stehen, wo sie versuchte, ihre Kräfte wieder zu sammeln. Sie konzentrierte sich auf ihre Atmung, spürte ihren Herzschlag, bemerkte die Schweißtropfen, die am Haaransatz entlangflossen. Von drinnen hörte sie Stimmengemurmel, eine rundgesichtige Frau ihres Alters kam zu ihr heraus.

»Setzen Sie sich einen Augenblick in die Küche«, sagte sie. »Dann wird Ihnen gleich besser. Der Kreislauf spielt bei dem warmen Frühlingswetter schnell verrückt.«

Adela nickte dankbar, folgte der Frau, die gut zwei Köpfe größer war als sie, durch einen engen Flur in eine kleine Küche. Sie registrierte die himmelblau gestrichenen, noch aus Holz gefertigten alten Kücheneinbaumöbel, den schmalen Tisch mit nur drei Stühlen, an den die Frau sie bat.

»Entschuldigen Sie die Umstände«, sagte sie zu der Frau, die sich nicht zu ihr gesetzt hatte, sondern stehend, auf dem Sprung fast, an den himmelblauen Unterschränken lehnte. »Eigentlich wollte ich nur Ihrem Mann ein paar Fragen zu Kuno Eberle stellen. Kuno und ich leben seit fast drei Jahren zusammen, müssen Sie wissen, und jetzt ist er vor ein paar Tagen plötzlich verschwunden, ich weiß nicht, wo er ist. Ich mache mir Sorgen!«

»Die beiden haben seit Jahren keinen Kontakt mehr miteinander«, kam es zögerlich.

»Das weiß ich«, bestätigte Adela, »aber irgendetwas ist passiert. Vor ein paar Tagen hat Ihr Mann Kuno angerufen.«

»Was?«, fragte die Frau erstaunt und eilte nach einem kurzen Zögern aus der Küche.

Adela nahm einen weiteren Schluck Wasser, sah vor dem Küchenfenster blaue Gartenmöbel unter einem Glasdach stehen, betrachtete ein Amselpaar, das, immer wieder mit Grashalmen und kleinen Ästchen hin- und herfliegend, sein Nest baute.

»Seit wann ist Kuno verschwunden?« Mit verschränkten Armen hatte Lothar Menke den Platz seiner Frau vor den himmelblauen Unterschränken angenommen und sah Adela kein bisschen freundlicher an.

»Am Tag, nachdem Sie angerufen haben«, antwortete Adela. »Sechs Tage ist das jetzt her, und seitdem gibt es kein Lebenszeichen von ihm. Ich mache mir große Sorgen.« Adela legte alles Bitten und Flehen, dessen sie fähig war, in ihren Blick.

»Hat er Ihnen meine Adresse gegeben?«, fragte Menke davon völlig unberührt.

»Nein«, antwortete sie wahrheitsgetreu. »Die habe ich selbst herausgefunden.«

»Ich weiß nicht, wo er steckt. Ich kann Ihnen nicht helfen.« Er hatte sich umgedreht, die Hände auf dem Rücken verschränkt und starrte aus dem Fenster auf das immer noch eifrig arbeitende Amselpärchen. »Fühlen Sie sich wieder fit, oder soll ich Ihnen ein Taxi bestellen?«, fragte er, den Blick weiter aus dem Fenster gerichtet.

»Warum haben Sie ihn angerufen?«, wollte Adela wissen.

»Es ging um einen alten Fall …«

Adela wartete und wartete, aber mehr sagte Lothar Menke nicht. Es war so still in der Küche, dass sie den Flügelschlag der Amseln hörten.

»Die Sache mit dem polnischen Vorarbeiter?«, fragte Adela dann.

»Was hat Kuno Ihnen darüber erzählt?«, fragte Menke scharf und drehte sich zu ihr um.

»Gar nichts hat er erzählt, gar nichts«, brach es aus Adela heraus. »Er tut doch so, als hätte er vor seiner Kölner Zeit kein Leben gehabt, alles muss ich ihm aus der Nase ziehen, immer werde ich mit Brotkrumen seiner Geschichte abgespeist. Dabei arbeitet und brodelt es in ihm so furchtbar, dass er Nacht für Nacht Albträume hat, da schreit und brüllt er, redet von Verrat, der jungen Elly und dem polnischen Vorarbeiter!« Ganz automatisch hatte sie den »polnischen Vorarbeiter« in Kunos Träume gesteckt und fand beim Nachdenken, dass dies eine gute Idee war. Bestimmt hätte Menke sie sonst nach ihrer Informationsquelle gefragt. Wer weiß, vielleicht

165

kannte er Pfeifer sogar, rief ihn an, und dessen Lippen würden daraufhin versiegelt sein. »Erzählen Sie es mir«, bat sie inständig. »Was war mit dem polnischen Vorarbeiter?«

»Ein ungelöster Fall«, antwortete er hastig. »Seit Kurzem wieder ein schwebendes Verfahren. Ich kann Ihnen nichts darüber sagen!«

»Warum wurde Kuno strafversetzt?«, fragte sie flehentlich weiter. »Irgendetwas müssen Sie mir doch sagen können!«

»Tut mir leid«, sagte er, und dabei wussten sie beide, dass das nicht stimmte.

»Was ist zwischen Ihnen und Kuno passiert? Sie waren nicht nur Kollegen, Sie waren Freunde. Was hat euch auseinandergebracht?«, sprudelten weitere Fragen aus ihr heraus.

»Es ist besser, Sie gehen jetzt«, sagte er scharf und hielt ihr die Tür auf.

Adela sah ihn eine Weile an. Wächsern das Gesicht, die Lippen zusammengepresst, im Schweigen geübt, genau wie Kuno. Selbst wenn sie vor ihm auf die Knie fiele, würde er das Maul nicht aufmachen. Mit zittrigen Fingern kramte sie eine ihrer alten Hebammen-Visitenkarten aus der Handtasche.

»Hier steht meine Handynummer drauf, falls Sie doch noch mit mir reden wollen«, sagte sie und erhob sich schwerfällig aus dem Küchenstuhl. »Sagen Sie mir nur noch eines«, bat sie ihn im Gehen. »Ist Kuno in Gefahr? Kann ihm etwas zustoßen?«

»Ich habe keine Ahnung.«

Danach fiel die Tür hinter ihr zu. Die Tränenden Herzen sah sie nicht mehr, als sie über die Kiesplatten zurück auf die Straße stolperte. Nichts sah und hörte sie mehr, weder die Ulrichstraße noch die kreischenden Blockflöten in der Musikschule, weder die schmucken Altstadtgassen noch das Läuten der Münsterglocken. Irgendwann spürte sie den Seewind in ihren Haaren und fragte sich, wie sie hierher ans Wasser gelangt war. Mit Gleichmut schlug es in sanften Wellen gegen das steinige Ufer, in der Ferne tutete ein Ausflugsschiff der Weißen Flotte. Immer noch oder schon wieder kreischten die Möwen. Es interessierte sie nicht, nichts dergleichen interessierte sie. Sie hatte versagt, ihre Hoffnung war zunichtegemacht, sie war Kunos Geheimnis keinen Zentimeter nähergekommen. Automatisch leckten ihre Lippen das salzige

Nass der Tränen ab. Sie wusste nicht mehr, was sie jetzt machen sollte.

***

Warum ist er schon wieder hier?, dachte ich, als ich in der Regentenstraße auf dem Weg zur Arbeit Cengiz Özal seinen orangefarbenen Schlüsseldienst-Renault einparken sah. Immer und überall in Mülheim ist Cengiz Özal!

Einen plausiblen Grund, die Straßenseite zu wechseln, ohne offen zu signalisieren, dass ich ihn nicht treffen wollte, gab es nicht, ich musste an seinem Wagen vorbeilaufen. Als ich dies tat, hievte der dickbäuchige Süßigkeitenfresser gerade seinen schweren Werkzeugkasten aus dem Kombi und nickte mir zu.

»Guten Tag«, sagte ich kurz.

»Im Altenheim klemmt mal wieder ein Schloss. Völligen Schrott haben die da eingebaut, eigentlich wär es am besten, alle Schlösser auszutauschen«, erklärte er mir, »hab gedacht, ich erledige das schnell, wo wir doch gleich hier tagen. Sie kommen doch?«, fragte er und lief neben mir her.

»Ja, ja.«

An der Ecke musste er nach links und ich geradeaus gehen, keine fünfzig Meter waren das. Keiner von uns beiden sagte etwas. Ich blickte mal wieder zu Taifuns Fenster hoch, aus dem heute keine Tangomusik nach unten drang, deshalb hatte ich den Spielplatz nicht im Blick, und Özal sah die beiden als Erster.

»Ist das nicht …?«, fragte er und deutete auf die zwei Mädchen.

Arîn holte gerade zu einem kräftigen Schlag aus, aber Sally Schuster wich ihr geschickt aus und bekam mit der rechten Hand Arîns Haare zu packen. Ich beschleunigte meine Schritte.

»Hört ihr wohl auf!«, rief ich den beiden zu, aber die hatten sich mit hochroten Köpfen ineinander verbissen. Jetzt riss Arîn an Sallys Haaren, und Sally hieb mit ihrem Rucksack auf Arîn ein. Bei den beiden angelangt, bekam ich Sally zuerst zu packen, aber die drehte sich weg und schlug dann mit ihrem Rucksack nach mir aus, drosch ihn mir mit voller Kraft in den Rücken. Der Schmerz durchfuhr mich mit solcher Wucht, dass mir die Hand ausrutschte und ich Sally eine knallte. Ich hätte ihr noch eine und noch eine geknallt, so weh tat der Rücken, wenn nicht Holger, heftig seine Klingel bedienend und schwer atmend, sein Fahrrad direkt vor uns zum Stehen gebracht hätte. Die beiden Zankhennen und ich ließen einander los, und Sally, durch die neue Personenkonstellation in Panik versetzt, verschwand blitzschnell in Richtung Clevischer Ring. Während sie schon bei Rot zwischen wild hupenden Autos über die Straße hetzte, bemerkte ich, dass sie ihren Rucksack liegen gelassen hatte.

Arîn klopfte sich den Staub von den Knien, rang nach Luft und sah mich wieder mal trotzig an. Ich griff mit der Hand nach der schmerzhaften Stelle.

»Was'n los?«, fragte Holger.

»Sally hat die Schläger auf mich gehetzt, das weiß ich seit gestern«, rechtfertigte sich Arîn. »Hab ihr gesagt, dass sie zu feige ist, sich allein mit mir zu schlagen! Das wollt sie nicht auf sich sitzen lassen. – Du hättest nicht dazwischengehen müssen«, wendete sie sich großzügig an mich. »Ich wäre schon allein mit ihr fertig geworden!«

Arîn machte ihrem Ruf als wütendem, gewaltbereitem Mädchen alle Ehre. Merkte sie denn gar nicht, dass sie sich durch ein solches Verhalten immer tiefer in die Scheiße ritt?

»Kann ich für eine halbe Stunde dein Fahrrad haben?«, fragte ich Holger, weil ich mich nicht schon wieder mit ihr streiten wollte.

»Kannst du überhaupt Fahrrad fahren?«, fragte er vorsichtig.

Die eine renitent, der andere misstrauisch! Wirklich aufbauend, meine Mitarbeiter heute! Ich runzelte unwirsch die Stirn und fragte zurück: »Soll ich es dir beweisen?«

Nein, nein, signalisierte er und schob mir das Rad hin.

»Fang mit den marinierten Schweinebäckchen an«, sagte ich zu ihm und befahl Arîn, eine Eisbombe aus Cassis und Zitrone zu rühren, damit sich ihr explosives Gemüt abkühlen konnte.

Begleitet von einem kurzen Stich in den Rücken bestieg ich Holgers Drahtesel, und während ich schon fast schmerzfrei die eine oder andere Proberunde auf dem Spielplatz drehte, sah ich Cengiz Özal mit seinem Werkzeugkoffer an der Ecke stehen. Er stand genau an der Stelle, an der ich mich von ihm getrennt hatte, musste die ganze Zeit da gestanden, musste alles beobachtet, musste alles in seinem undurchschaubaren Hirn gespeichert haben. Als sich unsere Blicke trafen, verzog sich sein Gesicht zu diesem undurchsichtigen Özal-Lächeln. Du kriegst mich nicht, dachte ich trotzig. Ich lass mich von dir nicht unterkriegen! Hinter ihm, im Fenster der Altenheimküche, hingen der knollennasige Koch und die dicke Tina. Na prima, dachte ich, jetzt hat die Keupstraße ein neues Gesprächsthema.

Ich radelte die Montanusstraße entlang, vorbei an dem kleinen Friedhof an der Vincenzstraße, unterquerte die Bahnschienen, beeilte mich, schnell durch den langen grauen Tunnel zu radeln, und war kurze Zeit später in der Voltastraße, wo ich Willi die versprochenen Papiere in den Briefkasten warf. Es tat gut, zumindest den Steuerkram noch vor dem Keupstraßentreffen erledigt zu haben.

Je näher ich der Keupstraße wieder kam, desto deutlicher sah ich die Runde vor mir, zu der ich gleich stoßen würde: die quirlige Fatma, die in ihrem kleinen Reisebüro mit Flügen nach Izmir und Istanbul zu überleben suchte, der dürre Friseur, der mit immer neuem Haarschnitt als Werbeträger für sein eigenes Geschäft fungierte, Ibrahim, der Dönerbudenbesitzer, der gern mit seiner gelben Gebetskette klimperte, der blassblonde Helmut Haller, der wie ein Albino aus dem dunkelhaarigen Gros der Gruppe hervorstach, die beiden Restaurantbesitzer, die immer nur Tee schlürften, Cindy & Ayhan, die Jeans en gros aus der Türkei importierten, die glupschäugige Margit Kehr-Ehmann, die den Kontakt zwischen uns und der Bezirksvertretung hielt, und natürlich Familie Özdag, die neuen Stars der Keupstraße, seit der WDR über sie und ihre Pasticceria eine Doku-Soap drehte.

Mit meinem Laden war ich in dieser Runde eine Exotin. Ein gehobenes Restaurant in der Keupstraße? Da schüttelten die meisten Leute mitleidig den Kopf, weil sie dachten, dass in der Gegend so etwas nicht laufen konnte. Aber ich führte bei solchen Diskussionen immer das »Le Moissonnier« ins Feld, das Vincent Moissonnier in der heruntergekommenen Krefelder Straße zum Blühen gebracht hatte und das heute als eines der besten Lokale in Köln gilt.

Fatma und ich saßen meist nebeneinander und schoben uns gegenseitig die Bälle zu, wenn sich die Herren in Grundsatzdebatten verstrickten, um sie wieder auf den Pfad der Tagesordnung zurückzuführen. Jedes Mal versprach mir Fatma, zum Essen in die Weiße Lilie zu kommen, und ich versprach ihr, einen Flug nach Izmir oder Istanbul nur bei ihr zu buchen. Aber so wenig, wie ich nach Izmir flog, kam Fatma zu mir zum Essen.

Wie alle Interessensvertretungen von Geschäftsleuten waren wir an florierenden Geschäften interessiert. Florierende Geschäfte macht man in Gegenden, wo die Leute gern hingehen, in Stadtvierteln, die freundlich, sauber und sicher sind. Alles Kriterien, die die Keupstraße nicht unbedingt erfüllte. Und nach dem Nagelbomber-Attentat von 2004 fühlten sich auf der Keupstraße nicht mal mehr die Geschäftsleute sicher, geschweige denn die Kunden, und es hatte mindestens zwei Jahre gedauert, bis keiner mehr Tag für Tag an dieses Attentat dachte, bei dem nur durch viel Glück niemand umgekommen war. Als ich die Weiße Lilie 2005 eröffnete, war zumindest schon etwas Gras über die Sache gewachsen, sonst hätte ich mir möglicherweise einen anderen Ort für mein Restaurant ausgesucht.

Fatma winkte mich zu sich, sie hatte einen Stuhl frei gehalten in Helmut Hallers »Spielsalon«, wie der Raum mit den freudlosen Tischen und Stühlen hieß, an dem die Altenheimbewohner sich nachmittags zu Brettspielen und Skat trafen. Ein Blick in die Runde zeigte mir, dass ich eine der Letzten war. Margit Kehr-Ehrmann verteilte einen neuen Prospekt der Bezirksvertretung, wo für Mülheim als multikulturelles Viertel mit Flair und Rheinblick geworben wurde. Die dicke Tina kam mit einem Rollwagen angefahren und servierte allen Kaffee.

Cengiz Özal klopfte gegen sein Wasserglas und bat um Aufmerksamkeit. Mit dem üblichen Hin und Her arbeiteten wir die Tagesordnung ab.

»Hör mal«, fragte mich Fatma nach dem offiziellen Teil, »was waren das für Türken-raus-Schmierereien, die neulich deine Fassade verschandelt haben? Hast doch eine Anzeige erstattet, oder? Was sagt die Polizei? Müssen wir uns Sorgen machen, dass die Rechten die Keupstraße auf dem Kieker haben, wo sie beim Moscheebau in Ehrenfeld so aufgelaufen sind?«

»In dem Fall nicht«, sagte ich. »Das waren ein paar hirnlose Jugendliche, die meinem Lehrling eins auswischen wollten.«

»War heute ja wieder in eine Schlägerei verwickelt, die Kleine«, mischte Özal sich ein, der seine Ohren bei diesen Gesprächen überall zu haben schien. »Dabei macht sie beim ersten Kennenlernen den Eindruck, als könnte sie kein Wässerchen trüben.«

Da war es wieder, dieses undurchschaubare Özal-Lächeln!

»Lassen Sie die Finger von Arîn«, drohe ich ihm in Gedanken. »Begleichen Sie Ihre Schulden, und ich lasse Arîn aus ihren Verpflichtungen raus!«, antwortet Özal. »Was für Verpflichtungen?«, will ich wissen. »Nichts, was Sie je verstehen würden. Ihr Deutschen lebt so satt und selbstzufrieden, dass ihr euch nicht vorstellen könnt, dass jenseits eurer Grenzen andere Regeln und andere Verpflichtungen herrschen. Regeln, wo man den Fremden noch achtet und weiß, was man dem Landsmann schuldig ist!«

»Warum wollten die denn deinem Lehrling eines auswischen?«, unterbrach Fatma meine Gedanken.

»Hat was mit der Berufsschule zu tun«, sagte ich ausweichend.

»Etwa mit der Weinsbergstraße?«, fragte sie neugierig weiter. »Eine Nichte von mir macht dort die Erzieherausbildung. Die hat mir erzählt, dass bei einer Kochprüfung ein Mord passiert ist. Hat es damit etwas zu tun?«

»Ist eine lange Geschichte«, sagte ich. »Erzähl ich dir mal, wenn sie vorbei ist.«

Ein Blick auf Özal zeigte mir, dass ihm nichts von meinem Gespräch mit Fatma entgangen war, obwohl er mit dem zweiten Ohr Cindy & Ayhan lauschte, die mit ihm die Vergrößerung ihres Geschäftes besprachen. Als diese sich von ihm verabschiedet hatten, nahm ich all meinen Mut zusammen und schlenderte langsam zu ihm hinüber.

»Woher kennen Sie eigentlich Arîn?«, fragte ich so unbefangen wie möglich.

»Arîn?«

»Meinen Lehrling!«

»Ach die!«, er tippte sich kurz an die Stirn, um zu signalisieren, warum er nicht sofort darauf gekommen war. »Aber das müssten Sie doch eigentlich wissen!«, sagte er und schüttelte, bekümmert ob meiner Unkenntnis, den Kopf.

»Was hält Arîn vor mir geheim?«, traue ich mich nicht zu fragen. »Finden Sie es heraus!«, sagt Özals Blick. »Lassen Sie uns einfach in Ruhe«, drohe ich, »sonst gehe ich doch noch zur Polizei und erzähle, dass Sie Mehmet Gürkan kennen!« – »Machen Sie sich nicht lächerlich, Frau Schweitzer«, antwortet Özal. »Nur weil ich in der Weidengasse zufällig einen Tee am selben Tisch wie er getrunken habe!« – »Aber wer hat dann den toten Kannibalen auf dem Gewissen?«, brülle ich ihn an. »Aber das wissen Sie doch!«, antwortet er bekümmert. »Die Polizei konnte doch nachweisen, dass Mehmet Gürkan der Drahtzieher des Mordes war.« – »Weil Sie es wollten«, brülle ich weiter. »Weil er lieber ins Gefängnis geht, als dass er Sie verrät! Weil er sonst auch bald ein Loch in seinem Kopf hätte! Weil Sie der Pate der Keupstraße sind.« – »Vielleicht sollten Sie mal einen Psychologen aufsuchen, Frau Schweitzer«, entgegnet Özal besorgt. »Aber erst will ich mein Geld zurück!«

»Frau Schweitzer?«, schreckte Özal mich aus meinen Gedanken. »Ist Ihnen nicht gut?«

Er lächelte mich aus seinem runden Vollmondgesicht an: so freundlich, so harmlos, so fürsorglich.

ZWÖLF

Aufgewühlte, dreckige Wellen brandeten gegen die gemauerte Promenade, und schwere graue Wolken flogen über den See. Von den Palmen tropfte das Wasser des letzten Schauers, und der Wind rüttelte an den Zugseilen der Fahnenmaste. In der Nacht war das schöne Frühlingswetter in kalten Aprilregen umgeschlagen.

Adela wusste nicht mehr, wie lange sie gestern, als schon erste bleierne Wolken eine Änderung des Wetters anzeigten, am See gestanden hatte. Ein Anruf hatte sie aus ihrer Erstarrung erlöst.

»Ich würde Sie gern treffen«, hatte Frau Menke gesagt. »Morgen, auf einen Kaffee. Denn ich finde es nicht richtig, dass mein Mann Ihnen nichts erzählt. Ich weiß nicht alles, was damals passiert ist, aber das, was ich weiß, sollen Sie wissen.«

So hatte sich Adela im Ochsen, einem Hotel in der Nähe des Hafens, einquartiert, dort Bodenseefelchen mit frischem Spargel verspeist, und während des Essens und die ganze Nacht hindurch, in der sie bis zum ersten Morgengrauen keinen Schlaf fand, war ihr der bescheuerte Spruch »Wenn du glaubst, es geht nicht mehr, leuchtet dir von irgendwo ein Lichtlein her« nicht mehr aus dem Sinn gegangen.

Sie wartete nun viel zu früh am Mantelhafen, wo Wind und Wellen die Segelboote schaukeln ließen, auf ihr »Lichtlein« in Gestalt von Frau Menke, die pünktlich zu ihr stieß.

»Lassen Sie uns etwas gehen«, schlug Adela vor. »Ich kann so schlecht ruhig sitzen, wenn mich etwas umtreibt.«

Frau Menke nickte zustimmend und deutete auf festes Schuhwerk und ihren Schirm. Ein erneuter Schauer ließ die beiden Frauen sofort die Regenschirme – der eine grün, der andere gelb-braun gestreift – aufspannen, und Schirm an Schirm schoben sie sich langsam die menschenleere Promenade entlang. Die gegenüberliegende Seeseite verdeckte der Nebel, im Wasser zog ein einsamer Ruderer seine Bahn. In der schlaflosen Nacht war Adela nochmals alle Schrecknisse und Verbrechen, die jemand begehen könnte, durchgegangen, sodass sie hoffte, für das, was Frau Menke ihr jetzt erzählen würde, gewappnet zu sein.

»Alles hat schon Jahre vor der Geschichte mit dem polnischen Vorarbeiter angefangen«, begann diese. »Eigentlich, als Ursel mit dem Deutschlehrer davonlief. Davor haben wir viel zu viert gemacht, müssen Sie wissen. Zwei Paare im gleichen Alter, beide ungewollt kinderlos, die Männer Kollegen, die Frauen mögen sich. So was verbindet. Ich kann bis heute nicht verstehen, was Ursel an dem langweiligen Pauker gefunden hat, aber Liebe macht ja bekanntlich blind, und deshalb hat sie Kuno Hals über Kopf verlassen. Sie ist ja dann aus Stuttgart weggezogen, hat auch den Kontakt zu mir ganz abgebrochen. Es war für uns alle schwer: für Lothar, für mich, am schlimmsten für Kuno. Natürlich haben wir ihn weiter eingeladen, aber immer fehlte jemand am Tisch, immer war die Erinnerung an bessere Zeiten mit im Raum, immer nagte auch in mir der Gedanke: Was, wenn Lothar das mit dir macht? Ehrlich gesagt, konnte ich Kuno allein nicht ertragen … Kurzum, Kuno kam immer seltener, ich sah ihn eigentlich kaum noch. Lothar und er waren weiterhin Kollegen, gingen gelegentlich ein Bier trinken. Wenn ich Lothar nach Kuno gefragt habe, hat er wenig erzählt, mal von der einen oder anderen Frauengeschichte, mal dass Kuno gern einen Trollinger zu viel trinkt. Mehr nicht, mein Mann, das haben Sie gestern bestimmt gemerkt, ist nämlich genauso wortkarg wie Kuno.«

Unter dem Schirm warf Frau Menke Adela einen kurzen Seitenblick zu, und diese nickte, verstand, dass sie beide Leidensgenossinnen waren, gestraft mit verschlossenen Männern, verstand, dass Frau Menke ihr möglicherweise nur aus diesem Grunde etwas von den alten Zeiten erzählte. Vom Badgarten drangen Operettenmelodien zum See, die ein kleines Blasorchester einem spärlichen morgendlichen Publikum im Regen vorspielte, und seltsamerweise fiel Adela zu einem Walzer sofort der Text ein: »Erst wenn's aus wird sein, mit einer Liebe und dem Wein …«

»Tja und dann übernahmen die beiden diesen Fall auf der Großbaustelle«, fuhr Frau Menke fort, und Adela war erleichtert, dass der Vorspann zu Ende war. »Weiß nicht mehr genau, wo es war, irgendwo in der Nähe des Hauptbahnhofes, in Stuttgart ist ja damals furchtbar viel gebaut worden. Ein Vorarbeiter war zu Tode gestürzt. Auf den ersten Blick ein Routinefall, passiert ja immer mal wieder, dass am Bau einer stirbt, weil irgendwelche Sicherheitsstandards nicht eingehalten werden oder menschliches Versagen tödliche Folgen hat, aber in dem Fall war es anders. Der Mann ist nämlich nicht gestürzt, der ist gestoßen worden, da war die Spurenlage eindeutig. Also ging die übliche Recherche los, und am Ende gab es zwei Hauptverdächtige: den Bauunternehmer und die Frau des Toten, die auch bei der Firma gearbeitet hat, ich glaube, als Statikerin.«

Frau Menke unterbrach ihre Erzählung, um den Schirm zusammenzuklappen, da der Schauer vorüber war. Die alten Bäume des Badgartens dampften, über dem noch aufgewühlten Wasser kreischten wieder die Möwen, und durch einen Riss in der grauen Wolkendecke blinkte ein Streifen leuchtendes Himmelblau.

»Der Tote war aktiver Gewerkschafter und trug mit seinem Chef viele Auseinandersetzungen über die Beschäftigung von illegalen Arbeitern aus, wie es in der Baubranche ja weit verbreitet ist. Mehrere Zeugen haben von einem heftigen Streit berichtet, den der Pole, er hieß irgendwas mit P, Pawel, Paschik oder so ähnlich, kurz vor seinem Tod mit seinem Chef gehabt hatte. Da soll der Chef gedroht haben, dass er ihn schon loswerden würde, wenn er nicht spurte. Pikant wurde die Sache, als Lothar herausgefunden hat, dass Bensmann, so hieß der Bauunternehmer, eine Affäre mit der Frau seines Vorarbeiters hatte. Und ziemlich verwickelt wurde alles, als dieser Bensmann behauptet hat, während der Tatzeit mit der Frau des Opfers im Bett gewesen zu sein. Die beiden Hauptverdächtigen haben sich also gegenseitig ein Alibi gegeben. – Der Fall ist nie aufgeklärt worden, denn ein paar Tage nach seinem Verhör ist Bensmann bei einem Autounfall tödlich verunglückt und die Frau spurlos verschwunden.«

Frau Menke beendete ihren Bericht mit einem erwartungsvollen Blick auf Adela. Aber die war nur verwirrt. Ein ungeklärter Mordfall, eine Frau, die verschwindet, das konnten nicht allein die Ursachen von Kunos Albträumen sein. Und von dem Zerwürfnis der beiden befreundeten Kollegen war auch noch nicht die Rede gewesen.

»Ich nehme an, dass es mit dem Erzählen jetzt schwieriger wird«, sagte sie zu Frau Menke. »Was ist während dieses Falls mit Kuno und Lothar passiert?«

Frau Menke schwieg und starrte auf den See, wo ein Ausflugsdampfer die Fahrt ins Blaue wagte.

»Kuno hat seine Freundschaft zu Lothar verraten«, sagte sie dann. »Er hat von Anfang an die Verdachtsmomente gegen den Bauunternehmer höher bewertet als die gegen die Frau. Zugegeben, am Anfang sprachen mehr Verdachtsmomente gegen den Bauunternehmer, dennoch war für Lothar klar, dass die Frau die Hauptverdächtige war. Kuno und Lothar haben ja viele Mordfälle gemeinsam bearbeitet, und Kuno hat immer viel auf Lothars Gespür gegeben, weil ihn das selten getäuscht hat. Aber nicht in diesem Fall. Was immer Lothar zusammengetragen hat, seien es Berichte der Nachbarn, die von vielen Streitereien des Ehepaares berichteten, seien es Informationen der polnischen Verwandtschaft, die besagten, dass sich Pawlo-Paschik als gläubiger Katholik niemals hätte scheiden lassen, sei es, dass ihr Frauenarzt aussagte, dass sie zum Zeitpunkt ihres Verschwindens im vierten Monat schwanger war und sie mit dem Arzt über eine Abtreibung geredet, ihm gegenüber angedeutet hatte, dass das Kind wahrscheinlich nicht von ihrem Mann stammte. Das zählte alles nicht. Als Lothar herausgefunden hat, dass die Frau ein Verhältnis mit Bensmann hatte, hat Kuno behauptet, dass dieser nur lügen würde, um seine Haut zu retten. Das letzte Verhör mit Bensmann vor dessen Tod hat Kuno allein geführt. Er hat Lothar ausgebootet, hat das Verhör so gelegt, dass Lothar nicht im Präsidium war … Und danach war Bensmann tot und die Frau verschwunden.«

»Aber warum hat Kuno das getan?«, fragte Adela dazwischen. »Hat Ihr Mann Ihnen darüber nichts gesagt?«

Frau Menke seufzte, folgte mit ihrem Blick dem Ausflugsdampfer, bevor sie sagte: »Die Frau soll sehr schön gewesen sein. Kornblumenblaue Augen, weizenblonde Haare, ein sanfter Blick … Lothar meinte, Kuno hat sich in sie verguckt, Kuno hat das immer abgestritten. – Eigentlich ist ihm Kunos Verhalten unerklärlich geblieben.«

»Hieß die Frau Elly?«

»Bestimmt nicht. Es war ein polnischer Name.«

»Und wie ist die Geschichte weitergegangen?«, wollte Adela wissen.

»Lothar hat sich versetzen lassen, er wollte nicht mehr mit Kuno zusammenarbeiten«, antwortete sie. »Der Vertrauensbruch war zu tief. Zwanzig Jahre sind die zwei miteinander durch dick und dünn gegangen, haben sich in allem blind vertraut, und plötzlich wird einer so anders, dass man den lang Vertrauten in ihm nicht wiedererkennt. Daran knabbert Lothar bis heute.«

Ein Vertrauensbruch zwischen zwei alten Freunden, deswegen wird keiner strafversetzt, dachte Adela. Sie brauchte noch mehr Fakten. »Hat Kuno in dem Fall Beweismittel unterschlagen? Zeugen manipuliert? Sich kaufen lassen?«

»Nein, nein«, sagte Frau Menke. »Zumindest hat Lothar mir nichts dergleichen erzählt. Die Strafversetzung war erst fünf oder sechs Jahre später. Kuno hat doch gesoffen wie ein Loch! Als er schon morgens den Schnaps in den Kaffee geschüttet hat, konnte keiner mehr wegsehen. Hat eine Entziehungskur machen müssen. Danach hat man ihm einen Neuanfang nahegelegt. Da hat er sich versetzen lassen. Weiß gar nicht genau, wohin, irgendwo ins Badische.«

»Nach Offenburg«, erklärte Adela.

Eine Weile sahen die beiden Frauen auf den See hinaus, dessen Wellen sich langsam beruhigten. Aus dem Wolkenloch schickte die Sonne ein paar vorsichtige Strahlen auf das Wasser, die sich darin brachen und den See wieder in hellem Blau zeigten. Wie wenig Licht ausreichte, um aus einer grauen Brühe ein klares Wasser zu machen, dachte Adela, die versuchte, das Gehörte zu ordnen.

»Also, ich könnte jetzt gut einen Kaffee vertragen«, sprach Frau Menke in die Stille und führte Adela, die nicht widersprach, zum Café Walker, von dem aus man an großen Fenstern sitzend auf den See hinausblicken konnte. Dort verzehrte sie mit Genuss ein Stück Schwarzwälder Kirschtorte und fragte Adela, die keinen Bissen essen konnte, nur vorsichtig an einem Tee nippte, über ihre Beziehung zu Kuno aus.

»Vielleicht kann Lothar seinen alten Groll auf Kuno begraben, und die zwei vertragen sich wieder«, sagte sie optimistisch. »Ich fände es schön, wenn Sie beide uns dann mal besuchen kommen. Nie mehr hat Lothar einen Freund wie Kuno gehabt! Fast ein bisschen vereinsamt ist er seither. Und wir zwei, da habe ich überhaupt keine Zweifel, würden wunderbar miteinander zurechtkommen. Auch glaube ich fast, Sie passen besser zu Kuno als Ursel. Dann zeigen wir Ihnen den See und seine Umgebung. Es gibt so viel Schönes hier! Die Mainau und die Reichenau, Konstanz und Meersburg,

177

die Barockkirche in Birnau, der Rheinfall bei Schaffhausen, ach, noch viel mehr könnte ich aufzählen!«

»Ja, vielleicht«, antwortete Adela ausweichend und fragte dann: »Hat Ihnen Ihr Mann erzählt, weshalb er und Kuno letzte Woche miteinander telefoniert haben?«

»Ja«, sagte sie. »Man hat die Leiche der Frau gefunden.«

**

»Wie geht's dir?«, fragte Teresa, als ich das orangefarbene Flurtelefon abnahm.

Seit ihrem Besuch vor zehn Tagen hatten wir nicht mehr miteinander gesprochen. Der Vorwurf des Verrats drängte sich sofort wieder zwischen uns. »Weshalb rufst du an?«, fragte ich.

»Ach, nur so«, sagte sie.

»Das glaube ich nicht.«

»Es hat mir den Boden unter den Füßen weggezogen, als ich gehört habe, dass du es gewusst hast«, sagte sie dann leise. »Ich kann verstehen, warum du es mir nicht direkt nach Konrads Tod gesagt hast, aber das ist jetzt drei Jahre her. Warum hast du später nie …?«

»Sag mir einen Grund, weshalb ich das hätte tun sollen.«

»Damit ich es nicht von jemand anderem erfahre«, stieß sie heftig hervor. »Glaube mir, es wäre mir lieber gewesen, du hättest es mir erzählt.«

An die Möglichkeit, dass sie es so erfahren könnte, hatte ich nie gedacht. »Du hättest es nicht mehr ändern können«, sagte ich. »Warum hätte ich dich damit quälen sollen?«

»Es ist immer besser, die Wahrheit zu wissen«, antwortete sie.

»Welche Wahrheit?«, fragte ich. »Dein Mann ist mit einer anderen Frau ist Bett gegangen. Ob das nur ein Abenteuer war oder mehr, ob du ihm hättest verzeihen können, ob eure Beziehung weitergegangen wäre, kannst du nicht mehr erfahren, weil er tot ist. Was also hilft dir diese Wahrheit?«

»Schon als wir Kinder waren, hast du für mich mit entschieden. Immer hast du bestimmt, was richtig oder falsch ist!«

»Das ist doch Schwachsinn! Du weißt genau, dass es nicht so war.«

»Lassen wir das«, sagte Teresa, nachdem eine Weile keine von uns etwas gesagt hatte.

»Ja, lassen wir's«, bestätigte ich und dachte, dass wir vielleicht in ein paar Jahren anders darüber reden würden.

»Was machst du an deinem Geburtstag?«, fragte Teresa dann.

»Gar nichts«, sagte ich.

»Aber«, sagte Teresa baff. »Du kannst den doch nicht ganz alleine verbringen.«

In zwölf Tagen hatte ich ihn hinter mir, diesen blöden vierzigsten Geburtstag! Anlass für Rückblick und Ausblick, hatte Ecki gesagt. Diesen fixen Termin wollte ich mir aber nicht aufdrücken lassen, um über mein Leben nachzudenken.

Ich ging zurück in die Küche, schüttete den kalt gewordenen Kaffee in den Ausguss, stellte die Tasse zu den anderen verdreckten Tassen und Gläsern, die sich auf der Spüle sammelten. Adela fehlte und Kuno, sogar die Blumen auf dem Küchenbalkon, die schlaff in ihren Kästen hingen, schienen sie zu vermissen. Ich gab ihnen Wasser und wählte Adelas Handynummer.

»Wann kommst du nach Hause?«, fragte ich. »Die Stiefmütterchen lassen die Köpfe hängen, und keiner kocht mir Kaffee!«

»Du Arme«, spottete sie, und mir fiel auf, wie klar und hell ihre Stimme klang. »Ich muss noch mal nach Stuttgart fahren.«

»Bist du fündig geworden in Kunos Vergangenheit?«

»Ein bisschen Licht habe ich ins Dunkel bringen können, aber noch nicht genügend«, sagte sie.

»Interessant«, antwortete ich und erzählte ihr von meinem merkwürdigen Gespräch mit Teresa. Es tat gut, mit ihr zu reden, und gut, zu spüren, dass es ihr besser ging.

»Was kochst du heute?«, fragte sie zum Schluss.

»Steak-Frites«, antwortete ich, »für einen Französischkurs, der sich ein klassisches Bistro-Essen gewünscht hat.«

»Na denn, frohes Schaffen!«

Aus dem frohen Schaffen wurde erst mal nichts.

Kaum hatte ich Nelly Schmitz, die, wie's schien, ohne meinen Milchkaffee nicht mehr leben konnte, selbigen serviert, wie immer draußen, obwohl dicke Regenwolken über Mülheim dräuten, als Kunze in der Weißen Lilie auftauchte. Schon seinem Gesicht war anzusehen, dass wir nicht mit guten Neuigkeiten rechnen konnten.

»Sally Schuster ist tödlich verunglückt«, berichtete er. »Am Wiener Platz unter eine einfahrende U-Bahn geraten, gestern so gegen halb fünf.«

In Gedanken sah ich sie mit Arîn verhakt auf dem Spielplatz rangeln, sah sie nach meiner Ohrfeige und Holgers Auftauchen in Richtung Clevischer Ring hetzen. Wütend, verwirrt, atemlos musste sie dort die Bahn genommen haben, am Wiener Platz ausgestiegen sein, und dann ...

»Wie kann so was passieren?«, fragte ich erschüttert.

»Das wissen wir noch nicht«, antwortete er. »Aber wir wissen, dass sie sich davor mit Arîn in der Wolle hatte. Ich kenne Arîns Version von dem Streit, jetzt will ich Ihre hören.«

So erzählte ich ihm, wie ich versucht hatte, die Streithennen auseinanderzubringen, ließ auch die Ohrfeige nicht aus, berichtete ihm von der eilig Davonlaufenden, die beim Überqueren des Clevischen Rings mehrere Autofahrer zum Bremsen gebracht hatte.

Wie schon die Male zuvor notierte sich Kunze alles ohne Regung. »Und danach?«, fragte er dann. »Was ist danach passiert?«

»Holger und Arîn haben angefangen zu kochen, und ich bin zu meinem Steuerberater geradelt, um ein paar Unterlagen abzugeben«, antwortete ich wahrheitsgemäß und diktierte ihm die Adresse in der Voltastraße.

»Kann das jemand bezeugen?«

Klar, die Spatzen auf dem kleinen Friedhof hatten mich vorbeiradeln sehen, aber sonst? Ich war in der halben Stunde niemandem begegnet, den ich kannte.

Auch das notierte Kunze gewissenhaft in seiner akkuraten Schrift.

»War es kein Unfall?«, fragte ich.

»Wir können es nicht ausschließen«, antwortete er und steckte seinen Stift in die Innentasche seiner Jacke.

»Und was ist mit dem Mord an Justus?«, fragte ich weiter. »Wissen Sie da inzwischen mehr?«

Da gab es, wie immer, nichts, was er mir mitteilen konnte.

Kunze ließ mich an meinem großen Tisch stehen, wo in ein paar Stunden ein fröhlicher Französischkurs Pâté, Cruditées, Œuf dûr mayonnaise, Steak-Frites, Mousse au chocolat und Crème caramel verspeisen wollte. – Sally Schuster von einer U-Bahn zu Tode geschleift. Fürchterlich, ein schrecklicher Tod! Aber wirklich grauenvoll war die Vorstellung, dass dies möglicherweise kein Unglücksfall gewesen war, sondern jemand Sally auf die Schienen geschubst hatte. Wer hätte dies tun können? Derselbe, der Justus den tödlichen Messerstich zugefügt hatte? Wusste Sally, wer dies getan hatte, und musste sie deshalb sterben?

Holger schreckte mich aus meinen Gedanken auf.

»Hast du schon gehört?«, fragte er, und ich nickte.

»Du und Arîn«, fragte ich zurück, »seid ihr gestern die ganze Zeit in der Küche gewesen?«

Du glaubst doch nicht …?, sagte sein ängstlicher Blick.

»Ich will es nur wissen. Zweifel und Fragen habe ich schon genug. Also?«

»Du hast uns mit Arbeit zugeballert. Keiner von uns hätte mal schnell zum Wiener Platz und zurückrennen und gleichzeitig das Arbeitspensum erledigen können«, sagte er und sah mich mit seinen großen Augen traurig an, weil er glaubte, ich würde ihn oder Arîn verdächtigen. »Arîn stand hinten an der Eismaschine, ich habe am Fenster gearbeitet.«

»Und so hast du es auch Kunze erzählt?«

»Ich habe ihm gesagt, dass ich Arîn natürlich nicht jede Minute im Blick hatte, sie aber niemals die Gelegenheit hatte, für eine halbe Stunde zu verschwinden.«

»Lass uns anfangen zu arbeiten«, schlug ich vor, und Holger nickte zustimmend.

So legte ich mir das Fleisch, die Eier und die Gewürze für die Pâté zurecht, beobachtete durch das Küchenfenster, dass Kunze, die Hände in den Hosentaschen, neben Nelly Schmitz' Tisch stehen geblieben war, den Blick auf den Spielplatz gerichtet.

»Und?«, hörte ich Nelly fragen. »Kommst du voran mit deiner Kochleiche?«

»Mühsam«, antwortete er ausweichend, »und die zweite Leiche macht die Sache nicht leichter.«

»Eine weniger als die, mit denen ich mich rumschlage«, sagte sie. »Ich habe drei, und von denen sind möglicherweise zwei, vielleicht aber auch nur eine Mörder. Und im Gegensatz zu dir kann ich die Mörder nichts mehr fragen, und der einzige Zeuge, der mir vielleicht die Wahrheit sagen könnte, ist wie vom Erdboden verschluckt. – Ich hätte gern deinen Fall! Nur Lebendige, ein überschaubarer Kreis, und einer davon muss es gewesen sein.«

»Sollen wir tauschen?«, fragte Kunze gequält.

Nelly lachte. »Ich will dir doch nicht die Butter vom Brot nehmen«, sagte sie.

»Meinst du, du kämst mit deinem Psychoquatsch schneller voran?«

»Die Fakten wie Erbsen zusammenzuzählen, wie du es tust, bringt dich nicht weiter, Kunze!«

Mit einem leichten Schulterzucken nahm er diese Ratschläge zur Kenntnis, bevor er sich, ohne einen Kommentar dazu abzugeben, von ihr verabschiedete und in seinen cremefarbenen Opel Astra stieg, der so sauber und glatt wirkte wie seine karierten Hemden und die meisten der Fragen, die er stellte.

Arîn kam zu spät an diesem Tag und wieder mit diesem mürrisch trotzigen Blick im Gesicht. Diesmal fehlte mir die Geduld, damit umzugehen. Ich fauchte sie an, verdonnerte sie zum Kartoffelschälen, erntete dafür von Holger einen vorwurfsvollen Blick. So arbeiteten wir an diesem Tag still, jeder grummelte trotzig vor sich hin, hing seinen eigenen Gedanken nach.

Als Eva zu uns stieß, spürte sie die miese Stimmung sofort und versuchte uns mit dem ersten Ultraschallbild ihres Babys aufzumuntern. Arîn lächelte auch, als sie das verschwommene, winzige Etwas auf dem Bild sah, Holger versuchte verzweifelt ein Baby darin zu erkennen, und ich kämpfte mit den Tränen. »Steck das Ding weg, wir haben zu arbeiten«, fuhr ich Eva an, und damit war die Stimmung endgültig im Eimer, und erst als ich vier Stunden später einen letzten Blick über die frisch gewienerten Arbeitsflächen warf und den Schlüssel in der Tür der Weißen Lilie umdrehte, spürte ich einen Hauch von Erleichterung, dass dieser Tag zu Ende war.

Die leere Kasemattenstraße kam mir in den Sinn, und so lenkte ich meine Schritte in Richtung Vielharmonie, die mit ihrem warmen Licht Geborgenheit versprach, ein Versprechen, das keine Kneipe halten konnte, aber zumindest zapfte Curt das Kölsch frisch und kühl und half so ein wenig, den Dreck des Tages hinunterzuspülen. Also lehnte ich die nächste halbe Stunde an seinem Tresen, redete über die Baustelle von Helmut Haller, die Mühen der Gastronomie und den FC, hatte schon ein Taxi bestellt, weil draußen ein kräftiges Aprilgewitter Wassermassen über Mülheim spülte, als die Tür aufgerissen wurde und Taifun die nassen Haare trocken schüttelte.

»O weia«, seufzte Curt, und eine Weile starrten Taifun und ich uns an, dann zahlte ich meinen Deckel, und Taifun sagte: »Wir können doch nicht ewig aneinander vorbeirennen und so tun, als ob wir uns nicht kennen«, und ich murmelte: »Da kommt auch schon mein Taxi«, packte meine Tasche, drängelte mich an ihm vorbei, roch diesen vertrauten Geruch von Zimt, und obwohl ich es nicht wollte, liefen in meinem Kopf verdrängte Bilder ab, und ich sah uns in Taifuns Mansarde auf dem Bett liegen, uns Begehrlichkeiten ins Ohr flüstern, sah unsere Hände, den Körper des anderen ertasten, roch diesen verflixten Taifun-Zimt-Duft und hörte diesen verdammten Tango. Dann riss ich endlich die Tür auf, stürzte zu dem wartenden Taxi, und Taifun rief mir nach: »Aber dann lass uns bald mal ein Kölsch trinken, und außerdem hast du Geburtstag!«, und ich sagte ermattet zu dem Taxifahrer: »In die Kasemattenstraße, so schnell wie möglich!«

Dort stolperte ich die Treppe nach oben, spürte bei jedem Schritt den immer noch schmerzenden Rücken, dachte an die wütende, harte Schläge austeilende Sally, die jetzt tot in einem Leichenhaus lag. Ich beeilte mich kein bisschen, als ich schon im Treppenhaus unser Telefon hörte, und ich beeilte mich auch nicht, als ich die Tür aufschloss und es hartnäckig weiterklingelte. Ganz gemächlich näherte ich mich dem Hörer, und als sich die Stimme meiner Mutter meldete, wusste ich, dass ich hätte warten sollen, bis das Klingeln aufgehört hatte.

»Na endlich«, sagte sie gewohnt beleidigt. »Das dauert ja ewig, bis bei euch einer ans Telefon geht. – Ich rufe wegen deinem Geburtstag an!«

»Jetzt sag bloß nicht, dass du vorbeikommen willst, Mama!«, flüsterte ich in den Hörer, aber das hatte sie nun wirklich nicht vor, und so hörte ich mir vor lauter Erleichterung darüber noch zehn Minuten lang ihr Gerede über Familie, Gasthof und Dorf an.

DREIZEHN

Eine warme Frühlingssonne tauchte mein weißes Zimmer in ein champagnerfarbenes Licht, und Billie Holiday versüßte mir den Morgen mit »On the sunny side of the street«. Ich spülte alle Tassen und Gläser in der Kasemattenstraße, wischte über den Küchentisch, goss die Stiefmütterchen, verstaute den Staubsauger. Aufräumen hatte etwas Aufbauendes. Und wenn sich alles so leicht in Ordnung bringen ließe wie dreckige Tassen, wäre das Leben viel weniger kompliziert.

Während ich so wienerte und wischte, kam mir die Vorstellung, meinen vierzigsten Geburtstag zu feiern, gar nicht mehr so abwegig vor. Ich erinnerte mich daran, wie ich an Samstagen mit Teresa, in der Zeit, als wir mal eine gemeinsame kleine Wohnung hatten, mit dem Staubsauger durch die Zimmer gekurvt war und wir zwei dabei lautstark und überzeugt »Non, rien de rien« von Edith Piaf gesungen hatten, damals noch in der Hoffnung, wir würden unser Leben so leben, dass wir wirklich nichts zu bereuen hätten. Ich legte die alte Platte auf, und wie damals sang ich lautstark: »*Ni le bien, ni le mal, tout était bien égal*«, und dieses trotzige Lied, das man allen Katastrophen des Lebens entgegenschleudern konnte, versetzte mich in gute Laune.

Kaum hatte ich eine halbe Stunde später die Tür zur Weißen Lilie aufgeschlossen und die Fenster des Gastraums weit geöffnet, tauchte Nelly Schmitz mit ihrem üblichen Wunsch nach Milchkaffee auf. Ich warf ihr die Schlüssel zum Entketten der Tische und Stühle aus dem Fenster und danach die Kaffeemaschine an. Als ich ihr wenig später den Kaffee servierte, schlenderten Arîn und Cihan vom Clevischen Ring kommend über die Keupstraße. Arîn war früh dran, ihr Dienst begann erst in einer halben Stunde. Cihan flüsterte ihr etwas ins Ohr, und Arîn lachte laut. Wie lange hatte ich dieses Lachen schon nicht mehr gehört! Die beiden Mädchen winkten zu mir herüber und setzten sich auf das Spielplatzmäuerchen in die Sonne, Arîn wie üblich in Jeans und einem geringelten T-Shirt, Cihan heute in mehreren übereinandergezogenen Spaghettiträger-Shirts, die ihren prächtigen Busen bestens zur Geltung brachten. Wenig später kam Holger angeradelt und gesellte sich zu ihnen. Die dicke Tina schlurfte vom Altenheim herüber, setzte sich etwas abseits von dem Trio, und etwa zehn Minuten später erschien ein blonder Junge, den alle zu kennen schienen, und Cihan rückte zur Seite, damit er sich neben sie setzen konnte. Ich erkannte ihn erst, als er zwischen die beiden schwarzhaarigen Mädchen glitt, das gleiche Semmelblond der Haare, das gleiche wässrige Blau der Augen. Bis zu diesem Zeitpunkt hatte ich nicht gewusst, dass Helmut Haller einen Sohn hatte, und schon gar nicht, dass er mit Arîn oder Cihan bekannt war. Aber was wusste ich schon wirklich von Arîns oder Cihans Leben außerhalb der Arbeit?

Etwas später löste sich die Runde auf, und ich sah, wie Arîn und Cihan Hallers Sohn mit vier Küsschen verabschiedeten, Tina ungeküsst in Richtung Altenheim tapste und Holger und Arîn zur Weißen Lilie herüberschlenderten.

»So, so, du machst also dein Schulpraktikum bei Cengiz Özal«, hörte ich Nelly Schmitz sagen und sah, wie sie Hallers Sohn zu sich an den Tisch winkte. »Cengiz kenne ich schon, seit er so alt war wie du, und damals haben sich weder Cengiz noch ich vorstellen können, dass Cengiz eines Tages Schüler ausbilden wird! Komm, setz dich ein bisschen zu mir, erzähl mir was von Cengiz, das erinnert mich an alte Zeiten!«

»Sie sind doch die Kommissarin mit der Betonleiche«, sagte Hallers Sohn vorsichtig und ohne der Aufforderung, sich zu setzen, nachzukommen. »Ich habe Sie mal im Büro meines Vaters gesehen. Wissen Sie schon, wer die Frau umgebracht hat?«

»Ja, das weiß ich«, seufzte Nelly. »Aber das ist eine andere Geschichte. Komm, jetzt setz dich endlich! Ich bin eine alte Frau und beiße nicht. Möchtest du was trinken? Cola oder Bionade? Nein, sag nichts! Ich habe nämlich eine Theorie, dass es Cola- und Bionade-Typen gibt, und du trinkst Bionade.«

»Apfelschorle.«

»Auch recht«, sagte Nelly, stemmte sich aus dem Sitz hoch, bestellte bei mir einen zweiten Milchkaffee und eine Apfelschorle und ging zu dem Jungen zurück. »Jetzt setz dich endlich und sag mir, wie du heißt!«, sagte sie. »Wär doch ein bisschen früh, dich mit Herr Haller anzureden.«

Als ich den beiden wenig später die Getränke nach draußen

brachte, hatte sich der junge Haller brav gesetzt, und Nelly fragte: »Wie biste denn darauf gekommen, dein Praktikum bei Cengiz zu machen, Florian?«

Florian zuckte mit den Schultern. »Hab 'ne Stelle gebraucht, die was mit Metallverarbeitung zu tun hat, und mein Vater kennt Herrn Özal. So ist das gekommen.«

»So, so«, sagte Nelly und rührte ihren Kaffee. »Was musst du denn den ganzen Tag so machen? Isses interessant?«

»Unterschiedlich«, sagte Florian zögernd. »Werkzeug aufräumen, Schlüssel nach Bärten sortieren, Werkstatt kehren, das ist ziemlich langweilig. Aber so Noteinsätze, wenn einer sich ausgesperrt hat und das Schloss geknackt werden muss, das ist schon interessanter.«

»Und?«, fragte Nelly. »Schafft Cengiz ein Schloss noch in zweieinhalb Minuten?«

»So schnell war er mal?«, fragte Florian erstaunt, und Nelly nickte. »Bei jedem Einsatz sagt er mir: ›Nimm die Zeit, Junge!‹, aber schneller als dreieinhalb Minuten hat er noch keines geknackt. Und ich fand immer, das ist wahnsinnig schnell. Wenn genügend Zeit ist, lässt er mich in der Werkstatt an einem alten Schloss üben. Wenn ich Glück habe, gelingt es mir in zehn Minuten, wenn ich Pech habe, überhaupt nicht!«

»Tja, er hatte schon immer Zauberfinger, der gute Cengiz«, sagte Nelly. »Meine Bestzeit waren fünf Minuten, aber das ist schon lange her … Aber sag mal, Florian, Cengiz hat doch nicht nur den Schlüsseldienst. Was ist denn mit den Wasserpfeifen? Haste mit dem Versand auch was zu tun?«

»Nee, nee«, sagte der Junge. »Der Keller ist tabu! Um die Wasserpfeifen kümmert sich der Chef persönlich und will dabei nicht gestört werden. Als ich mal oben im Laden allein war und ein Kunde einen Schlüssel gebraucht hat, den ich nicht nachmachen konnte, bin ich runter, um ihn zu holen. Da hat er mich vielleicht angepflaumt …«

»Hat er denn viele Modelle von Wasserpfeifen?«, wollte Nelly wissen.

»Weiß ich nicht«, antwortete Florian. »Die Bestellungen dazu kommen oben im Laden nicht an, das macht Özal alles übers Internet. Ich sollt 'nem Freund mal eine besorgen, aber da hatte er grad keine übrig. Ein paar Tage später hat Özal mir eine in die Hand gedrückt, silbern, mit blau-grün gemusterten Schläuchen. Keine Ahnung, ob er noch andere Modelle hat!«

»Musst du denn nicht helfen, Kisten in den Keller zu schleppen, wenn eine Lieferung ankommt?«, fragte Nelly erstaunt.

»Solange ich da bin, ist noch keine angekommen«, sagte der Junge. »Aber ich habe erst vor zwei Wochen angefangen. – Warum wollen Sie denn das alles wissen?«, fiel ihm plötzlich ein zu fragen. »Hat Herr Özal Schwierigkeiten mit der Polizei?«

»Nicht dass ich wüsste!«, antwortete Nelly harmlos. »Ich bin nur eine neugierige Polizistin, die wissen will, was aus einem alten Spezi geworden ist! Bestell ihm ruhig einen schönen Gruß vor mir! Und jetzt erzähl mal: Hilft dir das Praktikum bei deiner Berufswahl?«

»Keine Ahnung«, antwortete er. »Hab ja noch ein bisschen Zeit, bis ich mich entscheiden muss.«

»Da ist deine Freundin schon weiter, nicht wahr? Die steht schon mitten im Berufsleben!«

»Freundin?«, fragte er vorsichtig.

»Hör mal, Junge, kannst doch einer alten Polizistin nichts vormachen«, kicherte Nelly. »Bin zwar nicht mehr so schnell wie 'ne Antilope, hab aber immer noch Augen wie ein Luchs. Und die Zeichen der Liebe, die kenne ich! Meinste, ich hab nicht gesehen, wie sich eure Fingerchen auf'm Rücken verhakelt und eure Schenkelchen sich berührt haben? Ganz zu schweigen von den hin und her fliegenden Blicken …«

»Scheiße«, sagte Florian.

»Wieso Scheiße?«, fragte Nelly erstaunt, »ist doch schön, wenn einen die Liebe trifft, das passiert nicht alle Tage, und euch hat's beide erwischt. – Ist doch keine Scheiße.«

»So mein ich es auch nicht«, erklärte Florian schnell. »Es ist nur so, dass wir das Ganze noch geheim halten, wegen Familie und so. Mit der ist es in ihrem Fall nicht so einfach. Wir kennen uns noch nicht lang, 's ist noch ganz frisch!«

»'ne Romeo-und-Julia-Geschichte wird's hoffentlich nicht werden?«, fragte die alte Polizistin besorgt, und Florian schüttelte den Kopf. »Auf alle Fälle wünsche ich euch viel Glück, Junge«, sagte Nelly, stand auf, klemmte einen Zehner unter ihre Kaffeetasse und schüttelte Hallers Sohn die Hand. Die Audienz war beendet. Nach einem kleinen Nicken in meine Richtung schlenderte sie zum Altenheim zurück und entschwand meinem Blick.

Du erzählst mir Unsinn über Özal, Nelly Schmitz!, dachte ich. So wie du den Jungen ausgefragt hast, hast du Özal sehr wohl im Verdacht! Zumindest, dass er in seinem Keller irgendwas illegal verdealt.

»Tschüss«, hörte ich Florian rufen und sah, wie er vor dem Gehen noch einen freundlichen Blick in unsere Küche warf, aber nicht zu mir, sondern zu Arîn, die scheu zurücklächelte. Mit einem Mal fiel es mir wie Schuppen von den Augen, plötzlich wusste ich, was Arîn bei Özal gewollt hatte, an jenem Montag, als ich sie mit Teresa vor dessen Schlüsseldienst erblickt hatte. Nicht Özal war der Grund ihres Besuchs gewesen, sondern Florian Haller! Die zwei waren ein heimliches Liebespaar! Deshalb hatte sie mir auf meine Fragen nach ihrem Besuch bei Özal so ausweichend oder gar nicht geantwortet, deshalb möglicherweise auch das Kopftuch getragen. Sie wollte auf der Keupstraße nicht erkannt werden und hatte sich für diese »Verkleidung« entschieden!

Ich war so erleichtert, dass ich Arîn am liebsten gedrückt und wie ein kleines Kind in die Luft geworfen hätte, weil ich endlich eine plausible Erklärung für ihr merkwürdiges Verhalten gefunden hatte, endlich diesen Verdacht, sie könnte mich in Özals Auftrag ausspionieren, ausmerzen konnte, aber ich hielt mich zurück.

Dann machten wir uns an die Arbeit, alles klappte wie am Schnürchen, und als neben Arîns und Holgers Lachen endlich auch mal wieder mein eigenes durch die Lilien-Küche flog, war ich sicher, dass mein vierzigster Geburtstag doch nicht so schlimm werden würde, wie ich bisher befürchtete. Kein großes Fest, keine Reden, kein Rückblick und Ausblick, aber meine Lieben an einem Tisch versammelt.

***

In Aufkirch fuhr Adela auf einen kleinen Parkplatz, gönnte sich einen letzten Blick auf den See. Blau glitzernd lag er zu ihren Füßen, ein Postkartenbild par excellence, ein Sinnbild für Frieden und Heiterkeit. Adela konnte dieses Bild nicht trügen, ihr würde der

See aufgewühlt, in diesem allen Dreck aus der Tiefe ziehenden Grau in Erinnerung bleiben. Ein letztes Mal sog sie den Geruch des Wassers in ihre Lungen, dann setzte sie sich ins Auto und machte sich auf den Weg nach Stuttgart.

Pfeifer war es recht gewesen, sich mit ihr in der Weinstube zu treffen, in der sie an ihrem ersten Tag in Stuttgart die Maultaschen gegessen hatte. Als sie ihn im Biergarten der Weinstube unter dem weißen Fliederbaum sitzen sah, das wirre Haar zerzaust, die Hände damit beschäftigt, die einzelnen Blätter der Stuttgarter Zeitung, die sie als Erkennungszeichen ausgemacht hatten, gegen den Wind zu schützen, beschloss sie, auch ihm die Wahrheit zu sagen.

»Kuno Eberle«, sagte sie nach der Begrüßung, »ist mein Lebensgefährte. Er ist vor ein paar Tagen verschwunden, und ich mache mir große Sorgen um ihn. Ich vermute, dass sein Verschwinden mit dem Mord an diesem polnischen Vorarbeiter zu tun hat, deshalb wollte ich mich mit Ihnen treffen und nicht, weil ich einen Artikel über ihn schreibe.«

»Ich schätze eine ehrliche Ansage und hätte mich auch mit Ihnen getroffen, wenn Sie dies von Anfang gesagt hätten«, antwortete er zunächst ernst, aber vor dem nächsten Satz verzog sich sein Mund zu einem Schmunzeln. »Die Hebamme meines Patenkindes, Benedikt Graf, wollte ich immer schon mal kennenlernen. Schöne Grüße übrigens von seinen Eltern, Birgit und Thomas.«

»Die Wege zwischen Köln und Stuttgart sind kürzer als gedacht«, murmelte Adela baff und versuchte, sich an den kleinen Benedikt zu erinnern. Die Familie wohnte in Holweide, nicht weit entfernt von der Klinik, in der sie lange entbunden hatte. Es stimmte, Benedikts Mutter hatte aus dem Schwäbischen gestammt.

»Als alter Reporter wollte ich wissen, wer mich da ausquetschen will, und habe Sie gegoogelt. Über sechstausend Geburten, alle Achtung. Und als ich über die Fahrten im offenen Cabrio zu der Geburtsklinik las, fiel mir ein, dass Birgit mir davon erzählt hatte. – Wie gesagt, ich soll Sie schön grüßen, sie hat Sie in bester Erinnerung.«

»War eine einfache Geburt«, erinnerte sich Adela. »Der Junge muss jetzt achtzehn oder neunzehn sein …«

»Macht grade sein Abitur und will dann zum Studieren nach Stuttgart kommen«, berichtete Pfeifer voll Onkelstolz, während er die immer noch widerspenstige Zeitung zusammenrollte und sich in seine Jackentasche wurstelte.

»Aber deswegen sitzen wir nicht hier«, versuchte ihn Adela vorsichtig in eine andere Richtung zu schieben.

»Doch«, antwortete er, »denn ohne Ihren guten Leumund und ohne die begeisterten Stimmen von Birgit und Thomas würde ich Ihnen nichts über den Fall Pawlowicz erzählen.«

Pawlowicz, so hatte der Pole geheißen, dachte Adela.

»Ich habe damals als Polizeireporter gearbeitet, war am Tatort, als sie die Leiche gefunden haben«, berichtete Pfeifer. »Eberle und Menke kannte ich gut, weil ich mal eine Serie über erfolgreiche Stuttgarter Polizisten-Duos geschrieben habe, außerdem sind wir uns öfter bei der Arbeit begegnet. Die zwei waren ein eingespieltes Team, so auch auf der Baustelle. Schon am Tatort hat die Spurensicherung Faserspuren an Piotr Pawlowiczs Hose und an dem eingebrochenen Holzzaun der Unglückstelle gefunden, die eindeutig nicht von Piotrs Kleidung stammten, deshalb war schnell klar, dass es sich nicht um einen Unglücksfall, sondern um Mord oder Totschlag handelte.«

Die Bedienung unterbrach ihn, wollte wissen, was die beiden essen wollten, und als Pfeifer einen »Gaisburger Marsch« bestellte, tat Adela es ihm gleich.

»Bensmann, der Bauunternehmer, hatte zu der Zeit in Stuttgart einige Großbaustellen, und immer wieder gab's Gerüchte, dass er nur deshalb so billig bauen konnte, weil er hauptsächlich Schwarzarbeiter aus dem Osten beschäftigte. Ich hab also in der Sache mit den Kollegen von der Wirtschaftsredaktion gesprochen, und jetzt wird es interessant! Piotr Pawlowicz war einen Tag nach seinem Tod mit dem Kollegen Pfleiderer verabredet gewesen, um ihm ein Gespräch mit mehreren illegalen Arbeitern von Bensmann zu ermöglichen. Die waren bereit, gegen den Bauunternehmer auszusagen. Bensmann muss also ein massives Interesse gehabt haben, dieses Treffen zu verhindern! Die Information habe ich natürlich an die Polizei weitergeleitet.«

»Was war mit der Frau?«, wollte Adela wissen. »Für Menke war die Frau viel verdächtiger als der Bauunternehmer.«

»Elena Pawlowicz habe ich nie kennengelernt«, sagte Pfeifer. »Ich habe nur ein paar Fotos von ihr und Piotr gesehen. Sie kennen das bestimmt, dieses Gefühl, dass Sie bereits an Fotos erkennen können, ob zwei Menschen zusammenpassen oder nicht. Elena und Piotr waren so ein Paar. Man wusste sofort, dass die Kombination nicht gut gehen konnte. – Die zwei sind Anfang der neunziger Jahre nach Deutschland gekommen, er hatte eine Ausbildung als Bauingenieur, sie als Statikerin. Es war nicht schwierig für die beiden, Arbeit zu finden, schwieriger war es, ein Paar zu bleiben. In ihrer Umgebung war es ein offenes Geheimnis, dass die zwei nicht gut miteinander konnten. Sie hatten eine gemeinsame Eigentumswohnung in Zuffenhausen, vielleicht haben sie sich deshalb nicht scheiden lassen.«

»Die Frau war schwanger«, sagte Adela. »Möglicherweise nicht von ihrem Mann. Vielleicht wollte sie die Scheidung, und er hat sie blockiert.«

»Ja, ich weiß, das war damals Menkes Hauptargument, dass die Frau die Mörderin sei«, erinnerte sich Pfeifer. »Aber das passt nicht zu dem, was ich über die Frau in Erfahrung gebracht habe. Die hätte sich nicht durch Formalien wie eine Scheidung aufhalten lassen, die wäre einfach ausgezogen. – Ich bin immer noch überzeugt, dass Bensmann Piotr Pawlowicz in die Tiefe gestürzt hat. Auch dieser tödliche Autounfall eine Woche später spricht dafür. Bensmann stand das Wasser bis zum Hals. Der Mann ist mit hundertzwanzig Stundenkilometern in eine Kurve gefahren. Wer das überlebt, der hat mehr Glück als Verstand.«

»Selbstmord also?«, fragte Adela.

»Offiziell sah man das nicht so. Aber es deutete vieles darauf hin.«

»Menke hat sich nach diesem Fall versetzen lassen, wollte nicht mehr mit Kuno arbeiten. Wissen Sie, wieso?«, fragte Adela weiter.

Die Bedienung unterbrach sie, um ihnen das Essen zu servieren. Der »Gaisburger Marsch« entpuppte sich als merkwürdiger graugelber Eintopf aus Fleisch, Kartoffeln, Spätzle und geschmolzenen Zwiebeln. Noch ein Essen, bei dem die Schwaben Kartoffeln und Spätzle zusammen essen, stellte Adela verwundert fest. Nicht weniger merkwürdig als das rheinische »Himmel und Ääd«, wo Kartoffeln und Äpfel gemischt und mit Blutwurst serviert werden, würde Kuno darauf antworten. Dann wiederholte sie ihre Frage.

»Nein, das weiß ich nicht«, sagte Pfeifer. »Mit Menke habe ich nie mehr zu tun gehabt, ich glaube, er ist ins Betrugsdezernat gewechselt. Eberle habe ich noch öfter getroffen, habe ihn sehr geschätzt, zum einen, weil er einen guten Umgang mit der Presse pflegte, zum anderen wegen seiner Maulwurfqualitäten. Wissen Sie, er konnte so lange bohren und sich so lange in etwas verkriechen, bis er eine Antwort gefunden hatte.«

Ja, das konnte sie sich bei Kuno genau vorstellen. So ging er nämlich auch die kleinen Probleme des Alltags an. Sie erinnerte sich, wie er wochenlang an einer Lösung für ein besseres Badezimmerlicht gebastelt hatte, bis er sie mit zwei schönen Wandstrahlern überrascht hatte.

»Stimmt es, dass er ein Alkoholproblem hatte und deshalb nach Offenburg ging?«

»Das ist zumindest die offizielle Version«, sagte Pfeifer zögernd. »Dass Eberle sich gern mal einen Trollinger zu viel hinter die Binde gekippt hat, das war bekannt. Aber damit stand er nicht allein, ich kann Ihnen aus meinem unmittelbaren Umfeld mindestens zehn Kollegen, Polizisten und Journalisten, nennen, die nicht weniger gesoffen haben und trotzdem immer noch an derselben Stelle arbeiten. In den letzten Jahren vor seiner Versetzung kam er mir allerdings schon wie der Typ ›einsamer Wolf‹ vor, den irgendwas aus der Bahn geworfen hat. Aber was? Mir zumindest hat er es nicht erzählt.«

Pfeifer hatte mit gutem Appetit seinen Eintopf verdrückt, während Adela eher zögerlich darin gepickt hatte und bedauerte, nicht noch ein weiteres Mal Maultauschen bestellt zu haben. An die Kombination von Kartoffeln und Spätzle konnte sie sich einfach nicht gewöhnen. Sie sah Pfeifer an, der mit einer zerdrückten Kartoffel die letzten Soßenreste auf seinem Teller auftunkte.

»Der einsame Wolf muss sich aber in der Zwischenzeit ein ganzes Stück aus seiner Einöde herausgewagt haben, wenn es ihm gelungen ist, eine so charmante Gefährtin wie Sie für sich zu gewinnen«, sagte Pfeifer und prostete ihr lächelnd zu. »Erzählen Sie mir ein bisschen von dem alten ›Bruddler‹. Wie geht es so einem knorrigen Schwaben bei den quirligen Rheinländern?«

Ob Pfeifer auch so ein einsamer Wolf war, der sich nach weiblicher Gesellschaft sehnte?, fragte sich Adela und erzählte ihm ein wenig von ihrem Kennenlernen, ihrem Kölner Alltag, ihrem Versuch, Kuno den kölschen Karneval schmackhaft zu machen, ließ auch seine gelegentlichen Besuche in der Kantine des Kölner Polizeipräsidiums nicht aus.

»Jetzt, wo Sie das sagen, fällt mir ein, dass damals auch die Kölner Polizei in den Fall Pawlowicz involviert war«, sagte Pfeifer daraufhin. »Bensmann hatte seinen Firmensitz in Köln oder irgendwo in der Umgebung.«

»Wissen Sie dazu Näheres?«

»Nein«, sagte er bedauernd. »Nach Bensmanns Tod habe ich meine Recherchen zu dem Fall eingestellt. – Was ja auch nicht geklärt wurde«, fuhr er fort, »ist der Verbleib von Elena Pawlowicz, die ja zeitgleich mit Bensmanns Autounfall von der Bildfläche verschwunden ist.«

»Man hat ihre Leiche gefunden«, sagte Adela. »Vor ein paar Tagen. Ich vermute, dass Kunos Verschwinden damit zu tun hat.

»Ist ja interessant«, sagte Pfeifer. »Und wo?«

Da merkte Adela, dass sie Frau Menke danach nicht gefragt hatte. Sie war davon ausgegangen, dass die Leiche hier in Stuttgart gefunden worden war, aber das brauchte ja überhaupt nicht der Fall zu sein.

VIERZEHN

Bummelanten ließen sich über den Roncalliplatz treiben, kleine Japaner-Grüppchen schossen Domfotos, Inline-Fahrer stellten bunte Plastikbecher zu einem Parcours auf, ein russisches Geigerquartett beschallte die Domplatte. Es war lange her, dass ich an einem Sonntagmorgen zu Fuß durch die Stadt gegangen war. An den voll besetzten Außentischen bei Campi saßen gleichermaßen Kölner Sonnenanbeter und auswärtige Kartengucker, damit beschäftigt, Kölns Sehenswürdigkeiten in einem zweistündigen Spaziergang unterzubringen. Vor dem Museum für Angewandte Kunst flatterten die Kölner Fahnen in einem frischen Frühlingswind. Ich grüßte den Museumswärter und ging in Richtung Museumscafé. Es war lange her, dass ich mein Lieblingscafé besucht hatte. Die Tische im lichtbeschienenen Innenhof waren nur spärlich besetzt, ich wählte einen in der Nähe des einzigen Baumes, um zur Not in den Schatten ausweichen zu können.

Eigentlich könnte ich auch hier meinen Geburtstag feiern, überlegte ich. Hier in dieser versteckten Innenstadtoase könnte man ein paar Tische zusammenstellen, Sekt und Selters trinken, die Köpfe in die Sonne halten und über dies und jenes reden. Eine kleine, unspektakuläre Feier, die spätestens um fünf zu Ende war, weil dann das Museum schloss. Gerade als ich begann, mich mit diesem Gedanken anzufreunden, erinnerte ich mich, dass das Museum montags geschlossen hatte und mein Geburtstag dieses Jahr auf einen Montag fiel.

Geburtstage ... Ich hatte schon lange keinen mehr gefeiert. Den schönsten und den furchtbarsten Geburtstag meines Lebens verdankte ich Ecki. Den schönsten feierten wir frisch verliebt in einer Riesenradgondel im Prater, wo ich hoch oben in der Luft, Sekt trinkend, Ecki küssend, glaubte, dass uns nicht nur Wien, sondern die ganze Welt zu Füßen läge und die Luft über dem Prater angefüllt wäre mit Erwartung und Glück. Den furchtbarsten verbrachte ich allein in einem anonymen Apartment in Frankfurt, nachdem Ecki mich auf dieser schrecklichen Bombay-Reise abserviert hatte und von der Liebe nur der Verrat übrig geblieben war. An die Geburtstage danach erinnerte ich mich nicht. Vermutlich hatte ich gearbeitet.

Und jetzt also der Vierzigste … Beim Zwanzigsten oder Dreißigsten hatte keiner so einen Aufstand gemacht, die waren dahingeplätschert oder vorbeigesaust, je nachdem, welches Tempo das Leben gerade genommen hat. War ich jetzt wirklich in dem »Hätte ich damals doch«- oder dem »Was wäre wenn«-Alter angekommen, wo es galt, Entscheidungen eher zu bedauern, als neue in Angriff zu nehmen?

Ich spülte diese melancholischen Fragen mit Milchkaffee hinunter und war froh, dass mich das Handyklingeln erlöste. Es war Adela.

»Du bist schon früh aus dem Haus«, sagte sie. »Was machst du?«

»Ich denke über meinen Geburtstag nach.«

»Stimmt«, stellte sie nüchtern fest. »Du wirst vierzig.«

»Ich frühstücke im MAK, weil die Kasemattenstraße deprimierend ist, wenn du nicht da bist. – Wann kommst du zurück?«

»Ich muss noch herausfinden, wo man die Leiche der Frau gefunden hat«, sagte sie.

»Was für eine Leiche?«, fragte ich.

»Elena Pawlowicz!«, sagte sie. »Du weißt schon, es geht um diesen Fall, der Kuno in Stuttgart so aus der Bahn geworfen hat.«

»Elena Pawlowicz?«, echote ich und wusste genau, dass ich den Namen schon mal gehört hatte.

»Ja. Ihr Mann wurde ermordet, und man hat sie und einen Bauunternehmer verdächtigt.«

»Bauunternehmer?«, echote ich wieder und wusste jetzt, dass Adela die Leiche nicht mehr suchen musste.

»Ja«, machte Adela ungeduldig weiter. »Er soll sogar aus Köln oder aus der Umgebung von Köln sein. Er ist vor vielen Jahren bei einem Autounfall ums Leben gekommen, aber die Leiche von Elena Pawlowicz hat man erst vor wenigen Tagen gefunden.«

»Und Kuno? Was hat er damit zu tun?«

»Er hat in dem Fall ermittelt. Danach hat er angefangen zu saufen. Warum, weiß ich noch nicht. Vielleicht erst, wenn ich weiß, wie und weshalb Elena Pawlowicz gestorben ist. Vielleicht auch erst, wenn Kuno es mir erzählt. – Es gibt Geheimnisse, die lassen sich ohne die Beteiligten nicht ergründen.«

»Vor ein paar Tagen hat man im Altenheim auf der Keupstraße in einem Betonpfeiler eine Leiche gefunden«, klärte ich sie auf. »Eine junge Frau, die im vierten Monat schwanger gewesen war. Die Kommissarin, die in dem Fall ermittelt, trinkt bei mir gern einen Milchkaffee. Sie hat auch mal den Namen der Toten erwähnt und dass es eine Spur nach Stuttgart gibt.«

»Die Betonleiche«, murmelte Adela. »Elena Pawlowicz ist die Betonleiche.«

»Sieht ganz so aus, als hättest du den Umweg über Stuttgart nehmen müssen, um dann doch in Köln die Lösung zu finden«, sagte ich. »Wann kommst du?«

»Ich weiß es noch nicht«, sagte sie zögernd. »Kann sein, ich brauche noch etwas Zeit.«

FÜNFZEHN

Von Kuno gab es weiterhin kein Lebenszeichen, und Adela scheu-
te die Rückkehr. Wieder trank ich meinen Kaffee in der Kasemattenstraße allein. Ein feiner Nieselregen klimperte an die Balkontür
der Küche, gefiel allein den Stiefmütterchen, die sich satt saufen
konnten, ansonsten plätscherte er auf den Betonboden des Hinter-
hofs und hüllte diesen in ein deprimierendes Grau.
Ich könnte natürlich Eva wegen des Geburtstags um Rat fragen, dachte ich, Eva würde bestimmt eine elegante Lösung dafür
finden, so wie Eva für die meisten Dinge elegante Lösungen ein-
fielen. Tag für Tag im Umgang mit Gästen aller Art geübt, hatte
sie sich zu einer Meisterin leiser, eleganter Lösungen entwickelt.
Aber dann zweifelte ich, ob eine elegante Eva-Lösung zu mir und
meinem Geburtstag passte, und ging endlich in den Flur, um das
bimmelnde orangefarbene Telefonungetüm zu befrieden. Kunze
befahl mir, sofort zu ihm aufs Präsidium zu kommen, und weiger-
te sich, mir mit nur einem Wort zu erklären, weshalb. Ich überlegte, was Arîn jetzt wieder angestellt hatte und warum Kunze so
lange brauchte, um diesen Fall zu lösen. Einen Erbsenzähler hatte
ihn Nelly Schmitz genannt. Ob man damit überhaupt Erfolg haben konnte?
Zehn Minuten später saß ich in seinem Büro und wunderte
mich, dass Arîn nicht da war.
»Wo waren Sie am Donnerstag zwischen 16 Uhr und 16 Uhr 30?«
Die Frage kam unvermittelt, ohne Vorbereitung, ohne Erklärung,
nach einem kurzen, kühlen Händeschütteln. Donnerstag? Zwischen
vier und halb fünf? – In der Küche wie jeden Tag, aber dann fiel mir
ein, dass am Donnerstag das Keupstraßentreffen und die Schlägerei zwischen Arîn und Sally war.
»Erzählen Sie mir einfach noch einmal, wo Sie am Donnerstag
zwischen 16 Uhr und 16 Uhr 30 waren. Ist das so schwer?« Seine
Stimme klang ungeduldig, feindselig, bösartig, gemein, alles in einem, und ich versuchte doch nur zu begreifen, warum ich hier saß
und diese blöde Frage beantworten musste.
»Ich bin mit dem Fahrrad nach Buchforst geradelt und habe

meinem Steuerberater Unterlagen in den Briefkasten geworfen, danach bin ich direkt zum Keupstraßentreffen ins Altenheim!«

Ob ich öfter mit dem Fahrrad fahre? Eigentlich nie? Interessant! Ob ich meinem Steuerberater die Unterlagen immer persönlich bringe? Warum ich sie nicht mit der Post oder einem Kurierdienst schicke? Warum gerade an diesem Tag, da müsse es doch eine Erklärung geben, das sei doch ungewöhnlich. Drei-, viermal kauten wir diese Fragen und Antworten durch. Ich wurde ungeduldiger, nervöser, und er wurde kälter und fieser, bis er endlich die Bombe platzen ließ:

»Man hat Sie um diese Zeit am Wiener Platz gesehen, eine schwere, große Frau mit roten Locken, auf dem Bahnsteig, auf dem Sally Schuster zu Tode kam.«

Ich starrte ihn an, und er starrte mich an, bis ich fragte: »Wer?«

Ein anonymer Anrufer, sagte er, jemand, der mich genau beschrieben habe, jemand, der gewusst habe, um welche Uhrzeit Sally Schuster zu Tode kam, eine Information, die man in dem kleinen Zeitungsaufruf nach Tatzeugen bewusst vage gehalten hatte.

»Da will mir jemand einen Mord in die Schuhe schieben«, stammelte ich. »Was hätte ich für einen Grund, Sally Schuster auf die Bahngleise zu stoßen?«

»Sagen Sie's mir«, forderte er mich auf. »Haben Sie nicht in den letzten Wochen Himmel und Hölle in Bewegung gesetzt, um die Unschuld der kleinen Kurdin zu beweisen? Was denken Sie, warum sich die beiden Mädchen so gestritten haben? Wusste Sally Schuster etwas, das Arîn Kalay belastet hätte? Wollten Sie sie wieder retten, so wie Sie es seit Justus Hartmanns Tod versuchen? Wie verstrickt sind Sie in diese ganze Sache? Was haben Sie zu verbergen?«

Eine ungeheuerliche Frage nach der anderen stellte er mir, und immer wieder kam er auf diese halbe Stunde zurück, die ich allein mit dem Fahrrad gefahren war. Leider war diese identisch mit der Zeit, in der Sally Schuster tödlich verunglückte. Immer wieder kam er auf mein enges, möglicherweise krankhaft enges Verhältnis zu Arîn zu sprechen, und so war ich gleichzeitig völlig erschöpft und völlig überdreht, als er endlich sagte, dass ich gehen könne. Ich hatte dieses grässliche Zimmer schon fast verlassen, als ich mich noch mal umdrehte: »Sie haben keine Ahnung, wer Justus erstochen hat, nicht wahr?« Kunze sagte nichts, sortierte eifrig seine Notizen, die ihm doch bisher so wenig geholfen hatten. »Wenn Sie ernsthaft glauben, dass ich irgendetwas mit der Sache zu tun habe, dann sind Sie auf dem falschen Dampfer!«, sagte ich zum Schluss.

»Erzählen Sie mir nicht, wie ich meine Arbeit zu tun habe«, entgegnete er, ohne aufzusehen.

Sie können mich mal, Kunze, lag mir auf der Zunge, aber ich verkniff es mir, weil ich keine Kraft mehr hatte, mich mit ihm anzulegen, weil ich merkte, dass ich nur noch ganz schnell rauswollte, aus diesem Büro, aus diesem Stockwerk, aus diesem Gebäude.

Draußen fieselte weiter ein mieser Aprilregen. Mein Rücken, der sich von Sallys Schlag noch nicht erholt hatte, fühlte sich nach Kunzes Verhör so verhärtet an, dass ich kaum aufrecht gehen konnte. So wählte ich die Nummer von Adelas Physiotherapeuten und klagte dem Perser mein Leid. Yaghob versprach, mich zwischen zwei Patienten zu schieben, wenn ich sofort in seine Praxis käme. Die lag Ecke Buchheimer und Wallstraße, gar nicht weit von der Weißen Lilie entfernt. Während ich den Corolla durch den Regen von Kalk nach Mülheim kutschierte, fragte ich mich die ganze Zeit, wer mich verdächtigte, Sally Schuster in den Tod gestürzt zu haben. Beim Einparken in der Wallstraße rammte ich den Wagen vor und den Wagen hinter mir, verheddarte mich mit dem Sicherheitsgurt beim Aussteigen.

Der kleine Perser mit der markanten Hornbrille verschwand, kaum dass er mich begrüßt hatte, in einem seiner Behandlungszimmer. Ich solle mich in die Warteecke setzen, hatte er gemeint. Dort saß jemand, der mich genauso irritiert anstarrte wie ich ihn. Er machte zuerst den Mund auf.

»Sind Sie auch hier Patientin?«, fragte er.

Ewald Tieden trug diesen zitronengelben Pullover, in dem er nach Justus Zusammenbruch durch die Schulküche geflattert war und wie ein Ziehaufmännchen immer wieder um Ruhe und Besonnenheit gebeten hatte. Schon wieder einer, der mich an diesen bescheuerten Fall erinnert, dachte ich und setzte mich nicht neben ihn in einen der Korbstühle, sondern tigerte vor Yaghobs Empfangstresen auf und ab. Tieden griff nach einem Buch. Ich zählte Yaghobs Wandleuchten, besah die Kunst an den Wänden – mehrere Studien von Meereswellen in Öl.

»Ging mir früher auch so«, sagte Tieden hinter seinem Buch. »Konnte nicht still sitzen, wenn ich aufgewühlt war.«

Ich stockte ertappt, drehte mich von ihm weg, konzentrierte mich auf das Bild mit den eckigen Wellen.

»Wollen Sie wissen, was mir geholfen hat?«, sprach er weiter, und ich betrachtete, ohne auf seine Frage zu reagieren, die eckigen Wellen von ganz nah, konnte die einzelnen Einbuchtungen der Pinselhaare in der Ölfarbe, die Struktur der Leinwand darunter erkennen, hörte, wie Tieden sein Buch zuklappte und sagte: »Ikebana.«

In meinem Hinterkopf tauchte zu diesem Wort die Kindheitserinnerung an merkwürdige Blumengestecke auf, die meine Mutter mal von einem Landfrauenkurs mit nach Hause gebracht hatte.

»Ja, Ikebana«, fuhr er fort, tat so, als hätte ich interessiert nachgefragt, was überhaupt nicht der Fall war, denn ich starrte immer noch wortlos die eckigen Wellen an. »Die meisten Herren wissen überhaupt nicht, was das ist, die meisten Damen reagieren mit einem überraschten Lächeln, wenn ich davon erzähle. In allen Kursen, die ich dazu belegt habe, war ich der einzige Mann.«

Wahrscheinlich die einzige Möglichkeit, in deinem Leben mal Hahn im Korb zu sein, dachte ich und wanderte zu dem Bild mit den sanften Wellen weiter. Ich hoffte, dass Yaghobs Massage nicht mehr allzu lange dauern würde.

»Dabei ist diese alte Kunst des Blumensteckens jahrhundertelang von Männern ausgeübt worden. Sie wurde genauso wie der Umgang mit Samuraischwertern von Mönchen entwickelt. Ikebana galt als rituelles Blumenopfer in buddhistischen Tempeln des sechsten Jahrhunderts«, fuhr Tieden unbeirrt fort.

Ich stellte mir den dürren Tieden umgeben von stämmigen Landfrauen im Ikebana-Kurs meiner Mutter vor und war mir sicher, dass meine Mutter ihn für ballaballa gehalten hätte.

»Ein paar Gräser, ein paar Zweige, ein, zwei Blüten, eine Schale. Himmel, Erde, Menschheit. Ich bringe die einzelnen Elemente in die festgeschriebene gewünschte Form. Manchmal dauert das zehn Minuten, manchmal anderthalb Stunden, und es gelingt nur, wenn ich mich völlig darauf konzentriere, alles andere aus meinem Kopf ausblenden kann.«

»Ach ja?«, unterbrach ich ihn. »Sogar die beiden Todesfälle aus ihrer Schule?«

»Selbst diese«, sagte er ernst, »wobei ich zurzeit dafür noch Yaghobs Massage brauche, um die Last, die auf meinen Schultern liegt, zu tragen.«

»Na prima«, sagte ich. »Schön, dass es wenigstens Ihnen gut geht!«

Yaghob unterbrach dieses merkwürdige Gespräch, indem er mich in einen der Behandlungsräume und Tieden in einen anderen schickte. Ich legte mich mit dem Bauch auf die schmale Liege, und wenig später installierte Yaghob eine Infrarotlampe mit dem Hinweis, dass er in zehn Minuten wiederkomme. Wie eine trockene Badewanne empfand ich die roten Strahlen, und genau wie das warme Badewasser versetzten sie mich in einen Dämmerzustand zwischen Wachsein und Schlafen. Ganz sacht glitt ich in dieses seltsame Zwischenreich, wo die Gedanken ungesteuert spazieren gehen. Leise hörte ich Kunze im Präsidium seine Vorwürfe wiederholen und Tieden von Geduld und Ikebana schwafeln. Ich sah die Szene auf dem Spielplatz noch mal, spürte Sallys schmerzhaften Schlag, sah sie weglaufen, und dann fuhr ich Fahrrad, radelte nach Buchforst, zurück nach Mülheim, am Rhein entlang, vorbei an dem Mülheimer Neubaugebiet mit Rheinblick und an den alten Industriehallen, die sich dahinter erstreckten, erreichte die Zoobrücke, radelte bis zur steilen Serpentinenauffahrt, musste diese aber gar nicht hinaufstrampeln, denn mein Fahrrad hob sich leicht wie eine Feder vom Boden ab, schwebte nach ein paar Tritten über der Stadt, und ich sah den Wiener Platz auf der rechten und das Berufskolleg auf der linken Rheinseite liegen, und plötzlich sauste Sabine Pothoff als elegante Äquilibristin auf einem Einrad herbei, kam direkt über der kleinen Fußgängerbrücke am Mülheimer Hafen zu stehen und erklärte mir, dass es zwischen Wiener Platz und dem Berufskolleg eine Verbindung gebe. »Ich bin ganz kurz davor, diese zu finden«, triumphierte sie. »Sie werden die Erste sein, der ich Bescheid gebe, und dieser Lahmarsch von Kunze erfährt es als Allerletzter.« – »Er ist ein Erbsenzähler«, rief ich ihr über den Gondeln der Zoobrücke hinweg zu, und sie lachte und meinte, dass so einer schlecht Menschen dazu bewegen könne, ihr Innerstes nach außen zu kehren. Dann winkte sie mir zu, denn sie hatte es wegen dieser Verbindung, die sie knacken musste, sehr, sehr eilig.

Mit »Na, bist du ein bisschen weggeduselt?« holte Yaghob mich aus dem Zwischenreich zurück und begann erst sanft, dann immer energischer den malträtierten Rücken zu massieren. »Hart wie Beton. Das kann passieren, wenn man mit dem Rücken zur Wand steht«, sagte er, während seine Finger immer wieder über die schmerzhaften Stellen tanzten, sie mit Trommeln und Streicheln, mit Dehnen und Lockern wieder ins Lot zu bringen versuchten. »Nicht immer Widerstand leisten, meine Liebe, das ist oft verschwendete Energie«, sagte er. »Wenn im Meer eine große Welle auf dich zukommt, zieht sie dir den Boden unter den Füßen weg, wenn du stehen bleibst! Nur wenn du unter ihr durchtauchst, dich ein kleines Stück von ihr mitreißen lässt, überstehst du sie unversehrt!«

Yaghob garnierte seine Massage noch mit einer Reihe weiterer Lebensweisheiten, und ich lauschte ihm wie einem Märchenerzähler, denn so wie seine Hände meinen Rücken lockerten, beruhigte seine Stimme meine innere Aufgewühltheit.

SECHZEHN

Selbst gemachte Nudeln, Stubenküken in frischem Estragonrahm, all die zarten Frühlingsgemüse, Flusskrebse, Saibling und Felchen, natürlich noch einmal Spargel, diesmal ungewöhnlich kombiniert mit Pfirsich und Anis, zartes Kalb und kräftiges Lamm, die ersten Sauerkirschen und den letzten Rhabarber, mit diesen Zutaten war mein Warenkorb für die nächsten Tage in der Weißen Lilie bestückt, dies und noch vieles mehr hatte ich bei meinem dienstäglichen Mammuteinkauf besorgt.

Heute warteten Arîn und Holger schon, als ich mit dem Wagen vor dem Rücheneingang parkte, schnell waren die Einkäufe verstaut und der Speiseplan besprochen. Bevor wir uns an die Arbeit machten, rief ich die zwei zu mir an den Pass, erzählte ihnen von dem gestrigen Verhör durch Kunze, von dem anonymen Anrufer, der mich des Mordes an Sally Schuster verdächtigte.

»Das ist wie bei mir«, sagte Arîn sofort, »jemand will dir den Schwarzen Peter zuschieben.«

Während ich laut zum x-ten Mal jeden der bei der Kochprüfung Anwesenden auf Schwachstellen abklopfte, bemerkte ich, dass Holger Arîn merkwürdige Zeichen machte.

»Was ist denn los?«, fragte ich ungeduldig.

Arîn zuckte trotzig mit den Schultern, Holger hörte mit seiner Zeichensprache auf und sagte: »Los, Arîn, sie muss es wissen. Du willst doch nicht, dass man sie weiter verdächtigt!«

»Was muss ich wissen?«, fragte ich.

»Arîn!«, flehte Holger.

Nach einem wütenden Blick auf Holger stürmte Arîn aus der Rüche, kehrte kurze Zeit später wieder zurück und knallte einen Rucksack auf den Pass.

»Was soll das denn?«, fragte ich ärgerlich.

»Sallys Rucksack«, erklärte Holger. »Sie hat ihn vergessen, als sie nach der Schlägerei getürmt ist.«

Arîn war immer wieder für eine Überraschung gut! Die beiden hatten Kunze nichts davon erzählt, weil Arîn sich vor neuen Schwierigkeiten fürchtete. Sie hatte den Rucksack in ihrem Spind versteckt. Die alte Vogel-Strauß-Politik. Und Holger, der weltfremde Barockengel, hatte sie nicht verraten wollen!

»Habt Ihr mal reingeguckt?«, wollte ich wissen.

Die beiden schüttelten den Kopf.

»Das ist eigentlich gar nicht Sallys, das ist Justus' Rucksack«, erklärte mir Arîn und sorgte damit für die nächste Überraschung. »Er hat ihn ihr vor der Kochprüfung gegeben, und sie hat ihn einfach behalten, ohne jemandem etwas davon zu sagen. Der Pothoff ist er bei der Prüfung im Maternushaus aufgefallen. Sie hat Sally darauf angesprochen. Sally ist völlig durchgedreht, hat sich den Rucksack an den Leib gepresst, geschrien, dass dies das Letzte sei, was ihr von Justus geblieben ist. Pothoff hat ihr angeboten, den Rucksack zur Polizei zu bringen, falls Sally sich nicht traute, aber Sally hat gesagt, sie soll bloß die Finger davon lassen. ›In Ordnung‹, hat die Pothoff gesagt, ›ich gebe dir einen Tag Zeit, um die Sache zu erledigen, dann informiere ich die Polizei.‹ Daraufhin ist Sally noch mehr ausgerastet, sie hat die Pothoff angebrüllt, so wütend habe ich die liebe, nette Sally noch nie erlebt. ›Sie glauben doch, immer alles regeln zu können‹, hat sie gebrüllt, ›aber diese Sache kriegen Sie nicht geregelt, darauf können Sie Gift nehmen!‹ – Und am nächsten Tag war die Schlägerei, und danach war sie tot!«

Ich sah Arîn an, ich sah Holger an, ich sah den Rucksack an und kämpfte dabei gegen das dringende Bedürfnis, Arîn durchzurütteln und auszuschimpfen. Der Rucksack konnte Spuren enthalten, die zum Täter führten. Justus' Mörder könnte vielleicht schon gefasst sein, wenn der Rucksack nicht seit fünf Tagen in Arîns Spind gelagert hätte. Der Rucksack musste zu Kunze gebracht werden, das war sonnenklar.

Doch anstatt Arîn durchzurütteln und sofort die Polizei anzurufen, zog ich mir ein paar Einweghandschuhe an und befahl Arîn und Holger, das Gleiche zu tun. Dann öffnete ich den Rucksack. Vorsichtig legte ich ein paar Schulhefte, ein oft benutztes Exemplar von »Der junge Koch«, ein halbes Päckchen Kaugummi, einen Kugelschreiber, zwei Präservative, eine DVD »Die Reifeprüfung«, ein kleines Vokabelheft und einen angenagten Radiergummi auf den Tisch. Das kleine Seitenfach untersuchte ich zum Schluss. Es enthielt nur einen einzigen Gegenstand: Justus' Handy.

»Hoffentlich hat er es nicht ausgestellt«, bemerkte Holger nüchtern. »Keiner von uns kann einen Zahlencode knacken.«

»Der Akku ist leer«, stellte Arîn fest und untersuchte den Anschluss für das Netzkabel. »Also meines passt nicht.«

»Eva hat das gleiche Modell«, sagte Holger. »Soll ich sie anrufen und bitten, ihr Netzkabel mitzubringen?«

Ich nickte und bat Arîn, sich Justus' Hefte vorzunehmen, sich jede Auffälligkeit zu merken. Ich betrachtete mir die DVD. Der Film mit dem blutjungen Dustin Hoffman, 1969 gedreht, war selbst für mich schon alter Tobak. Was hatte Justus an diesem Film interessiert? Keine Frage, die ich beantworten konnte, da ich den Film, genauso wie Arîn und Holger, nie gesehen hatte. Das kleine Vokabelheft enthielt ein paar Namen, hinter denen Fragezeichen oder Zahlen zwischen fünf und fünfzig notiert waren. Einer der Namen war Tina E., ich reichte das Heft an Arîn weiter, fragte, ob ihr die Namen bekannt seien.

»Pawel und Luigi sind bei uns in der Klasse, Tina E. ist die Tina Engel von gegenüber«, sagte sie. »Die restlichen Namen kenne ich nicht.«

»Irgendeine Idee, was die Zahlen dahinter bedeuten?«, fragte ich.

»Du weißt, was ich von Justus gehalten habe«, sagte sie. »Vielleicht hat er sie erpresst.«

»Vielleicht« half in dem Fall nicht weiter, dachte ich. »Ruf Tina an«, sagte ich. »Sie soll hier vorbeikommen, wenn sie Feierabend macht. Sag ihr, es geht um Justus, und sag ihr, es ist dringend!«

Tinas Handy war ausgeschaltet, und im Altenheim war zu erfahren, dass Tina sich krankgemeldet hatte.

Eine halbe Stunde später lieferte uns Evas Netzkabel Strom für Justus' Handy, und wir hatten Glück, er hatte es tatsächlich nicht ausgestellt. Alles andere erwies sich als mühsam. Von den im Adressverteiler gespeicherten Namen waren uns nur Sally und Marcel bekannt. Das letzte, am Morgen vor seinem Tod geführte Gespräch zeigte eine Handynummer an. Holger notierte sich diese sowie die sich noch im Speicher befindenden angerufenen Nummern. Es waren insgesamt neunzehn.

Ein Blick auf die Uhr sagte mir, dass wir hier noch etwas anderes zu erledigen hatten, als in den Handydaten eines Toten nach Spuren zu seinem Mörder zu suchen. Ich entschied, Holger weiter das Handy durchforschen zu lassen, und machte mich mit Arîn ans Kochen.

»In seinem SMS-Speicher waren eigentlich nur Nachrichten von Sally«, berichtete Holger. »Langweiliges Zeugs, geht eigentlich immer darum, wann und wo sie sich treffen. Den Rest seiner SMS hat er gelöscht. Ich habe eine Liste gemacht mit Datum, Uhrzeit und genauem Text. Soll ich jetzt die Nummern durchtelefonieren?«

»Sorry, ihr Lieben«, unterbrach uns Eva. »Wie weit seid ihr mit den Vorspeisen? In zehn Minuten kommen die ersten Gäste!«

»Wähl die, die er zuletzt angerufen hat«, sagte ich zu Holger. »Der Rest muss warten. – Arîn, ist dir bei den Heften irgendwas aufgefallen?«

»Ein paar dämliche Zeichnungen, du weißt schon, so Dinge, die ich nie zeichnen würde«, sagte sie. »Sonst nichts.«

»Die Mailbox von Tina Engel«, sagte Holger, nachdem er die Nummer ausprobiert hatte.

»Nein«, sagte Arîn. »Das kann ich nicht glauben.«

»Holla«, sagte ich und sah das dicke Mädchen vor mir, das alle Demütigungen mit einem Lächeln einsteckte. War sie es gewesen, die Justus den tödlichen Stich zugefügt und Sally auf die Bahnschienen geschubst hatte?

Nicht jetzt, entschied ich, verstaute die Sachen wieder im Rucksack und stellte ihn in meinen Spind. Ein paar dreckige Zeichnungen, ein paar SMS von seiner Freundin, das letzte Telefonat mit Tina. Was das zu bedeuten hatte, musste warten. Jetzt hieß es erst mal kochen!

Nach vier Stunden wienerten wir den Pass und unsere Arbeitsplätze sauber. Als Holger fertig war, fragte er: »Soll ich die Nummern noch durchtelefonieren?«

Während er das tat, versuchte Arîn ein weiteres Mal, Tina Engel zu erreichen. Ihr Handy war immer noch ausgestellt.

»Lass uns die SMS-Liste genauer ansehen«, schlug ich vor. »Vielleicht hilft uns die weiter.«

»Schau mal«, sagte Arîn. »Wenn Sally sich mit ihm verabreden wollte, sind die SMS immer ganz nüchtern, nur Termin und Ort.

Zwischendurch aber schreibt sie so Liebesgesäusel wie ›Heartbreaker, ich vermisse dich‹.«

»Was heißt denn ›hdl‹, ›hdfl‹ und ›hdgdl‹?«, fragte ich.

»Das weißt du nicht?«, fragte sie, und ihr Gesicht sah so aus, als ob dies heute jeder wissen müsste. »Hab dich lieb, hab dich furchtbar lieb, hab dich ganz doll lieb«, erklärte sie mir.

»Das hat sie auch nie bei Verabredungen geschrieben«, stellte ich fest.

»Weißt du, was mich wundert?«, sagte Arîn dann. »Dass er wirklich nur die SMS von Sally gespeichert hat. Marcel hat mal erzählt, dass Justus neben Sally noch andere Frauengeschichten laufen hatte.«

»Geht's ein bisschen genauer?«, fragte ich.

»Sallys Eltern gehört ein großes Hotel an der Mosel. Sally ist … äh, war die einzige Tochter, Hotelerbin, Paris Hilton von Bernkastel und so. Hat sie gern mit angegeben«, erzählte Arîn. »Justus war bei den Eltern bereits eingeführt, Schwiegersohn in spe. Für Sally war die Hochzeit beschlossene Sache. Hab mal mitbekommen, wie sie ein paar aus der Klasse in einer Zeitschrift verschiedene Brautkleider gezeigt hat!« Arîn verdrehte die Augen. »Sie war siebzehn, genau wie Justus! Und dann schon ans Heiraten denken! Justus sah das nicht ganz so. Reiche Hotelerbin hin oder her. Er hatte einen Schlag bei den Frauen und ließ ungern was anbrennen. Sagt zumindest Marcel!«

»Ruf ihn an, frag ihn, ob er Namen nennen kann, ob Sally davon wusste«, sagte ich.

Arîn erreichte ihn nicht, hinterließ ihm eine Nachricht. Damit erschöpften sich unsere Rucksackerforschungen erst mal. Es gelang keinem von uns, einen tieferen Sinn in Sallys Liebesgesäusel zu finden, Spuren von anderen Liebschaften offenbarte das Handy nicht. Holgers Anrufe erwiesen sich als ähnlich enttäuschend: Namen, die wir nicht kannten, etliche anonyme Telefonfräuleins, die eine Nummer bestätigten und um eine Nachricht für den Angerufenen baten. In diesen Dingen waren wir eben blutige Laien. Vielleicht gelang es Kunze und seinen Leuten, mehr aus Justus' Rucksack herauszuholen.

Wir machten in der Weißen Lilie klar Schiff. Holger und Arîn schlossen die Außentische zusammen, Eva rollte Münzgeld für die Geldbombe, ich stellte eine Maschine Wäsche an.

»Marcel hat angerufen«, sagte Arîn, als sie wieder nach drinnen kam. »Namen kennt er keine. Früher, auch als er schon mit Sally zusammen war, hat Justus Marcel gegenüber gern damit angegeben, wen er mal wieder flachgelegt hat. Da hat er auch Namen genannt. Aber in letzter Zeit keine mehr. Dabei ist Marcel sicher, dass es da noch jemanden gab! Säuselnde Telefongespräche im Klo und so, und manchmal ist Justus von jemandem mit einem cremefarbenen Smart abgeholt worden. So gern er ansonsten das Maul aufgerissen hat, nie hat Justus erzählt, wer ihn da abholt.«

»Und wieso ist Marcel so sicher, dass es eine Frau war, die Justus abgeholt hat?«

Wieder sah Arîn mich an, als würde ich etwas Selbstverständliches nicht kapieren. »Katharina«, sagte sie dann. »Hast du schon jemals einen Mann getroffen, der einen Smart fährt?«

Laut Marcel hatte es also eine unbekannte Frau in Justus' Leben gegeben, die aber in seinem Handy nicht auftauchte. Tina Engel war nicht erreichbar. So kam ich nicht weiter. Darum sollte sich Kunze kümmern. Der hatte andere Möglichkeiten. Aber damit er das tun konnte, musste ich ihm erst mal den Rucksack zukommen lassen, ohne Arîn schon wieder in die Schusslinie zu bringen. Also verabschiedete ich mich von meinen Getreuen und schloss die Weiße Lilie zu.

Curt wischte den Staub von den Köpfen seiner Jazzcombo, die er als Figurenensemble zwischen uralten Topfpflanzen in seinem großen Fenster stehen hatte. Am hintersten Tisch knutschte ein nicht mehr junges Liebespaar, und am Tresen standen zwei Gestalten, die ich regelmäßig bei Curt traf. Ich pflanzte mich auf einen der Barhocker und legte Justus' Rucksack vor mir auf den Tresen. Curt schüttelte den Staub seiner Jazzer aus der Tür und zapfte mir ein Kölsch.

»Wat määht et Levve un die Liebe?«, fragte er und schob mir das Bier hin.

Wir redeten über dies und das, bevor ich meinen Deckel bezahlte und ihm den Rucksack mit einem Zwanziger über den Tresen schob. »Sei so nett und ruf ein Taxi«, sagte ich. »Das soll den Rucksack ins Polizeipräsidium bringen. Nett wäre, du würdest sagen, dass Sven Kunze ihn hier liegen gelassen hat und dass Sven Kunze dort arbeitet und diesen Rucksack dringend braucht. Nett wäre, du wüsstest nicht, dass ich ihn dir gegeben habe.«

Curt betastete den Rucksack und seufzte.

»Alles ganz harmlos«, sagte ich. »Schülerkram.«

»Ich lern immer widder neue Sigge an dir kenne, Tring«, sagte er, während er nach dem Rucksack griff, »die musste mir ävver erkläre!«

»Mach ich, Curt«, versprach ich. »Nur nicht heute.«

»Muss ävver en jode Jeschich sin!«, sagte er, immer noch seufzend, griff dann zum Telefon und rief den Taxidienst an.

Frau Kaszewski aus der vierten Etage kehrte mal wieder mit Struppi vom nächtlichen Gassigehen zurück und schloss umständlich die Tür auf, als ich in der Kasemattenstraße ankam. Wie immer glich der Aufstieg in die vierte Etage für die kugelrunde ehemalige Konsum-Kassiererin einer Himalaja-Besteigung. Bereits in der ersten Etage hatte sich ihr Gesicht vor Anstrengung puterrot gefärbt, nach der zweiten schnaubte sie wie ein altes Dampfross. Struppi hatte sich im Laufe der Zeit dem gemächlichen Tempo seiner Herrin angepasst, geduldig hopste er von Stufe zu Stufe und wartete. Nicht so an diesem Abend. Kaum hatte die Kaszewski die Haustür aufgesperrt, hielt Struppi seine empfindliche Dackelnase in die Luft, jaulte und zerrte an der Leine, trieb seine Herrin beim Aufstieg zu alpinen Höchstleistungen an. Erst vor unserer Tür in der dritten Etage stoppte er, beschnupperte gierig den schmalen Spalt zwischen Tür und Boden, aus dem der wunderbare Duft von Adelas Nudelauflauf ins Treppenhaus drang. Die vom schnellen Aufstieg völlig aus der Puste geratene Kaszewski besaß kaum noch die Kraft, den Dackel von dieser köstlichen Duftquelle weg und weiter nach oben zu zerren. Aber selbstverständlich reichte ihre Kraft noch, um mich mit bösen Blicken zu fixieren und zu zischen: »Dat muss doch wirklich nit sin, dat ma midden en d'r Naach koch!« Missbilligend den Kopf schüttelnd, verkürzte sie des Dackels Leine, der ihr, enttäuscht jaulend und mit hängendem Kopf, weiter nach oben folgte.

Ich dagegen schloss eilig die Wohnungstür auf und stürzte in die Küche, wo Adela den Nudelauflauf mittels zweier großer roter Topflappen aus dem Ofen zog und auf den Tisch hievte. Kaum hatte sie die heiße Auflaufform abgestellt, packte und drückte ich sie, schnupperte an diesem Adela-Jasmin-Duft, der mir schon bei unserem ersten Treffen an ihr aufgefallen war, ein Parfum, das sie immer benutzte, so regelmäßig, dass ich es im Alltag kaum mehr wahrnahm, jetzt aber, nachdem sie ein paar Tage weg war, mit großer Freude in mich aufsog.

»Ich hab dich echt vermisst«, sagte ich.

Sie hat Farbe bekommen, dachte ich. Sie muss viel draußen gewesen sein in den letzten Tagen. Insgesamt wirkte sie gefestigter, kraftvoller, hatte wenig gemein mit dem Häufchen Elend, das Köln vor ein paar Tagen verlassen hatte. Dennoch traute ich mich nicht, nach Kuno zu fragen, hoffte, dass Adela das Thema selbst anschneiden würde. Davor wollte ich noch eine Frage loswerden. Schon beim Fund der DVD in Justus' Rucksack war es meine erste Idee gewesen, Adela diese Frage zu stellen. Schließlich war sie 1969 eine junge Frau gewesen und bestimmt gern ins Kino gegangen. »Hast du mal den Film ›Die Reifeprüfung‹ gesehen?«

»Sag bloß, du kennst den nicht«, gab sie erstaunt zurück. »Dustin Hoffman in einer seiner ersten Rollen. Simon & Garfunkel haben die Filmmusik dazu geschrieben. Das Stück kennst du bestimmt: Lalala la lalalala«, sang sie, und irgendwie kam mir die Melodie bekannt vor. »›Mrs Robinson‹ hieß das Lied, war ein ziemlicher Hit!«

»Und worum geht es in diesem Film?«

»Also am Ende, da steht er hinter einer riesigen Glastür in der Kirche und muss zusehen, wie die Frau, die er liebt, einen anderen heiratet. Weißt du, er spielt so einen schüchternen Jungen, so einen, der es allen recht machen will, sich nicht traut, das zu tun, was er wirklich will. Also und dann am Ende, hinter dieser Glastür, da merkt er plötzlich, dass ihm das Leben davonläuft, wenn er nicht endlich was tut. Also klopft er wie blöd gegen diese Glastür und ruft ihren Namen, und irgendwann dreht sie sich um und ruft: ›Ben!‹ Er kann es nicht hören, wegen der Glaswand, aber er kann es von ihren Lippen ablesen! Und dann rennt er los, und sie rennt los, durch die Hochzeitsgesellschaft hindurch, und an der Tür treffen sie sich. Sie im schicken Hochzeitskleid, er in verlotterten Jeans. Sie nehmen sich bei den Händen, blicken sich an, hinter ihnen die wütende Hochzeitsgesellschaft. Dann rennen sie los, Ben sperrt noch die Kirchentür zu, damit ihnen niemand folgen kann, und dann rennen sie, bis sie einen Linienbus erwischen. Dort setzen sie sich in die hinterste Reihe, lachen sich an und fahren in eine ungewisse Zukunft.«

Ich sah sie weiterhin fragend an.

»Mehr weiß ich nicht mehr«, sagte Adela bedauernd, »aber ein toller Film, wirklich!«

Hochzeit und ungewisse Zukunft. Erhellend in Bezug auf Justus war das nicht. Vielleicht lieferte die DVD überhaupt keinen Hinweis auf seinen Tod.

»Ich treffe mich morgen früh mit Nelly Schmitz«, sagte Adela dann. »Beim Mexikaner. Sie hat gesagt, das ist das einzige Lokal in Deutz, das sie kennt.«

»Hoffentlich hilft dir das Gespräch weiter«, sagte ich.

»Man erfährt selten das, was man wirklich wissen will«, antwortete Adela.

SIEBZEHN

Es war wie ein Déjà-vu, als Adela die rothaarige Frau an einem der Außentische des Mexikaners erblickte, sah man mal davon ab, dass Kuno im Gesamtbild fehlte. Nelly Schmitz war die Frau, die damals mit Kuno an diesem Tisch gesessen und ihm so vertraut über den Handrücken gestreichelt hatte. Damals war es Nachmittag gewesen, nicht so ein frischer Morgen wie jetzt, wo die Polizistin und sie die allerersten Gäste waren, die Bedienung gähnend und mit Fingern, die ihr noch nicht richtig gehorchen wollten, die restlichen zusammengeschnürten Gartenmöbel auseinandernestelte. Wieder den Blick auf Nelly Schmitz richtend und völlig unfähig zu ermessen, was es bedeutete, dass diese und Kuno sich kannten, klebte Adela starr auf dem Gehweg fest, fast an derselben Stelle, von der aus sie die beiden damals erspäht hatte. Nelly Schmitz rief nach der schlaftrunkenen Bedienung, bestellte bei ihr einen großen Milchkaffee, und als Adela ihre rauchige, leicht kölsch eingefärbte Stimme hörte, fasste sie sich ein Herz und ging auf sie zu.

»Adela Mohnlein«, sagte sie und reichte ihr die Hand. Umständlich nahm sie auf dem Stuhl neben ihr Platz, merkte, dass sie sich für den Stuhl rechts von ihr, und nicht links wie Kuno, entschieden hatte.

»Ich kenn Sie«, antwortete die Frau, »zumindest vom Namen her. 1985 wollt ich eigentlich mit Ihnen entbinden, aber dann konnte Tine nur per Kaiserschnitt zur Welt kommen.«

»Da könnte ich Ihnen viel erzählen. So viele Kaiserschnitte sind unnötig, könnten vermieden werden, wenn die Ärzte den Schwangeren und den Hebammen mehr zutrauen würden«, antwortete Adela, froh, sich erst mal auf sicherem Gesprächsterrain bewegen zu können, aber Nelly Schmitz hielt die Ouvertüre kurz.

»Was interessiert eine Hebamme an der Betonleiche in der Keupstraße?«, fragte sie.

Adela betrachtete die Frau. Auch bei genauerem Hinsehen erkannte man nicht, dass ihr Haar gefärbt war. Sie hatte einen so natürlichen Rotton gewählt, dass sie glatt als Rothaarige durchging. Streichholzkurz geschnitten war das Haar, zeigte ihr ganzes ungeschminktes Gesicht. Markant geschwungene Augenbrauen, eine glatte Nase, ein voller Mund, trotz Falten und erster Altersflecken immer noch ein schönes Gesicht, in dem Adela das Auf und Ab eines bewegten Lebens genauso sah wie den eisernen Willen, sich nicht unterkriegen zu lassen.

»Kuno hat Ihnen nie von mir erzählt, was?«, fragte Nelly Schmitz, nachdem Adela ihre Geschichte erzählt hatte. Aber das »was« war keine Frage, eher eine Feststellung. »Tja, Kuno …«, sinnierte sie und rührte erst einmal ihren Milchkaffee kräftig durch, während Adela ihren mit beiden Händen umklammert hielt und mit den Augen an den Lippen der Frau hing. »Komisch, ich dachte eigentlich, er hat die Zeit hinter sich, wo er zu den Alles-in-sich-Hineinfressern, den Was-vorbei-ist-ist-vorbei-, den Ich-red-doch-nicht-über-meine-Gefühle-Typen gehörte. Die Typen sind verbreitet, besonders unter Polizisten. Hab nie verstanden, warum sie denken, dass ihnen dadurch das Leben leichter fällt!«, sie lachte ein kurzes, rauchiges Lachen und nahm einen kräftigen Schluck Kaffee. »Also«, fuhr sie fort. »Wir zwei hatten mal eine Affäre, Ende der achtziger Jahre. Dann, vor etwa fünfzehn Jahren, nach zweijähriger Funkstille, ruft er mich dienstlich an. Brauchte dringend Informationen über das Bauunternehmen Bensmann, bat mich inständig, ihm auf dem kleinen Dienstweg, ohne den schriftlichen Formalkram, alles Material über Bensmann zukommen zu lassen. Damals habe ich ihm einen Kontakt zu einem Kollegen aus der Wirtschaftskriminalität gemacht. Ende. Danach wieder jahrelang nichts von ihm gehört. Vor etwa drei Jahren ruft er mich an, erzählt, dass er eine tolle Frau kennengelernt hat und jetzt nach Köln zieht. ›Vielleicht trinken wir mal einen Kaffee‹, hat er am Ende vorgeschlagen. Es ist nie dazu gekommen, erst vor ein paar Tagen haben wir uns wiedergesehen. Bei ›Bensmann‹ und ›Altenheim‹ ist er mir natürlich eingefallen. Also habe ich ihn angerufen und mich mit ihm getroffen. Hier übrigens«, sie zeigte mit der Hand großzügig auf die Außentische, die die Bedienung nun langsam alle aufgestellt hatte, »ich glaube, wir saßen sogar am selben Tisch!«

»Stimmt«, sagte Adela, »und ich habe euch zufällig gesehen, hab Kuno, als er nach Hause kam, darauf angesprochen. Da ist er durchgedreht, hat mir unterstellt, ich spioniere ihm nach, und am nächsten Tag ist er verschwunden.«

»Tja, er war sehr blass um die Nase, als ich ihm von der Leiche erzählt habe«, sagte die Frau nachdenklich. »Für ihn war es sonnenklar, dass die Betonleiche Elena Pawlowicz ist. Ich brauchte dazu noch die Bestätigung des Gerichtsmediziners. Seiner Reaktion nach hatte Kuno nie damit gerechnet, dass sie ermordet wurde. So im Nachhinein betrachtet, denke ich, dass es ein richtiger Schock für ihn war.«

Adela hielt immer noch ihren Milchkaffee umklammert, und in ihrem Kopf herrschte ein grässliches Wirrwarr. Tausend Fragen wollte sie stellen, aber die purzelten gerade wild durcheinander, ließen sich nicht in eine vernünftige Reihenfolge bringen. Zwischen diese Fragen mischte sich Erleichterung, weil sie sich zumindest die vertraute Geste zwischen Kuno und Nelly Schmitz erklären konnte.

»Hat sie noch gelebt, als sie in den Beton gegossen wurde?«, fragte sie dann als Erstes.

»Nein, sie war schon tot. Man hatte ihr vorher den Schädel eingeschlagen.«

»Hat Bensmann sie getötet?«, machte Adela weiter und hoffte inständig, dass Nelly Schmitz diese Frage mit einem eindeutigen Ja beantworten würde. Denn nur dann konnte sie den furchtbaren Verdacht, Kuno selbst könnte der Mörder von Elena Pawlowicz sein, ausmerzen.

»Mit hoher Wahrscheinlichkeit«, antwortete Nelly Schmitz. »Letztendlich gibt es keinen Beweis, nur Indizien, die in Richtung Bensmann deuten. Er hat wohl so eine Art Abschiedsbrief hinterlassen, bevor er sich zu Tode gefahren hat. Seine Witwe hat ihn vernichtet, 's gab 'ne hohe Lebensversicherungsprämie. Hat mich viel Arbeit gekostet, bis sie damit rausgerückt ist. Genau konnte sie sich an den Text nicht mehr erinnern, aber sinngemäß stand drin, dass er mit der Schuld nicht leben kann, alles ein Unfall war und er sie nicht hatte töten wollen.«

»Die Witwe, kann sie nicht …«, fragte Adela.

»Nein. Das haben die Kollegen damals überprüft«, unterbrach sie Nelly Schmitz. »Sie war in der fraglichen Zeit auf einer Mittelmeerkreuzfahrt. Hat diese abgebrochen, als ihr Mann sich totgefahren hat.«

»Und Piotr?«, fragte Adela.

»Ja, Piotr …«, sagte Nelly. »Nach der Aktenlage wette ich mit einer Quote von achtzig zu zwanzig, dass Elena ihn auf dem Gewissen hat. Sie war von Bensmann im vierten Monat schwanger, sie wollte das Kind, sonst hätte sie es zu diesem Zeitpunkt abgetrieben, das heißt, sie wollte auch weg von Piotr, endgültig weg. Piotr wollte sich aber von ihr nicht scheiden lassen – dazu gibt es eine Reihe von Zeugenaussagen –, hätte dies auf Dauer zwar nicht verhindern, aber zumindest über den Geburtstermin des Kindes hinaus verzögern können.«

»Aber Bensmann selbst hatte doch ein nicht minder starkes Motiv«, unterbrach sie Adela. »Vielleicht sogar ein Doppelmotiv: Er musste Piotr loswerden, damit keiner seiner illegalen Arbeiter auspacken kann *und* damit seine Geliebte frei ist!«

»Motive sind das eine, Alibis das andere«, antwortete Nelly Schmitz. »Im ersten Verhör hat Bensmann behauptet, zur Tatzeit in einer Kneipe gewesen zu sein, während Elena aussagte, dass sie allein zu Hause war. Erst als die beiden in die Enge getrieben wurden, haben sie sich gegenseitig ein Alibi gegeben. Lothar Menke hat in der Kneipe, die Bensmann angeblich besucht hat, ein Foto von Bensmann hinterlassen. Ein paar Tage nach dessen Autounfall hat sich bei der Polizei ein Mann gemeldet, der Bensmann zu dem fraglichen Termin in der Kneipe gesprochen hatte. Er konnte sich deshalb so gut erinnern, weil er direkt danach in Urlaub gefahren ist.«

»Sein erstes Alibi war echt, mit dem zweiten hat er die Frau gedeckt!«, murmelte Adela.

»So isses«, bestätigte Nelly Schmitz. »Aber ob sie es wirklich war? Für 'ne Polizistin wie mich, die gern am Ende sagen will: ›So genau war es‹, ist das ein ziemlicher Scheißfall. Kuno und Menke haben sich bei diesem Fall übrigens nicht mit Ruhm bekleckert. Da gibt's eine Anhäufung von Fehlern, die bei einem erfahrenen Ermittlerteam nicht vorkommen darf! Keine Ahnung, was für eine Fehde die zwei dabei miteinander auszutragen haben, den Ermittlungen hat es nicht gutgetan!«

»Sie haben danach nie mehr zusammengearbeitet und auch keinen Kontakt mehr miteinander gehabt«, sagte Adela. »Menke hat sich versetzen lassen, und Kuno …«

»… hat angefangen zu saufen«, ergänzte die Polizistin. »Is 'n paar Jahre ziemlich auf den Hund gekommen.«

»Wieso?«, fragte Adela. »Wieso?«

»Spannende Frage«, seufzte Nelly Schmitz. »Mir hat er's nie erzählt, und die Vernehmungsprotokolle verraten es nicht.«

»Kuno soll Menke beim letzten Verhör von Bensmann ausgebootet haben«, erinnerte sich Adela an ihr Gespräch mit Frau Menke. »Er hat es ohne ihn geführt.«

»In den Vernehmungsprotokollen gibt es kein Verhör, das Kuno allein geführt hat!«

Nelly Schmitz sah Adela an und die sah Nelly Schmitz an, und für einen Augenblick sah es so aus, als wären beide Frauen mit ihrer Weisheit am Ende.

»Noch ein Versuch«, sagte Nelly Schmitz dann und griff zu ihrem Handy. »Was ist in dem letzten Verhör mit Bensmann passiert?«, tippte sie in die Tastatur. »Sitze hier mit Adela und rätsele darüber. Nelly.« Bevor sie die Nachricht verschickte, zeigte sie Adela den Text. Diese nickte. »Vielleicht ist das die Bombe, die ihn aus seinem Schlupfloch treibt«, sinnierte Nelly.

***

Die Vierzig war in bildschöner Zierschrift auf einen runden Karton gemalt, der umrankt von einer Girlande aus Tannenzweigen über der Eingangstür der Linde prangte. In der Gaststube hatte sich bereits der Männergesangverein aufgestellt und sang mehrstimmig »Zum Geburtstag viel Glück«, im Refrain dehnten die Sänger dieses Glück zu einem langen »Glüüüück«, so als wäre das Glück eine dehnbare Masse und ließe sich kneten wie Kaugummi. Die Familie, komplett versammelt wie sonst nur vor dem Weihnachtsbaum, lauschte aufgereiht in der Gaststube. Im Hintergrund, Zigarre paffend, an den Kachelofen gelehnt, mein Vater, daneben mein Bruder mit Frau und Kind als glückliche Dreieinigkeit, ich, als Jubilarin, allein etwas weiter vorn, am Tresen meine Mutter, schon mit dem Tablett Schnapsgläser für die Sänger in der Hand, die Stirn unwillig gerunzelt. Wie immer, wenn ihr etwas nicht gefiel, wedelte sie kurz mit der Hand, und wie ein Grammophon, dem der Saft ausging, verstummten die Sänger. Daraufhin warf mir Martha diesen vorwurfsvollen Mutterblick zu, zeigte dann mit einer Kopfbewegung auf Vater, Mutter, Kind, und ich senkte den Kopf, weil ich am Lebensziel heilige Dreieinigkeit gescheitert war, es in meinem Leben noch nicht mal für ein seliges Duo gereicht hatte. Dann klatschte Martha in die Hände, und anstelle des Männerchors schmetterten die Kindergartenkinder unter Leitung meiner Schulkameradin Ingeborg Morgenthaler: »Heute kann es regnen, stürmen oder schneien«, und im Anschluss überreichte mir jedes Kind ein Blatt mit einer von ihm gemalten Vier und einer Null. Und wieder klatschte meine Mutter in die Hände, und sofort verschwanden die Kinder, wurden durch einen alten Fernseher ersetzt, in dem ein Wasserballett, in den grellen Farben früher Colorfilme, zu James-Last-Musik unter Wasser elegante Formationen zur Vier und zur Null tanzte. Dann endlich wurde die Geburtstagstorte hereingerollt, ein Monstrum aus Marzipan und Schokolade, verziert mit nichts als Nullen und Vieren, und ich wartete darauf, dass, wie in »Manche mögen's heiß«, ein Gangster aus der Torte hervorschnellte und mich erschoss. Stattdessen weckte mich Ecki.

»Und? Freust dich immer noch nicht auf deinen Geburtstag?«, tönte er munter aus dem Telefonhörer, wie von Champagner beschwipst. »Hab den Thalys gebucht, bin am Sonntag um 22 Uhr 40 in Köln, früh genug, um mit dir reinfeiern zu können. Torte hast hoffentlich schon bestellt?«

»Hör endlich auf mit dem blöden Geburtstag«, brummte ich, noch nicht ganz wach, immer noch die Torte mit dem herausschnellenden Gangster vor Augen. »Der Vierzigste ist eindeutig überbewertet!«

»Geh, Kathi, du hast nur Schiss. Willst nicht draufgucken auf dein Leben, nicht feiern, dass du dich schon vierzig Jahr wacker g'schlagen hast«, hielt er mir frisch entgegen, meinte dann aber, als ich weiterbrummte: »Gut, gut, wenn du nicht willst, dann trinken wir den Champagner am dreiundzwanzigsten halt auf die alten Zeiten, auf die neuen Zeiten, auf die Liebe, auf das Leben, auf was du willst.«

»Auf die alten Zeiten und die Liebe!«

»Jetzt wird's sentimental, Kathi!«

»Gehört das zum Vierzigsten nicht dazu?«

»Sollst nach vorne gucken, dich nicht in altem Elend suhlen.«

»Lass gut sein, Ecki«, sagte ich. »Wir sehen uns.«

»Servus. Und denk dran, 's passt schon!«

217

Die Vier und die Null, sie verschwanden nicht aus meinem Kopf, überall an diesem Morgen stachen sie mir ins Auge, als gäbe es nicht noch acht andere Ziffern, als wollte die Welt mir einhämmern, dass diese blöde Zahl ab jetzt mein Leben bestimmte. Der Stadtanzeiger, der sich seit Kunos Verschwinden ungelesen auf dem Küchentisch türmte, berichtete von vierzig Millionen Euro, die die EU im nächsten Jahr in strukturschwache Gebiete investieren wollte, eine stehen gebliebene Uhr am Deutzer Bahnhof zeigte zehn Uhr vierzig an, die Handynummer von Sally, die hinter ihren SMS auf Holgers Liste vermerkt war, enthielt viele Vieren und Nullen, und ich nahm tatsächlich das Blatt, das seit gestern Abend auf dem Pass lag, und zählte die Vieren und Nullen, und erst durch dieses manische Zählen und Fixieren merkte ich plötzlich, dass es zwei verschiedene Nummern waren, die die SMS auf Justus' Handy verschickt hatten, verschieden nur durch einen Dreher von Nullen und Vieren. Die Nummer, deren SMS nur Orts- und Terminangaben enthielten, war eine andere als die mit den »hdl«, »hdgdl« und Ähnlichem unterschriebenen SMS. So wählte ich erst die eine Nummer, bei der sich die Stimme der toten Sally Schuster meldete, und dann die andere. Erstaunt stellte ich fest, dass ich mit der Mailbox von Sabine Pothoff verbunden war.

Ich starrte auf das Display meines Handys, das die exakte Uhrzeit mit 14 Uhr 00 anzeigte, wieder eine Zahl mit einer Vier und einer Null, und drückte, wie um mir zu beweisen, dass ich mich geirrt haben musste, auf die Wiederholtaste, aber erneut sagte mir die Stimme von Sabine Pothoff, dass ich ihr eine Nachricht hinterlassen könne. Dann griff ich nach dem Zettel, auf dem Holger die SMS-Nachrichten notiert hatte, und las alle genau durch. »Treffen um 17 Uhr bei mir«, »Treffen um 18 Uhr am Hauptbahnhof«, »Treffen um 21 Uhr bei mir?«, »Treffen um 17 Uhr wie besprochen?« Vier Treffen innerhalb von sechs Wochen, stellte ich anhand der Daten fest, das letzte Mal am 30. März, drei Tage vor Justus' Tod.

Ich tigerte ein paarmal in meiner leeren, aufgeräumten Küche auf und ab, sah hinaus auf die Regentenstraße und den Spielplatz und überlegte, was es zu bedeuten hatte, dass eine Lehrerin sich mit ihrem Schüler außerhalb der Schulzeit verabredete, und dies gleich vier Mal. Vier Mal, schon wieder die Vier, den Zahlenteufel wurde ich heute nicht los. Ich sah sie vor mir, diese energische, zielstrebige Frau, die Justus' und Sallys Tod möglicherweise die Schulleiterstelle kostete, auf die sie so lange hingearbeitet hatte, die wie ich vierzig wurde – verdammt, schon wieder diese Zahl –, und abermals blickte ich aus dem Fenster auf den Spielplatz, die Regentenstraße, die Keupstraße und stockte.

Ich konnte nicht glauben, wer da mit kurzen, kräftigen Schritten in seiner ausgebeulten Jacke, die Hände in den nicht minder ausgebeulten Hosentaschen versteckt, direkt auf die Weiße Lilie zumarschierte, so zielsicher, als würde er jeden Tag diesen Weg gehen. Dabei war er noch nie allein hier gewesen, nur gelegentlich mit Adela zum Essen, aber dann abends und nicht um diese Zeit. Er bemerkte, dass ich ihn erblickt hatte, nickte mir kurz zu, und wenig später stand der kleine, zerknitterte Mann in meiner Küche, und wir zwei sahen uns befremdet und unsicher an, als wüssten wir nicht, was wir sagen sollten, dabei gab es so viele vertraute Sätze zwischen uns, »Kaffee ist fertig«, »Mach das Badezimmer sauber!«, »Wie war dein Tag?«, »Spielen wir eine Runde Karten!«, aber die galten alle für die Kasemattenstraße und für die Zeit vor seinem Verschwinden, nicht für diese Küche und nicht für jetzt.

»Wie geht's d'r Adela?«, war sein erster Satz, und der klang gepresst und zittrig, und wäre Kuno Raucher gewesen, so hätte er sich jetzt bestimmt eine Zigarette angezündet, um die nervösen Finger zu beruhigen, die er in den Hosentaschen knetete.

»Sag bloß, du warst noch nicht zu Hause?«, fragte ich zurück, und wusste im selben Augenblick, weshalb er hier war: Er wollte auskundschaften, welche Stimmung in der Kasemattenstraße herrschte, womit er bei seiner Rückkehr rechnen musste. »Es geht ihr auf alle Fälle besser als an dem Tag, als du verschwunden bist«, beantwortete ich seine Frage. »Aber zehn Tage ohne ein Lebenszeichen, das ist harter Tobak, Kuno! Da musst du schon eine gute Begründung haben, warum du Adela das zugemutet hast!«

»Hascht ein wenig Zeit? Drehscht mit mir a kloine Runde?«, fragte er, und ich merkte, dass die Anspannung, unter der er stand, die große Küche ausfüllte, er Bewegung brauchte, um ein bisschen davon loszuwerden. So ratterte ich im Geiste die anstehenden Arbeiten durch, schrieb Holger eine kurze To-do-Liste und sagte dann: »Eine halbe Stunde.«

219

Ich folgte ihm nach draußen, den Weg hinunter zum Rhein, wo zwei große Frachter gemächlich aneinander vorbeiglitten und von der Mülheimer Brücke der Lärm der Autos und der Straßenbahn auf den schmalen Uferweg drang, alles Dinge, die Kuno nicht wahrnahm, der in strammem Schritt an Bänken und Bäumen vorbei in Richtung Stammheim hetzte, den ich am Ärmel ziehen musste, damit er ab der alten F-&-G-Anlegestelle etwas langsamer ging.

»Meine Vergangenheit hat mich eing'holt«, sagte er, »nicht die ganze, gell, aber der Teil, den ich am liebschte ung'schehe mache tät.«

»Das klappt wohl nie«, sagte ich.

»Sag's nicht«, widersprach er. »Fünfzehn Jahre isch's mir ganz gut g'lunge! Erst durchs Saufe, dann durchs Verdränge. 's hat ausg'sehe, als ob die Zeit ein guter Verbündeter isch.«

»Komm zur Sache, Kuno«, sagte ich, denn egal, wie schnell er lief und wie viel er redete, meine Zeit war auf dreißig Minuten begrenzt.

»Eine ›Amour fou‹, weisch, was des isch?«, fragte er.

»Eine verrückte Liebe, bei der man noch mehr Unsinn anstellt als den, den man anstellt, wenn man ›normal‹ verliebt ist.«

Er lachte bitter über diese Definition, bevor es aus ihm herausbrach: »Sie überfällt dich, ergreift von dir Besitz, lässt dich Dinge tun, die du unter normalen Umständen niemals tun würdest, lässt dich deinen Alltag, deinen Beruf vernachlässigen, alles vergessen, du schwebst, du fliegst, besser als mit dem feinsten Kokain! Glaub mir, Menschen sind des Menschen gefährlichste Droge. Alles existiert nur in Superlativen: die Schönste, die Zärtlichste, die Begehrenswerteste, die Charmanteste, die Witzigste, die Klügste! So siehst du die Frau bei einer Amour fou. Du bist bereit, alles hinter dir zu lassen, alles aufs Spiel zu setzen für diese eine ganz große Liebe. Du lebst wie unter einer Glasglocke! Die Außenwelt, das Leben, dringt nicht mehr zu dir durch, es gibt nur noch dich und sie!«

Nur am Rande registrierte ich, dass er, wie immer, wenn er etwas Schwieriges erklärte, vom Schwäbischen ins Hochdeutsche gewechselt hatte, nur noch der harte Tonfall an seinen Dialekt erinnerte.

»Ich will das Besondere jetzt nicht in Frage stellen«, sagte ich, »aber so ein bisschen war das zwischen Ecki und mir auch. Unser erster Sommer in Wien war genauso!«

»In Ansätzen ist jede Verliebtheit so«, stimmte Kuno ungeduldig zu. »Aber da ist die Glocke, die sich über die Liebenden legt, ein weicher, durchlässiger Schleier, kein hartes Glas. Du verlierst den Kontakt zur Außenwelt nur für kurze Zeit, bei der Amour fou dringt von dieser Außenwelt nichts mehr zu dir hindurch, alle Signale prallen von der Glasschicht ab, du bist verhext, besessen, und doch ist alles ein großes, ein einziges, ein einmaliges Glück ...«

Da brach die Erinnerung an eine Leidenschaft aus diesem kleinen, zerknitterten fünfundsechzigjährigen Mann heraus, die ich bei ihm nicht für möglich gehalten hätte. Kuno war so ein Ruhiger, Bedächtiger, Kopflastiger, einer, der im Alltag am liebsten Zeitungen und Bücher las, kleine Handwerksarbeiten erledigte, mit dem Fahrrad durch die Stadt radelte. Einer, dessen Liebe zu Adela sich in freundlichen Blicken, kurzen Küssen und in Händchenhalten im Park ausdrückte. Kein Mann großer Gesten und großer Gefühle, kein Opernarien-Fan, eher ein Freund von schrägen Akkordeonklängen ...

»Eine Amour fou«, sagte ich baff, immer noch damit beschäftigt, mir die Leidenschaftlichkeit dieses Mannes überhaupt vorstellen zu können.

»So isch es«, bestätigte er matt. »Sie isch die Hauptverdächtige in einem Mordfall g'wese.«

»Elena Pawlowicz?«

»Elena Pawlowicz«, bestätigte er erstaunt, fragte aber nicht nach, woher ich den Namen kannte, dazu war er zu sehr auf seine Beichte konzentriert. »Meine Elly! Für die hab ich g'loge, g'fälscht, b'troge. Mit dere wär ich bis ans andere End von der Welt g'flohe, für die hätt ich mei Erspartes aus dem Fenschter g'worfe, für die hätt ich mei Stell kündigt, aber dann ...«

»Mannomann, Kuno«, sagte ich und sah, wie er neben mir nach Luft schnappte, merkte, was für einen Gewaltakt es für ihn bedeutete, darüber zu reden.

»Die Spielregel Numero eins ›Niemals mit Verdächtigen‹. Du kennscht die Regel, weischt, dass sie richtig isch, hascht dich immer dran g'halte, und dann kommt da die Frau daher ...«

»Wusstest du, dass sie tot war?«

»Noi«, sagte er kopfschüttelnd, auf den Boden starrend und wieder krampften sich seine Hände in den Hosentaschen zusammen.

»Es ist lange her«, sagte ich.

»Zeit ist relativ, und 's gibt Erlebnisse, die brennet sich so in dein' Schädel ein, dass du viel saufen muscht, um se zu verwische. Die werdet zum Zeitmesser. 's gibt eine Zeit vor Elly, und 's gibt eine Zeit nach Elly.«

»Und was ist mit Adela?«

»Ich hab g'glaubt, ich hab se vertriebe, die Gespenster der Vergangenheit«, murmelte er. »Scheißebächele. Sie habet mich ei'g'holt.«

»Und was heißt das?«, fragte ich.

»Wenn ich des wisse dät«, antwortete er.

Das erste Mal an diesem Tag blickte er mich an. Ein leidvoller Blick, der wehtat. Ein Blick, bei dem bei Kindern die tröstende Alles-wird-gut-Medizin half. Leider hatte Kuno, wie die meisten Erwachsenen, den Glauben an dieses Placebo verloren. So standen wir stumm vor dem Stammheimer Schlosspark, bis zu dem uns Kunos eilige Schritte getrieben hatten, hörten das Rauschen der alten Bäume und starrten auf den Fluss.

»Geh nach Hause, Kuno«, sagte ich, als wir längst den Rückweg angetreten hatten. »Adela wird dir nicht den Kopf abreißen«, und Kunos Blick daraufhin sagte mir, dass er sich gern von ihr den Kopf abreißen ließe, wenn er dafür einen neuen, ohne Gespenster aus der Vergangenheit darin, geschenkt bekäme.

Ich hatte mich bei ihm eingehakt, drückte gelegentlich seine feuchte, nervöse Hand. Stumm und etwas langsamer als auf dem Hinweg, jeder seinen Gedanken nachsinnend, liefen wir nach Mülheim zurück, und der Fluss neben uns zog diese durch die Luft schwebenden Gedanken in sich hinein, reihte sie ein in all das, was er zum Meer hintrug, um sie dort in Ebbe und Flut zu zerreiben, am Ende aufzulösen im unendlichen Nichts.

Zurück in der Weißen Lilie kochte ich ihm eine heiße Schokolade mit viel Sahne, weil wir Köchinnen halt am besten mit Essen und Trinken trösten können, setzte mich mit einem Milchkaffee zu ihm, und wir blickten zu Holger und Arîn hinüber, die schon mit den Vorbereitungen begonnen hatten. Ich registrierte, wie Holger die SMS-Listen und mein Handy vom Pass räumte, und wieder dachte ich an Frau Pothoff und Justus und den Rucksack und fragte Kuno, der schon mit einem Seufzer aufgestanden war, sich wappnete für das Aufeinandertreffen mit Adela: »Kennst du den Film ›Die Reifeprüfung‹?«

Unfähig, meinen Gedankensprung nachzuvollziehen, starrte er mich einen Augenblick an, als hätte ich nicht alle Tassen im Schrank. Als er merkte, dass bei dieser Frage auch Holger und Arîn interessiert den Kopf gehoben hatten und ihn erwartungsvoll ansahen, sagte er: »Da verführt die Mutter den Freund von ihrer Tochter.«

»Auch eine Amour fou?«, fragte ich.

»Noi«, sagte er bestimmt. »Es isch die G'schicht von der Schlange und dem Häsle. Weil des Häsle jung isch und die Schlange alt, g'lingt dem Häsle am End die Flucht.«

Den Kopf gesenkt, die Hände wieder in den Hosentaschen sah ich ihn wenig später am Spielplatz vorbei zum Clevischen Ring marschieren und hoffte, dass er keinen Umweg mehr brauchte, um endlich Adela zu treffen.

»Eine Liebesgeschichte zwischen einer alten Frau und einem jungen Mann?«, fragte Holger und riss mich von meinem Blick auf Kuno los.

»Er schaut sich die Tricks der alten Schlange an, damit er als junge Schlange ganz viele junge Häschen verspeisen kann«, schlug Arîn vor.

»Es geht auch um die große Liebe in der Geschichte«, klärte ich die zwei über Adelas Sicht des Filmes auf. »Darüber, dass man sich nicht von anderen von seinem Weg abbringen lassen darf und für die, die man wirklich liebt, kämpfen muss.«

»Nichts für Justus«, sagte Arîn. »Ihm haben an dem Film sicher nur die Schlangentricks gefallen.«

»Tina ist wieder da«, sagte Holger plötzlich und deutete auf das Küchenfenster des Altenheims.

»Soll ich sie anrufen?«, fragte Arîn.

»Nein«, sagte ich. »Ich geh rüber.«

Tina sah mich ängstlich an, nachdem ich ihren Küchenchef um eine kurze Unterredung mit ihr gebeten hatte. Ich startete einen sofortigen Angriff.

»Justus hat dich angerufen, kurz vor seinem Tod. Was hat er von dir gewollt?«

Sie sah mich an, als hätte ich ihr ein Messer in den Bauch gerammt.

»Das, was er immer wollte«, flüsterte sie und kämpfte mit den Tränen.

»Und was war das?«

»Geld.«

»Geld?«

»Zwanzig Euro dafür, dass er mich in Ruhe ließ, jede Woche.«

»Und du hast sie bezahlt?«

»Ich wollte nicht, dass er mir jeden Tag nachbrüllt, wie fett ich bin«, sagte sie so leise, dass ich es kaum verstehen konnte. »Er konnte so gemein sein. Und wenn ich ihm das Geld bezahlte, war ich unsichtbar, dann hat er mich in Ruhe gelassen.«

»Und bei eurem letzten Telefongespräch wollte er wieder Geld?«

»Er hat gesagt, er muss den Tarif erhöhen, auf dreißig Euro. Aber ich verdien doch nicht viel, muss meiner Mutter was abgeben und die Fahrkarte bezahlen und …«

»Du hast gesagt, du kannst es nicht mehr bezahlen?«

»Ich habe gesagt, dass ich es Frau Pothoff sage, und da hat er schallend gelacht.«

»Wieso?«

»Das weiß ich nicht. Er hat gesagt: ›Die wird nie was gegen mich unternehmen, niemals‹, mehr nicht.«

»Und? Hast du mit Frau Pothoff gesprochen?«

»Ich wollte es. Nach der Kochprüfung. Aber dann war Justus tot.«

»Hast du der Polizei davon erzählt?«

»Niemandem, ich habe niemandem … sonst hätte man mich doch … aber das hätte ich niemals …« Der Rest der Worte ging in ihrem leisen Schluchzen unter.

Was macht Menschen gemein, was macht sie demütig? Warum gibt es welche, die immer draufkloppen, und andere, die immer einstecken? Ich glaubte Tina, dass sie nichts mit Justus' Tod zu tun hatte, einfach, weil ich ihr nicht zutraute, dass sie die Kraft zum Zustechen in sich hatte. Wie Kunze ihr Geständnis einschätzen würde, wusste ich nicht. Ich wusste nur, dass er wahrscheinlich in den nächsten Stunden bei ihr auflaufen würde, nachdem er die Nummern auf Justus' Handy zugeordnet hatte.

Dann vergaß ich diese Gedanken wieder, weil ich die nächsten drei Stunden damit beschäftigt war, für meine Gäste zu kochen. Längst hatte Eva den Tisch gedeckt, schon zog der Duft von Coq au Riesling durch die Küche, spann Holger mit zwei Gabeln Karamellgitter über einen Kochlöffel, zog Arîn den Nudelteig aus der Maschine, befreite ich einen fetten geräucherten Aal von seiner Haut, als Eva mit meinem Handy in die Küche kam und es mir angesichts meiner fetttriefenden Finger ans Ohr hielt.

In lockerem Plauderton erinnerte mich Sabine Pothoff an unser Gespräch im Maternushaus, in dem ich vorgeschlagen hatte, sie sollte ihren Geburtstag bei mir feiern. »Heute ist es so weit«, sagte sie zum Schluss. »Zwei Plätze für 20 Uhr?«

Sie erwähnte mit keinem Wort, wie sie an meine Handynummer gekommen war. Ich hatte sie ihr nie gegeben, aber ihr Handy hatte die Nummer bei meinem Anruf gespeichert. Sie fragte auch nicht nach, warum ich nichts auf ihre Mailbox gesprochen hatte.

Das tat sie auch drei Stunden später nicht, als sie zu Ende gegessen hatte und in die Küche kam und mit mir auf ihren Geburtstag anstieß. Sie lobte das Essen, den Champagner, die gute Atmosphäre und sprach bedauernd darüber, dass die Polizei in ihren Ermittlungen zu Justus' und Sallys Tod noch nicht weitergekommen war. Erleichtert erwähnte sie, dass die Kommission die Entscheidung über die Schulleiterstelle bis zu den Sommerferien verschoben hatte, weil Tieden sich bereit erklärt hatte, »das Schulschiff noch so lange als Kapitän durch die stürmische See zu schippern«. Ja sicher habe sie sich gelegentlich mit Schülern außerhalb der Schule getroffen, meinte sie auf meine Frage. Mehrfach mit Justus, erwähnte sie von sich aus, weil der doch so von den chemischen Kochexperimenten des Ferran Adrià begeistert gewesen sei und sie gemeinsam das eine oder andere ausprobiert hätten. »Arîn, wenn dich das interessiert, sag ruhig Bescheid. Ich mache das wirklich gern«, ermunterte sie meinen Lehrling.

Sie verabschiedete sich wenig später als die Frau, als die ich sie kennengelernt hatte: kompetent, kommunikativ, offen und ehrlich und unbeirrt ihren Weg verfolgend. Es schien mir schwer vorstellbar, dass sie mich, was ihre Treffen mit Justus betraf, anlog. Bei ihr

225

klang alles logisch, sicher und klar. Dennoch hatte sie mich nicht auf meinen Anruf angesprochen, was zu dieser logisch, sicher und klar denkenden Frau nicht passte. Ich dachte an den Film mit der Liebesgeschichte zwischen einer älteren Frau und einem jungen Mann und fragte mich zudem nach dem Gespräch mit Tina, warum Sabine Pothoff niemals etwas gegen Justus unternommen hätte, und plötzlich zweifelte ich daran, dass es wirklich nur die chemischen Experimente waren, die die Treffen mit Justus bestimmt hatten.

Was, wenn es die Chemie zwischen den beiden gewesen war? Marcel hatte etwas von einer anderen Frau erzählt, um die Justus ein Geheimnis gemacht hatte. Wenn es bei Sabine Pothoff und Justus auch so gewesen war wie zwischen Kuno und Elena? Eine Amour fou zwischen einer Lehrerin und ihrem Schüler? Genauso verboten wie die zwischen Polizist und Verdächtiger. Eine verbotene Liebe, die einer der beiden verrät. Justus, der Verräter. ›Die wird nie was gegen mich unternehmen, niemals‹, hatte er zu Tina gesagt. Wenn die Affäre publik gemacht worden wäre, hätte Sabine Pothoff nicht nur die Schulleiterstelle vergessen können, sie hätte auch ihren Job als Lehrerin verloren. Die Kombination von Verrat und Existenzverlust, wenn das kein Motiv für einen tödlichen Messerstich war!

»Na, wo steckst du wieder mit deinen Gedanken?«, unterbrach mich Eva und schüttete sich und mir den Rest einer Champagnerflasche ein. »Ein Gläschen Champagner kann keinem Baby schaden«, sagte sie und prostete mir zu. Arîn und Holger waren schon gegangen. Ich schüttelte die Gedanken an Sabine Pothoff ab.

Als Eva sich kurz darauf auf den Heimweg machte, führten mich meine Beine zu Curt in die Vielharmonie, weil ich nicht wusste, an welchem Punkt die Gespräche in der Kasemattenstraße angelangt waren und ich diesen Verdacht gegen Sabine Pothoff nicht aus dem Kopf bekam.

Curt löcherte mich sofort wegen des Rucksacks. Schlicht zu müde, um etwas zu erfinden, erzählte ich ihm, dass er dem toten Justus gehörte und Arîn ihn versteckt hatte, weil sie Angst vor neuem Ärger mit der Polizei hatte und ich ihr den ersparen wollte. Curt nickte erleichtert und verständnisvoll und erwähnte ganz nebenbei, dass er dem Zivilbeamten, der ihn heute nach dem Rucksack gefragt hatte, erzählt hatte, dass ein Wirt vor allem ein Dienstleister sei, und wenn ein Gast ihn mit einem großzügigen Trinkgeld bittet, ein Taxi zu rufen, um einen Rucksack zu transportieren, er dies auch täte. Weshalb hätte er da Nein sagen sollen? Denn eine Bombe sei nun definitiv nicht in dem Rucksack gewesen, das hätte er von außen gefühlt.

Während Curt Kölsch für seine spärliche Gästeschar zapfte und ich die Pothoff-Geschichte weiter in meinem Kopf hin und her wälzte, klingelte mein Handy, und eine verärgerte Cihan fragte, ob wir denn heute Überstunden machten, da sie schon eine halbe Stunde auf Arîn wartete. Ich rief Holger an, und der erzählte, dass diese Lehrerin Arîn um ein kurzes Gespräch gebeten hatte und sie dabei nach Hause fahren wollte. »Ihr Freund war schon gegangen«, berichtete er. »Arîn ist dann zu ihr ins Auto gestiegen.«

»Auto?«, echote ich.

»Ein heller Smart, du weißt schon, so ein richtiger Frauenwagen.«

***

Nach dem Treffen mit Nelly Schmitz war Adela nach Hause gegangen und hatte lauter unsinnige Dinge gemacht: die Wohnzimmergardinen abgenommen und gewaschen, die Kissen auf dem Sofa ausgeschüttelt, den Staub von den Bilderrahmen im Flur gewischt. In der Küche rückte sie den Kühlschrank von der Wand, kehrte das Sammelsurium aus Staubflocken, Stiften, Notizzetteln und sonstigem Kleinkram zusammen, Dinge, die seit dem letzten gründlichen Reinemachen zwischen Kühlschrank und Wand gelandet waren. Als sie das Kehrblech in den Mülleimer schüttete, stach ihr ein Zettel mit Kunos exakter Handschrift ins Auge. »Bin ein paar Tage weg. Muss allein sein. Melde mich«, stand darauf, und sie erinnerte sich an den windigen Tag von Kunos Verschwinden, daran, wie sie verzweifelt die Wohnung nach einer Nachricht von ihm abgesucht hatte. So hatte der Wind an diesem Tag nicht nur den Zettel hinter die Wand geweht, sondern auch sie hinaus nach Stuttgart und an den Bodensee getrieben, hatte sie eine Reise machen lassen, die sie nicht missen wollte.

Als sie den Schlüssel in der Wohnungstür hörte, schob sie den Kühlschrank zurück an seinen Platz, und so, die Arme noch um den frisch geputzten Frigidaire geschlungen, fand Kuno sie beim Eintreten vor. Schnell ließ sie das Teil los, platzierte sich hinter einen Küchenstuhl, während Kuno im Türrahmen stehen geblieben war.

»Da bin ich wieder«, sagte er.

Adela sagte nichts. Sie fühlte weder Wut noch Erleichterung. Fremdheit, das war es, was sie jetzt spürte.

»Eigentlich hat's gar nix mit dir z' tun g'habt«, sagte Kuno und trat einen Schritt in die Küche. Den Küchentisch ließ er als Bannmeile zwischen sich und ihr.

»Du hascht d' Nelly kenneg'lernt«, nahm er einen weiteren Anlauf. Adela nickte und wartete weiter. Nur das gelegentliche Brummen des frisch geputzten Kühlschranks unterbrach die Stille im Raum. »Das letzte Verhör mit dem Bensmann, also …«

Adela sah, wie er unruhig die Finger gegen die Stuhllehne presste und Luft in sich hineinpumpte. Sie sah, wie schwer es ihm fiel, darüber zu sprechen. Soll ich dir sagen, wie es war, Kuno?, dachte sie, und du sagst einfach nur Ja oder Nein? Aber sie machte den Mund nicht auf, wartete weiter.

»Ich hab dem Bensmann g'sagt, dass die Elena noch einen anderen Liebhaber hat. Hab halt g'hofft, dass er so mit d'r Wahrheit rausrückt, aber des hat ihn bloß wütend g'macht«, sagte er in sachlichem Polizistenton. »Ein paar Tage später, kurz vor seinem Unfalltod, hat er mich ang'rufe und g'sagt, dass er in der Nacht, wo d'r Piotr Pawlowicz ermordet wore isch, net mit der Elena z'samme war, sondern in d'r Wirtschaft g'sessen isch.«

Die dürren Fakten, dachte Adela, er kann einfach nicht von sich sprechen. Ist das denn so schwer? »Und wer war der andere Liebhaber?«, fragte sie.

Es dauerte, bis er sagte: »Ich«, und dabei konnte er Adela nicht angucken, sondern blickte angestrengt auf den Balkon, wo sich die kleinen Stiefmütterchen in einem sanften Wind wiegten.

Adela merkte, dass ihr Kunos Antwort keinen Stich mehr versetzte.

»Warum hast du Bensmann davon erzählt?«, fragte sie.

»Wer wird schon gern b'schisse?«, sagte er nach einiger Zeit.

228

»Sie hat mir was vorg'macht, ihre G'fühle ware nur g'spielt. 's hat verdammt lang g'dauert, bis ich des g'merkt hab. 's war, als ob sie mir ein Messer in den Bauch rammt und meine Eing'weide zersticht ... – Des isch alles ziemlich lang her«, sagte er nach einer Pause. »Als d' Nelly mir g'sagt hat, dass se ihr Leiche g'funde habe, isch die ganz G'schicht wieder hochkomme.«

»Sie war immer da«, sagte Adela, die an seine Träume dachte.

»Ja«, sagte Kuno. »Sie isch immer da g'wese.«

Und dann schwiegen sie wieder, überließen dem Kühlschrankbrummen den Raum, sahen hinaus auf den Balkon zu den Stiefmütterchen und auf den Stapel Zeitungen, der wie eine kleine Mauer zwischen ihnen auf dem Tisch lag, und kreisten in ihren Gedanken.

»Ich hab se um'bracht«, flüsterte Kuno dann, »ich hab doch g'wusst, was der Bensmann für en cholerischer Mensch g'wese isch.«

Das war die schwere Last, die er mit sich herumschleppte, dachte Adela. Bei seinem Verhör mit Bensmann hatte er sich von Rachegedanken leiten lassen, nachdem er gemerkt hatte, dass Elena ihn benutzt hatte. Deshalb hatte er Menke nicht dabeihaben wollen. Kuno glaubte, dass Bensmann Elena erschlagen hatte, weil er ihn eifersüchtig gemacht hatte.

Zentnerschwer legte sich die Stille über den Küchentisch. Kuno sah noch kleiner und zerknitterter aus als sonst, und seine Hände hinterließen Schweißspuren auf der Stuhllehne. So kann das nicht weitergehen, dachte Adela, schob mit einem energischen Ruck ihren Stuhl unter den Tisch und durchbrach die Bannmeile.

»Wer ist schon ohne Schuld?«, fragte sie.

***

Arîns Handy war ausgeschaltet, klar, sonst hätte Cihan sie erreicht, und Sabine Pothoffs Mailbox bat wieder darum, eine Nachricht zu hinterlassen. Warum Arîn? Was wollte sie von Arîn? Fragen, die zu keinen klaren Gedanken, nur zu einer großen Angst im Bauch führten. Plötzlich legte sich das Gesicht von Jack Nicholson über das von Sabine Pothoff, und in Sabines Gesicht erschien dieses wahnsinnige Shining-Lächeln, mit dem Nicholson seine Frau ansah, nachdem er auf seiner Schreibmaschine fünfhundert Blatt nur mit dem einen Satz »Was du heute kannst besorgen, das verschiebe nicht auf morgen« vollgeschrieben hatte, bevor er sie mit der Axt durch dieses leere Hotel jagte. In meinen Gedanken jagte Sabine mit Arîn über die Autobahn, warf sie aus dem fahrenden Wagen oder zerrte sie in einen finsteren Wald, stieß sie in einen tiefen Sumpf, bohrte ein Messer in ihren Rücken.

Während ich, um die Angst in Schach zu halten, in meinem Kopf eine To-do-Liste zimmerte – Krüger anrufen, nach der Nummer von Jost, Sabines Freund, fragen, rausfinden, wo sie wohnt, weiter ihre und Arîns Nummer wählen –, rief Kunze an.

»Hab gerade eine ziemlich merkwürdige SMS von Ihrem Lehrling bekommen«, brüllte er gegen irgendeinen Lärm im Hintergrund an, »ich zitiere: ›Kann nicht mehr. Es geht nicht, mit zwei Morden zu leben. Verzeiht.‹ Wissen Sie, was das bedeuten soll?«

Nein, wusste ich nicht, und ich wusste auch nicht, warum Arîn so einen Scheiß schrieb, wo sie sich doch einfach nur bei mir melden sollte, und im Ohr hatte ich Kunzes Räuspern und den Lärm im Hintergrund, und vor mir trocknete Curt Kölschgläser ab, und in seinem Fenster stand die frisch abgestaubte Jazzcombo, und hinter dem Fenster blitzte der saubere Beton der neuen Altenheimsäule, und irgendwo da draußen fuhr diese Lehrerin mit ihrem Smart herum und Arîn – was war mit Arîn?

So stammelte ich was von Sabine Pothoff, Smart und Arîn, und plötzlich war der Lärm hinter Kunze weg, und seine Stimme klang nach frischer Luft, als er sagte: »Erzählen Sie das noch mal!« Das tat ich, und danach sagte er: »Verdammt, verdammt! Sie ist wirklich clever. Hoffentlich ist es nicht zu spät«, und: »Ich ruf Sie gleich zurück!«, und mir wurde abwechselnd heiß und kalt, und Curt unterbrach das Gläserabtrocknen und fragte: »Was'n los?«

Die Strategie der Pothoff, unbemerkt andere zu belasten, war bisher aufgegangen. Sie hatte sich als Meisterin im Spurenverwischen und Falsche-Spuren-Legen erwiesen. Ihre ganze Energie war darauf gerichtet, unbeschadet aus dieser Geschichte herauszukommen. Dann würde sie aber Arîn nicht umbringen, denn sie wusste, dass Holger gesehen hatte, wie Arîn in ihr Auto gestiegen war. Für einen Augenblick machte sich in mir eine große Erleichterung breit.

Aber plötzlich wusste ich, was Sabine Pothoff vorhatte, und die

Angst um Arîn kam wie eine riesige Welle zurück. Nicht Arîn, sie hatte die SMS auf Arîns Handy geschrieben. Ein Geständnis, das sie entlasten sollte. Sie wollte Arîn umbringen, aber sie würde es wie einen Selbstmord aussehen lassen.

»Ich habe eine Großfahndung eingeleitet«, sagte Kunze, den ich sofort wieder anrief. »Arîns Leben ist in Gefahr.«

»Die Pothoff will es wie einen Selbstmord aussehen lassen«, sagte ich.

»Ich weiß«, sagte Kunze. »Wir kontrollieren zuerst die Rhein- und Autobahnbrücken.«

»Mit irgendwas muss sie Arîn außer Gefecht gesetzt haben«, sagte ich.

»Sie ist im Besitz von einem kleinen Elektroschocker«, antwortete Kunze. »Das wissen wir von ihrem Freund.«

»Dann muss sie einen betäubten Körper zur Brücke schleppen und über die Brüstung hieven«, sagte ich. »Das fällt doch auf. Kölns Brücken sind doch auch nachts befahren.«

»Manche mehr, manche weniger«, sagte er. »Wir haben da unsere Erfahrungen. – Sorry«, sagte er. »Da kommt ein Anruf.«

Wo würde sie mit Arîn hinfahren?, überlegte ich fieberhaft. Wo hätte die Pothoff den kürzesten Weg, um einen leblosen Körper aus dem Wagen auf die Brücke zu schleppen? Leverkusen und Rodenkirchen, die beiden Autobahnbrücken fielen flach, da konnte sie den Wagen nirgendwo unbemerkt anhalten. Mülheimer und Zoobrücke genauso. An der Hohenzollernbrücke könnte sie direkt neben der Reiterstatue parken, aber diese Brücke wurde nachts zu regelmäßig benutzt, als dass man unbemerkt einen Körper von der Brüstung stoßen könnte. Auf der Severinsbrücke gab's wieder keine Möglichkeit, das Auto nah zu parken. Die Südbrücke! Darüber fuhr nur der Güterverkehr der Eisenbahn. Darunter konnte man auf der rechtsrheinischen Seite parken, eine einsame Gegend, auf dem Campingplatz war um diese Jahreszeit noch nichts los. Sie musste den Körper nur die schmale Wendeltreppe zur Brücke hochschleppen.

»Ich fahr zur Südbrücke«, sagte ich zu Curt und rannte zu meinem Auto. Während ich den Corolla schon in Richtung Autobahn lenkte, fiel mir ein, dass ich eine Brücke, ein Brücklein eher, vergessen hatte, und so wendete ich in einem abenteuerlichen Manöver den Wagen und fuhr zurück nach Mülheim auf die Hafenstraße.

Träume haben eine Bedeutung, schoss es mir durch den Kopf, denn genau über dieser Brücke hatte ich Sabine Pothoff in meinem Traum auf ihrem Einrad gesehen, wie sie nach Mülheim und zur Weinsbergstraße deutete, unter sich das schmale Fußgängerbrücklein, das Mülheim mit dem Rheinpark verband.

Ihr Smart parkte neben einem Zaun, hinter dem sich eine aufgeschüttete Sandlandschaft mit Palmen und Liegestühlen erstreckte, wo die Kölner im Sommer spielen konnten, sie lägen am Strand. Hinter mir bremsten zwei Streifenwagen. Auf der Brücke rappelte sich eine schlanke Gestalt vom Boden hoch. Es war Sabine Pothoff. Im Rheinpark hinter ihr strich ein Nachtwind durch die Pappeln, unter ihr floss schwarz der Fluss und zeigte nicht, was sich in seinem dunklen Wasser verbarg.

***

Zum ersten Mal in ihrem Leben war Adela froh, dass sie so lange von der Liebe verschont geblieben war, dass sie nie die Abgründe von Verrat und Liebesqualen kennenlernen musste. Alles hat seinen Preis, so war das wohl.

In der Zwischenzeit hatten sie sich beide gesetzt, die Zeitungsmauer zur Seite geschoben, Adela hatte Kaffee gekocht und jedem einen Becher hingestellt. Wie immer griff Kuno mit der linken Hand nach der Zuckerdose und löffelte sich mit der rechten den Zucker in den Kaffee. Eine Geste, die Adela an so vielen Morgen und Nachmittagen gesehen hatte, dass sich die alte Vertrautheit an den Tisch schlich.

»Wo hast du eigentlich die ganze Zeit gesteckt?«, fragte Adela.

»Ach«, sagte er. »Des isch jetzt nimmer wichtig.«

Und dann erzählte er ihr in dürren Worten vom Ende seiner Freundschaft mit Lothar Menke, und Adela konnte nicht einschätzen, welcher Verrat für ihn schwerer wog: der der Frau oder der an seinem Freund.

»Und du hast nie versucht, wieder Kontakt zu ihm aufzunehmen?«, fragte sie ihn. »Auch nicht, nachdem du von Stuttgart weggegangen bist und Abstand zu der Geschichte hattest?«

»Nachdem d' Nelly ihre Leiche g'funde hat, hab ich zum ersten Mal mit ihm telefoniert«, antwortete er.

»Und was hast du gesagt?«

»Sie habet ihre Leiche g'funde.«

»Mehr nicht?«

»Noi. Mehr nicht.«

»Und das soll auch so bleiben?«

»Der Verrat isch zu groß g'wese«, antwortete er. »So ebbes kann mir der Lothar doch nie im Leben verzeihe …«

Was bist du nur für ein sturer alter Bulle, dachte Adela, und ohne, dass sie es wollte, galoppierten plötzlich einsame Cowboys durch ihren Kopf, und der Junge mit der Mundharmonika spielte das Lied vom Tod, die Waffengürtel glänzten in der Sonne, und die Finger zuckten am Abzug: Diese Männer konnten ihre Herzen doch nur mit einer Kugel erreichen. Sie wischte die Männerklischees weg und sagte: »Man kann auch um Verzeihung bitten, selbst wenn man weiß, das einem nicht vergeben wird.«

»Und du?«, fragte er nach einem langen Schweigen. »Kannst du mir verzeihen?«

Und wieder dachte Adela an ihr Glück, von solchem Verrat verschont geblieben zu sein, bevor sie vorsichtig nickte.

***

Über der Brücke brach ein heller Halbmond durch die Wolken, zeichnete die dunklen Silhouetten der Pappeln gegen den helleren Nachthimmel ab. Die Streifenbeamten waren schneller bei Sabine Pothoff als ich, drehten ihr die Arme nach hinten, ließen die Handschellen zuschnappen. Als sie sie an mir vorbeiführten, das Gesicht zerkratzt, ein Auge blau, streifte sie mich mit einem verächtlichen Lächeln, und ich tat etwas, das ich oft bei Arîn gesehen hatte: Ich spuckte vor ihr aus. Dann lief ich die Brücke hinunter, in Richtung des dunklen Rheinparks, wohin andere Polizisten bereits mit Taschenlampen ausgeschwärmt waren. Arîn hatte sich gewehrt, das zeigte Pothoffs zerkratztes Gesicht, aber hatte sie sich erfolgreich gewehrt?

»Arîn!«, brüllte ich zu den dunklen Pappeln hinüber, aber von dort blinkten nur die irrlichternden Taschenlampen. So stolperte ich den schmalen Trampelpfad zum Rhein hinunter und rief immer weiter nach ihr. Der modrige Geruch von kaltem Nachtwald machte sich breit, und ein gelegentlich schnell vorbeiziehender Lichtstreifen verriet einen späten Wagen, der über die Mülheimer Brücke bretterte. Ich rief und rief, bis meine Stimme nur ein heiseres Krächzen war.

»Wir haben sie gefunden«, schallte es da plötzlich vom Rhein her, und so stolperte ich auf die sich verdichtenden Lichter zu und nahm wenig später meinen kleinen Lehrling in den Arm und schluchzte und heulte, bis Arîn mir ein Papiertaschentuch in die Hand drückte und sagte: »Jetzt ist aber gut, Chefin!« Und dann legten ihr die Polizisten eine Decke über die Schulter und mir auch, und so liefen wir wie zwei eingemummelte Indianer über die Brücke zurück.

»Na, Gott sei Dank«, sagte Kunze, der in der Zwischenzeit auch angekommen war, und fragte: »Brauchen wir einen Krankenwagen?«

»Also für mich nicht«, sagte Arîn und sah mich mit einem Blick an, der sagte: Aber vielleicht für dich?

Kaum gerettet, hatte sie schon wieder Oberwasser.

»Wir sind wohlauf«, sagte ich.

»Besser, Sie lassen Ihren Wagen stehen«, sagte Kunze. »Die Kollegen bringen Sie nach Hause. Alles Weitere hat Zeit«, sagte er. »Wobei ich mir nicht verkneifen kann zu sagen, dass, wenn wir Justus' Rucksack früher bekommen hätten, das heute Abend nicht passiert wäre.«

So viel zu Curts verschwiegener Wirtsseele. Wobei ich mir genau vorstellen konnte, was er sagen wird, wenn ich ihm davon erzähle: »Et hät noh immer jot jejange«, und wo er recht hatte, hatte er recht.

ACHTZEHN

Ecki brachte tatsächlich Rosen und Champagner mit. Gut, die Rosen waren aus dem Automaten gezogen und ließen sofort die Köpfe hängen, als ich sie aus der Cellophanhülle packte. Dafür hatte er beim Champagner nicht gespart. Den tranken wir um Mitternacht allein in meinem Zimmer, und Ecki schaffte es tatsächlich, nicht ein einziges Mal die Zahl vierzig zu erwähnen. Danach tranken wir eine weitere Flasche, und gegen zwei Uhr morgens holte ich ein hoch prämiertes Sauerkirschwasser von Anna Galli aus dem Schrank. Nach einem langen Vorgeplänkel über die Arbeit kamen wir zurück auf unsere Liebe, ritzten an alten Verletzungen – eher ich –, kramten die großen Momente hervor – eher Ecki –, schlugen uns zu später Stunde die alten Vorwürfe um die Ohren, erinnerten uns dann doch an die Fahrt im Riesenrad, damals, als uns die Welt zu Füßen lag, um dann, schon früh am Morgen, miteinander im Bett zu landen und nach einer leidenschaftlichen halben Stunde Arm in Arm erschöpft einzuschlafen.

Martha weckte mich um halb acht, sagte nur: »Hör mal!«, und spielte mir eine alte Schallplatte vor, auf der Hildegard Knef sang: »Von nun an geht's bergab!«

»Sehr aufbauend, Mama«, nuschelte ich, und sie sagte: »So hör doch genau hin, das ist ironisch gemeint«, und ich sagte: »Dafür ist es zu früh«, und drückte die Off-Taste. Danach betrachtete ich eine Weile die deutlich gewachsenen Geheimratsecken des schnarchenden Ecki. Auch er wurde vom Altern nicht verschont.

Als ich mir in der Küche einen Kaffee eingoss, kam Kuno mit einem Glas Rollmöpse vom Einkaufen zurück und legte mir zwei davon auf den Frühstückteller. Er musste wohl gehört haben, dass es eine lange Nacht war.

Nachmittags schlug Ecki einen Spaziergang nach Mülheim vor, weil er unbedingt noch einen Blick auf die Weiße Lilie werfen wollte. Am Himmel wechselten sich schwere Regenwolken mit wolkenlosem Himmelblau ab. Ab und zu mussten wir den Schirm aufspannen, dann wieder konnten wir die Jacken ausziehen. Ein zum Anlass passendes Wetter.

Ecki hatte die Nacht deutlich besser überstanden als ich. Gut gelaunt schwärmte er mir beim Gang durch den Rheinpark von seinem Pariser Leben im Marais-Viertel vor, während ich noch auf die besänftigende Wirkung des Aspirins gegen meinen Kater wartete.

»Musst unbedingt kommen, solang ich noch da bin, Kathi«, sagte er. »Nächstes Jahr bin ich wieder weg. Da will ich noch einmal nach Asien. Vielleicht Saigon.«

»Du bleibst halt ein ewiger Herumtreiber«, seufzte ich.

»Geh, Kathi! Ich schnei doch immer wieder herein. Bin doch da jetzt!« Charmant küsste er meine Hand, und seine Augen hatten dieses Blitzen, in das ich mich vor Jahren verliebt hatte. »Schaust übrigens gut aus, Kathi. Gar nicht wie eine, die die Hälfte schon hinter sich hat.«

Ich kniff ihn in seinen dürren Hintern, und dann rannten wir wie zwei junge Hunde ein Stück an den Sanddünen vor dem Jugendpark entlang.

In der Weißen Lilie saßen sie alle an den Außentischen: Arîn, Holger, Eva, Cihan, Curt, Adela, Kuno, selbst Nelly Schmitz war gekommen. Curt hatte ein Fässchen auf der Fensterbank zur Küche platziert, »Domet du in dingem eijene Lokal endlich ens e fresch jezapp Kölsch kriss«, und verteilte Kölschgläser in der Runde. Aus Taifuns Dachzimmer drang mal wieder Tangomusik auf die Straße. Keiner erwähnte meinen Geburtstag.

Arîn war die Erschöpfung nach den Anspannungen der letzten Wochen deutlich anzumerken, dennoch erzählte sie, wie es ihr gelungen war, Sabine Pothoff durch einen kräftigen Schlag aufs Auge zu überlisten. Ich hatte die Geschichte in den letzten Tagen mehrfach gehört, Arîn erzählte sie jedem. Irgendwie half ihr das über die Schrecknisse hinweg.

»Wisst ihr, irgendwie war die Frau eine tickende Bombe! Ihre Explosionsgefahr tarnte sie, indem sie mit eiskalter Berechnung den Verdacht auf mich gelenkt hat.«

»Ich kapier noh immer nit, woröm se dä ömjebraaht hätt«, sagte Curt, der die Geschichte zum ersten Mal hörte.

»Als sie gerafft hat, dass Justus sie nicht die Bohne liebt, ist sie ausgeflippt«, erzählte Arîn. »›In einem Monat hast du die Lehre abgeschlossen, und in einem halben Jahr bist du achtzehn. Dann hat das Versteckspiel ein Ende, und wir können offen zu unserer Liebe stehen‹, soll sie vor der Prüfung zu ihm gesagt haben, und er hat gelacht und gesagt: ›Lass mal gucken, dass du mein Einser-Zeugnis hinkriegst.‹ In dem Moment ist ihr klar geworden, dass für ihn nie Liebe im Spiel war. Sie hatte eine Nagelfeile in der Jacken-tasche. Damit hat sie zugestochen.«

»Die Abgründe der Liebe«, seufzte Adela und schickte Kuno einen bedeutungsschweren Blick.

Janusköpfig hatte Sabine Pothoff Justus bei unserem ersten Ge-spräch genannt. Das traf auf sie selbst auch zu. Es gab diese gradli-nige, engagierte Lehrerin, die ich kennengelernt hatte, es hatte für einen Augenblick die verletzte Geliebte gegeben, die zugestochen hatte, es gab die ehrgeizige Frau, die versuchte, die Katastrophe um jeden Preis zu vertuschen. Warum nur hatte sie ausgerechnet an diesem Tag eine Nagelfeile in ihrer Jackentasche gehabt? Hätte ich bei Karsten Heinemann zugestochen, wenn er mir direkt nach der Kochprüfung über den Weg gelaufen wäre? Gern würde ich »Auf gar keinen Fall« sagen, aber letztendlich konnte ich es nicht mit Gewissheit behaupten.

»Un dat Mädche am Wiener Platz. Wat wor domet?«, hörte ich Curt weiterfragen.

»Bei der Prüfung im Maternushaus hat die Pothoff doch mitbe-kommen, dass Sally Justus' Rucksack und damit sein Handy hat«, erzählte Arîn weiter. »Sie hat gedacht, Sally weiß, was zwischen ihr und Justus gelaufen ist. Der Zoff zwischen Sally und mir kam ihr grade recht. Ich wette, die Pothoff ist auf dem Spielplatz gewesen, und wir haben sie nicht gesehen. So geladen, wie Sally nach der Schlägerei war, hat die auf gar nichts aufgepasst, auch nicht, als sie am Wiener Platz geschubst wurde.«

Kuno hatte von einer Glasglocke gesprochen, von einer abge-schotteten Welt, zu der nur er und Elena Zutritt gehabt hatten. Hatte Sabine Pothoff so etwas mit Justus verbunden? Hatte sie sich, nachdem Justus diese Glasglocke zerstört hatte, direkt unter die nächste geflüchtet, indem sie den tödlichen Stich ausgeblendet und ihre ganze Energie darauf verwendet hatte, wieder ihr altes Le-ben zu führen?

»Schaust Löcher in die Luft, Kathi?«, fragte Ecki.

»Ich bin froh, dass ich in bestimmten Situationen in meinem Leben kein Messer zur Hand hatte«, sagte ich.

»Dabei kannst so g'schickt damit umgehen. Frag die zigtausend Zwiebeln, die du damit schon klein gehackt hast.«

Schwermütige Gedanken perlten an Ecki ab. Denen setzte er immer leichte Kost entgegen.

»Hat sie euch schon mal die G'schicht mit dem Holderer erzählt?«, wandte er sich an die Runde. »Nein? Also: Der Holderer war Grilladier in unserer Brigade bei Gehrer, ein Koch alter Schule, der eines überhaupt nicht leiden konnte: Weibsbilder in der Küche. Jede Frau, die in unsere Brigade gekommen is, hot er gezwackt und gepiesackt. Berühmt war sein Zwiebeltest. Keine Frau könnt so schnell Zwiebeln klein schneiden wie er, hat er behauptet. Und er war wirklich flink, der Holderer. Aber gegen die Kathi hat er keine Chance g'habt ...«

Mit seinen Wien-Geschichten führte uns Ecki immer weiter von den Morden weg. Auch seinen Bombay- und Paris-Geschichten lauschte die Runde gern. Der thailändische Koch, der ihn mit dem Messer durch die Küche jagte, der Verkehrsunfall in der Rue de Lazare, bei dem er sich einen Fuß brach, der Krebs, der ihm eine dicke Fleischwunde in den Mittelfinger zwickte. All diese kleinen Katastrophen des Alltags erzählte Ecki mit Witz und Leichtigkeit. Bei ihm hatte das Leben nichts Schweres.

Während Ecki zur nächsten Geschichte ansetzte, sah ich Florian Haller die Keupstraße herunterkommen. Zögerlich näherte er sich unserem Tisch.

»Kannst dich ruhig zu uns setzen«, forderte ich ihn auf und zwinkerte Arîn zu. Doch die bemerkte es nicht, hatte nur Augen für Florian.

»Bist du schon fertig mit deinem Praktikum?«, fragte Nelly Schmitz. »Oder wieso haste heute so früh frei?« Das war der erste Satz, den sie sprach. Die alte Polizistin wirkte nicht ganz anwesend. Ich hatte mehrfach erlebt, was für eine unglaubliche Präsenz sie in Gesprächen ausstrahlte, aber sie konnte auch unsichtbar wirken. So wie heute. Erst als sie den Mund aufmachte, bemerkte ich wieder, dass sie auch noch in der Runde saß.

»Özal hat mir freigegeben«, sagte er. »Ohne Grund. Grad so. –
Da hab ich schnell meinen Rucksack geschnappt und bin weg, bevor er es sich anders überlegt.«

»So, so«, sagte Nelly. »Ohne Grund. Grad so.« Dann fingerte sie ihr Handy aus der Tasche, schob ihren Stuhl zurück, stand auf, ging zum Telefonieren auf den Spielplatz. »Fahrt mal schnell beim Schlüsseldienst Özal in der Keupstraße vorbei«, hörte ich sie leise sagen. »Kann sein, er bekommt heute 'ne größere Lieferung. Möcht wissen, was das ist!«

Den Rest des Gespräches verschluckten die Spielplatzbüsche. Aber die zwei Sätze, die ich mithören konnte, genügten, um zu verstehen, was sie vorhatte. Ich sah den mondgesichtigen Özal vor mir, sah sein erschrecktes Gesicht, als die Polizisten seinen Laden stürmten.

»Sie will Ihren Laden hopsnehmen«, höre ich mich zu ihm sagen. »Endlich aufdecken, was Sie für krumme Geschäfte machen. Dann serviert sie mir Ihren Kopf auf einem Tablett. – Das ist Nelly Schmitzens Geburtstagsgeschenk. Sie werden den Rest Ihrer Tage hinter Schloss und Riegel verbringen.« Özal antwortet nicht. Er lächelt nur sein mehrdeutiges Özal-Lächeln.

Ein paar Minuten später setzte sich Nelly wieder zu uns. Ihr Blick war hell und neugierig. Jetzt war sie präsent.

Florian hatte sich in der Zwischenzeit neben Arîn gesetzt und vorsichtig den Arm um ihre Schultern gelegt. Arîn küsste ihn kurz auf den Mund und lächelte dann leicht verlegen in die Runde.

»Na endlich«, seufzte Cihan und lachte. »Wurde ja auch Zeit, dass ihr mit den Heimlichkeiten aufhört!«

Arîn grinste, und Florian sagte: »Wieso Heimlichkeiten? Ist doch normal, dass man das nicht an die große Glocke hängt. Man muss doch erst mal gucken, ob man miteinander klarkommt.«

»Wegen Florian habe ich sogar mal das Kopftuch aufgesetzt«, erzählte Arîn. »Florian wollt doch, dass ich ihn mal an seiner Praktikumsstelle besuche. Er hat mir natürlich erzählt, dass er bei einem Türken arbeitet. Und ich wollt auf keinen Fall, dass der merkt, was zwischen uns los ist. Keupstraßentratsch und so, wer weiß, wie schnell der bei meinem Vater gelandet wäre. Also habe ich mir eines von Jirdans Kopftüchern ausgeliehen und mich als

Mitschülerin von Florian ausgegeben. Dass nämlich eine gläubige Muslimin was mit 'nem Deutschen hat, davon geht kein Türke aus.«

Özal aber doch, dachte ich, als mir seine Bemerkung zu Arîns Besuch einfiel.

Während ich über Fehlinterpretationen und Missverständnisse nachdachte, füllte Curt erneut die Kölschgläser, und Arîn und Holger zauberten aus meiner Küche Schnittchen und Canapés herbei, und immer noch hatte keiner meinen Geburtstag erwähnt. Die Platten mit den Schnittchen leerten sich schnell, und ich sah mit Erleichterung, dass Adela wieder mit gutem Appetit zulangte. Nach den Blicken, die zwischen ihr und Kuno hin und her gingen, mussten die zwei einen Weg gefunden haben, mit Kunos Vergangenheit umzugehen.

»Op de Liebe un et Levve!«, sagte Curt und hob sein Kölschglas.

Die Antwort der anderen ging im Geräusch quietschender Bremsen unter. Ein Streifenwagen hielt direkt vor unseren Tischen, Türen sprangen auf, die Beamten kamen auf uns zu. Nelly erhob sich eilig, ging ihnen entgegen, zog sie in Richtung Spielplatz.

»Und?«, fragte sie leise.

»Mit der Lieferung hattest du recht, Nelly«, sagte der Ältere der beiden. »Jetzt rate mal, was wir gefunden haben.«

»Die Palette ist breit«, knurrte Nelly. »Sag schon, was ihr gefunden habt!«

»Wasserpfeifen«, sagte der Jüngere und grinste.

»Wasserpfeifen?«, wiederholte Nelly ungeduldig. »Und was noch?«

»Noch mehr Wasserpfeifen«, sagte der Ältere. »Wasserpfeifen mit blauen, roten, gelben Schläuchen, Wasserpfeifen in Silber und Gold, Wasserpfeifen von fünfzehn Euro fünfzig bis hundertsechzig Euro.«

»Nur Wasserpfeifen?«, fragte Nelly zweifelnd.

»Diesmal hattest du nicht den richtigen Riecher«, sagte der Ältere. »Nur Wasserpfeifen, alles ganz legal. Habe sogar eine für meinen Sohn gekauft. Der hat nächste Woche Geburtstag und wünscht sich so ein Ding.«

»Kein Koks, keine Waffen?«, hakte Nelly nach, die nicht glauben konnte, was sie hörte.

»Nichts. Der Typ ist sauber. Du hast dich getäuscht«, entgegnete der Ältere. »Özal gehört zu denen, die nach einer wilden Jugend vernünftig wurden.«

»Kann's schwer glauben«, murmelte Nelly.

Damit war sie nicht allein. Cengiz Özal ein harmloser Geschäftsmann. Hatte ich jahrelang vor einem Mann Angst gehabt, der mir weder etwas Böses wollte noch mir hätte gefährlich werden können? Mit dieser Vorstellung musste ich mich erst mal anfreunden.

Wieder sah ich den mondgesichtigen Türken hinter seinem Tresen stehen. Wieder schaute er mich mit diesem mehrdeutigen Lächeln im Gesicht an.

»Machen Sie sich nichts draus«, höre ich ihn sagen. »Irren ist menschlich. Kaufen Sie mir doch einfach zehn Wasserpfeifen für die Weiße Lilie ab. Dann sind wir quitt.« – »Was soll ich mit zehn Wasserpfeifen in der Weißen Lilie?« – »Die geben der Weißen Lilie etwas leicht Orientalisches. Rücken Sie ein bisschen näher an den türkischen Teil der Keupstraße. Helfen Ihnen, Ihr Misstrauen vor dem Fremden zu überwinden. Außerdem sind Wasserpfeifen total in! Sie glauben gar nicht, an was für trendige Lounges und Bars ich die Dinger verkaufe!«

Und dann fing Özal in meiner Vorstellung an zu lachen. Unvermittelt und lauthals, so wie Greta Garbo in der berühmten Szene in »Ninotschka«. Er lachte, bis ihm Tränen über die runden Backen kullerten und er den dicken Süßigkeitenbauch festhalten musste. Dabei sah er so komisch aus, dass ich meinerseits anfangen musste zu lachen, was zu irritierten Blicken in der Runde führte.

»Lasst uns endlich auf meinen Vierzigsten anstoßen«, sagte ich. So als hätten sie schon lange auf diesen Satz gewartet, schnellten Arîn und Holger gleichzeitig von ihren Stühlen hoch, unmittelbar gefolgt von Eva. Die drei verschwanden in der Weißen Lilie, um geschwind mit Champagner und einer vor Wunderkerzen sprühenden Eisbombe zurückzukommen. Erst als der schnelllebige Sternenglanz erloschen war, erkannte ich, dass Arîn die Wunderkerzen in Form einer Vier und einer Null auf das Eis gesteckt hatte.

Na ja, dachte ich, als der Champagner im Glas perlte, die Sonne auf den Spielplatz schien, Ecki mich küsste, Adela mich herzte, Arîn mich angrinste, alle ihr Glas auf mich hoben: Das Leben mit vierzig ist doch gar nicht schlecht. Hat auf alle Fälle mehr zu bieten als die Badewanne und Chet Baker.

Eisbomben und weitere Eisspezialitäten

Schon bei den Diners am Hofe Ludwig XIV. soll man sie serviert
haben, aber es dauerte bis in die 1950er Jahre, bis die Eisbombe auf
dem Tisch von Otto Normalverbraucher landete. Beliebt als Nachtisch bei Kommunionen, Konfirmationen und anderen Familien-
feiern hielten Eisbomben in deutschen Esszimmern Einzug. In der
Regel nicht selbst gemacht, sondern in italienischen Eiscafés gekauft, zierte besonders gern die Sorte »Cassata« das familiäre Fest-
essen.

»Eine Eisbombe«, schreibt Erhard Gorys in seinem »Küchenle-
xikon«, »ist eine halbkugelförmige Eisspeise aus Frucht- oder Sahne-
eis, die, im Tiefkühlfach gut durchgefroren, gestürzt und hübsch
dekoriert serviert wird.« Der Fantasie bei der Kombination von
Eissorten sind also keine Grenzen gesetzt. Bereits in den Koch-
büchern des ausgehenden neunzehnten Jahrhunderts sind viele
Eisbomben-Rezepte überliefert, die mit schillernden Namen wie
»Aiglon«, »Almeria«, »Fanchonette«, »Gismonda«, »Diable rouge«
aufwarten oder wie bei Eisbombe »Bismarck« oder »Vanderbilt«
an die Vorlieben berühmter Persönlichkeiten erinnern.

Die Eisherstellung selbst ist eine noch sehr viel ältere Kunst.
Schon die Römer kannten Eisgetränke aus Fruchtsaft und Schnee,
und die Kreuzfahrer lernten im Orient das Schorbet, einen Vorläu-
fer des Sorbets, kennen. Das Cremeeis haben die Chinesen erfunden. Genau wie bei den Nudeln soll Marco Polo das Eisrezept nach
Italien gebracht haben, wo es Generationen von »Gelatai« verfei-
nert und perfektioniert haben. Kein Wunder also, dass ein Italiener
1660 in Paris die erste Eisdiele eröffnete.

Da Kühlung kompliziert und aufwendig war, kamen nur die
Reichen und Mächtigen in den Genuss der kalten Köstlichkeit. Erst
seit Kühlschränke mit Gefrierschubladen, zumindest in den Indus-
trienationen, für die breite Masse erschwinglich waren, konnte das
Eis zur Süßspeise Numero uno aufsteigen und füllt heute in breiter
Auswahl die Kühlregale der Supermärkte.

Es ist weder kompliziert noch aufwendig, Eis selbst zu machen. In
der Herstellung unterscheidet man verschiedene Zubereitungsar-
ten:

Granité

Granités werden aus Saft mit oder ohne Alkohol hergestellt. Man gießt sie in eine flache Schüssel, stellt diese in den Gefrierschrank und schabt alle dreißig Minuten die Eiskristalle, die sich am Rande bilden, in die Mitte, bis die ganze Flüssigkeit zu lockeren, trockenen Kristallen gefroren ist.

Sorbet

Sorbets werden aus Saft, Wein oder Joghurt hergestellt. Im Gegensatz zu Granités haben sie eine cremige Konsistenz und gelingen am besten in der Eismaschine.

Parfait

Parfaits werden auf der Basis von Eigelb, Zucker und Sahne hergestellt. Eigelb und Zucker schlägt man über dem Wasserbad zu einer cremigen Masse auf, kühlt anschließend im Eiswasser, dann werden Aromastoffe und geschlagene Sahne untergehoben. Die Masse wird in eine vorgefrorene Form gekippt und in den Gefrierer gestellt.

Cremeeis

Für dieses klassische Eis werden Zucker, Eier und Eigelb schaumig gerührt, dann wird aufgekochte Sahne zugegossen und die Masse bis kurz unter dem Siedepunkt erhitzt. Wenn die Masse abgekühlt ist, kommt sie in die Eismaschine, die für die Herstellung dieses Eises Bedingung ist.

Smoothie

Das dickflüssige Eisgetränk aus Fruchtmark ist eine Erfindung der Amerikaner und wird gern mit Joghurt oder Milch gemixt.

Himbeer-Prosecco-Granité

Zutaten für 4 Portionen:
800 g Himbeeren
750 ml Prosecco
200 g Zucker
4 EL Zitronensaft
Zitronenmelisse zum Dekorieren

Zubereitung:
Einige Himbeeren zum Dekorieren zur Seite legen. Die restlichen Himbeeren mit dem Prosecco, dem Zucker und dem Zitronensaft einmal sprudelnd aufkochen, von der Kochstelle nehmen und dreißig Minuten ziehen lassen. Mit dem Schneidestab pürieren, durch ein feines Sieb passieren, abkühlen lassen. In einer flachen Form in den Gefrierschrank stellen und wie bei Granité beschrieben zubereiten.

Sellerie-Granité

Zutaten für 4 Portionen:
400 ml Selleriesaft
Salz, Pfeffer, geriebene Muskatnuss
½ Bund glatte Petersilie
100 g Crème fraîche
1 Eiweiß

Zubereitung:
Selleriesaft mit Gewürzen abschmecken, Petersilie waschen und klein hacken. Crème fraîche und gehackte Petersilie unter den Selleriesaft rühren. Mischung in eine flache Form füllen und in den Gefrierschrank stellen. Zwei Stunden tiefkühlen, dabei immer wieder umrühren.
Eiweiß steif schlagen, unter die angefrorene Masse heben und diese noch mal dreißig Minuten tiefkühlen.

Tipp: Als Zwischengang bei einem großen Menü oder als eisige Vorspeise in einem Sommeressen.

Erdbeersorbet

Zutaten für 4 Portionen:
500 g Erdbeeren
2 Päckchen Vanillezucker
etwas Zitronensaft

Zubereitung:
Erdbeeren waschen, putzen, trocknen, auf einem Blech in den Gefrierschrank legen. Wenn sie halb gefroren sind, die Erdbeeren herausnehmen, mit Zucker und Zitronensaft mischen, mit dem Schneidestab fein pürieren.

Dieses Erdbeersorbet lässt sich ohne Eismaschine zubereiten.

Sorbet von grünem Tee

Zutaten für 4 Portionen:
1 TL grüne Teeblätter
2-3 EL Zucker
2 EL Limettensaft
200 ml gekühlter, trockener Sekt
Minzblätter zum Garnieren

Zubereitung:
Die Teeblätter mit 250 ml kochendem Wasser überbrühen, circa fünf Minuten ziehen lassen. Durch ein Teesieb gießen, mit Zucker und Limettensaft abschmecken, abkühlen lassen.
Kalten Tee etwa dreißig Minuten in der Eismaschine gefrieren lassen. Eis portionieren, in gekühlte Sektschalen geben, mit Sekt aufgießen, mit Minze garnieren.

Orangenblütenhonig-Parfait

Zutaten für 4 Portionen:
2 Eigelb
2 EL Orangensaft
1 Messerspitze Zimt
1 Prise Salz
250 ml Sahne

Zubereitung:
Eigelb mit Honig im Wasserbad weißschaumig aufschlagen. In Eiswasser kalt schlagen, mit Orangenblütenhonig, Zimt und Salz würzen. Die Sahne sehr steif schlagen, unter die Ei-Honig-Masse heben, in eine große Form oder mehrere Förmchen füllen, im Gefrierer am besten über Nacht fest werden lassen.

Basilikum-Parfait

Zutaten für 4 Portionen:
2 Eier
6 EL Zucker
250 ml Sahne
1 Bund Basilikum
Himbeeren zum Dekorieren

Zubereitung:
Eigelb und Zucker über dem Wasserbad weißschaumig aufschlagen. Im Eiswasser kalt schlagen. Sahne steif schlagen, unter die abgekühlte Eigelbmasse geben, Eischnee steif schlagen, zuletzt unter die Masse heben. In den Gefrierer stellen.
In der Zwischenzeit das Basilikum waschen und fein hacken. Eventuell vier Zweige zur Dekoration zur Seite legen. Das gehackte Basilikum nach circa einer Stunde vorsichtig unter die angefrorene Masse heben. Das Parfait weitere zwei bis drei Stunden gefrieren lassen. Umgefüllt in kleine Portionsschalen gefriert es schneller als in einer großen Schüssel.
Mit Himbeeren und Basilikumzweigen anrichten.

Cremeeis Vanille

Zutaten für 6 Portionen:
2 Vanilleschoten
500 ml Sahne
2 Eier, 4 Eigelb
150 g Zucker

Zubereitung:
Vanilleschoten längs halbieren, Mark herauskratzen. Schoten und Mark in der Sahne langsam aufkochen. Eier, Eigelb und Zucker mit dem Handrührer circa fünf Minuten schaumig schlagen. Die Sahne nach und nach einrühren. Die Masse durch ein feines Sieb in einen Topf geben, unter ständigem Rühren bis kurz unter dem Siedepunkt erhitzen, sodass das Eigelb stockt. Danach im Eiswasser kalt rühren und dann vierzig Minuten in der Eismaschine gefrieren.

Heidelbeer-Smoothie

Zutaten für 4 Portionen:
200 g Heidelbeeren
70 g Zucker
4 Kugeln Zitronensorbet
200 g Naturjoghurt

Zubereitung:
Heidelbeeren verlesen und waschen. Dann mit dem Zucker im Mixer pürieren. Zitronensorbet und Naturjoghurt zugeben, kurz untermixen. In vier breite Gläser füllen. Sofort servieren.

Tipp: Geht ganz schnell, keine zehn Minuten.

Für Freunde und Freundinnen der Laborküche:

Instanteis

In seinem Buch »Rätsel und Geheimnisse der Kochkunst« schlägt Hervé This-Benckhard eine Methode der Eisherstellung vor, die gänzlich ohne Kühlung auskommt und in Sekundenschnelle Eis erzeugt: flüssige Luft.

Flüssige Luft wurde auf mindestens minus 183 Grad Celsius heruntergekühlt. Die durchsichtige Flüssigkeit ist in Chemie- oder Physiklaboren erhältlich. Der eine oder andere wird sich bestimmt noch an Experimente mit flüssiger Luft im Schulunterricht erinnern.

Über die Verwendung von flüssiger Luft bei der Eisherstellung schreibt This-Benckhard: »Wenn man flüssige Luft (langsam!) in den Behälter mit der Eiscreme- oder Sorbetmasse gießt, dann passiert Folgendes: Die Luft verdampft, gleichzeitig entzieht sie der Mischung die Wärme, sodass sie sofort zu Eis erstarrt. Das geht so schnell, dass sich nur winzige Kristalle bilden können. Und während die Luft vom flüssigen in den gasförmigen Zustand übergeht, werden unzählige Luftbläschen in der erstarrenden Masse eingeschlossen.
Über alledem schwebt eine beeindruckende weiße Wolke (mit einer ähnlichen Methode erzeugen Filmemacher gern Nebel und Rauch). Ihre Gäste werden begeistert sein. Aber bitte lassen Sie etwas Vorsicht walten: Beim Umgang mit flüssiger Luft sollte man eine Schutzbrille tragen und alle Anwesenden auf die Gefahr eventueller Spritzer hinweisen.«

Eisbombe »Surprise«

Zutaten für sechs bis acht Personen:
Jeweils 500 ml Eis in drei verschiedenen Geschmacksrichtungen,
entweder selbst gemacht oder gekauft.
1 runde Schüssel mit einem Fassungsvermögen von 1,5 Liter
2 Eischnee
100 g feinster Zucker
Dekorationsmaterial nach Belieben (Früchte, Nüsse, Schoko-
ladenspäne, bunter Zucker o.Ä.)
10 Wunderkerzen

Zubereitung:
Schüssel kurz in den Gefrierschrank stellen. Währenddessen die
erste Eissorte antauen lassen. Das angetaute Eis circa zwei bis drei
Zentimeter dick in die Schüssel streichen. In den Gefrierer stellen.
Die zweite Eissorte zum Antauen herausnehmen. Diese auf die
erste Eisschicht streichen. Die Schüssel wieder in den Gefrierer
stellen. Die dritte Eissorte antauen. Die Schüssel damit füllen.
Dann für ein bis zwei Stunden noch mal in den Gefrierer stellen.
Das Dekorationsmaterial vorbereiten.
Kurz vor dem Servieren den Eischnee sehr steif schlagen, ganz zum
Schluss den Zucker einrieseln lassen. Die Masse in einen Spritz-
beutel füllen. Den Backofengrill vorheizen.
Die Schüssel mit dem Eis kurz in heißes Wasser tauchen, dann das
Eis auf einen großen Teller oder eine Platte stürzen. Den Eischnee
mit dem Spritzbeutel auf das Eis spritzen. Zwei bis drei Minuten
im Backofen grillieren. Sofort das Dekorationsmaterial um die Eis-
bombe arrangieren.
Die Wunderkerzen in die Eisbombe stecken, mit mehreren Leuten
gleichzeitig anzünden. Eisbombe sofort servieren.

Tipp: Wenn Sie einen Bunsenbrenner besitzen, können Sie den Eischnee damit gratinieren und brauchen den Backofengrill nicht.

Eis für Eilige

Wenn Ihnen die Zeit fehlt, selbst Eis zu machen, hier noch zwei Tipps, wie Sie gekauftes Eis originell servieren können.

Gugelhupf-Eis

Zutaten für vier Portionen:
250 ml Cassissorbet
250 ml Zitronensorbet
1 Gugelhupfform

Zubereitung:
Die zwei Eissorten, die geschmacklich und farblich harmonieren sollen, leicht antauen. Wenn Sie Cassis und Zitrone nicht mögen, nehmen Sie zwei andere Eissorten! Wichtig ist nur, dass die zwei sich farblich voneinander absetzen! Füllen Sie das angetaute Eis in eine Gugelhupfbackform. Verrühren Sie die beiden Sorten wie bei einem Marmorkuchen leicht mit einer Gabel. Die Form für etwa zwei Stunden in den Gefrierschrank stellen, dann stürzen und den Eis-Marmorkuchen in Scheiben schneiden.

Eiskonfekt

Zutaten:
500 ml Eis a gusto
Kakaopulver, Schokostreusel, Krokant oder Kokosstreusel

Zubereitung:
Lassen Sie Ihr Lieblingseis antauen und streichen Sie es circa zwei Zentimeter dick in eine flache Form. Wieder festfrieren lassen. Mit einem in heißem Wasser erhitzten Messer aus dem Eis mundgerechte Stücke schneiden, diese entweder mit Kakaopulver bestäuben oder in Schokoladen-, Krokant- oder Kokosstreusel wälzen, sofort servieren oder erneut in den Gefrierschrank stellen.

Dank

Gern bedanke ich mich hier bei all den Menschen, die mich bei der Arbeit an diesem Buch begleitet haben, sowie bei denen, die mir mit Rat und Fachwissen zur Seite gestanden haben.

Berîwan Erdem schenkte mir eine lange Liste kurdischer Namen, aus denen ich die der Familie Kalay auswählen konnte. Außerdem erzählte sie mir einiges über kurdische Geschichte, kurdisches Essen, kurdische Sitten und Gebräuche.
Christina Engstler suchte als begeisterte Überlingerin Adelas Bodensee-Spaziergänge aus.
Inge Gampl, die Wiener Krimi-Kollegin, überprüfte, ob Ecki auch redet wie ein Wiener.
Beate Glaser fand in Stuttgart ein Wohnquartier für Kuno und lotste Adela durch die Schwabenmetropole.
Nora Glaser gab mir Tipps zum Thema Fußball und SMS-Schreiben.
Frank Glenewinkel. Der Rechtsmediziner bestätigte, dass eine letztendlich tödliche Schnittverletzung genauso verlaufen kann wie in dem Buch geschildert. Zudem machte er sich Gedanken über den Zustand einer Betonleiche. Seither weiß ich, dass es so etwas wie Leichenwachs gibt.
Marion Heister. Die von mir hoch geschätzte Lektorin riet diesmal zum Kürzen.
Martina Kaimeier pflückte mir den ersten Plot für dieses Buch an einem Abend auseinander und zwang mich dadurch zu weiterem Nachdenken, welches dem Buch guttat.
Gisa Klönne, Ulla Lessmann, Mila Lippke und Ulrike Rudolf. Meinen Kolleginnen und »Mörderischen Schwestern« verdanke ich während der Arbeit an diesem Buch ein paar hervorragende Mahlzeiten und inspirierende Gespräche über die Kunst des Schreibens und des Mordens.
Andreas Lechtenfeld gab mir nicht nur Einblick in die praktische Ausbildung von Köchen, sondern ließ mich auch bei einer Kochprüfung dabei sein.
Cornelia Markwort denkt sich gern in Katharinas Psyche ein und diskutiert mit mir die inneren Konflikte meiner Hauptfigur.

Jasna Mittler. Das scharfe Auge der jungen Kollegin entdeckte im Exposé, dass ich eine Figur verwenden wollte, die ich bereits im »Leichenschmaus« umgebracht hatte.

Beate Morgenstern. »Lunge oder Leber«, empfahl die Chirurgin für eine Stichverletzung, die beim Verletzten zunächst unbemerkt bleibt, dann aber tödlich ist.

Jörg Morka. Der Kriminaloberkommissar erzählte mir, wie die Polizei bei den von mir geschilderten Verbrechen üblicherweise vorgehen würde.

Joachim Motzfeld gewährte mir Einblick in den schulischen Teil der Kochausbildung.

Irene Schoor prüfte als Erstleserin die Spannungsbögen und merzte verbliebene Fehler aus.

Ralf Schneider. Ohne ihn könnte Curt kein Kölsch sprechen.

Rainer Smits stand mir als bewährter Erstkorrektor zur Seite.

Yaghob Sokhanvar behandelte Katharinas Hexenschuss.

BRIGITTE GLASER

Brigitte Glaser
LEICHENSCHMAUS
Broschur, 288 Seiten
ISBN 978-3-89705-292-5

»Ein Leckerbissen für alle Freunde des Kochens.«   Kölnische Rundschau

»*Endlich ein kulinarischer Krimi, in dem die Beschäftigung mit der gehobenen Küche nicht nur ein Vorwand für verbrecherische Aktivitäten ist. Spannende Lektüre für Genießer.*«   essen & trinken

Brigitte Glaser
KIRSCHTOTE
Broschur, 320 Seiten
ISBN 978-3-89705-347-2

»*Witzig und spannend.*«   Frau im Spiegel

»*Hier ist Spannung garantiert: Ein sinnliches und üppiges In-die-Töpfe-Gucken bei der Starköchin Katharina Schweizer.*«
Buchhändler heute

www.emons-verlag.de

EMONS VERLAG

Brigitte Glaser
MORDSTAFEL
Broschur, 320 Seiten
ISBN 978-3-89705-400-4

»Spannend und amüsant zu lesen.«
Rheinische Post

»Mit viel erzählerischem Schwung und Sinn für tragikomische Szenen schildert Brigitte Glaser die Geschehnisse in einem Spitzen-Restaurant.« Live Magazin

Brigitte Glaser
TATORT VEEDEL
Die ersten 33 Fälle
von Orlando & List
Mit Illustrationen von
Carmen Strzelecki
Gebunden, 256 Seiten
ISBN 978-3-89705-487-5

»Brigitte Glaser bevorzugt nicht zwingend glatte Lösungen: Zwischen Gut und Böse zeichnet sie viele Grautöne, die den Leser zuweilen nachdenklich zurücklassen.« Rheinische Post

»Ein Stadtführer der etwas anderen Art.« Kölner Stadt-Anzeiger

www.emons-verlag.de